天地间许多故事，
往往就因一瞬间的"不舍得"而起头。
之后才有花枝春满，人间月圆。

凉蝉

狼镝·寒野

凉蝉 著

北京燕山出版社
BEIJING YANSHAN PRESS

图书在版编目（CIP）数据

狼镝．寒野 / 凉蝉著． -- 北京 ： 北京燕山出版社，
2022.7
　ISBN 978-7-5402-6487-1

　Ⅰ．①狼… Ⅱ．①凉… Ⅲ．①长篇小说－中国－当代
Ⅳ．①I247.5

中国版本图书馆CIP数据核字(2022)第063754号

书　　　名：狼镝·寒野
作　　　者：凉　蝉
责任编辑：邓　京
特约策划：他系力二工作室
营销编辑：秦　颖
插图绘制：Anthony 瞎瞎
书名题字：仓　鼠
装帧设计：他系力二工作室
出版发行：北京燕山出版社有限公司
社　　　址：北京市丰台区东铁匠营苇子坑138号嘉城商务中心C座
邮　　　编：100079
电　　　话：010-65240430（总编室）
印　　　刷：北京盛通印刷股份有限公司
开　　　本：880mm×1230mm 1/32
字　　　数：383千字
印　　　张：10.75
版　　　次：2022年7月第1版
印　　　次：2022年7月第1次印刷
ISBN：978-7-5402-6487-1
定　　　价：48.00元

「世人都有自己的月亮。」

「你也有吗？」

「当然。」

目录

第一章

质子

"噔——"

箭头擦过贺兰砜耳朵，刺入木桩。

蒙眼布条应声落下，贺兰砜睁开双眼，不远处几位骑马少年笑得前仰后合。为首那位戴着狼皮帽，外袍系在腰间，皮腰带上有数串金珠玉带，叮当轻响。

"服不服！"那少年大吼，"我才是驰望原第一弓手！服了就跪我，喊我一声大王！"

贺兰砜被缚在木桩上，手脚都用吃了水的牛皮绳子缠紧，勒得他动弹不得。血从耳廓滑下，一路滚到锁骨与胸膛，但他咬紧牙关，目色狠辣，冷冷一啐："呸！"

少年双目瞪得溜圆，举弓再度对准贺兰砜。弓上新搭一支箭，箭头鎏金，日色中煌煌生光。

"浑答儿，这可是金禾箭……"有少年提醒，"要是被你阿爸知道……"

浑答儿给了那人一拳，再度举箭："你听清楚了，我手中这支是金禾箭，北戎天君赐给我阿爸的！我再问一句，服不服！"

金禾箭箭尖篆刻一只振翅金雀，雀喙尖锐，隐隐透出些幽绿色。贺兰砜记得，此箭箭心中空，里头藏着毒药，是杀人夺命的利器。

"……想让我跪你，也得将我放了才行。"贺兰砜大声说，"你们这样绑着我，我想跪也跪不下来。"

浑答儿兴奋道："那你是服我了？"

贺兰砜点头。

浑答儿一张脸涨得发红："不成，我不信你，你先喊一句大王。"

贺兰砜面无表情："浑答儿大王。"

浑答儿举弓和随从大声欢呼，挥手让伴当都则去解开贺兰砜身上绳索。都则被他打了一拳，半张脸肿得老高，畏畏缩缩去解绳。牛皮绳子干了，紧得厉害，把贺兰砜手腕脚踝勒出淤红色痕迹。

都则掏出小刀割断贺兰砜右手绳子，耳侧忽然嗖的一响，整个人立时横飞出去。小刀脱手而出，贺兰砜一把抓住。

"物归原主！"贺兰砜抓住小刀，满脸得意，瞬间已挑断手脚皮绳。他就地一滚，举拳往倒地的都则胸口砸去。

金禾箭破空而来，伴随浑答儿的怒吼。都则吓得惨叫，贺兰砜忙揽紧他肩膀一翻，金禾箭当的一声扎入土中，正是方才都则右腿的位置。

都则脸色惨白："你这臭箭法！是要杀我么！"

浑答儿有些尴尬："我是要救你——别让他跑了！"

贺兰砜长手一伸，已抓起那支金禾箭扭头狂奔。

驰望原大雪初停，举目茫茫，北方的库独林山脉与南方英龙山脉一色银白，如两面巨大屏障，将驰望原夹在当中。贺兰砜化作一滴飞速移动的墨点，数匹骏马追逐其后，呼喝之声不断。落日将雪白大地染作一片热红。

鞭声破空，贺兰砜躲闪不及，背上被狠狠抽了一鞭子。他跌进雪中，仍紧紧抓着金禾箭。

少年们纷纷下马，压制着贺兰砜把他翻过来。枕着冷雪，贺兰砜背上痛感渐渐麻木，只不住挣扎喘气。

浑答儿气得眉毛都飞到了额角，他抠开贺兰砜手指，夺回金禾箭。

"你不晓得自己手脏吗？"浑答儿屈膝压在贺兰砜胸上，砸了他一拳，"你怎么敢碰我的金禾箭！"

贺兰砜被绑在木桩上晒了一天，十分虚弱，背上又在渗血，被浑答儿揍得头昏脑涨，全无还手之力。

身后不远就是一条溪，浑答儿拎着贺兰砜头发把他砸在岸边。贺兰砜脑后嗖嗖作响，落地时砸碎了溪水上薄薄的冰壳，寒冷冰水浸着半个脑袋，他骤然清醒。

浑答儿一手举着金禾箭，一手按住贺兰砜额头。金禾箭发出轻响，箭尖的雀喙张开一道细缝，隐隐有绿色浆液盈于其中。

"你阿妈是个瞎子，怎么就生出了你这样一双狼眼睛？"浑答儿冷笑道，"我浑答儿今日倒要瞧瞧，是你的狼眼睛厉害，还是北戎天君的金禾箭厉害！"说罢攥着金禾箭往贺兰砜眼中插去。

贺兰砜怒吼一声，拼死抵抗，无奈那箭尖仍越压越低，眼看就要插入他眼中——

又是当的一响。

浑答儿顿时从贺兰砜身上翻下，左手紧捏右手，哭着痛呼。金禾箭悬空翻滚，落入冰溪中，立刻沉了下去。

是一枚木箭击中了金禾箭箭头，将精金打造的箭矢硬生生弹飞，余力甚至让浑答儿右手腕脱了臼。一击即中后，木箭深深扎入地面，只余箭翎兀自轻颤。

冰溪下游方向，车队蜿蜒。一位身着戎甲的女子正收起手中长弓。她平静目色隐带愠怒，看了看贺兰砜，又回看痛得不住哀号的浑答儿。

女子身旁站着一位与贺兰砜年纪相当的少年，清瘦，单薄。他做大瑀人打扮，身上紧紧披着一件雪色狐裘，兜帽把头顶罩实，只看见一张细白面庞，黑珠般的眼睛遥遥望向贺兰砜。

满目皑皑中，一张鲜明的脸。

贺兰砜捡起金禾箭，毒液已经混进水里，完全被稀释了，浅浅几缕绿色流向下游。

一位北戎大汉从车队中走出，看了眼贺兰砜手中的金禾箭，又看见还跪在地上痛嚎的浑答儿，登时大怒："浑答儿！！！"

这是护送大瑀质子靳峫前往北戎都城的车队，正巧在坡下歇息。质子的随护将军白霓见有少年人受辱，便立即出手相救。巧得很，浑答儿正是北戎护卫队统领虎将军的儿子。

贺兰砜盘腿坐在车内，掀开车帘往外看。浑答儿跪在虎将军面前抖肩膀，虎将军挥舞金禾箭，那模样凶得似是要在他身上戳几个洞。

"你怎么敢！"虎将军咆哮，"你怎么敢碰我的金禾箭！"

浑答儿哇哇地哭。

贺兰砜忍不住大笑，这一笑立刻扯动耳廓和背后伤口，顿时疼得他龇牙咧嘴，缩起脖子。他只穿白色衬裤与红虎皮靴子，上身光裸，肌肉纤薄漂亮，背上却绽开一道血色鞭痕。和浑答儿等人的富贵打扮不同，他只绑粗糙的手编腰带，一柄小刀在腰带上晃荡。

靳屿打量贺兰砜，轻声道："你背上流血了。"

白霓已找出金创药，对贺兰砜说："趴下。"

贺兰砜不愿在陌生少年面前示弱，一拧头："我不疼，我不要这怪药……"

话音未落，白霓已按住他的肩膀，不由分说给他上药。她手劲不轻，贺兰砜疼得发颤，挣脱不开，又不想在靳屿面前示弱，只得咬紧牙关一声不吭。

靳屿手捧汤婆子，怔怔看面目扭曲的贺兰砜，良久似是叹了一声，言语里有几分与年纪不称的老成。

"我们这是到哪儿了？"他低声问。

"烨台境内。"白霓应声答，"烨台是北戎最南边的部落，距离北都还有半个月路程。"

车内一时无话，贺兰砜翻起眼角偷瞟靳屿。

靳屿手指撩开窗幔一角，静静看向车外。天地穹庐，小雪零碎，他黑色瞳孔中映出纷乱雪粉，片刻后转头看贺兰砜："你衣服呢？不冷吗？"

贺兰砜耳朵微微发热。衣不蔽体的自己相当不雅，他干脆不理会靳屿，凶巴巴顶了一句："涂完了么？我要走了。"

白霓嗤笑一声："走吧。"

见贺兰砜仍是一脸执拗凶样，靳屿不再问，解下身上狐裘递向贺兰砜。

"北地苦寒岁。"他轻声道，"你光着胳膊，怎么回家？穿上吧，多暖和一刻是一刻。"

狐裘净白柔滑，贺兰砜却不接。

靳屿很恳切："你若不喜欢，我还有一件熊皮外氅。"

白霓不肯："公子，北戎都城太冷。"

"我到了北都便不能再自如活动，终日也不过是困围斗室而已。"靳屿固执，"他比我更需要。"

贺兰砜忽然抢过狐裘，跳出车外。他没道谢，也没道别，等白霓掀起车帘时，他已经跑出很远。

虎将军大吼大叫地让浑答儿等人护送贺兰砜回家，一帮少年呼呼喝喝，骑马远去。风声里隐隐传来贺兰砜和浑答儿对骂的声音。

"……北戎人都这么难相处么？"靳岬低声问。

白霓取来熊皮外氅披在他身上，理了理他的头发："我倒觉得方才那北戎孩子拗得有趣。听闻北戎人说话直来直去，不善掩饰，他怎的如此别扭？"

靳岬笑了一会儿，再开口时有些恍惚："我听宫里的人说，当了质子，就要死在北戎，回不去了。"

白霓："谁说的？我割了他的舌头。"

靳岬抬头看她，想得到些更肯定的言语："爹爹真的会来接我么？"

白霓柔声道："忠昭将军何时骗过你？现今金羌犯境，将军领兵作战，是为国立功之事。凯旋复命后，他一定即刻来接你。"

靳岬常听父亲提，北戎与金羌二虎旁伺，大瑪势弱，岌岌可危。他只得默默点头。

白霓提醒："你的言行举动全关乎大瑪声誉，若是想家，只跟我讲，可别再哭了。"

靳岬坐直身，双手笼在袖中，低声道："将军放心，靳岬明白。"

他容貌清俊，不言不语之时浑似玉砌粉琢的精美人像，但鼻梁直挺，长眉如刀，目势中不见分毫柔软。白霓见他这模样，又有几分心疼，变戏法似的从怀中掏出一个纸包："我这儿还有夫人捎的狮子糖，吃不吃？"

靳岬终归只有十五六岁年纪，顿时喜悦："樱桃煎还有么？"

白霓打开纸包，亮出小狮子造型的糖块："樱桃煎五日前就被你吃完了。这狮子糖里头加了牛奶和酥酪，是川中的贡品，夫人好不容易才拿到的。"

靳岬只好与她分食狮子糖："母亲做的樱桃煎也不知放了什么蜜，天底下一顶一的好吃。"

车内温暖，靳岬忘记了颠簸的路途和车外渐大的雪，连方才未问姓名的北戎少年也抛在了脑后，欢欢喜喜与白霓聊起母亲的诸般手艺。

此时的北戎都城，鹅毛大雪已停，石城内外一片静寂，人声稀少，只有王城中央一座高塔上仍燃着不灭的长明火。

负责传递讯息的赦例郎君骑马冲入城门，亮出手中金牌。这是从边境传来的紧急军情。都城中央大道上登时燃起数束青烟，各处关卡见了青烟，便知有军情传达，纷纷放行。

一位身着北戎银甲的青年将领紧随在赦例郎君身后，风一般驰入城内。

议堂中，有臣子正跟北戎天君禀报大瑀质子情况："质子已入烨台境内，现由虎将军护送。"

"是怎样的孩子？"北戎天君问，"像不像靳明照？"

大臣不禁笑笑："那孩子身量窄小，一身文气，与其父靳明照绝无半分相似。"

北戎天君当即朗声长笑，眼中尽是冷冷寒光："大瑀不知几百年才能出一个靳明照这样的将才！"

此时堂下有人来报，军报抵达。青年将领大步走入议堂，呈上手中信简。北戎天君展开一看，登时变色，愣怔许久后长叹一声。

"靳明照……"他沉沉低语，"战亡了。"

落针可闻的一瞬过后，议堂哗然。

大瑀忠昭将军靳明照，是大瑀开朝以来最为神勇的将领，统领西北边防军二十余年，未吃过一场败战，始终将金羌死死挡在大瑀西北边境白雀关之外。数年前，北戎大军伺机而动。大瑀皇帝将驻守西北的靳明照紧急调至北方边防军，北戎人曾狠狠吃过这位忠昭将军的亏。北戎文臣武将中，见过靳明照的人少之又少，但谁都听过这位将军的名字。死讯突如其来，令人震愕。

"怎么死的？"天君缓过神，问那年轻将领。

"靳明照死于白雀关。"那将领深深埋下头去，"致命一剑直刺左胸，当场毙命。靳明照麾下八千莽云骑，无一生还，西北边防军死数近万，白雀关眼看是守不住了。"

北戎天君眉间有痛惜之色，沉默良久才问："你叫什么？"

那青年将领忙答："烨台，贺兰金英！"

北戎天君淡淡道："靳明照已死，大瑀再无我北戎畏惧之人，萍洲盟无须再守，那质子也不必再留。贺兰金英，你回烨台处理去吧。"

第二章

肉干

梦里也全是漫天铺地的雪。靳岈冷得打战，惊醒时几乎在车内蜷作一团。

车外一片漆黑，白霓不在身边，车队正在风雪中缓慢行进。他忙推开木格门大喊："白霓！"

白霓骑在马上，应声而来。车队原本打算原地扎营过夜，但风雪由小转大，来势汹汹。虎将军提议就近到烨台营寨歇息，等大雪过后再继续往北都前进。

"别怕，我在呢。"白霓道，"虎将军要带我们去烨台营寨，就在前方。"

靳岈缩回车内，紧紧关上木格门。暗夜中有马嘶风鸣，纷纷灌入耳中，他全无睡意，裹着熊皮大氅坐在车内，不禁又想起梁京的事情。

大瑀自建朝起定都梁京，已有八十余年。

靳岈在西北边防军军部所在的封狐城出生，六七岁时官家①一纸诏令，强行将母子二人召回梁京，之后他便再无远行机会。

靳岈不是第一次当质。过去他和母亲都是父亲押在官家面前的人质，如今他是大瑀押在北戎的人质，横竖并无太大区别。靳岈并不知为何会选中自己为质，他只是边防军统领的儿子，即便皇家如何人丁单薄，也极难轮到他去牺牲。

他不喜欢皇宫。小时候逢年过节会随父母入宫面圣，让官家考问功课，让圣人②捏捏小脸，再不乐意也要笑得乖巧。因父亲身为西北边防军统领，母亲又是先朝帝姬，内侍臣子们个个见着靳岈，都笑作一团团颜色各异的金丝大菊，殷勤得让人害怕。

① 官家：对皇帝的尊称。
② 圣人：对皇后的尊称。

宫里的皇子帝姬们起初以为靳岬与靳明照相似，身怀豪气，性情桀骜；但后来发觉，他体弱多病，武艺不精，是能花半个时辰看一朵覆霜山茶的呆小孩儿。

他们越发喜欢逗靳岬玩儿，揉面般揉他的小脸，宫里的新奇玩意儿和金贵吃食常常流水般送往靳府。

靳家就在梁京内城：从朱雀门出宫，往东过岷州桥再南行半盏茶功夫便是清苏里。靳家在清苏里中央，一个不大不小的宅子。

靳家有个练武场，靳明照不在家的时候，那是靳岬姐姐的地盘。靳家还有个学堂，请了梁京出名的西席先生，学生都是尚书的儿子太尉的女儿，偶尔还会有一两位乔装的皇子帝姬。只要西席与侍卫一疏忽，几个皇子便带着一帮小孩翻墙跑到清苏里，一路吃喝玩闹过去，猫憎狗嫌。当然，出了事儿，受罚的往往是靳岬。

靳岬却一点儿不恼那西席先生。老头儿虽凶，但十分疼他，戒尺打了手心，隔日总会给他带些吃食安慰：或是梅花包子广寒糕，或是李子旋樱桃煎，又或是炒银杏炒栗子，热腾腾裹在手巾中，珍重地在靳岬面前打开。

靳岬鼻中发酸，打了个喷嚏。

白霓敲敲窗："公子冷么？"

"不冷。"靳岬缩进软被与大氅中，"我再睡一阵，你不必担心。"

他并不知道自己什么时候睡着的，马车摇晃着，他又回到了清苏里。回门的姐姐带了许多糕点，姐夫偷拎一壶掺了酒浆的梅汁，隔壁方尚书的双胞姐弟在墙头喊他出门玩儿，管家捡的狗儿在花下睡觉，母亲则挎着小竹篮在院中打果子，父亲……靳岬没梦见靳明照。

他跑出家门，却见四野茫茫。远之又远的地方立着个高大人影，身负铁甲手持长剑，正大声喊他。

"岬儿——"

"爹！"靳岬朝他飞奔，却被雪地绊倒，"爹爹！你来接我么！"

那人却不答，只是一声声喊他，又痛又不舍。靳岬没法从雪地里站起，放声大哭。

这回再醒，他流了满脸的泪。车队停了，靳岬胡乱擦了把脸，振作精神掀开车帘。

车外，近百毡帐列布平原，灯火通明。

大瑀质子的车队抵达烨台营寨时，贺兰砜正在奋力擦洗狐裘。

他回家穿好衣裳，发觉狐裘内侧沾了自己的血，认真擦洗大半日，淡红色的血迹仍死死黏在狐裘浅灰色内衬上，难以洗去。

外头人声吸引了贺兰砜，他刚一出帐，立刻见虎将军冲自己招手。

虎将军正和白霓商讨住帐安排事宜，招来贺兰砜道："你懂的大瑀话多，陪着聊聊天。"说着把他推进一旁的小帐。

帐子中只有靳岍一人。昏暗灯色里，他看见贺兰砜墨黑色眼珠里闪出几分幽昧的透绿，仿似狼瞳。紧接着进来三五位士兵，有北戎人也有大瑀人，分列两旁站直，紧紧盯着二人。

见贺兰砜一脸不耐又站得笔直，靳岍不禁问："吃糖么？"

他从怀中拿出纸包，里头还剩三颗狮子糖。贺兰砜犹豫，最终敌不过那糖的甜香，小心拈了一枚。乳白糖块透几分琥珀色，狮子形状，他左右看看，放进口中，顿时睁大眼睛。

靳岍一下笑了："好吃吧？"

贺兰砜没吃过这等好东西，细细地含着品着，满是惊奇。靳岍又往前递了递，尽力友好："你都拿着。"

贺兰砜撕开那纸，小心包了一颗糖放入口袋，又笔挺站直。靳岍只觉无趣，最后一颗自己吃了。帐内陈设简单，是士兵值夜暂住的地方，他走了一圈又回到贺兰砜身边："你叫什么名字？"

贺兰砜说了，靳岍又问他怎么写："北戎文字我识得不多，你会写大瑀文么？"

贺兰砜在地上歪歪扭扭地写，三个字硬写出四个的宽度，写罢他又匆匆用脚蹭去，不让靳岍多看。

"我叫靳岍。"靳岍也在地上写。

贺兰砜不认得，干巴巴道："什么意思？"

靳岍笑道："明月出天山，苍茫云海间。"

贺兰砜："听不懂。"

靳岍放弃了，越发坚定北戎人不好相处的想法。两个人无言枯立，周围几个士兵无言呆看，帐中沉闷无聊。

贺兰砜不肯开口，靳岈只得搜肠刮肚想些话题来与这北戎少年示好："你去过大瑀吗？"

贺兰砜："我不喜欢大瑀。"

靳岈想看贺兰砜眼睛，又不敢看得明目张胆，没话找话说地与他硬聊："为什么？"

贺兰砜不理他，大步离开帐子，片刻后带回一个巴掌大的布包，塞在靳岈怀里。靳岈心中一跳，腹中一空：他闻到了肉味！

"北戎人不欠大瑀人。"贺兰砜说，"这是我家的肉干，吃吧。"

靳岈着实饿了。肉干鲜美丰厚，他嚼得脸颊生疼，仍吃得很高兴。他冲贺兰砜笑笑，贺兰砜立刻别开眼神。

靳岈边吃边问："你不喜欢大瑀人？"

贺兰砜："我是北戎人，北戎人当然不喜欢大瑀人。"

靳岈嘴上不停："可你刚刚吃了大瑀人的狮子糖。"

贺兰砜："……"

靳岈看他的表情，忍不住大笑。白霓掀帐走入时不禁微微一愣。

虎将军和她安排好了靳岈的住帐，靳岈只得与贺兰砜告别。白霓问靳岈是否交上了朋友，靳岈想了又想："我们不是只在烨台停一阵么？最终是要到北都去的，交不交朋友不重要。"

奇怪的是，这一停便停了七八日。

大雪已经过去了，苍天碧蓝。白霓几番找虎将军询问，虎将军只说积雪封路，寸步难行，还要再等几日。白霓渐渐察觉不妥，守卫在靳岈帐中的大瑀士兵越发紧张，出入的人全都严加盘查，靳岈更是不得离开白霓视线半步。

驰望原是北戎最南端的草原，被库独林山脉与英龙山脉夹在当中，气候不算寒冷。岁末季节，河溪结了厚冰，但冰层之下仍有水流与鲜鱼。雪停之后，烨台的少年人无事可做，常常在驰望原上驰骋，或猎兔，或打马球，或去冰河打渔，玩得不亦乐乎。

贺兰砜不会加入他们，一是因为与他们有诸多嫌隙，二是因为，他没有马。

他父亲是高辛族人，从库独林山脉另一头流浪到烨台，途中还捡了一位大瑀瞽姬。瞽姬目盲，善唱乐，高辛人善捕猎，两个人在烨台一停便是二十余年，离世后留下三个孩子、一群瘦羊，及四壁空空的家。

贺兰砜大哥自小有从军愿望，但北戎军队入伍者需自行备马，因没有坐骑，他屡屡落选。

贺兰砜兄弟俩都到了可以议亲的年纪，但家里穷得太有名，两个人又都长了双狼眼睛，烨台的好姑娘全都不敢来见面。虎将军想给大哥说亲，一提名字别人立刻抢白：知道、知道，是连马都没有的那户。

这些事情贺兰砜不会告诉靳屿。他虽常在靳屿住帐周围徘徊，但很少与靳屿交谈。

靳屿倒是与他那位七八岁的妹妹卓卓聊得开心。

卓卓尝过贺兰砜带回家的狮子糖，舍不得吃完，馋了就拿出来舔一舔。靳屿看得心疼，给了她一大把梨干。卓卓因此爱屋及乌，天天跑来找靳屿说话。她年纪小，口无遮拦，十分便于靳屿打听事情。

"在我们家，我是最重要的。"卓卓边吃梨干边说，"接着是羊，接着是大哥，最后才是二哥……"

贺兰砜一把捂住卓卓嘴巴。

"我没见过你大哥。"靳屿说。

"虎将军给了他一匹马，他去打仗了！"卓卓摆脱贺兰砜钳制，大声回答。

靳屿微微一惊。

大瑀和北戎相争数十年，因新继位的北戎天君哲翁忙于平息各部落纷争，两国边境暂成和平之势。不久前北戎与大瑀在萍洲城签订盟约，大瑀割让三座城池予北戎，每年捐送十万绢绸，以交换北戎的铁器与冶铁术。为表诚意，大瑀还遣送一位质子前往北戎。

……那便是北戎与金羌开战？但金羌和大瑀正在白雀关附近僵持，应该分不出神来对付北戎。

靳屿把这事情告诉白霓，白霓面有忧色，却不说明。

"定是发生了意外之事，我们才会困于此地。"几个没土见的文臣在帐中吵嚷不休，令人头疼，她叮嘱靳屿，"你那北戎朋友，如非必要，尽量不要接近。"

靳屿解释道："贺兰砜不喜欢大瑀人，也不想同我做朋友。"

"是吗？"白霓为他整理衣服，笑道，"可他天天来看你。"

营寨另一头，贺兰砜和卓卓在自家住帐门前看见了一匹熟悉的黑色骏马。

卓卓掀开帐帘："大哥！"

贺兰金英正在解甲，一下被卓卓扑个满怀。他哈哈大笑，张手把她抱在怀里。

"你怎么回来了！仗打完了吗！"贺兰砜揪着他领子左看右看，"受伤了么？立功了么？你……你怎么穿成这样了？"

贺兰金英离家参战时只是北戎军队中一位普通士兵，数月不见，却已经穿上了百夫长的银色盔甲。

贺兰金英笑着揉揉贺兰砜脑袋"快打完了，我先行回来，有些事情要办。"

贺兰砜反应极快："和大瑀质子有关？"

第二章

噩耗

靳峄睡下不久便被白霓叫醒。她迅速为靳峄穿好防甲，又让他披上大氅。

有人靠近帐门，步伐稳健，声音沉重："北戎百夫长贺兰金英求见。"

来人身长八尺，高大健壮，一头深棕色长发梳拢脑后，目色锋利，双眼与贺兰砯一样，是黑中藏碧的狼瞳。

贺兰金英仔细打量靳峄。眼前少年袖手而立，腰身笔挺，神情平静之中带着几分紧张，虽只十几岁年纪，却丝毫不见畏怯。

他未上过沙场，但已有一颗蕴雷藏风的心魂。

贺兰金英把目光放在靳峄与白霓背后的毡帐上。他不想在说这些话的时候注视眼前的少年。

"靳明照将军于半月前在白雀关战役中落败身亡。"

他一口气说完，顿了顿才低头看靳峄。靳峄完全没有他预料之中的反应，目光发愣，像是没听懂。

贺兰金英正要重复，靳峄开口问："莽云骑呢？"

莽云骑是西北边防军的骑兵队，是被统领靳明照一手训练出的精锐，声名极盛，几乎被视作靳明照化身。白霓的丈夫是莽云骑最年轻的校尉，此次西北边防军抗击金羌，他也在战场上。

贺兰金英回答："莽云骑全军覆没。"

白霓顿时晃了晃。

靳峄眼圈发红，双手十指在袖中紧绞，控制住身体的颤抖。自小习得的礼节告诉他，不能在贺兰金英面前失仪，他应当道谢，应当感激贺兰金英将这噩耗如此平静地告诉他们。

但他一句话都说不出来，紧紧抿咬下唇，血腥味在齿间漫出。

直到贺兰金英离去，他才失力跪倒，白霓忙扶住他肩膀。靳岷紧紧抓住脚底皮毯，手背挣出骨头青痕。他不敢哭，不敢问，但心中盘旋的全是困惑与怀疑。

"不可能，爹爹和莽云骑，不可能出这样的事……"他茫然中还想安慰白霓，但抬头看见白霓面色，诸般情绪顿时崩溃。他扑进白霓怀中，紧紧揽着她，终于呜咽出声。

靳明照和莽云骑的噩耗犹如巨锤，靳岷狂哭一场后，只觉得心肺剧痛、神志恍惚，连呼吸都变得困难。

念及身在异乡，白霓强打精神，叮嘱大瑀军队和随行文臣提高警惕，马匹和车辆更要严加看守。

靳岷无法入眠，几日就瘦了一圈。他这一路餐风露宿，如今更是精神颓靡。偶尔陷入梦中，总见到沙场上断壁残垣被滚滚黑烟缠绕，满目血腥。

他虽看起来一切如常，最终还是病倒了，烧得浑身火热，昏昏沉沉。

这一夜醒来，帐中十分安静。靳岷听见外头有风的声音，起身喊了声白霓。

无人应答。靳岷口干舌燥，喉中烧灼。他喝了点儿水，回头看见枕边放着叠好的狐裘，正是当日他给贺兰砜的。狐裘内衬有没法洗干净的稀薄血迹，靳岷把狐裘披在身上，想不起贺兰砜何时来探望过自己。他走出毡帐，心中忽然生出剧烈恐惧。

"……白霓？！"

仍旧没有回应。

他心惊胆战，往日守在毡帐周围的大瑀士兵不见踪影。住帐周围静得可怕，见不到一个日常巡逻的烨台人。靳岷忙奔向车队所在位置，可不止白霓，所有大瑀士兵都不见了，就连大瑀的车队也原地消失，无影无踪！

靳岷忽然冷静下来。事情太异常了，必定有什么不对。他狠狠地掐自己的脸，疼痛提醒他，这并非做梦。

风很大，穹顶悬满天外星辰，驰望原上雪光铮铮。靳岷被吹得打晃，在车队停留的地方站了许久。走回毡帐时，贺兰金英已经在里面等着。与之前不同，这回他坐着，靳岷站着，且他完全没有起身的意思。

"白霓已带走大瑀车队。"贺兰金英说，"小将军，她不要你了。"

靳峄不发一言，走向放置文书的木箱。一把剑压在他手背，贺兰金英轻声道："别找了，她真的走了，连带你们的财物和一应文书。"

"不可能。"靳峄声音微微颤抖，但毫不怯懦，"白霓纵然死，也不会离我而去。"

贺兰金英："为何如此笃定？"

"她是莽云骑的人，是大瑀第一位女将军。"靳峄看向贺兰金英，眼前青年与贺兰砜一样，有一双浓黑中掺着碧绿的狼瞳，"保护我，送我到北都，这是白霓接到的军令。她不会违抗军令。"他深吸一口气，越发大声，"而且，白霓姐姐如同我的家人！若贺兰砜遭难，你会弃他远走么？"

贺兰金英："若她收到的军令并不是一路保护你呢？"

靳峄不禁一愣。

"若大瑀皇帝只让她送你到烨台，只让她确保你可以顺利落入我北戎军将手中呢？"贺兰金英低笑，"质子，你是质子。为何大瑀这么多皇子，北戎天君谁都不要，偏偏要你？你只是靳明照的儿子，有什么资格代表大瑀到北戎作质？"

靳峄心中震动，久久不语。贺兰金英所问的正是他心里困惑不解之处。

大瑀选他为质的消息传来时，父亲不在梁京，母亲惊恐困惑，禁卫军一行人风风火火地靳峄带往宫中，之后他再没回过家。

在宫中居住的时间里，往日待他亲切的那些人，他一个都没见过。而入宫到离境，前后不过十日。太快了，他几乎是被人强行扔进这冰天雪地的北戎，甚至没能与母亲好好道别，所有御寒衣物与他爱吃惯用的东西，全是白霓捎带的。

想到母亲，靳峄心中又是一阵窒息般的剧痛。父亲知道他被选作质子送往北戎么？他真的战亡了？莽云骑真的全军覆没？母亲呢？母亲怎么办？她与官家虽是兄妹，但毫不亲近。听白霓说，当日为求官家放过他，母亲曾在皇太后的慈宣殿外长跪两日两夜，但他还是被推上了前往北戎的车队。

"你父亲的尸身，是我收殓的。"贺兰金英忽然说。

靳峄狠狠瞪他，那双黑珠一般明亮的眼睛里渐渐泛起水汽，眼眶红得像沁了血。"你是北戎的军将！"靳峄厉声问，"北戎军将为何会出现在金羌与大瑪交战的地方？”

贺兰金英肃然起身，带几分嘲讽之意："你说呢？"

靳岈头晕目眩，他仍发着高烧，白霓不在身边，那仅剩的神智令他强撑自己，不敢倒下。忠昭将军靳明照是大瑪最锋利的枪，北戎忌惮他，金羌忌惮他……大瑪皇室，同样忌惮他——一场合围靳明照和莽云骑的阴谋！

"天君慈悲，他不杀你。"贺兰金英掀开毡帘，没有回头，"若是大瑪人知道忠昭将军的儿子要给北戎人当奴隶，会有什么想法？"

话音刚落，身后咚地一响，靳岈已昏倒在地。

高烧令靳岈混混沌沌，他似是遁入一场无垠大梦，一会儿是梁京的街巷，一会儿又是无边无际的暗夜。他一声声喊白霓，可只有苍鹰睁大了血红的眼睛在头顶盘旋，无人回应。

有一双很小、很柔软的手抚摸他的额头，怯怯地说着他听不懂的北戎话。梨干塞到他嘴里，又被人匆忙拈走。

白雀关上阴云密布，铺天盖地的大雪。莽云骑的尸体铺了满地，他立在尸山之上，嘶声喊所有他记得的莽云骑士兵名字。他看见白霓骑着马越走越远，他追不上。

胸口剧痛，呼吸急促，他醒来时正躺在一个陌生毡帐里，口中尽是苦涩的药味。枕边一张油纸，放着半颗狮子糖和几片梨干。

毡帐不大，陈设杂乱，还有油茶与羊粪混杂的浓郁怪味。靳岈知道这是贺兰砯一家的毡帐。他强撑着下床，披上狐裘。烨台人口不多，营寨并不大。贺兰砯的家在烨台边缘，营中有兵士三三两两巡逻，并不十分仔细。靳岈蹲跪着爬出一段，见无人注意，忙起身朝望原方向疾奔。

此时虎将军帐中，贺兰金英刚给自己冲好一碗油茶。

"你走的时候是普通士兵，回来已经是百夫长。"虎将军不跟他打曲折的官腔，边吃边问，"究竟立了什么功？"

贺兰金英不答。

"那金羌同大瑪打仗，我们北戎怎的还千里迢迢跑白雀关去凑这混子热闹？"虎将军又问，"听说传军报的是你？到底怎么回事？"

贺兰金英摇摇头，只是笑。

"你真是撬不开嘴的铜壶……对了，既然当了百夫长，那就别住那破毡帐了，我给你安排新帐与牛马。"虎将军习惯了他的沉默，"你们兄妹三人，没奴隶不行，我分你几个。"

"不必。"贺兰金英终于开口，"我们有奴隶。"

虎将军吃惊："哪儿来的？身份可登记了？"

"不必登记。"贺兰金英撕下一片羊腿，边吃边笑，"就是那大瑀质子。"

虎将军见他吃得欢快，迟疑许久才问："我听说天君原本想杀了那大瑀质子，可后来和你不知悄悄说了什么，又改了主意，留他一条性命当北戎的奴隶？"

贺兰金英："嗯。"

虎将军殷切看他。

贺兰金英："你怎不吃？这羊腿很好。"

虎将军气得扬起手中羊骨要打人："你这孩子，说话就不能利落些？"

"我既然不说，那就是不能说的事情。"贺兰金英正色道，"天君把这孩子交给我，自然有他的目的。"

虎将军还是不安："可我们又该如何处置？他以前是质子，我们好好养着也就是了，现在……"

"你别愁。"贺兰金英说，"肯定不能让他过得舒坦，但也绝不能让他死。我有分寸，这事情和烨台没关系，我担着就行。"

虽自小看贺兰金英长大，但虎将军不敢说完全了解这青年。他忧心忡忡，贺兰金英倒是吃得飞快，杯盘狼藉之时忽然有人来报：质子跑了。

贺兰金英抓起桌上的帕子擦嘴擦手，扭头笑道："将军别怕，那孩子就剩半条命，跑不远。我正等着他跑，他只要跑了这一次，就会知道单凭一人之力，绝不可能离开驰望原。"

虎将军气得头顶冒烟："这天寒地冻的，若死了呢？死了又怎么跟天君交待？！"

话音未落，贺兰金英已飞奔出去。

靳岍并不信贺兰金英的话。

他昨夜在车队驻扎之处看了许久。车队是朝另一个方向离开的，并非回大瑀的路。雪地上许多踩踏痕迹，薄雪之下甚至还能摸到箭镞，雪里有无法掩盖的血腥味。

他们遇袭、落败，车队被人驱赶，往别处去了。

可白霓呢？靳岉找不到白霓的一丝痕迹。

朝车队离开的方向走了一段，靳岉支撑不住，跪倒在雪里。细小雪花落在他身上，不到瞬间就被他的体温烧融，淅淅沥沥淌下，像一场大汗。他四肢虚软，肺中热痛，咳得停不下来。

现在不适合强行逃离，但留在烨台多一刻，他的恐惧就多一分。北戎天君不认他的质子身份，说明北戎打算撕毁萍洲之盟。盟约若毁，北戎随时可能进犯大瑀，他不能留在北戎，一是不安全，二是母亲与姐姐还在家中，他必须回去。

身后忽然传来鞭子的破空之音。靳岉踉跄跑了几步，背上猛地一痛，整个人扑倒在雪里，半晌爬不起来。

"抓奴隶咯！"浑答儿扬声大笑，同几位少年骑马在倒地的靳岉旁绕行。

靳岉背上被刺了一箭，半身麻痛，不敢乱动，口鼻中都进了雪。

"死了么？"浑答儿问。

"没死，还喘气。"都则有些紧张，"他不是质子么？怎么就成奴隶了？"

靳岉不知从何处生出一股力气，挣起上半身嘶声大吼："我不是奴隶！"

"我阿爸说你是奴隶，你就是奴隶。"浑答儿又笑，"跟贺兰砜混在一起，想必也不是什么好东西。"

靳岉终于挣扎着站起，他死死撑住膝盖，不让自己倒下。眼前一片模糊重影，只有刺目阳光与晃来晃去的马匹人影。鞭影伴着笑声，直冲他面门而来——但鞭子没落到他身上，有人挡在他身前，攥着从浑答儿手中夺下来的鞭子。

浑答儿从地上爬起，跳脚吼道："贺兰砜你敢踹我！这是烨台的奴隶！还未归主，谁先找到了就是谁的！"

贺兰砜单手持鞭，半步不退："不许碰他。"

第四章

奴隷

靳岷背上的箭还未拔去，浑身滚烫，想说话也没有力气。贺兰飒的鞭子甩得啪啪乱响，他只听见浑答儿等人的痛呼。马蹄声逐渐远去，周围静了。

"能走么？"贺兰飒转身挽他。

贺兰金英骑马行来，吹一声口哨："死了？"

"快送他回去。"贺兰飒急道，"他被浑答儿的箭刺中，幸好不是金禾箭。"

昏沉中，靳岷只知道自己被人拎上马背横趴，随着马儿前行，手脚晃荡。那箭还没有拔出，贺兰金英伸指弹了弹，靳岷霎时痛得打战。

贺兰金英扭头道："别怕，浑答儿力气小，这箭不过入肉半寸，拔出来便是。"

他话音才落，靳岷忽然从马背滑落，嘭地跌在地上。

"你！"贺兰飒将半昏迷的靳岷挽起。察觉靳岷已经走不了，他干脆蹲下，直接将靳岷背起。二人重量叠加，他双足顿时深深陷入雪中。

"怎么对大瑀质子这么好？"贺兰金英笑问。

他竖起耳朵才听清贺兰飒的回答："他借我狐裘，还给卓卓梨干。"

贺兰金英放声长笑。贺兰飒不再管他，独自背着靳岷，深一脚浅一脚往营寨走。

靳岷睡了醒，醒了睡。一场高烧之后，他虚弱不堪，瘦得几乎脱了形。

箭拔走了，浑答儿又被虎将军呵斥一顿，还要到贺兰飒帐中照看靳岷。浑答儿平日凶狠，但也没真的杀过人，常掀开靳岷被子看他还有没有气，换来的自然是贺兰飒的一顿好打。靳岷有时候被他们吵醒，只觉得烦，趴在被里不吭声。

"我不晓得你生了热病，我以为你躲得开。"浑答儿常常趁贺兰砜不在的时候跟他说话，"要不你也给我一箭？"

贺兰砜大步走进来："我代替他给你。"

浑答儿立刻改话头："我家干净，还没有羊粪味儿，你不如去我家住？"

但被贺兰砜瞪几眼后，浑答儿便闭了嘴。

自从得知贺兰金英当上百夫长还见过北戎天君，浑答儿等人不敢再欺辱贺兰砜。贺兰砜对他们的改变毫无感觉，赶走浑答儿之后总提醒靳岈不要与浑答儿太过亲近。

"你以后别跑了。"靳岈生病时一声不吭，贺兰砜受不了这种沉默，自己找话跟靳岈聊，"驰望原太大，大瑀人受不了寒，你一个人走不远的。"

靳岈闭着眼睛，贺兰砜不知他听没听进去，凑过去探他鼻息。靳岈睫毛颤动，懒懒瞥了贺兰砜一眼，半颗滚圆的黑眼珠压在眼皮下，目光很冷淡。

贺兰砜缩回了手。

靳岈病愈后，贺兰砜一家终于搬进了新的毡帐，兄妹三人不必再挤在一个帐子里生活。新帐子里有许多大瑀物件：矮桌、全新的笔墨纸砚，巨大的无从摆放的屏风，墙上还挂着一管洞箫，是母亲的遗物。

贺兰砜正擦拭随身的小匕首，回头便见靳岈站在毡帐之中，静静看自己。

靳岈已换了一身北戎奴隶的装束，臃肿肥厚，苍白的脸越发清瘦。他看了看臂上的狐裘，有几分犹豫："这狐裘我能留着么？"

贺兰砜答："它本来就属于你。"

"我需要跪你吗？"靳岈问，"我现在是你们家的奴隶。"

贺兰砜："不必。"说着把小刀塞在他手里，让他防身。

小刀是他的随身物件，靳岈当日在他腰上见过。刀鞘熊皮鞣制，十分坚韧，刀柄上镶嵌着几枚细小的金珠，怕是贺兰砜身上最值钱的东西。

靳岈不肯收，两个人推推搡搡时，贺兰金英掀帘大咧咧走进来。

"这不是阿爸留给你的？"他随口道，"走吧，我们去虎将军帐子里吃饭。"

他进毡帐似乎就为了说这句话，抱起卓卓离开时又望了靳岈一眼，冷笑道："居然还有见了主人不下跪、不掀帐的奴隶？"

靳岈很害怕贺兰金英的狼瞳，那里面似乎藏着野兽的魂魄，随时要将自己吞噬、撕裂。他很干脆地跪下，把头低到地上。

贺兰砚："他不用跪。"

贺兰金英问："为什么？"

贺兰砚："他……他借我狐裘，还给卓卓梨干。"

贺兰金英大笑："这是什么理由！你忘了我说的话么？大瑀人对你示好，总有他们的目的，大瑀人绝不是我们的朋友。"说着把贺兰砚拉出去。

贺兰砚回头，只看见靳岈仍跪在原地，纹丝不动。

宴散回家，毡帐中冷冷清清，虽然点了灯，靳岈却不在。他跪下的地方摆着一把小刀，刀柄金珠在油灯下细细地闪光。

烨台人口少，能蓄养奴隶的更少，虎将军为求方便，将部落中六七户人家的奴隶全放在一处，做了个大毡帐让奴隶居住。

靳岈之前重病，贺兰砚和卓卓要求大哥收留，贺兰金英便遂了弟弟妹妹的意。如今靳岈病愈，自然被他赶回了奴隶们的大帐子。

奴隶帐子昏暗陈旧，弥漫着一种混杂了羊膻、尘土、肮脏毛毡与油垢的独特气味，冲鼻欲呕。帐子四周满是补丁，寒风见缝就钻，奴隶们男女混住，帐子里全是蜷缩的破被褥，里头埋着一两个熟睡的人。

靳岈在角落寻了个空位置，身下是干草与纸一样薄的旧毛毡。他裹着狐裘，勉强有一丝暖意。

深夜，浅睡的靳岈忽然被身上的一只手摸醒。那人正要掀开他的狐裘，靳岈奋力把身上之人踹开，吓得不轻。那人躲得快，一把抓住靳岈的腿，臭烘烘的大手已经按在他胸前，用北戎话说了一句："男的？"

但动作丝毫没停，扯开狐裘后立刻动手撕靳岈的衣服。靳岈毛骨悚然，低吼一声，往那人胯下又踢了一脚。但冬季衣服厚重，他力气又不济，攻击全然无效，反倒给了那人擒住他手脚的机会。几番打斗，他始终被那人死死压住。粗糙大手带着臭气在他脸上抓来抚去，靳岈眼里几乎喷出火来，张口朝手指狠狠一咬。

那人嗷地惨叫，靳岈还没从他身下钻出便被狠狠掴了一巴掌。那人色欲全无，抓住靳岈头发往帐外拖，嘴里胡乱喷出靳岈听不懂的北戎方言。

帐中不少奴隶已经被惊醒，但没有一个人帮忙。奴隶争斗，有生有死，他们自顾不暇，不可能施以援手。

靳岈忽然反手钳住那人手腕，发了狠劲往他皮肉里抠。那人手劲不松，靳岈抱住他腿，抬起手肘，朝他腰间狠狠一撞！

那人再次惨叫，这回彻底松了手。靳岈忍着头皮剧痛，起身冲出帐子——烽台营寨里，现在唯一能帮他的人只有贺兰砜，他得立刻去找贺兰砜……

他撞进一个人怀中，抬头便见到一双笑盈盈的狼瞳。

贺兰金英单手扶着他，亲切地问："小将军住得还习惯么？"

靳岈衣服全被扯乱了，本来就穿得肥厚臃肿，如今越发显得落魄。他整理好自己衣襟，站直身才道："靳岈今日才知道，北戎人是这样对待奴隶的。"

贺兰金英："既是奴隶，你还想要金汤玉食、厚被暖裘？"

靳岈冷笑，他腰腹隐隐地疼，说话间有些喘不上气："我现在是你家的奴隶。欺辱我同欺辱你有什么分别？"

贺兰金英点头："你们有句话，打狗还得看主人。"

靳岈牙根发疼。北戎人十分重视狗儿，并不把狗看做卑下之物，贺兰金英说这句话是故意要羞辱他。

"你不会让我死。"靳岈冷笑，"否则你和贺兰砜不会救我。羞辱忠昭将军的儿子，你觉得高兴是么？原来北戎人只有这种不入流的本事。你们若是真的神勇，当日在战场上，又怎么会折给我父亲三万北戎士兵！"

贺兰金英静静看着靳岈，上上下下打量他。

"你现在才像靳明照的儿子。"贺兰金英丝毫不怒，笑着说，"可嘴上的力气管什么用？且看你熬不熬得过北戎的冬天吧。"

他看了眼跟在靳岈身后那北戎奴隶，简单交待身后兵丁："扔了。"

兵丁拖着哀号的奴隶往驰望原方向去，那奴隶求饶不成，开始用北戎话骂贺兰金英和贺兰砜都是吃爹娘的狼崽子。靳岈听得懂北戎话，不禁看了贺兰金英一眼。

"回去吧，"贺兰金英平静道，"奴隶。"

奴隶帐子一片静寂，仿佛方才什么事都不曾发生过。但靳岈所在的位置已经微妙地空了出来。他捡起地上的狐裘拍打干净，与一位奴隶对上眼。那人慌忙背过身。

从这天起，没有任何一个奴隶敢与靳岈说话。

于是每日除了打扫毡帐、喂羊洗马、下河凿冰，靳岬再无其他事情。

贺兰砜兄妹三人早已经习惯料理自己，年纪最小的卓卓也会做饭洗衣。靳岬曾找出贺兰砜的衣裤清洗，但衣物刚下水，贺兰砜便面红耳赤地奔来，连盆带水一起端走。奴隶不理他，他又不大想跟贺兰砜亲近，除了偶尔和卓卓说大瑀的故事，或应付浑答儿荤素不忌的玩笑，日复一日均是重复。

恍恍惚惚过了两个多月，靳岬手心慢慢生出薄茧。靳明照的死，莽云骑的全军覆没，还有白霓的消失，痛楚渐渐没那么强烈了。两个月前的事情，甚至更久之前梁京的一切，像是被纱帐蒙上，他偶尔回看，只窥见一层蒙蒙轮廓。

他就这样做了北戎的奴隶，似乎没有怨怼，也没有反抗。

漫长冬季过了酣处，贺兰砜兄妹三人去了趟北都。没人管的靳岬有时会在打扫毡帐之后，在毡毯上盘腿坐下，小声吹起洞箫。浑答儿在帐子门口徘徊，粗声粗气问他问题。靳岬答了他也不走，在帐外默默地听。箫声曲折婉转，沥沥如泣。

这一日，雪后初晴，贺兰砜一家人终于回到烨台。贺兰砜一下马便直奔奴隶毡帐，但没找到靳岬。

靳岬正在看浑答儿他们猎兔。

天气晴好的时候，驰望原的雪兔会出洞觅食。雪兔的灰白皮毛在日光照射下，与雪地反光几乎融为一体，极难发现。浑答儿和都则是烨台的猎兔好手，他们想在靳岬面前露点儿活本事，都说要给他抓个活兔子，两副套索舞得飞起。

兔子东奔西跑，脚力遒劲。驰望原茫茫一片，它们却总能在毫无印记之处掘出洞口，险险躲过猎手的绳套。

贺兰砜来到驰望原时，正见到浑答儿把一只兔子交到靳岬手中。自从靳岬成了烨台奴隶，贺兰砜从未见这人脸上露出过如此亲切快乐的笑容。他茫然中带着恼怒，大步朝二人走去。

浑答儿大方地把兔子放进靳岬怀中："听说大瑀人很会吃，你懂不懂烧兔子？"

"懂的。"靳岬仰头冲他一笑，"拨霞供你可曾听说过？"

浑答儿连这词语都无法准确重复："没听过。"

靳岄又说："兔肉切片，清水汤锅加料，烫熟就能吃。但有些食料烨台可能没有，我得找找。"

浑答儿勒紧马头，在他面前停下，俯身弯腰："什么食料？你告诉我，我认识大瑀的商客，让他们带来就行。"

靳岄仍是一张亲切的笑面，黑眼睛里映出浑答儿长出了小胡子的脸："好啊，我仔细想想。"

浑答儿似是还有话想跟他说，但余光看见贺兰砜走近，顿时冷哼："你主人回来了。"

贺兰砜看看浑答儿，又看看靳岄怀中紧抱的兔子："也就只能抓抓兔子。"

浑答儿大眼一瞪："你说什么！"

靳岄抱着兔子迅速逃离战场。贺兰砜快步跟上。靳岄的笑容完全不见了，抬眼看贺兰砜时，又是平静冷淡的一双黑眼睛。贺兰砜心头有几分古怪的委屈。

他心里藏不住话："你跟浑答儿做朋友了？"

靳岄："没有。"

贺兰砜："你要了他的兔子。"

靳岄站定了。"因为你不喜欢浑答儿，所以我不能跟他来往？"他面上没显露一丝恼怒，只是平静叙述，"贺兰砜，我是你们的奴隶，你打算连我跟谁说话也要管？"

"他让你受了伤，你还对他笑？"贺兰砜要从靳岄怀里把兔子抢走，靳岄死死护着怀中柔软的小兽，"你不恨他吗？"

靳岄始终没让他抢走，等贺兰砜收回手他才回一句："我没空恨他。"

见贺兰砜不吭声，靳岄便继续往前走。贺兰砜气了片刻，又紧紧跟上，大声说："我给你带了大瑀的东西。"

靳岄果真惊喜回头："什么？"

二人风风火火冲入奴隶毡帐，贺兰砜指着角落，平素执拗的脸上露出几分得意。

角落蜷着一张鹿皮褥子，此时听见人声，褥子中的少女才坐直身。她头发被剪得乱七八糟，脸上满是灰尘，乍见眼前这俩人，受惊般紧紧缩起脖子。

靳岄惊呆了："这是……"

"我给你买的大瑀奴隶。"贺兰飒连声音都带几分雀跃，"以后有她作伴，你便不会无聊。"

靳屺霎时间被愤怒激得目眩。他背上伤口已经痊愈，此时忽然又隐隐热痛，仿佛那枚铁箭从未拔出过，已在他血肉里扎根。

"你疯了！你怎么能给我买奴隶！"他大吼，"你们把人当作什么了！"

帐中几个奴隶吓得立刻跪在地上，瑟瑟发抖。贺兰飒被他抓住衣领，又见他对自己发脾气，登时也怒了："怎么？大瑀人家里没有奴隶？"

"那不一样！"

"有什么不一样？"他扯开靳屺的手，"活生生的人难道不比浑答儿的兔子好？"

靳屺根本无法在这个问题上与贺兰飒沟通："你怎么能把人跟兔子相提并论！"

那兔子已经从靳屺怀中跳下，奔出毡帐。贺兰飒正了正领口，心头莫名一股无法纾解的烦躁："我听说大瑀人家家户户都有奴隶，怎么到了北戎就忽然不对了？大瑀人可以买奴隶，北戎人却不可以，你未免太虚伪。"

靳屺被他这句"虚伪"气得口不择言："北戎人、北戎人，可你也并不是北戎人！"

贺兰飒神情一僵，各色复杂情绪在他尚未摆脱稚气的狼瞳中滚动。他一时不知如何回应，口讷中又生出新的恼怒，像是无法相信这些话竟然会出自靳屺之口，羞恼、愤怒、憎恶与委屈全数掺杂在一起。他扭头就走。

毡帐中的奴隶纷纷跑出，只剩靳屺和那新买的奴隶姑娘。靳屺急喘几口气，心头渐渐懊悔。

他说错话了。

第五章

骑术

贺兰飒满腔郁气，风一般奔到驰望原的小松林里。

　　驰望原高树不多，勉强有几片阔大的松林与桦林，小松林距离烽台最近，是贺兰飒最喜欢去的地方。幼年时，营寨中没有孩子与他们玩，兄妹三人便在这林子里打发漫长的时光。贺兰金英用木板与希楞柱在最大的松树上搭了个牢固的小帐子，卓卓夏天喜欢跑这儿睡觉。

　　贺兰飒躺在小帐子的干草中，看着头顶发愣。

　　七八根希楞柱立在粗大松树枝上，另一端汇在一起扎紧，再蒙上一层挡风遮雨的毡布，便是最简单的帐子。希楞柱汇集的地方留了一处小小的空隙，树顶的雪被风吹碎了，从空洞懒懒坠入，落在贺兰飒身上。

　　贺兰飒一时间分辨不清自己为何生气。

　　靳峫说得对，他并非北戎人。

　　从诞生之日起，他身上便流淌着高辛人与大玚人的血，他还有一双狼瞳和更近似大玚人的眉目，分别来自绿眼睛的父亲与面貌俏丽的母亲。

　　在北戎的传说中，来自西北边陲的高辛人是灾难的化身。他们的绿眼睛是被狼神惩罚的证明：古老庄严的神灵把邪狼的魂魄寄藏于高辛人身上。绿眼睛的高辛人会吃掉父母、兄弟姐妹与子女，摧毁河川山谷，带来席卷大地的浩荡灾难。

　　贺兰飒出生时，烽台的人已经接纳了父亲和兄长。但父母先后离世，传说似乎被证实，一切渐渐变得不同了。

　　贺兰金英那时候已经是十几岁的少年，他是烽台最英俊的骑手，却连参加骑术比赛的资格都没有。卖掉家中的两匹马儿后，兄弟俩总算凑到一点钱粮，把几个月大的妹妹从重病中救了回来。

但传言没有停止。贺兰金英常常在外打猎游牧，卓卓被营寨的女人们照顾着，贺兰砯成了最适合的靶子。他只能想方设法自保：跟在浑答儿马屁股后头，任他取笑，任他鞭打；说北戎话，嘲讽自己的狼眼睛，和北戎男儿一样，大口喝北戎的酒；用父亲留给他的小刀切割羊肉马肉，学习应付风驼。贺兰金英取笑过他，劝他不必这样。可对一个十岁的孩子来说，不被人接受和善待，他的痛苦是难以言喻的。

想在驰望原生存下去，他必须先成为北戎人。

但被靳岈骤然说破，贺兰砯有种说不清的伤心。他救过靳岈一次，他以为靳岈和别的那些人应当是不一样的。

有人敲了敲树干，树顶簌簌落下一片雪。"贺兰砯。"许久不见有人回答，贺兰金英在树下笑了，"和你的小奴隶吵架了？"

贺兰砯探出脑袋："你来做什么？"

"来给你出主意。"贺兰金英笑道，"他若让你生气，你就让他去干苦活，若还生气，就把他给了浑答儿。我看浑答儿可是很喜欢他……"

贺兰砯静静看他乱说话，眉目间是明确的拒绝。

贺兰金英说够了也就停了，手中马鞭轻轻敲击树干，仰头看自己弟弟。

"我知道你不舍得。"他说，"他是你的朋友。"

贺兰砯终于开口："他不是。"

"只有朋友才会为这种事情生气。"

贺兰砯一下坐直："你偷听我们说话！"

"只是恰巧路过。我提醒过你，大瑀人想法古怪，人人金贵，靳岈从没把你当成朋友。"贺兰金英说，"但他骂你，便是他不对，我刚揍了他一顿。"

贺兰砯一惊："他病刚好！"

贺兰金英："还剩半口气，去看看？"

贺兰砯连忙下了树，骑上贺兰金英的马往回走。

自从当了百夫长、搬进新毡帐后，兄弟俩都有了牛马，卓卓从靳岈那里学到了一个词，天天自称"大户人家"。贺兰金英想问贺兰砯喜不喜欢那匹黑色高辛马，但贺兰砯一直心不在焉。

"大哥，我们是哪儿的人？"

贺兰金英没有半分犹豫："高辛人。"

"……但我们阿妈是大瑀人。"

"所以我们也是大瑀人。"贺兰金英随口应。

"这怎么行？"

"为何不行？"贺兰金英笑了，"驰望原上有哪位天神规定，一个人仅能归属一片土地？百年之前这儿没有北戎，百年之后天底下也没了大瑀。现在你我身在驰望原，你甚至可以说你是驰望原的人。"

贺兰砜心头忽地一松："驰望原的人？"

"对！"贺兰金英夹紧马腹，马儿在雪原上奔跑起来，他揽着身前的弟弟，"我们有马，有一双腿，我们可以去天底下任何一处地方，想成为哪儿的人，就往哪儿去！"

贺兰砜被他感染，在马上大声呼啸，满心畅快。贺兰金英策马绕着小松林奔了几圈才松开缰绳，任由马儿慢慢走回烨台。

"你真想跟质子交朋友，送奴隶送兔子都不行。"贺兰金英忽然说，"何不跟他学写大瑀文字？"

贺兰砜看向贺兰金英被阳光照亮的半张英俊脸庞："我会说大瑀话。"

"但你不会写。"贺兰金英揉揉他头发，贺兰砜发色比他深，只有在强烈日光中才泛出几分浓金光泽，"你连他名字也不会写。"

贺兰砜低头了。

"学写大瑀字，学些大瑀习俗……"贺兰金英状似无意，轻轻一提，"问问他大瑀的事情，靳家是什么样子，梁京街道什么模样，皇宫在何处……干脆让他给你画个梁京地图，画着画着，就聊起来了。"

贺兰金英当然没有揍靳峿。贺兰砜一阵风似的冲进奴隶帐子，看到靳峿正给那少女擦脸。他只看一眼，愣了片刻，转头又一阵风似的冲了出去。

贺兰砜来去太快，靳峿甚至没来得及和他说上一句道歉的话。

仔细擦净少女的手脚脸庞，靳峿问："他们没欺负你吧？"

少女摇摇头。

"你叫什么名字？"靳峿又问。

少女抓起他的手，一笔笔在他掌心写字。她竟不会说话。

"阮不奇……"靳岇问，"你家乡何处？"

阮不奇写给他看：流浪日久，路上惊怕，许多事情都忘了。

靳岇心中发疼，紧紧握住她的手，像是对她说，也像是对自己说："别怕，我带你一起回大瑀。"

兔子跑了，隔天浑答儿跟靳岇讨要拨霞供，靳岇自然给不了。未等浑答儿生气，靳岇立刻说："或者你教我骑马？我也想试试猎兔。"

都则在一旁上上下下打量靳岇。靳岇看起来实在不像一个可以猎兔的骑手。虽然这段时间的奴隶生活让他黑了一些，壮了一些，但在北戎人中仍是格格不入的那一个。

浑答儿却答应了。他热衷于在靳岇面前展示家中的富有，主动邀请靳岇去看自家的马厩。马厩里有七八匹骏马，全是北戎种或高辛种，高大健壮，皮毛油亮。

"烨台最好的马都在我家的马厩里。"浑答儿言语骄傲。

"我知道，烨台的人都这样说。"靳岇看向浑答儿，满是钦佩，"浑答儿，你觉得我这样的资质，多久能学会？"

一刻钟后，浑答儿给了靳岇答案："我觉得你永远也学不会。"

靳岇双手攀在马鞍上，怎么蹬腿都爬不上去。那马儿性格温顺，尾巴闲闲地拍着，良久从鼻中喷出一口气。

靳岇尴尬："它太高了。"

浑答儿："……这是最矮的一匹。"

他托着靳岇背脊和腰臀，硬是将他推上马背。靳岇还没坐直，那马儿往前走了半步，他顿时吓得趴在马鞍上，死死揪着缰绳："怎么跑起来了？"

浑答儿："没有跑。"

马儿被勒得不舒服，甩脑袋又走两步。靳岇："又跑了！"

浑答儿："没有！"

他筋疲力尽，开始劝说靳岇放弃学骑马，玩玩兔子也就算了。

阮不奇坐在马场旁，看得乐不可支。一匹黑色骏马缓缓行来，贺兰飒在马上面无表情地问："他在做什么？"

阮不奇比画着跟他形容。贺兰飒远远看靳岇，又是诧异，又是好笑。

"忠昭将军的儿子不懂骑马？"他低声对阮不奇说，"只有浑答儿这傻子才信吧？"

贺兰砜驱马走近，靳屼的马儿察觉到陌生马匹，开始不安。马儿一动，靳屼立刻惊恐地左右看："怎么了？"

浑答儿："大璃人骑不了北戎的马，你下来吧。"

贺兰砜不吭声，上上下下打量靳屼和他的马，嘴角有一丝暗笑。靳屼抓住缰绳，马儿终于往前走了两步。他喜道："我这是学会了？"

浑答儿："差得远。"

靳屼又问："你还能再教我么？"

他如此诚恳，浑答儿应得十分快乐："好啊，教到你学会猎兔为止。"

贺兰砜脸上的暗笑消失了，他咬了咬牙，不凉不热飘过去一句："烨台最好的骑手不是你吧，浑答儿？"

这一次浑答儿居然没有反驳也没有否认，只是瞪着贺兰砜。

"想学骑马，不如找烨台最好的骑手教你。"贺兰砜看着靳屼，"三脚猫教不出好徒弟。"

靳屼终于等到他主动跟自己搭话，昨日那场不愉快，贺兰砜似乎并不挂在心上。靳屼装作不解："烨台最好的骑手是谁？"

贺兰砜不答，微微昂起头，手里的马鞭轻轻在马儿颈侧甩动。他的容貌有一种混合了高辛人之粗犷与大璃人之细腻的俊美，发色深棕而近乎黑，日光挑亮了几缕金色发丝，缠绕在他的目光里。

靳屼看他的眼睛，他也看靳屼的眼睛。眼里潜藏的一丝碧绿被雪地与天光照得通透，他是一个期待答案的孩子。

"我还是跟浑答儿学吧。"靳屼一本正经，"浑答儿教得很好。"

贺兰砜一抽马鞭，马儿呼啸嘶鸣，踏破雪地静谧，远远奔去。

他在驰望原跑了一圈，拎回来一串兔子，扔给阮不奇。阮不奇逐个解开绳扣放走兔子，贺兰砜便坐在她身边，一时气恼一时茫然地看浑答儿教靳屼上下马和骑行。

靳屼从浑答儿口中问出了不少贺兰砜的事情。

因家中无马，贺兰砜学骑马时，借的是虎将军的坐骑。他天资聪颖，又得虎将军推荐参赛，曾连续三年成为朗赛大会最优秀的骑手，还因此获得过北戎天君赏赐的金禾箭。只是那支金禾箭在贺兰砜手中停留不到一碗油茶的功夫就被转手卖出，换了银钱。

忽略浑答儿"但别的本事我比他更厉害"的强调，靳岈忍不住回头看贺兰砜。

贺兰砜正远远盯着靳岈。

"新手第一次骑马的时候不可能把脚准确无误踏入马镫。"他跟阮不奇解释，"第一次骑马的人，因为紧张，总会大力夹紧马腹，马儿容易吃痛受惊。若真是新手，马儿会有反应的。"

阮不奇完全没听，正努力解最后一只兔子的绳结。

贺兰砜："莽云骑是大瑪最精锐的骑兵，忠昭将军的儿子怎么可能不懂骑术？行了，这只别放，你不想吃烧兔子？"

阮不奇终于被食欲打败，松了手。

等靳岈回到他面前，贺兰砜已经快把那小兔子摸晕了。

阮不奇把雪兔装在帽中，托起给靳岈。贺兰砜起身说："我想吃烧兔子。"

靳岈："拨霞供？"

贺兰砜回忆片刻："……嗯。"

浑答儿远远听见，气得跳脚："那是他要做给我的！"

靳岈："好。"

贺兰砜一把从帽中拎起那小兔，心头郁气已经烟消云散。他想起贺兰金英的建议，又问靳岈："你能教我写字么？"

靳岈立刻回答："能。"

两个人从对方眼里都看到了一丝和解的快乐，岌岌可危的情谊总算稳固回来。

贺兰砜拎着兔子，靳岈牵着阮不奇，三人往营寨的方向走。靳岈问他："烨台最好的骑手，懂得杀兔子吗？"

贺兰砜："当然。"

靳岈飞快笑了笑。他平素冷淡的脸色因为这个笑而生动灿烂起来，本来就漂亮风流的眉目，倏忽间生出光彩。

许多年后，当贺兰砜回忆自己和靳岈的一生，他总会想到这个笑。他是从这一笑开始，渐渐懂得如何分辨靳岇脸上诸般表情是真是假的。

它是靳岇给他的允可，一把钥匙，是漫漫长路的第一刹那。

贺兰金英在帐中收拾行装。卓卓看见贺兰飒带回一只兔子，立刻举手讨要。

"我过几天要同虎将军去萍洲。"贺兰金英打量他，"心情很好？发生了什么好事？"

贺兰飒把兔子给卓卓："没什么。"

卓卓："靳岇哥哥学会骑马了吗？"

贺兰飒忍不住笑了笑，摇摇头。

贺兰金英又问："你为什么总黏着那个奴隶？"

"他借我狐……"

"我知道，狐裘，狐裘！"贺兰金英蹦过去揉他头发，"我送你一百件狐裘，你愿意天天去看我骑马吗？"

贺兰飒被问得哑口无言，卓卓已抱着兔子奔出去玩耍。

"你是头一次见到和自己年纪相仿的大瑀孩子，对不对？就跟那兔子一样，逗起来很好玩罢了。"贺兰金英笑道，"你不过是看他新鲜。"

卓卓把兔子放了，拨霞供始终没吃上。

贺兰金英和虎将军日日在帐中议事，烨台部落所有将领全都钻进了那热烘烘的帐子里，营地上空偶尔飘着雪，沉闷紧张的气氛犹如北风，无孔不入。

贺兰飒的帐子里烧着牛粪，阮不奇给卓卓梳头发，靳岇正教贺兰飒写字。他从横平竖直开始，极有耐心："收笔时，稍稍往回一顿、一勾……"

他嫌说得不清楚，从贺兰飒身后握住他的右手。贺兰飒写出了一个勉强端正的楷字。

"很好！"靳岇大赞，"写得太好了！"

贺兰飒半信半疑，瞅他一眼，轻轻摆脱他的手，自行誊抄。靳岇把手缩回袖中，暗暗地笑——他想起白霓对贺兰飒的评语。

在无人注意时，靳岇的目光落在柱头一把剑上。这是贺兰金英的备剑，重量不沉，靳岇偷偷掂过，非常合适。他的右手在衣中缓缓张开，再缓缓合紧。

忠昭将军的儿子，当然不可能不懂骑马。

正因为他身体自小孱弱，父母与姐姐想尽了办法教他骑射武艺，不为争斗，不为作战，只为强身。他懂得骑马，也懂得持剑御敌。

他已在北戎待了将近两个月，逃离的一切准备都已做好，只待时机。

"这是梁京的梁么？"贺兰砜指着纸上一句"呢喃燕子语梁间，底事来惊梦里闲"问。

这话勾起靳峄那份抑压许久的乡愁。他细细抚着贺兰砜写的"梁"字，低声道："对，梁京的梁。"

片刻激动已经令他手指轻颤，漆黑如墨的眼中溢出水色。那片薄薄的泪敷在瞳仁之上，随着靳峄睫毛而颤抖。但下一瞬，靳峄闭眼，将所有情绪收好。

"我没去过梁京。"贺兰砜说，"它是什么样的？"

在这片绵延千万里的土地上，最长最浩瀚的江河是列星江。

列星江全长万余里，自西向东淌过无数连绵山峦，流经中段时在杨河城分出一条支流，名唤沈水。沈水自西北往东南流经梁京，大瑀最繁华的城市。

因依傍沈水而建，梁京全城似一个巨大的纺锤，两端狭长，中心宽阔，街巷分区列布。它气候温和，四季分明，花光满城，水声入户。靳府所在的清苏里附近有沈水的一条支溪，燕子溪。

燕子溪两旁栽种无数海棠，春日风色轻软，花香满溢，溪边家家户户的檐下都是燕子巢。雀儿归春徙，热闹非凡。年节佛节之时，燕子溪、沈水上常有五彩船舟，"水傀儡①""水秋千②"各色技艺眼花缭乱，溪边众人边走边看边赞，银钱珠玉落雨般扔进船中。

燕子溪一直淌入皇城。

皇城深藏于梁京内城，而内城与外城之间以八大巨门相通。靳峄最熟悉朱雀门与降虎门。

降虎门附近有梁京出名的潘楼，闲聊听曲，此处最佳。潘楼周围巷陌交织纵横，市井店铺林立，常有仕女夜游吃茶。售卖各类吃食的夜市三更才停，五更又重新开张，极为热闹。靳峄的姐姐常在夜里偷偷带他去马二街夜市玩

---

① 水傀儡：水上傀儡戏，可在小船上搭傀儡棚表演，艺人藏身傀儡棚中，借水、船为景，控制傀儡唱作。
② 水秋千：在画船彩舟上搭秋千架，表演者荡秋千并表演杂技，在荡到与横架平行时脱离秋千，在空中翻滚并落入水中。

儿，夏天吃冷淘、凉水荔枝膏、雪泡豆儿水，冬天则首选羊肉馄饨配胡饼，少不得还得加一壶银瓶梅酒。

靳岇讲得入神，阮不奇抱着卓卓凑近了听。

贺兰砜怔怔看靳岇。自从这位大瑀质子进入北戎，他从未见过靳岇脸上有过这样天真、愉快的丰富表情。

眼前少年不再是雪原上赤红着病容也要勉强站立的质子，贺兰砜忍不住随着他所说的话笑起来。靳岇说的东西他没见过，甚至想也没想过，他在这一刻忽然对遥远的梁京生出了憧憬。

靳岇瞥见贺兰砜神情，忽然有些羞赧，忙恢复成端直站姿："这两句诗学会了么？"

贺兰砜却问："降虎门在何处？"

靳岇："内城东南。"

贺兰砜："你把它画出来行么？燕子溪怎么穿过清苏里的？潘楼到底在哪个位置？"

靳岇："我岂不是要给你画一张梁京地图？"

贺兰砜想起贺兰金英的话，没有丝毫迟疑："好啊。"

靳岇脸上笑意渐隐，眼中滚动着许多复杂情绪，迟疑许久才笑道："你好好习字，我就画。"

这一夜，阮不奇深夜醒来，发现靳岇点着一盏小小油灯，正在一张纸上描画。浓墨盛在卓卓平日喝油茶的小碗里，他跪趴在地上，不时将小碗与冻结的笔尖放在灯火上烘化。

纸张颇长，一座纺锤形城池已经初具规模，靳岇正在勾画内城和外城之间的城墙。在纺锤中心偏上的位置，一块方方正正的空白处，他还未着手。

"这是内城……这是皇宫……"靳岇指着那空白处低声说，忽然极轻地笑了一下，"留我一命，原来是为这个。"

说到此处，他情绪忽然激动，不得不紧紧攥着右手让自己冷静。笔尖已在雪白宣纸上拖出一小段颤抖的痕迹。

翌日，靳岇把梁京的街道地图交到贺兰砜手中。贺兰砜没料到他画得这样快，靳岇解释称这是没能让贺兰砜吃上拨霞供的赔礼。

"我再去抓个兔子。"贺兰砜说。

几日前深入驰望原森林的猎户惊动了沉睡的黑熊，一行人死的死伤的伤，烨台组起了猎熊队，打算今日去解决那黑瞎子。贺兰砜与浑答儿等人也在队中。

"可能要下雪。"贺兰砜对靳岈和阮不奇说，"风雪若是太大，你们来陪陪卓卓。"

靳岈知道他是怕两个人待在奴隶帐子里冻出病，点头答应了。

回到帐子的贺兰砜把地图放在桌上，转身换衣换鞋。贺兰金英一走进住帐，立刻被地图吸引。他草草扫了一眼："动作可真快，这就画好了？"

靳岈不仅在地图上仔细勾画出梁京所有城门与街道的位置，连皇宫的数道宫门、几处大殿也无一遗漏。

正沉吟时，贺兰砜忽然把纸抄走。

"让我跟靳岈学写字，去了解梁京状况，"他低声问，"这地图才是你真正想要的东西？"

贺兰金英朝他伸出手，不语地看他。

"他是大瑀人，他要回去的。"贺兰砜说，"若是大瑀皇帝知道他把梁京地图给了我们，他会死。"

"他是生是死，跟我们有什么关系？"贺兰金英抢不走地图，浓眉一皱，"他画出来了，便是他蠢钝如猪，毫无警觉。这样的人，与靳明照哪里有一丝相似之处？若不说他是靳明照的儿子，他这样的文弱书生，谁会多看一眼。"

"我知道你钦佩靳明照。"贺兰砜说，"可你为何不喜欢靳岈？"

"我没有狐裘，也没有梨干。"

贺兰砜："……"

"他既然是靳明照的儿子，就应当有靳明照的风骨，自己的生死自己把控。"贺兰金英跨到贺兰砜面前，俯视他固执的眼睛，"听好了，你若不把地图给我，他才真的会死。"

第六章

出逃

贺兰砜的毡帐后方，阮不奇正抱着一捆干草走过。这是要喂给贺兰家那两匹马儿的料草，不重，但她走得很缓慢。少女白净脸庞上有一种沉稳的表情。她略略弯腰，脚步极轻，不会比风吹过草尖引起的骚动更强烈。

帐中，贺兰金英和贺兰砜仍在讲话。

"……他会死？"贺兰砜茫然不解，"为什么？"

"萍洲盟毁了，靳岵毫无用处，北戎天君本打算杀了他。"贺兰金英没有再隐瞒，"靳明照父子的死，足以令大瑀军队对朝廷彻底失望，丧失战意。"

贺兰砜脸色苍白："他为什么改了主意？"

"个中原因你无须知道。"贺兰金英终于将地图抓进手里，"总而言之，把地图交到天君手上，你的新朋友才能保住性命。"

贺兰砜："为什么天君要梁京地图？"

贺兰金英已有些烦，但他仍耐心回答："北戎与金羌合力在白雀关攻打大瑀，这是计划与事实。但靳明照之死，完全出乎我们意料。天君只是利用了这个意料之外，现在西北边防军没了主将与莽云骑，必定要从北方边防军中调动将领。这是北戎切入大瑀的最好时机。"

他转身按住贺兰砜的肩膀。

"你记住了，靳岵留在烊台，不是因为天君慈悲，仅因他尚有些利用价值。"贺兰金英说，"留下靳岵一条命，正是为了从他口中套出梁京与皇宫路径。"

贺兰砜没有立刻应声。如果大哥说的是真的，把靳岵囚禁于北都才是最好的办法。北都巡令司的询查手段足以令靳岵死去活来，也足以挖出所有天君想要的东西。

贺兰砜心中一动："哥哥，你对天君说了什么？"

贺兰砜没有回答，另起话头："我知道他想回大瑀。但身为奴隶，他绝不可能凭一己之力逃离驰望原。贺兰砜，我警告你不要做错事，我今日就要与虎将军启程去萍洲，没有三五个月回不来。你切莫为了义气，葬送了我和卓卓。"

贺兰砜只是咬唇不答。

"听懂了么！"贺兰金英大声喝道。

良久，他才等到贺兰砜一句"懂了"。

阮不奇找到靳峁的时候，猎熊的人们已经整装待发。

领队的是阿苦剌，他满头花白头发，看人时总是皱着眉毛眼睛，鼻子不断抽动，据说他嗅觉灵敏，能闻出一个人是好是坏，是善是恶。靳峁和阿苦剌没有来往，偶尔喂马、取冰时，会看到老人在部落里晃来晃去。他腰上永远挂着一柄弯刀，但从没见他使用过。

靳峁正与浑答儿讲话，还是他平常那副温和又亲切的表情，脸上浮着得体的笑。阿苦剌远远看见，鼻头又动了动。

浑答儿很喜欢靳峁的示好，挥着马鞭手舞足蹈，说得口水四溅，白气滚滚。

贺兰砜远远奔来，背上负着弓箭。看见靳峁也在，他不由得放慢脚步。浑答儿抢先开口："靳峁，你见过大熊么？我给你打个熊耳朵回来，你钉在帽子上，烨台所有人都晓得你是我浑答儿的朋友，没有人欺负你。"

贺兰砜根本不理他，直接把靳峁拉到一旁："照顾好卓卓，我回来后有话对你说。"

他从腰上解下那把小小的匕首，塞进靳峁怀中。靳峁正要拒绝，贺兰砜已经一阵风似的骑上他的黑色高辛马，当先奔了出去。

一队人呼呼喝喝，消失在驰望原的茫茫雪原中。

阮不奇拉了拉靳峁的手，靳峁这才收回目光："怎么了？"

少女双手胡乱比画，见靳峁还是不懂，便抓住他的手要写字。风中忽然传来甲胄清晰而错杂的声音，靳峁忙牵着她，压低腰，爬上一旁的雪坡。

一支足有三四百人的队伍，正整齐离开烨台营寨。他们穿过雪原，直朝着南方去了。

厚厚积雪云从远山逼近，如同神祇巨手，压向人间。虎将军与贺兰金英带走了烨台的一批勇壮兵丁，少年人又在驰望原猎熊，营寨里只剩寥寥几个巡逻士兵。

"不奇。"靳屹低声对阮不奇说，"这是我们唯一的机会。你立刻到贺兰砜帐中，拿走贺兰金英的备剑，不要让卓卓起疑。方才浑答儿已经答应借我马儿练习骑术。"

阮不奇睁大了眼睛，满是怀疑和惊讶。靳屹把贺兰砜留给他的小匕首稳妥放入怀中。

"我们就在这坡下会合……"他目光闪动，全是难抑的激动，"启程，回大瑀！"

靳屹现在是烨台的一个笑话。烨台男女没有一个不懂骑马，比他年幼太多的卓卓也是骑马好手，但他却连最温顺的马儿也无法驯服。

来到浑答儿家的马厩时，他并未受到任何阻拦。浑答儿家中还有几位仆从，见靳屹过来，纷纷用北戎话开起玩笑。靳屹没有选他平时常骑的矮马，转而指着一匹十分高大结实的北戎骏马。

仆从笑得越发张狂，他们看着靳屹瑟瑟缩缩地牵马、引马，带烨台口音的北戎话说得飞快，靳屹有些分辨不清。但这已经完全不重要了。他自称练习，紧紧攥着缰绳，装出几分害怕，牵着马儿一步步往外走。

看不见浑答儿家丁后，靳屹立刻加快速度。黑云渐渐压过来了，烨台部落里的人纷纷牵羊拽马，见靳屹似要出去，忙指着天空劝阻他。靳屹只说在驰望原练马，并不多作理会。

他等了阮不奇很久。阮不奇带着剑赶来，比画着说自己刚把卓卓哄睡着。

风里已经飘来了冷冷的气息，吹得人耳朵和鼻子发僵。靳屹从包袱中掏出帽子扣在阮不奇脑袋上，阮不奇认出这是不久前贺兰砜无端消失的羊皮帽。包袱中还有许多东西，大都是吃食和御寒之物，靳屹想逃走的心思已不知酝酿了多久。

他把阮不奇抱上马，自己则跃上马背，姿势流畅漂亮。阮不奇坐得很稳，靳屹把她护在自己身前，从没有一刻像现在这样紧张与镇定。

马儿知道背上的少年是娴熟的骑手，靳岘抚它的鬃毛与颈脖，它喷了个响鼻来回应。靳岘双腿一夹马腹，马儿便小步跑起来。小雪已经从天上慢慢落下，二人终于绕过高坡，朝着南方飞奔。

半个时辰后，雪越来越大，马儿速度不得不减缓。

靳岘问阮不奇冷不冷，怕不怕，但阮不奇像是没听到，死死拽住靳岘手臂，在他掌心一个接一个飞快写字。她识得的字倒是挺多。靳岘心里掠过一丝诧异，但他脸的已经冻僵，想笑也笑不出，只能把阮不奇护在怀中。

阮不奇不怕马，还识字……她不是寻常人家的女儿。靳岘心中暗暗下了个决定，等回到大瑀，他一定帮阮不奇找到家人。正愣怔时，阮不奇写完所有想说的话，抓了他手心一把。

"我知道。"靳岘低语，"我知道他要我画梁京地图，是有目的的。"

这句话一出，他心中便涌出几分苦涩。

阮不奇戴的帽子上绣着一头长角的鹿。这是贺兰砜的帽子，而高辛人奉鹿为神，将鹿神绣在孩子的衣物鞋帽上，是保佑孩子在苦寒贫瘠的北地安然生存的祈愿法子。这鹿使用的绣法是大瑀女子都懂的错针绣。但针脚并不细密稳妥，就像是初学刺绣之人的作品。靳岘意识到，这应该是贺兰砜那盲眼母亲给他做的羊皮帽子。

心中忽然涌起一阵悔意，他不得不咬咬牙。

他在北戎待的时间并不长，除却贺兰砜和卓卓之外，他不敢说自己识得这里的什么人。

"识得"是一种了解，靳岘不会轻易让自己陷入了解的错觉——但贺兰砜与卓卓不一样。

卓卓年幼，凡事只凭喜乐嗔怒，连跟浑答儿也能玩到一块儿。贺兰砜却是一个如白霓所说的，"别扭"至极的孩子。

靳岘不讨厌和贺兰砜相处，但他不习惯贺兰砜看自己的眼神。那双藏着一丝幽绿的狼瞳似是窥视猎物一般，想要从靳岘身上分辨出更深的信息。北戎人常常这样看大瑀人，新奇，困惑与几分畏怯。但这些一旦从贺兰砜眼中流露，便全带上了其他意味。

靳岘不太敢与贺兰砜对视。他怕自己心底的念头会被这双眼睛看破。

手又被阮不奇紧紧抓住。靳岘发觉阮不奇不似外表看去那样柔弱，她手劲并不小，捏得靳岘手掌隐隐作痛。

"别担心。"靳岘低声道，"我给他的是假地图。"

话音刚落，迎面一口烈风，吹得人与马全都摇摇欲坠。靳岘忙抱紧阮不奇，拉紧缰绳，马儿前蹄腾空，嘶声长啸。

只见前方雪浪滚滚，遮天蔽日，竟是完全看不清任何东西。靳岘心道不好，暴风雪来得太快了。他忙松了缰绳，左右眺望，寻找遮蔽之处。

阮不奇却侧头望向一旁的雪山。这是一道平缓的雪坡，但烈风接连不断地将山顶的积雪吹下，滚落时带起一串轰隆巨响。

顺着她的目光看去，靳岘什么都没瞧见。

"那里有什么……"

一句话未问完，二人身下忽然一空——前方一处峡谷，马儿竟直接栽了下去。

靳岘将阮不奇护在怀中，两个人跌入厚厚积雪。不知怎的，落地时竟是阮不奇在靳岘下方，承受了所有冲击。靳岘头晕目眩，勉强爬起，手脚并用地将阮不奇从雪中挖出。

阮不奇手臂脱臼，双目赤红，却扭头看向同样摔下来的那匹马，眼神里全是恼恨。马儿挣扎站起，似是终于醒悟背负之人并非饲主，立刻撒开四蹄，沿着峡谷一溜烟地跑了。

靳岘："不不！回来！别跑！！！"

他喊出这几句话，已晕眩得站不起身，才挣扎立起，立刻又仰倒在雪中。

大雪茫茫，天地纷乱。没有马，他们无法离开北戎，更难以回到烨台。

手脚渐渐冰冷了，靳岘知道自己应该是摔伤了哪儿，却因为痛觉麻木，完全辨认不出。

"对不住……"他低声对阮不奇道歉，"我不该把你带出来……"阮不奇俯身抱着他，拍了拍肩膀，似是安抚。

靳岘在昏过去的最后一刻，终于看见阮不奇方才注视的雪坡确实有异样。

头生枝杈的巨鹿正站在坡顶，远远俯视。它身上坐了一位红袍仙人，漫天风雪里，像一捧灼灼火焰。

第七章

浪
侠

　　靳岇躺在一张柔软的鹿皮垫子里，头顶是一弯山壁，恰好作飞檐模样，遮挡了风雪。

　　这是峡谷中一处天然凹陷的地方，阮不奇躺在另一侧，而在两个人中间，正燃着一团温暖的篝火。有人背对靳岇坐在火旁，一头乌墨色长发用树枝绾在脑后，身着与北戎服饰并不相似的一身火红色裙装，露出纤细漂亮的颈脖和半边肩膀。

　　靳岇眯起眼睛，以为自己正在梦中。几步之外雪光大盛，寒风呼啸，此处却十分温暖，他还隐隐听见身前之人在低声吟唱。那曲子音调柔婉，唱腔婉转曲折，说的是前朝一段宫闱旧事：皓腕黄金钏，凭栏把花枝，疏冷冷一段月色，照见簪花郎。

　　听着这唱词，靳岇恍惚间便似回了梁京，这是以前潘楼李二娇父女唱得最好的《玉殿秋》。

　　宫里的皇子们常带上他一同去潘楼听戏，他因听不懂这咿咿呀呀的唱词，吃了喝了便在席上饱睡，唱词里的故事全化成了他的梦境。戏里的瑐溪公主与年轻的禁卫军首领在深冬月夜一见钟情，两个人历无数艰难阻碍，终于携手逃出皇城，在江湖中做一对逍遥夫妻。

　　靳岇闭上眼，希望这场梦能做得长一些。李二娇唱完该苏滚儿上台，苏滚儿之后是鲁园夫妇，等"潘楼七巧"全部表演完毕，他便能随皇子们的车辇回到清苏里。他会惊动守夜的两只狗儿，娘亲一边嗔怪他玩乐无度，一边催促他喝下暖身的羊肉汤……

　　吟唱忽然停了。靳岇长叹一声，睁开了眼，忽然撞见两只温润的黑眼睛。

一头鹿屈曲四蹄趴在他身边，鹿角支棱繁茂，如苍虬老树。

靳岖大喊一声，几乎跳起来。那坐在火堆旁的人顺手一捞，把他揽了过去。被扑面而来的香粉熏得皱眉，靳岖抬头看那人，顿时愣住。

眼前女子容貌极昳丽，一双笑眼似是永远盛满情意，眼尾飞出三四道细细金线，延伸至鬓发之中。柔软的手指拂过靳岖下巴，他不由得微微仰头，离那张艳丽的脸庞越发靠近。

女子身上并无其他饰品，但容色艳丽，不可直视，靳岖羞得脸烧，眼睛不敢直视，垂眸时看见她颈上一圈金环，中有圆扣，衔了颗指甲大小的红玉，柔莹丰润。

"可怜孩子……"靳岖被她强行抱在怀里，揉乱了头发，"要不是我恰好找到了你，你不得在这雪里白白冻死？"

除了母亲和姐姐，靳岖从未跟任何女子有过这样亲密的接触，面红耳赤时目光落在那人胸膛——火红色衣襟松松敞开，里头什么都没穿，露出一片平坦但结实的瓷色肌肤。

他这回真吓了一跳，猛地推开那人。

那人轻声笑了，手指勾着衣襟上一根抽绳，把领口扯得更开，身姿妖媚："在下岳莲楼，幸会小将军。"

靳岖脸上半红半白，看看岳莲楼那张脸，又看看他胸口。

岳莲楼笑问："我好看吗？"

靳岖忽然跳起，手撑在地面连奔几步，护在熟睡的阮不奇身前。他这时才察觉身上全无痛楚，灵活如初。阮不奇背对着他，竟然没醒。那头鹿的目光随着他移动，靳岖心中惴惴：他从未见过这样巨大但温顺的野兽。

"你是什么人！"他大声问。

岳莲楼："你的恩人。"

靳岖："你来自大瑀？"

岳莲楼："你猜？"

靳岖哪里有心思与他猜谜。这人神秘又怪异，他不由得目光乱晃，在那巨鹿身上看到了两把佩剑。他心中忽然一松：这是大瑀江湖人士常用的双手剑。

目光再落到岳莲楼身上时，岳莲楼已经坐正。

"我是专程来找你的，小将军。"岳莲楼说，"顺仪帝姬在出发前往白雀关之前，见过我。"

靳岇的母亲顺仪帝姬岑静书是当朝皇帝的妹妹，关系疏远，并不亲近。

当初她嫁给靳明照时，靳明照还不是大瑀赫赫有名的忠昭将军。人人都说顺仪帝姬下降身格，待到后来靳明照屡立战功，受颁忠昭将军之名，那说法又忽然转了个风向。

岑静书与靳明照自小相识，感情甚笃，靳岇在得知父亲战亡于白雀关后，最担心的便是母亲。母亲性情温柔但刚韧，只要一想到自己远离家乡，父亲与莽云骑又遭逢巨变，靳岇心中就忍不住慌乱。他这段时间过得万分煎熬，念及父亲时悲痛，念及母亲时焦灼，长夜往往无眠。

"顺仪帝姬在得知靳明照将军身亡的消息后，当夜便出城往西，前往白雀关。"岳莲楼说。

靳岇失声："娘去了白雀关？！她现在可好？她……"

他止住了话声，怔怔盯着岳莲楼。

岳莲楼低声道："她出城之后，便失了音讯。"

靳岇霎时间失去了力气，怆然跪倒。

从大瑀往西，一路重重险阻，如今金羌和大瑀鏖战正酣，母亲如何才能保全自己？他狠狠打了自己一耳光，疼痛令他暂时清醒片刻。

"岳大侠是受我母亲委托，专程来找我的？"他问。

岳莲楼被他这称呼逗笑了："我是浪侠，并非大侠。没错，找到你，保护你，直到你回家为止。"

靳岇不明白母亲为何找岳莲楼："你不是宫里的人？"

岳莲楼轻声一笑，这次没有再打哑谜："当然。"

靳岇："敢问岳……岳先生是哪个帮派的侠士？"

靳明照与江湖上诸多武林门派素有来往。武林人士崇敬豪侠之人，靳明照虽非同道，但也倍受尊重。逢年过节，靳府常会收到来自四海八方的礼物，江湖人并不求见靳明照，只把大担小担的东西放在靳府门外，静悄悄地来，静悄悄地走，这已经成了清苏里的一个奇景。

靳岇与姐姐常常趴在墙头偷看，每次都被江湖人士发觉。他们知道靳明照有这样一双子女，总会顺手给两个孩子抛些小东西，或是红绳扎好的蜜果子，或是一两颗来路不明的金珠玉石。

他从未见过岳莲楼这样出众的人，岳莲楼也不肯说自己来历："你猜？"

靳岷："……"

他不再纠缠于此，当机立断："北戎天君让我在烨台当奴隶，这是他要撕毁萍洲盟的兆头。萍洲盟不存，我便不再是质子，岳先生，求您带我回梁京，我必须回家。"

岳莲楼握住靳岷的手，细细地为他扫去发上残雪。他手心极温暖，靳岷霎时间便觉得有热流从掌中钻入，浑身暖和，不再打战。但岳莲楼的举动令他恐惧，他怔怔等着。

"梁京没有家了，小将军。"岳莲楼注视他，一字字道，"靳府满门流放，是半个月前的事情。"

靳岷脸上血色尽褪。

忠昭将军靳明照与麾下八千莽云骑战死于白雀关，西北边防军折损一半，溃逃回军部所在地封狐城。封狐城若失，白雀关便即刻落入金羌手中，西北境线等于敞开关门，素手迎敌。

消息传回大瑀当日，举朝震动。传信的莽云骑斥候跪在殿外，一身乌血，伏地大哭，连看守他的卫兵也不禁动容。

这消息实则分为两路，斥候甲在殿外痛哭时，斥候乙已经站在岑静书面前。

当夜，靳府闭门。三更时分，顺仪帝姬与两位随从于靳府后门秘密离去，恰好卡在内城大门开启之时，经降虎门离开内城。

岑静书在外城办的事情只有一件：见岳莲楼。

而顺仪帝姬离开梁京后不足三日，官家颁下圣旨：靳明照治军不力，抗敌懈怠，畏战弃守，致白雀关之役惨败，须重重治罪。

"抄了靳家后，全族人流放至列星江以北地界。"岳莲楼说，"但过列星江的时候，船只翻覆，船上所有人都……"

他越说越慢，最终停下。

靳岷只是听着，一动不动，几乎连呼吸也停了。

他没有家了。

岳莲楼拍拍他的脸："小将军？"

"我要回梁京。"靳岇眼眶赤红，"我要做的事情还有许多许多，只要回到梁京，总有办法。船只翻覆，总有幸存者，我还得为我父亲平冤，寻找母亲……"

"你娘自有人去寻。忠昭将军之事已经传遍江湖，所有心怀热血的江湖人士都在寻找顺仪帝姬的下落。他们会找到她，保护她。"

"但……"

岳莲楼按住靳岇肩膀："忠昭将军与莽云骑惨败之事太过蹊跷，你若想寻得真相，应当先找到白霓。她对莽云骑与白雀关的了解比你深太多，若真有奸佞从中作恶……"

靳岇吃了一惊："可白霓……"

"我知道，白霓不见了。但没人见过白霓的尸体。"岳莲楼低声道，"她一定还活着，在北戎某处。"

林中静谧，偶有几声树枝被沉重积雪压断的轻微声响。从烨台出发的猎熊队已经深入这片浓密丛林，富有经验的猎人指点着粗大树干上黑熊留下的爪印。他们需速战速决，风雪的呼啸声渐渐逼近了。

走在最后的浑答儿看了几眼贺兰砜背后的弓，忽然凑近低声问："你还记得大瑀那个射箭的女将军么？"

贺兰砜："嗯。"

浑答儿："你知道她去哪儿了么？"

大瑀车队一夜之间消失，这在烨台不是件小事。但奇怪的是，没人议论这件事，就连贺兰砜想跟贺兰金英打听，也总被他以锐利眼神堵回去。

贺兰砜问："你知道？"

浑答儿犹豫了。

"和虎将军有关？"

浑答儿冷笑："莫激我，明明是你大哥回烨台之后才发生的事儿。"

贺兰砜停下脚步："别吞吞吐吐。"

浑答儿压低声音："女将军不见那晚上，我看见你哥找她说话。两人也不知谈些什么，鬼鬼祟祟，往驰望原方向走去了。"

浑答儿当时记挂着家里一匹受伤的小马，没有多看。他在马厩里消磨了一段时间，离开的时候又看见贺兰金英。贺兰金英是独自一人从驰望原走回来的，白霓不见了。

　　贺兰砜还想再细问，前方忽然一阵鼓噪，有人扯着嗓子大喊："熊醒了！"

　　一声惊天动地的怒吼，两头巨硕黑熊从林中奔出。浑答儿脸都白了："两头？！"

　　贺兰砜踹了他屁股一脚，浑答儿回过神来，立刻开始爬树。两个人动作飞快，瞬间已窜上树干。积雪扑扑落下，贺兰砜环视一圈，发现猎熊队的人几乎都上了树，除了奔跑时被绊倒的都则。

　　"都则！"浑答儿急得在树上大喊，"跑啊！"

　　都则的鞋子卡在雪里无法拔出。两头黑熊喷着热气奔来，为首那只举起前爪，就要往都则脑袋上拍。

　　利箭呼啸破空，箭矢哧地穿透熊掌。

　　黑熊痛得倒地打滚。都则就趴在它热烘烘的鼻子旁边，趁这空隙猛地从雪里弹起，慌不择路地跑。

　　倒地的熊不再恋战，嗷嗷痛叫，一瘸一拐朝林子深处跑去。阿苦剌一箭得中，忙喝止都则："别乱跑！看清楚！"

　　都则晕头转向，扑向阿苦剌所在的树，手脚并用往上爬。但另一头熊此时奔到，它发现了都则，立刻朝他奔来。

　　阿苦剌来不及架箭，抽出腰后弯刀，眼角余光看见一旁树上跳下两个少年，正是贺兰砜和浑答儿。

　　浑答儿大吼大叫吸引黑熊注意，贺兰砜举弓、拉弦、松手，一连串动作一气呵成，不过眨眼一刹，箭矢已刺入黑熊胸膛。

　　黑熊痛得怒吼，却不倒地，往贺兰砜的方向猛窜两步。都则已爬上那树干一半，哭着喊："浑答儿！贺兰！跑吧！"

　　浑答儿自知无力与黑熊对峙，回头便跑，却与贺兰砜撞了个面对面。

　　贺兰砜吼："别背对它！"顺手从浑答儿背上抽出大刀，弓腰疾奔，举刀平平划向黑熊腹部。

　　被彻底激怒的黑熊根本不躲，比贺兰砜脑袋还大的熊掌挟带风声袭向贺兰砜。

刀尖距离黑熊腹部尚有寸许，贺兰砜已经看到黑熊利爪的寒光。他不敢闭眼，手指一弹一松，大刀脱手，直射向黑熊腹部！

几乎同时，阿苦剌举刀从树上跳下。

大刀划开黑熊腹部韧皮，弯刀直直砍向黑熊头顶。

痛吼之声震耳欲聋，四周大树积雪纷纷落地。

砰的一声，黑熊压着贺兰砜倒下，腥臭热血浇了他一脸。他还未缓过神，便被阿苦剌拎着领口从黑熊身下拖出。黑熊脑壳半裂，已经死了。

阿苦剌安排两个人运黑熊尸身回烽台，其余人继续往前。

贺兰砜头发被血染得变了色，支棱成一束束红棕色冰凌，冷得他直发颤。都则递来帽子，浑答儿割了半片外衣给贺兰砜当擦血的帕子，两个人看贺兰砜的眼神不太寻常，隐隐有些崇敬。

贺兰砜受不了他们的殷勤，抓起浑答儿手中的帕子，疾走几步跟上阿苦剌。

阿苦剌回头看他："胆子不小。"

贺兰砜很尊敬阿苦剌，回话时不由自主地挺直胸膛："爷爷，你方才砍熊那一下，能不能教我？"

"这有什么可教的。"阿苦剌跨过一根倒地的粗大树干，众人正循着黑熊奔逃的轨迹深入林间，"找准时机，当机立断。"

见贺兰砜失望，阿苦剌又道："我不用教，你已经学会了。"

贺兰砜不解。

"你有救朋友于危难的勇气，这是那一招中最重要的东西。"阿苦剌揉揉他脑袋，被他头上结的冰凌凌刺得手冷，"都则！帽子！"

阿苦剌从都则手里接过帽子，大手抓起帕子，在贺兰砜脑袋上胡乱擦了几下。

贺兰砜和浑答儿都是一惊：头发结了冰，若是这样擦，不止头发没了，半个脑袋都要被擦破。

但贺兰砜只觉得阿苦剌的手中有一道源源不绝的热气，热气烘化了血结的冰凌，血水又立刻被帕子吸走，不过片刻，他头顶干净温暖，没了异样。

阿苦剌把帽子套在他头上，继续往前走。都则跟上阿苦剌，小声道歉，阿苦刺不留情面地开始训斥。

落在最后的又是贺兰砜和浑答儿。贺兰砜立刻逮着他问："你真的在白霓不见的那晚上看到她与我大哥去了驰望原？"

"千真万确。"浑答儿忙答，"那晚上很冷，我缩在马厩里陪我的阿鲁，谁也看不见我。"

贺兰砜想了想，又问："你看见大瑀车队了？"

浑答儿回忆："大瑀车队那时候还在的。我记得他们有两匹马崴了蹄子，就在阿鲁身边歇着。"

贺兰砜："那马呢？"

浑答儿："自然是不见了，第二天，和大瑀车队还有那女将军一起，全都消失了。"

他说到这里，也觉得事情有许多古怪之处，笑着又问："难道真是你大哥一口气杀了这么多人马？"

篝火熊熊燃烧，岳莲楼只穿一件外裳，却丝毫不见冷。他抬手在篝火边上挥了挥，那篝火顿时烧得越发热烈。

"贺兰金英回到烨台之后，一切事情变得不寻常。我的身份，白霓和车队的消失，我认为全都与他有关。"靳岬坐在篝火旁说。

"有道理。"岳莲楼说，"但单凭贺兰金英，没本事让白霓就范。"

靳岬同意岳莲楼的说法。

白霓是大瑀第一位女将军，她不仅善于调兵遣将，单打独斗也是一把好手。武林排行榜上常有女侠士威名，白霓也曾位列其中，但因她是朝廷中人，最后不得不除了名。北戎一位名不见经传的小小百夫长，是奈何了不了白霓的。

但白霓消失得无声无息，靳岬紧盯岳莲楼。他不敢往最坏的可能去想。

"白霓对忠昭将军和你始终忠诚。"岳莲楼低声道，"小将军，你要学会识人。"

靳岬顿时松了一口气："对不住，岳大侠，我还不能完全相信你。"

风太大了，吹得那篝火晃动欲熄，岳莲楼不得不反复以手拂动火苗，助它燃烧。靳岬看得出他身怀绝世武功，但年纪又这样轻，靳岬不知江湖上还有这般奇特的人。

"行了，别叫我大侠，直呼名字就行。再说，你若不信我，便不会坐这么近了。"岳莲楼笑起来十分和煦温柔，靳岇觉得他的打扮与行动相当奇特，忍不住老是看他，看罢又不禁脸上发红。

见他扭捏，岳莲楼越发开心："小将军，你不信我，也要信你娘亲，对不对？"

他是母亲托付的人，靳岇闭了闭眼睛，知道自己身在此时此地，除了相信岳莲楼之外，别无他法。"……好，我会留在这里。"他低声道，"我会想尽一切办法，找出白霓，无论她是生是死，是人是鬼。"

说到最后，他语气竟有些狠戾狰狞。

岳莲楼又张臂要抱他，靳岇连忙闪开。岳莲楼勾起他头发，一边顺手打辫子一边说："一切都要从烨台与贺兰金英处查起。我虽长居北都，偶尔会来烨台，我会来找你，莫担心。"

靳岇的思绪全被岳莲楼带着走，母亲和家人遭逢的大难被他强行压进心里。但别无依靠的恐慌和凄然，始终拂之不去："贺兰金英和虎将军离开烨台往南方去了。我在烨台无亲无故，又是奴隶，没人跟我说话，要查出白霓踪迹，只怕不容易。"

岳莲楼给靳岇拆开刚打的辫子，靳岇一动不动，任他胡闹。

"没结识几个朋友么？"岳莲楼随口说，"烨台与你年纪相仿的孩子也不少。"

靳岇刚想否认，脑海中却扑棱棱跃出一张脸。贺兰砜骑在马上，略略低头，驰望原的雪衬得他肤色如蜜，双目明亮，似含了一潭碧水。

"有一个。"靳岇道，"他是高辛人与大瑀人的孩子，一直在烨台生活。他对我不错。"

岳莲楼："那便利用他。"

靳岇："……"

岳莲楼拍拍他脸："你现在首要任务是找到白霓，回到大瑀，不是交朋友，对不对？"

靳岇："我不愿意伤他。"

岳莲楼："这有什么伤他的。你与他交好，与他做朋友，你会得到帮助，他心里也高兴。分别时坦荡挥手，只要他不知道你存着什么心思，怎么算伤他？"

靳岷心里仍旧不痛快。他此时想起，贺兰砜和他辞别时曾塞给他一把小刀，他放进了怀中。但此时衣内空空，小刀不翼而飞。

他一下站起："你看到我身上的小刀了么？"

岳莲楼摇头。靳岷有些慌了，他不能丢掉贺兰砜给他的小刀。那是贺兰砜的东西，等再见到贺兰砜的时候，他得物归原主。他扑进峡谷之中。积雪深重，已经辨认不出方才摔下来是哪个方位，只能胡乱在雪中翻找。

"丢了什么？"岳莲楼走进雪地里，笑道，"我帮你。"

此时风雪正盛，但满天雪花没有一片能落在他身上，它们总在距离他身体寸许位置便消融成蒙蒙雾气。一时间，岳莲楼仿佛被轻雾笼罩，仿似一位雪尘中的飘然仙人。

靳岷震惊地看着他的双足。

岳莲楼是赤足踏入雪地的。但凡是他双足踩踏过的地方，积雪融化，露出了底下枯黄色的衰草。

"化春六变。"靳岷低声道，"你是明夜堂的人。"

"所以你现在相信我了么？"岳莲楼在他身前蹲下，笑着问。

靳岷心里原本对他还有七八分戒备与怀疑，霎时间荡然无存。明夜堂与靳明照渊源极深，他现在完全明白母亲为何要赶在离开梁京之前面见岳莲楼——他是明夜堂的人，而明夜堂是天地间最不可能伤害靳家骨血的江湖帮派。

岳莲楼观察他神色，微微张开双臂，等待着预想中的惊喜与拥抱，但靳岷一把推开他，拨开他脚边积雪，捡起一把小刀。

小刀不过七八寸长度，用粗糙熊皮刀鞘包裹，平平无奇。刀柄上倒是镶嵌着几颗金珠，岳莲楼粗粗一看，认不出来历。

靳岷珍重地将它收在怀里，紧紧攥着不松手。

"靳岷究竟是你的奴隶，还是朋友？"浑答儿忽然回头问了贺兰砜一个问题，"你对女将军和车队这么感兴趣，难道还要帮他找么？"

贺兰砜不想应他，举步轻跳，跃上一块石头。不远处，猎熊队已经找到了黑熊冬眠的巢穴。

巢穴里留下了两头黑熊宿眠的痕迹，还有一些人类的衣物和骨头。"熊吃过人，就成了魔鬼。"阿苦刺将这些骨头收拢起来，队中有长者跪在洞口，用酒液在地上画出复杂的咒痕，口中念念有词。

这里曾住过两头黑熊，它们吃过惊醒他们的猎人，至今还在森林中游荡。阿苦刺杀死了一头，还剩一头。

"收拾好之后先回去。"阿苦刺下命令，"熊受了伤，暂时不会回到这里来了。"

贺兰砜和浑答儿也帮忙收拾，两个人在洞里发现了斧子、弓箭等武器，都是烨台猎人的。浑答儿低低斥骂，贺兰砜却从石头的角落里发现了一截沾满血迹的断箭。

他扯出断箭，发现断箭后还缠着一段衣料。

浑答儿看见了那截断箭，凑过来拎起，皱眉道："猎熊时只带弓箭怎么行……"

他忽然不吭声了，迅速把箭递给贺兰砜。贺兰砜把沾血的衣料藏入怀中。

"这支箭，是那个女将军的，我认得。"浑答儿对那根曾击败过自己的木箭印象深刻，他转动角度，让贺兰砜看箭镝上一片云纹，"阿爸说，这是大瑀莽云骑的箭。"

贺兰砜夺过断箭，低声道："回去之后别告诉其他人。"

浑答儿回头看了眼阿苦刺等人，没人注意他俩的小动作："你要干什么？"

贺兰砜把断箭和衣料收了起来。断箭是白霓的，衣料是大瑀士兵的，他全都认得。

他要把这些带回去，交给靳岈。

第八章

往事

贺兰砜回到烨台，第一件事就是找靳岈。

靳岈和阮不奇都在他的毡帐里，卓卓抱住阮不奇絮絮叨叨地说话。阮不奇被冻得脸色青白。靳岈坐在毡帐角落，手里还抱着贺兰金英的佩剑。他比阮不奇更加狼狈，浑身湿透，因坐在火盆旁，长发不停淌下湿漉漉的冰水。

贺兰砜摘下头上帽子，想了想，抓起帕子扔给靳岈。但刚靠近靳岈他便觉得不对，靳岈身上温度不正常。

"你病了？"贺兰砜蹲在他面前，发现他衣内鞋内全是冰雪，"你又逃跑？"

靳岈不回答，贺兰砜大着胆子去摸他额头，果真入手滚烫。

贺兰砜收拾出一张小床让靳岈躺下，卓卓和阮不奇打了热水给靳岈擦脸。靳岈闭了眼，隐隐听见贺兰砜压低声音跟卓卓和阮不奇说话。他想起岳莲楼说的话。

临别时，靳岈告诉岳莲楼，贺兰金英试图通过贺兰砜从自己这儿获取梁京地图。他在贺兰砜询问的瞬间便知事情有不妥，于是连夜画了张假的给他。

那地图几可乱真。他将东城部分街道移到西城，南北城门画得互不相通，内城八门画对了，但街道走向完全是错的，皇宫内部更是挪移乾坤，将重要的几处大殿换了位置与名称。除非对梁京地图了然于心，否则贺兰金英难以分辨真假。

岳莲楼："我在北都见过贺兰金英。这个人不简单。你确定他不知道地图真假？"

靳岈愣住了。岳莲楼这样一问，他自然觉得假地图有诸多漏洞，登时紧张起来。

"最重要的是，既然要从你手里得到地图，为何还对你如此优待？"岳莲楼对这一点迷惑不解。

靳岈现在觉得自己当奴隶是委屈，是受了屈辱，但北戎撕毁萍洲盟，他还能保住一条命，这是非常不可思议的事情。

马儿跑了，岳莲楼让他俩骑着巨鹿回烊台，自己则在鹿前步行开道。靳岈问他这鹿是怎么回事，他笑称是朋友的坐骑。鹿神是高辛族的神灵，靳岈顿时又有些怀疑："你跟贺兰金英是什么交情？"

"互相看不顺眼的交情。你放心，这可不是他的鹿。北都的高辛人不少，"岳莲楼笑道，"有机会我介绍你和这鹿的主人认识。"

贺兰金英是靳岈在烊台所遇之人中最无法捉摸的一个，与岳莲楼的相遇并不能令靳岈轻松，许多事情他不敢想，强迫自己保持麻木。

夜里靳岈发起高烧。贺兰砜让两个女孩休息，自己陪着靳岈，偶尔摸他额头，很轻地叹气。靳岈昏沉沉躺在小床上，先前被压抑在心里的许多事情统统翻了起来。他睡不着，也不敢哭，只能在贺兰砜离去的时候，把被子盖到头顶，咬着手指悄悄流泪。

梁京是必须要回去的，白霓和母亲也必须得找。姐夫是莽云骑将领，姐姐随他出征，一直在封狐城居住，只要封狐城不破，姐姐就不会有事。岳莲楼说全族人都发配列星江以北，又说船只翻覆，但未必所有人都罹难，他还得去列星江寻。

最重要的是，他根本不可能靠自己逃离烊台。他要找白霓，而唯一能帮上忙的，是贺兰砜。

醒来时天色半亮，大雪停了。靳岈只知道半夜里贺兰砜给他灌下一碗药，他好好出了一场热汗，病已经大好。毡帐颇大，用屏风隔开几个空间。屏风上描绘着大瑀风光，骨木陈旧，不是时新的东西。

靳岈静静看那屏风。上面绘制高山长河，几羽飞鸟，与此时此地格格不入。这应当是贺兰砜父亲为瞽姬准备的，可瞽姬根本不可能看得到这些。

靳岈只觉得心头有一些复杂翻涌的情绪，令人目酸。

他起身披上狐裘，阮不奇忽然醒了，他忙摆手示意她继续睡觉。才走出毡帐，便见贺兰砜骑马行来。

"你好了么？"见到靳岘，他立刻跳下马。

"好了。"靳岘声音沙哑，他有点儿怕贺兰砜问自己和阮不奇去过哪里。

贺兰砜又伸手去摸他额头，飞快一触即缩。确认靳岘已经退烧，他摘下脑袋上崭新的狼皮帽让靳岘戴上，随即跨上马，对靳岘伸出手："上马。"

靳岘忙装作犹豫："我不懂骑……"

"别骗我。"贺兰砜盯着他，"我知道你懂，而且骑得很好。"

靳岘："……"

他没有握贺兰砜的手，按着马背直接跃到贺兰砜身后。贺兰砜抓住他双手环在自己腰上，双腿一夹马腹，马儿立刻窜了出去。

初升的朝阳就在他们身后，遥远的山峦与雪原边缘只露出一半，满天霞光，积雪的山峰闪动锐利光芒，两个人的影子和马儿的影子重叠在一起，像一柄指向驰望原的长剑。

靳岘穿着狐裘，贺兰砜身躯又挡了风，他丝毫不觉得冷。他靠近贺兰砜，闻到一丝几不可察的火硝气味。

前方就是一片树林，靳岘有点儿受不了贺兰砜的沉默，主动开口："你这匹马有名字吗？"

"没有。"贺兰砜说，"你起一个？"

靳岘吃惊："我起？"

"嗯。"贺兰砜拍了拍马儿的颈部，"让它认认你，以后若想要逃，你就骑它。它绝对不会像浑答儿的马那样，半途丢下你。"

靳岘："……"

他尴尬得脸上发热，勉强轻咳几声压下这点儿不好意思。贺兰砜减缓了马步，马儿载着两个人缓慢走入林中。林中最大那棵松树上有一座精巧牢固的小帐子，贺兰砜让他爬上去，他便乖乖爬上去，心里盘旋着许多念头，一时是面对这人应该乖顺温和，才能越发亲近，一时又不免生出不安。

帐子里除了软毡和干草垛之外，还放着干果与肉干，不像险境。靳岘乖乖跪坐，一言不敢发。贺兰砜看他："带阮不奇偷跑的时候不怕，和我在一块儿反倒怕了？"

靳岘不得不问："我们来这里做什么？"

贺兰砜半个人还悬在梯子上，眼睛被帐子中的小油灯照得发亮。

"过年。"他说完便松手跳到地上。

靳峋心中一震，忙探头去看。

贺兰砜从马儿身上的小包袱里拎出一串红彤彤的鞭炮，又从雪地里拖了几根树枝，在林外空旷处架起小小的垛子。最长的树枝稳稳支在架子上，他把鞭炮系在最高点，点燃引线。

鞭炮在安静的驰望原上猝然炸开，噼噼啪啪，连成一串。

贺兰砜跑回树下，灵活轻盈地跃上梯子，回头看鞭炮燃烧。炮声震落了一些雪花，他伸手拂去，抬头看靳峋。靳峋正呆呆望着不远处不断炸裂的炮仗。炮声被树丛阻隔，变得有些遥远，火硝爆燃的光线隔着树丛透过来，他眼睛时亮时暗。

"今天是除夕么？"他怔怔道，"我忘了。"

靳峋忙于准备与阮不奇逃离的事情，竟是丝毫没有想起除夕。

贺兰砜爬进帐子里盘腿坐着，抓了一把肉干，和靳峋同看那闪光之处。

"阿妈还在时，每一次过年，阿爸都跟大瑀行商买鞭炮。"贺兰砜说，"阿妈去了之后，我们再没烧过炮仗。我昨日去找那人，他竟然还记得烨台部落上有一家人每年都买炮仗。但他家中已无存货，只能给我这么一小串。"

鞭炮烧完了，雪地上洒了一片残红。晨光照亮群山与驰望原，营寨中有炊烟升起，万籁俱寂。

靳峋眼眶发热，怔怔流下泪。意识到贺兰砜看自己，他忙低头擦去眼泪："多谢。"

贺兰砜一口口嚼着肉干，姿态放松："不必。"

"谢谢你救了我，在浑答儿他们找到我的时候。"靳峋一口气将此前没有说、不好说的话全都讲出口，"我那天不该说那些话伤你，是我不好，对不住。"

贺兰砜与他对视片刻，"我忘了。"说着把肉干放进他手里，"而且你说得对，我确实不是北戎人。"

靳峋心急要辩解，贺兰砜摆摆手，制止了他的说话。

"你画的那张地图，被我哥烧了。"贺兰砜道，"他说那是假地图，没有用。"

靳峋一颗心猛地沉了，脱口而出："他怎么知道？"

贺兰砜回忆大哥的话："潘楼的位置不对，它与皇宫之间并无阻隔，可以直接眺望大瑀皇城。朱雀门外头应该有一座岷州桥，但你没画。"

靳岇："……"

贺兰砜舔舔嘴唇，眼里有一丝活泼的笑。他似乎知道自己接下来的话一定会让靳岇吃惊。

"他知道梁京什么样，是大瑀的忠昭将军靳明照告诉他的。"

北戎陈兵大瑀北境约在六年前。那时候现在的天君哲翁还没继位，病恹恹的老天君誓要将军队推到大瑀境内的列星江，这是他这一生最后的愿望。浩浩荡荡的北戎军队由哲翁带领，途经烨台时，因为没有马而无法从军的贺兰金英应虎将军的安排，在军队里当了个搬运尸体的杂工。

这场战争从开战伊始就不顺利，北戎军队始终被死死压在北境边线外，整整半个月都无法前进一步。

大瑀最北端的萍洲城已经可用肉眼望见，却始终无法踏破北方边防军的防守。

"靳明照"和"忠昭将军"的传说，从那时候起开始悄悄在北戎军队里流传。传说他身骑双头巨马，身有六臂，善用武器，能呼风唤雨，招来飞禽走兽襄助。否则天佑的北戎军队怎么可能无法进入大瑀——这样的话带着不甘也带着傲气。

贺兰金英与北戎人截然不同的容貌，让他受到了天然的排挤。尤其在他露出双眼时，总会招来连串惊呼与憎骂。所有人都知道烨台的虎将军带了个狼眼睛的高辛人，他沉默做事，不想给虎将军添麻烦。

最后一场战役在秋天爆发。厮杀从白天持续到夜晚，巨大的圆月悬在萍洲城与驰望原上空，除正面对战的军队外，一小股一小股大瑀士兵不断从萍洲城与边线拥出，神鬼一般捉摸不定，一点点地消磨着北戎军队的力气和意志。

北戎军队战意涣散、极度疲倦时，一支从大瑀军中射来的箭结束了这场长达三个月的战役：它刺入了阵前拼杀的哲翁胸口。

北戎军队如潮水般退去，他们折损了大量士兵，瑟瑟发抖地护送哲翁回北都。撤离得太快，竟在战场上留下了十几位处理尸体的奴隶。

贺兰金英也在其中。他躺在壕沟中，听见清理战场的大瑀军队渐渐逼近。

他闭目装死，却被人拍拍肩膀，硬是拉了起来。

"高辛人？"发现他没死的是一个中年男人，满身铁衣在月色下流淌刺目银光，肩上负着生刺的肩甲，纵一脸尘土也掩不住兴奋，"我第一次见活的高辛人。你受伤了么？"

那是贺兰金英与靳明照的第一次见面。

靳明照把贺兰金英带回北军军部所在的萍洲城。贺兰金英以为自己将遭不测，没想到出现在他面前的是大瑀的军医。

他一足严重扭伤，在萍洲城军部里躺了半个月才勉强能下地。在这半个月里，靳明照每隔几天就来看一看他，有时候是问他复原情况，有时候则拎着小酒小菜，一副要和他谈天的架势。

贺兰金英不懂靳明照葫芦里卖的什么药，想来想去只有一个可能，此人想从自己口中套出北戎机密。他心里对靳明照的救助有一丝感激，坦荡告知身份：他是北戎军队搬尸体的杂工，撤退时会被丢下的毫不重要的人。

但出乎他意料，靳明照想和他聊的，居然是高辛族的事情。

高辛族是在金羌与北戎国境交界处生活的异族人，距离大瑀极远，大瑀建朝之时高辛王曾到访梁京，留下贺礼。那是八十多年前的事情，高辛王一行二十余人，气宇非凡，从此梁京处处流传着高辛人的传说：他们身披火红与乌墨两色间杂的皮毛大氅，说着奇特的语言，人人都骑健壮的黑色大马，大马身有肉翼，能腾空而起；高辛王与高辛王妃形如仙姿，踏空而来，王妃手中长缨如血如火，那是能惊动日月的神器；而高辛族人人一头纯金色长发，肤脂如蜜，双瞳碧绿。

靳明照自然知道这些传说有诸多杜撰之处，他感兴趣的其实是高辛王给官家送上的贺礼：十套用精铁打造的耀麟套，专为梁京天驷监中的马儿准备；九种形态作用各异的精铁兵器，如与人一般高的大剑，枪尖形如树杈的长枪，极为精巧的高辛箭。

靳明照受颁忠昭将军之名时，耀麟套已经尘封于皇宫仓库，九种兵器也散落于各位将臣家中，仅剩的最后一支高辛箭，皇帝赐给了他。

高辛箭箭杆中空，挑刻了无数缠绵腾飞的鸟雀，在箭镝处描绘几朵云雾，箭尖锋利，呈完美精致的菱状。

大瑀极少铁矿，冶铁技术平庸，铁器依赖南方的附属国赤燕而来。高辛的铁箭让靳明照满怀好奇。他想从贺兰金英这儿得知的，也正是这些铁箭的秘密。

但令他失望的是，贺兰金英是在北戎长大的高辛人。高辛族早在几十年前遭遇大难，全族俱灭，幸存之人流落四方，难以找寻。贺兰金英对高辛族及高辛领土的所有记忆，全都来自父亲的讲述。

纵然如此，靳明照仍听得津津有味。

靳明照与烨台部落中同龄的中年人大不一样。他身上仿佛还留着孩子气，对异族的传说充满兴趣，听到兴起处会拿出笔墨认真记录。

"我家中有两个孩子，都喜欢听故事，小儿子尤甚，每次回梁京，我都会被他缠着，不说上二三十个边地故事，那是绝不能脱身。"靳明照跟贺兰金英解释，"你告诉了我，我回去告诉他，便等于他也知晓了高辛族的往事。"

贺兰金英便以为他的小儿子是个健壮结实的毛头小子。

"他十分端谨文静，加之体弱多病，练武很慢。"靳明照笑道，"与战场、战马或兵法相比，他更喜欢随处去玩，不受约束。"谈到这个孩子，靳明照是有些黯然的："他受困梁京，无法外出，我得多寻找些故事给他，满足他的好奇心。"

贺兰金英便搜肠刮肚地想，讲了许多古怪的高辛传说。

作为回报，靳明照会与他聊梁京与封狐城的风物。靳明照十分谨慎，他只说这两地的食物、气候，偶尔会提到梁京出名的潘楼，还有燕子溪穿过的岷州桥。

半个月后，靳明照在即将启程回西北边防军的前一天，释放了被囚的十几名北戎战俘。贺兰金英问他为何不干脆杀了了事，靳明照笑笑："我今日放你们回北戎，是希望来日北戎也守两国之信诺，不要杀我们大瑀的俘虏。"

"大瑀有你在，怎么可能被北戎攻破？"贺兰金英只觉得他这话说得冠冕堂皇，不可相信。

"我也会死的。"靳明照回答，"我身不在朝堂，但朝堂之人却忌惮我。猛将如猛虎，若是囚不得，饲难服，那便不堪所用。"

他说得文绉绉，贺兰金英并没有听懂。

离开时，靳明照的护卫给了贺兰金英一些水和食物。虽然战俘每人都有这些东西，但贺兰金英的比别人丰盛一些，靳明照笑称，这是贺兰金英给自己讲了半个月故事的酬劳。

"有机会你也去高辛族领地看看吧，"靳明照与他挥手道别时说，"那是你的家乡。"

"我是北戎人，"贺兰金英忍不住道，"高辛领地之于我，只是个陌生的地方。"

"你是高辛人，也是北戎人。"靳明照大笑，"你们不是都信奉神灵么？原来驰望原的神灵这样霸道，竟规定一人一生只属于一个地方？"

贺兰金英一时间不知如何回答。

"何必拘泥于血统身份？你若有了一匹马，天下哪儿都可抵达。你不想去看看梁京的燕子溪与岷州桥么？梁京欢迎天下所有的客人，只要你不是带着践踏的目的前往。"靳明照道，"你去过赤燕么？那里炎热异常，没有冬季，赤燕人一生都没有机会看雪。还有与大瑀一海之隔的琼周，赤燕之南的若海。若海大无边，但海的另一面是否还有别的土地？"

贺兰金英紧紧皱眉，这些都是他从未想过的事情。

靳明照笑道："罢了，这些都是我与孩子的闲谈。你当作笑话听听就成。我曾以为高辛人应当心怀远志，没想到你竟甘心乐意当北戎一匹钝马。走吧，我们应该不会再见了。"

"会的，一定会。"贺兰金英忽然说，"我是要当大将军的人。靳将军，你今日在这里不杀我，来日必定后悔。"

靳明照大笑："那便来日在战场重逢吧。"他话锋一转，透出一丝冷硬杀气，"高辛人，若有那一天，我定会亲手为你收殓尸体。"

林中极静谧，只有风声呼呼吹过。帐门悬着一盏骨头做的风铃，敲出笨拙声响。贺兰砜说完，靳岈只是怔怔发愣。

靳明照一年难得回家一趟，他与姐姐确实都喜欢听他讲故事。他那时候还年幼，并不知道外面发生了什么大战，爹爹又和什么人打过仗，但他却清晰地记得，有一年靳明照回家，不知为何，讲的全是一个名为高辛的外族。

他那时第一次得知，家中被父亲奉为至宝的黑色箭矢原来是高辛箭。他还懂得高辛族奉鹿为神，他们坚信风是土地上最自由的东西。高辛人居住在库独林山脉的最西端，神山名为血狼山，是一座红色与黑色杂缠的高耸山岭。

他还知道高辛人擅长冶铁，能打造最坚硬最尖锐的武器。

原来所有一切，全是从贺兰金英口中听来的。

靳岍看着贺兰砜的眼睛。他眼里藏的一丝碧绿，让靳岍忽然想起母亲腰间系的翠绿色绸带。

痛苦瞬间袭来。靳岍开始大哭，完全忘了白霓的叮嘱，也忘了自己身在何处。

冥冥中的诸般缘分，让他在这片孤寒的土地上忽然松懈了自己。他疯狂地想梁京，想自己的家，想爹娘与姐姐姐夫，想白霓，想莽云骑，想他过去十余年岁月中所有的快乐与哀愁。

他哭得完全失控，贺兰砜手足无措。发现自己也无力阻止靳岍哭泣，贺兰砜干脆坐在他身边，继续默默吃起肉干，并趁靳岍不备，迅速往他嘴里塞一条。

靳岍："……呜？"

贺兰砜："吃饱了继续，这样有力气。"

靳岍边嚼肉干边抽泣，他为方才的嚎啕大哭感到羞愧。这是在烨台，在别人的地界上，但当抬头透过满眼泪水看见贺兰砜和他递过来的又一条肉干时，心里全是安然的放松。

至少此时此刻，这里是安全的。

靳岍用狐裘擦眼睛，模模糊糊地说："浑答儿家的比较好吃。"

贺兰砜："真的？"

靳岍猛地想起此时此刻自己应该乖一些，好换取贺兰砜的信任和同情，不禁暗暗懊恼自己一时松懈，又说错话了。

贺兰砜："你喜欢的话，我一会儿去他家偷点儿给你。"

靳岍："……"

贺兰砜作势要往下跳："我现在去。"

靳岍慌了，一把按住他："别！"

帐子狭窄，贺兰砜被他一记猛推，仰倒在干草垛上，靳岍骑在他腰腹上按着他肩膀，看见贺兰砜在笑。贺兰砜为自己惹得靳岍失态而开怀大笑，忽然抬手抹去他脸上眼泪。

靳岍最近瘦了许多，但脸揉起来仍十分柔软。两个人一时无声，只是方才一番震动，树顶积雪碎落，从帐子顶上的空洞坠下来，零零星星地落在他俩肩膀上。

"大哥会吓唬你，但他绝不会害你。天君想杀你，是大哥说你有过目不忘之能，可以套问出梁京地图，又说你体弱畏寒，不能跋涉，天君才答应把你留在烨台，由他看管。"贺兰砜捧着他的脸，"靳岵，相信我，别怕我。"

靳岵脸上一阵滚烫，忙推开那双温暖的手，从贺兰砜身上滚下来。

马儿在树下叫了两声，靳岵找到了新的话题："咳，你这马儿，就叫飞霄吧。"

贺兰砜揉揉头发，一下坐起："什么意思？"

靳岵："能飞天的骏马，适合烨台最好的骑手。"

贺兰砜朗声笑了起来，四周高树瑟瑟抖动。他停了笑声，认真道："我更想成为烨台最好的弓手，甚至是北戎最好的弓手。我要从北戎天君手中获得狼镝。"

靳岵没听过这名字："狼镝？"

第九章

狼镝

狼镝是北戎最锋利的箭矢。

在浩瀚无边的驰望原上，高辛族人拥有最好的铁矿和最精湛的冶铁术。二十多年前，金羌进犯高辛族领地，屠杀高辛族人，占据了高辛族占有的血狼山。高辛王带着一身血来到北都，向当时的北戎天君求救。

老天君出兵为高辛族人夺回了土地与山脉，但所剩无几的高辛族人已经无力维护自己的土地，蕴藏极佳铁矿的血狼山脉与高辛的冶铁术尽归北戎，高辛族人失去了家乡，从此四处流浪。

狼镝正是北戎人用血狼山精铁冶炼而成的、只用于护卫北戎天君的箭矢。它与金禾箭不同，外观浑然全黑，箭镞毫无花巧，为尖锐菱形，破风之力强劲，极其锋利；箭羽纯白，用北戎特有的白鹰羽毛制成。

"狼镝是身份的象征。在北戎，只有两种人可以使用狼镝，一种是北戎天君身边最亲近的护卫军。"贺兰砜眼中满是向往，"第二种是获得过极大功勋之人，北戎天君会赐予他狼镝。"

靳岈明白了："你想做第二种。"

"我要做第三种。"贺兰砜忽地翻身坐起，狼瞳敛藏幽暗色泽，"能自由使用狼镝的高辛人。"

贺兰金英临行前对他坦白了自己与靳明照的一段往事，贺兰砜那时候才知道，自己心心念念的"狼镝"实际上是高辛箭的化身。北戎得到了高辛的铁和技术，从此世上便再没有"高辛箭"这种武器。

在被欺辱的童年中，他无数次想得到狼镝或者金禾箭。金禾箭到手后很快被贺兰金英卖出，但贺兰砜知道，如果得到了狼镝，他可以永远拥有它——

它证明贺兰飒是个货真价实的、被北戎天君承认的北戎人。

然而现在，他对自己的北戎人身份已经失去了执念。确认身份与狼镝的来历之后，他生出了全新的愿望——他要亲眼看一看、摸一摸狼镝，从它身上寻找已经消失的高辛箭的痕迹。

他与靳岹分享了这个秘密，靳岹默默吃着肉干，在贺兰飒以为他不能理解的时候，靳岹开口："你会得到狼镝的。"

贺兰飒："这么肯定，你是北戎天君吗？"

靳岹："……"

贺兰飒忽然一笑，攀着帐门起身，面对小松林与澄白雪原张口长啸。他在靳岹面前，像个做事全凭心情的孩子，吼完之后回身一把抱住靳岹，在他背上拍了又拍："好兄弟！"

靳岹也随他一起莫名其妙地笑，笑完意识到自己正被贺兰飒抱着，颇有几分羞赧。他推开贺兰飒，转移话题："不知你是否记得白霓将军的箭？那是莽云骑的箭，我觉得跟高辛箭非常相似。我父亲确实非常喜爱高辛箭，他……"

贺兰飒未等他说完，从怀中掏出断箭与染血的破布。

靳岹一眼便认出，那是莽云骑的箭，也是白霓的东西——此次护卫队中，只有白霓是莽云骑的人。

贺兰飒却没有立刻把断箭给他。

"给我一个承诺，"贺兰飒举起手，不让靳岹够着，"以后别再骗我。"

靳岹强词夺理："我没有骗过你。骑马那件事我是骗浑答儿与都则，我知道你机灵聪明，即刻就能看破。"

贺兰飒："这句也在骗我。"

靳岹："……"

两个人对峙片刻，靳岹败下阵："好，我保证，以后都不骗你。"说完又伸手去抓。

贺兰飒仍不给他："大瑀人说话要算话。"

靳岹发狠了，跳起来从他手里抢过断箭："我若违诺，任你处置！"

贺兰飒带靳岹直奔熊洞而去，途中告诉靳岹，白霓消失那一夜，最后应该是与贺兰金英在一起。熊洞仍是昨日猎熊队清理后的样子。靳岹四处察看，心情沉重：白霓射过箭，这说明她曾遭遇过敌人。敌人是人，还是熊？那些被熊吃掉的人中，是否有大瑪队伍的文臣和士兵？

念及此处，靳岈心中一片冰冷寒意。

两个人骑马回烨台部落途中，靳岈一直沉默。他坐在贺兰砜身前，手里握着白霓的残箭，一言不发。贺兰砜对靳岈道："我会帮你找白霓将军。"

未等靳岈回答，贺兰砜又道："你别逃了，没有人能单人匹马逃离冬季的驰望原。驰望原春季很美，我们会迁移，往更靠近英龙山脉的地方，那里有驰望原最好的牧场。"

他的双臂绕过靳岈的腰，攥着缰绳。看到靳岈把自己的小刀系在腰上，虽然始终没得到靳岈的回应，但贺兰砜心底有了一些安心的快乐。

趁贺兰金英不在，贺兰砜自作主张，安排卓卓同自己住，靳岈和阮不奇则搬入卓卓的住帐。靳岈只觉得头大：阮不奇虽然年纪小，但始终是姑娘家，怎么能与男子独处一屋？

贺兰砜便立刻转了想法：阮不奇住卓卓帐中，靳岈则过来与自己同住。

靳岈仍记着自己的奴隶身份，睡的是帐门旁的一张小床。靠门风冷，贺兰砜让靳岈搬到卓卓的床上，靳岈很不想接受他这番古怪的好意，但温暖的睡眠在北戎实在太难得到，他用"奴隶"这一身份，说服自己接受了贺兰砜的提议。

日子平静且无聊。唯一发生过的不寻常之事，是卓卓着凉生了病，贺兰砜请来部落里的巫者阿苦剌为她治疗。阿苦剌给卓卓看病后，又抓起了靳岈的手。他没有像治疗卓卓那样用水洒在靳岈头顶，也不在他的额头和手背用黏稠的草药灰渣涂写咒文——靳岈震惊地看着老人枯槁的手指准确而迅速地按在自己的脉搏上。

阿苦剌判断靳岈需要多吃羊肉牛肉，多喝油茶与酒，才能度过接下来同样寒冷难耐的初春。靳岈惊讶：这样一位一直居住在驰望原的老者，怎么懂得切脉诊病的方法？

阿苦剌离开时看了一眼陪在卓卓床边的阮不奇，忽然走过去抓住阮不奇的手腕。阮不奇吓了一跳，阿苦剌很快松开，指着阮不奇对靳岈说了一句大瑪话："她比你还健壮。"

因为阿苦刺的这句话，贺兰砯、阮不奇和卓卓开始起劲儿地给靳岬塞各种吃食。

虽然贺兰砯家中没有大事，烨台部落里却接二连三地发生了许多事。

比如浑答儿有了一位未婚妻，北戎青鹿部落首领的女儿，家里马场足有半个烨台营寨那么大，还拥有数也数不清的羊群。

比如天星接二连三在没有月亮的晚上从西边坠落，靳岬说那是因为有人死去了，贺兰砯却说在高辛人心里，这意味着天神向人间降下了神子。

比如都则想跟卓卓结亲，被贺兰砯揍得鼻青脸肿，一路哭着回家。

比如贺兰砯教靳岬和阮不奇如何在冰河上打渔，阮不奇竟然是学得最快、打得最好但也最不讲道理的一个：她把打到的鱼全给卓卓，卓卓又全放回了冰洞里。

比如……

数来数去，都是鸡毛蒜皮。和这些事情相比，贺兰砯带靳岬学习在雪原上骑马，深入驰望原猎兔，钻入树林子里寻找野兽的踪迹，教他如何在夏天用林中飞舞的蝴蝶来判断熊的路径，都有趣得多。

岳莲楼没有再来找过他。靳岬有时候甚至怀疑，他与岳莲楼的相遇也许是大雪产生的幻觉。

从除夕开始，靳岬养成了记日子的习惯。他教贺兰砯和卓卓写字，自己则在纸张的角落一笔笔记下日子和节气。

立春这日，有人从北都送来了奇特的消息。

"贺兰将军命我接你们兄妹去北都。"来人自称巴隆格尔，是贺兰将军麾下的兵丁，对贺兰砯与卓卓毕恭毕敬。

贺兰砯："……谁是贺兰将军？"

巴隆格尔："你大哥，贺兰金英。"

被巴隆格尔一同接往北都的还有浑答儿和都则。虎将军在北都有自己的宅院，他们将会住在那里。但直到启程，浑答儿和都则还满脸茫然地问贺兰砯："我们为什么要去北都？"

贺兰砯倒是咂摸出了一些蹊跷："我哥哥从百夫长变成将军了。"

卓卓不舍得与阮不奇分开，大哭大闹要让巴隆格尔带上阮不奇。巴隆格尔左右为难，脸都被卓卓挠出几道血痕子。

贺兰砯也冒出了新想法："阮不奇去，靳峭也去。"

浑答儿笑他不能跟靳峭分开哪怕一天，贺兰砯还未回答，巴隆格尔在旁一拍大腿："靳峭，就是那位大瑀质子吧！我知道！带上带上！既然是被严加看管的奴隶，那自然要带上！"

贺兰砯也不解释，任由巴隆格尔自行理解。

第二日便启程了，浑答儿还捎上了家里的两匹骆驼用于驮运行李。

从烨台去北都至少半个月。路上积雪深厚，全凭巴隆格尔认路。马车用厚厚的毡布裹着，里外的光线都透不过。赶路三五天之后下起大雪，毡布被吹得哄哄乱响，巴隆格尔迎风驱马，把脸遮得严严实实，想骂都骂不出声。

马车里的人只能偶尔听见鞭声与驼铃脆响，掺杂在猎猎风声之中，是马儿与风驼正在艰难赶路。

"这天气，究竟为什么要去北都？"

车里全是酒味，熏得卓卓和阮不奇皱眉缩进角落。贺兰砯与浑答儿、都则一起喝酒。巴隆格尔来得很急，不肯告诉贺兰砯更多细节，也不说明此去北都所为何事，他没法回答浑答儿的问题。

烈酒可以御寒，但也越发激起浑答儿胡说八道的兴致。"靳峭，你怎么不喝？"他说着往侍弄火盆的靳峭脸上摸了一把，"大瑀的娘们儿有你好看吗？"

话音未落，他被靳峭锐利目光吓了一跳，正想发作，贺兰砯已经钳住浑答儿的手。浑答儿痛得霎时清醒，挣扎着缩回手，低低埋怨："你弄丢了我家的马，我可从没怪过你。你同我喝两杯酒，也算是赔罪。"

靳峭未说话，贺兰砯直截了当："闭嘴。"

车里顿时安静。靳峭察觉从猎熊队回来之后，浑答儿和都则开始畏惧贺兰砯。但当时发生了什么事，他并不清楚。

车子勉强又前行一段，终于抵达烨台部落与青鹿部落的边境河。为活跃车内沉闷气氛，都则提醒浑答儿他的未婚妻就在不远处，结果换来浑答儿一顿好揍。

众人钻进河边驿站，总算得到片刻宁静温暖。驿站虽小，但热水热酒面饼齐备，巴隆格尔亮出军牌，驿卒越发殷勤，还端上了私用的烧羊肉。边河结了冰，他们的马车无法经过，只能绕路。巴隆格尔用北戎话说明接下来怎样行进，靳岈悄悄竖起耳朵听。

　　驿站大门忽然被人捶响，一连串粗糙的北戎话隔墙传进来。驿卒忙打开门，与风雪同时拥入的是一个身穿厚重棉服的北戎斥候将领。他脱下帽子，环视驿站，忽然开怀大叫："巴隆！"

第十章

北都

这位不速之客不仅与巴隆格尔相识，还认得贺兰飒等几个孩子。靳岈据此判断，此人应该也是烨台人士，从他对浑答儿毕恭毕敬的模样来看，他跟随的应该是虎将军。但除了浑答儿，当巴隆格尔把贺兰飒介绍给他的时候，他同样向贺兰飒行了个礼。

接下来的谈话没有贺兰飒等人的份。巴隆格尔与那斥候走到驿站角落，低声交谈。他们说的是北戎话，靳岈只能勉强听懂几个句子。他借着去向驿卒要热水之机，捕捉到了"列星江""大瑀"等字眼，但很快被巴隆格尔察觉，二人噤声，挥手将靳岈赶走。

靳岈心中忐忑，彻夜失眠。他隐约意识到，有些事情正在发生，但他无知无觉，也无能为力。

第二日起床时，那斥候早已离开。巴隆格尔脸上有热烈的喜悦，但嘴巴很紧，只催促众人尽快起行。

大雪下了好几天，之后便是漫长的晴日，夜仍旧很长，月亮一天比一天圆，冷冷照着彻夜赶路的车子。半个月后，他们终于抵达北都。

对靳岈来说，北都完全是一座只存在于想象中的城市。

北戎第一位天君来自青鹿部落，他率青鹿部落统一了包含驰望原在内的大片草原，建立北戎。青鹿部落是北戎最大的部落，背靠雄伟的云台峰，部落营寨以木石结构为主。

这一习惯延续到北都之中，这原本是一个名副其实的石头城。近几十年来，北戎与金羌、大瑀等国交通来往，各地商贾纷纷在北都落脚筑宅，石城中又出现不少风格各异的房舍，虎将军的宅子便是其中之一。

虎将军是烨台部落的首领，立过不少功勋，在北都有一间颇大的房子。靳屿进宅后大吃一惊：这宅院是北戎与大瑀风格的混杂。浑答儿十分得意，他告诉众人，这宅子原本是许多年前老天君赏赐给一位大瑀和亲王妃的，但王妃因思乡过甚，没几年就死了。这宅子引得老天君伤心，天后便寻了由头，让老天君赏给了虎将军。

"天君也在这儿住过！"浑答儿拉着靳屿四处地看，"你看这院子，听说是王妃亲自布置的，你们大瑀是不是也有这样的小池子小亭子？"

后院中果真有回廊与观景小亭，池塘都干涸了，池底有一层光滑的冰。靳屿看得目愣，未几被贺兰砯拽走，心里还有几分不舍："这亭子与我家的有几分……"

他刚说出口，想到家中已经遭逢剧变，顿时闭口不言。

贺兰砯警告道："浑答儿不是好东西，你别和他来往太多。"

巴隆格尔走进走出，给贺兰砯一家人布置房子。两个奴隶自然要住进奴仆房，但卓卓抱着阮不奇不放，贺兰砯便趁机装无奈："既然这样，阮不奇和靳屿都留下来，和我们同住吧。"

浑答儿没带奴隶，又气又恼："靳屿和阮不奇是烨台的奴隶，也应当去我们那边帮帮忙。"

贺兰砯迅速关门关窗，把他挡在外头。

等屋中地炉燃起热火，室内渐渐温暖，贺兰砯才脱下外衣与帽子，正色道："这次来北都有许多不寻常之处，你不得乱跑。"

靳屿点点头。贺兰砯又扭头看阮不奇："你也是。"

卓卓立刻发问："阮不奇可以和我出去玩么？"

贺兰砯："不行。"

卓卓气得揪着他的长发连揍许多拳。贺兰砯的长发被拆乱了，靳屿给他梳好并提醒："一会儿吃饭，我和不奇不能与你们同桌。"

贺兰砯和卓卓同时面露不快。

靳屿："巴隆格尔会同席用餐，我和不奇是奴隶，行事要避忌一些，免得让巴隆格尔不满。谁都不要惹麻烦，好吗？"

贺兰砯和卓卓同时带着不情愿，默默点头。

靳屿感觉自己像个驯兽师。

晚饭之后，巴隆格尔决定带他们出门逛逛，看看北都夜景。

街上空无一人，冷冷清清，只隐隐看见城南角落有烛灯彩光，映亮黑天。众人朝城南走了一段，浑答儿忽然大喊："巴隆，你是要带我们去那、那个地方？！"

巴隆格尔点点头，浑答儿与都则兴奋得脸都红了。

"北都城南侧有个地方，名为回心院。"巴隆格尔忽然换了大瑀话，似乎故意说给靳屺听，"那里头可有不少大瑀人。"

靳屺脸上掠过一丝惊奇，他下意识地看向贺兰砜，想获得肯定的答案。但贺兰砜也没听过这名字，微微皱了眉："是什么地方？"

"歌寨。"巴隆格尔说，"回心院是北都最出名的歌寨。"

靳屺心中一沉，北戎人口中的"歌寨"，也就是大瑀的勾栏瓦肆。见巴隆格尔神情古怪，靳屺便猜到那应当是做皮肉生意的妓寨，所谓的"不少大瑀人"，不过是掳掠过来的大瑀流民奴隶罢了。

贺兰砜又问："为什么要去那里？"

巴隆格尔一脸坏笑："回心院有你哥哥的勒玛。"

浑答儿一下就高兴起来了，疾走几步向巴隆格尔低问："贺兰金英也去那地方？我见他这个岁数还不娶亲，以为他……哎不对，勒玛是什么？"

靳屺也从未听过"勒玛"这名称。他想问一问贺兰砜，扭头发现贺兰砜脸色古怪阴沉，隐隐有生气之兆。

靳屺便缓行两步，低头问卓卓："什么是勒玛？"

卓卓："……梨干？"

得不到可靠答案的靳屺只能随众人往前走。他心中一时为回心院中的大瑀人难受，一时却无比好奇那位"勒玛"。一行人拐过几道弯，眼前赫然亮起漫天彩光。

回心院不是院落，而是一栋足有六层高的小楼，外观浑似梁京的潘楼，但比潘楼更为热闹炫目。无数绛红、明黄、碧蓝色绸条从楼顶尖塔滚落，系于四方。绸条上缀着无数金银色铃铛，于风中冷冷作响，伴着回心院内传出的鼓乐之声，别有一番味道。

与靳屺所知的勾栏瓦肆不同，回心院中并无穿红戴绿的娼妓迎街招揽，近百盏不灭的风灯悬在檐下，星火流动。楼前乌压压一片人，鼓噪不停，只分辨出都喊着个听不清楚的名字，各种语言混杂在一起。靳岬听见熟悉的口音，胸口一热，忙四处张望。

回心院一楼是开阔敞亮的大厅，灯火通明。与外间不同的是，中央巨大的圆形高台上一片昏暗，高台周围错落着无数酒桌座位，人们或坐或站，挤得满满当当。席间有无数穿金戴银的女子穿梭，容貌俏丽，身段窈窕，见进来了几位少年，纷纷抛来笑眼。

浑答儿和都东张西望，卓卓被阮不奇抱着，接受了众人古怪目光的洗礼，反倒觉得高兴，叽叽喳喳说个不停。只有贺兰砜脸色阴沉，他一直攥着靳岬手腕，靳岬甚至觉得疼。他知道贺兰砜生气，但不知他为何生气。

巴隆格尔还没亮出军牌，回心院里便迎上来一位肥壮女子，自称鸨母，勾着巴隆格尔胳膊，把众人往楼上带去。

靳岬越发觉得此处与潘楼相似，二楼有雅间，距离高台极近。高台垂下无数透明帷幔，影影绰绰间，只看到台边坐着数位手持乐器的女子，中央另有一人，看不分辨，但据身形分辨，应是坐在高台中央，手里还握着一管烟。

纵然回心院中脂香、花香、酒香四散，靳岬仍能分辨出，台中之人在抽水烟。那烟气令他骤然有些许怀念：爷爷在世时也常持一管水烟，牵着他在燕子溪闲逛。

落座后很快有人上了各色点心。回心院里各类吃食都学大瑀形制，偏甜偏润。贺兰砜一边生着莫名其妙的闷气，一边示意靳岬快吃。靳岬一眼就看到了蜜渍梅花与广寒糕，不禁抬头看贺兰砜。

贺兰砜："是大瑀的东西么？"

靳岬点头。

贺兰砜拈了块广寒糕放在卓卓手里，把剩下的糕点与蜜渍梅花都推到靳岬面前。靳岬尝了点儿，十分失望：味道极其不正宗。蜜渍梅花的蜜太浓而香太寡，广寒糕桂花太少，米粉太硬，入口干涩。

贺兰砜自己也吃了一块，仍保持着古怪的气恼表情，低低对靳岬说："不好吃。"

他似乎对靳岬口中常提起的梁京美食失去了兴趣，靳岬忍不住笑起来："确实不好吃。"

浑答儿与都则跟巴隆格尔聊得口沫横飞，靳岈想问贺兰砜为何不高兴，此时一缕琴声响起，回心院内外登时静了。似有风从高台中旋舞而起，原本遮盖高台的帷幔纷纷飞扬而起，乐姬奏乐声动，那位原本隐藏在高台中心的人也站了起来。

舞者身形高挑，肤色瓷白，一头黑色长发用绢带束于身后，额前有疏松发丝垂落，虚虚掩着一双笑眼。只见其双腕翻飞如雀羽，如蝶翅，一足踩定高台，一足轻点，随着乐声旋转，身上穿戴的珠玉碰撞作响，仿佛另一种灵跃琴声。

又因身上衣物轻薄，每个动作都让布幔轻纱扬起，露出衔着血红色宝石的耳垂、套着金环的手腕，纤细腰肢箍着金银相间的束带，脐中另衔一枚红色珠玉，无数金丝细细垂落，随着扭腰、荡胯的动作，摇漾不止。

回心院中惊叹欢呼声四起，浑答儿与都则看得目不转睛，卓卓随着乐声快乐拍手，只有贺兰砜面色铁青，揪着巴隆格尔，咬牙切齿："这就是我哥的勒玛？！"

靳岈目瞪口呆——那是岳莲楼！

岳莲楼身段纤细窈窕，穿女装完全不怪异，与他那张安在男人身上显得过分漂亮的脸倒是恰好相衬。但他舞起来，柔软身形中蕴藏沛然力量，手、脚、腰肢、肩膀，每一处都迸发出火点，每一瞬的眼神都像钩子。

鼓点渐渐急促，琴声一刹接一刹，丝线般越扯越高。岳莲楼单足牢牢站在地面，飞快旋转，圆台帷幔被气流鼓动，不断扬起。他发上、颈上、腰腹、臀腿的铃铛与琴声密密相和，令人心跳急促，喘不过气。

巴隆格尔双手乱舞，脸上是尴尬的笑。贺兰砜甩开他，想从靳岈这儿得到共鸣，但靳岈看得嘴唇微张，完全被吸引了。

他侧身靠近靳岈，大声问："这就是大瑪的舞？"

"不全是！"乐声与欢呼声太大，靳岈不得不接近贺兰砜耳朵和他说话，"有一些动作来自赤燕舞蹈！"

"赤燕？"贺兰砜问，"那个不下雪的地方？"

"对！大瑪南端的小国！"靳岈跟他解释，说到激动处忍不住拉着贺兰砜衣角，"赤燕炎热，衣装简单轻薄，舞步比大瑪要奔放许多，比如……你看你看！现在这个单足点地、形如鸟雀的姿势，是模仿赤燕国鸟白梅燕……"

他以为自己又会得到一句"听不懂",但贺兰砯却点了点头,听得专注,脸上怒气少了些许。靳岈怔了怔,他在贺兰砯眼里看到了好奇和向往,这个从未离开过北戎的狼眼少年,对北戎之外的天地再一次流露兴趣。

乐声骤然收束,岳莲楼双足一蹬,足弓绷紧,原地起跳,身形弯折如一轮饱满圆月。在所有人震讶的吸气声中,他旋身翻转一圈,稳稳落地。被气流鼓起飞舞的纱幔缓缓落下,像云雾。帐中人嘴角一勾,那张笑眉笑眼的脸令人心折,也令人怅惘。

这舞就这样结束了。

岳莲楼扯着一根绸带,身如飞燕,瞬间便跃到贺兰砯等人面前。靳岈只觉得目眩神晕:岳莲楼就站在身前,居高临下,一身热暖气息。他不知搽了什么香粉,气味勾得人心里松松的,似乎就要飘起来了。

"好俊的小公子。"岳莲楼手持铜色长烟管,手腕一扭,将吸烟的玉制烟嘴抵在靳岈下巴上,微微一勾,"我们是不是曾在哪里见过?"

靳岈:"……"

贺兰砯勃然站起:"滚开!"

岳莲楼恋恋不舍松开靳岈,起身衔着烟口,侧头对贺兰砯轻笑。"这是你的奴隶?"他问,"别人不能碰?"

靳岈脸色顿时有些不好看。巴隆格尔忙出来打圆场:"莲楼,这是贺兰金英的弟弟……"

"噢……"岳莲楼拖长了声音应答,上上下下打量贺兰砯,忽然冲他的脸吐出一口烟,"难怪这么讨人厌。"

浑答儿和都则在近处看岳莲楼,越发面红耳赤,大气不敢喘一口,目光全被岳莲楼勾走。岳莲楼离开时冲俩人眨眨眼,浑答儿不知生出什么胆气,忽然一把抓住岳莲楼胳膊,又不知怎么称呼他:"美……美人?"

还未眨眼,美人手中的烟管不知何时悬停在他手背上,热烫灼辣,将碰未碰。

"不花钱,别碰我。"岳莲楼一字字笑道,"否则有人会削掉你这只手。"

浑答儿忙缩回手,看着岳莲楼施施然走下楼。有客人跪趴在席旁,仰头紧盯岳莲楼。岳莲楼便用足弓挑起伏地之人的下巴,他脚踝系一个金色足环,数颗细小铃铛,响得清脆活泼。

"为什么这种人会是我哥的勒玛！贺兰金英疯了吗！"贺兰砜倒是先疯了，拉着巴隆格尔大吼，"他是男的……他是……他不男不女！"

卓卓问靳屺："什么是勒玛？"

靳屺反问她："什么是勒玛？"

阮不奇吃着最后一块广寒糕，棉布裙上都是笑喷的糕沫子。

"不是他！"巴隆格尔从贺兰砜手中挣脱，一指那高台，"是那个！"

高台顶端悬着一顶大灯，灯上另有一处窄小圆台。圆台上坐着三位女人，各自抱琴，偶尔拨动琴音，扬手朝厅中人送去轻吻。

其中一位模样与其他人迥然不同——她一头金色长发，肤色微暗如同浓蜜。

"朱夜！"巴隆格尔大喊。

那女子显然与巴隆格尔熟悉，摘了面纱，冲这边扬扬手。靳屺震惊不已，忙拉了拉贺兰砜的衣袖："她的眼睛……"

这名为朱夜的乐姬有一双翠绿的眼睛，如同最干净透亮的春水。

她是高辛人。

接下来的诸般表演，渐渐流于低俗。贺兰砜捂着卓卓眼睛不让她看，催促巴隆格尔离开。巴隆格尔不肯："看岳莲楼一场舞，得花五两银。"

靳屺震惊了，五两银，在梁京足够普通人家花用半年！

巴隆格尔换算成贺兰砜能听懂的计数方式："大概能买一百只羊。"

贺兰砜顿时坐回位置，因过度震惊而陷入失语。靳屺怀疑他这辈子养过的羊加起来都没有一百只。

浑答儿和都则交换了一个眼色，忧心忡忡。靳屺奇道："怎么了？刚才不是挺开心的吗？"

浑答儿小声说："贺兰金英知不知道我们来看他的勒玛？"

说话间，朱夜已经来到席间。靳屺又觉得头晕。回心院的人身上总有些甜腻浓郁的香粉，弄得人轻飘飘的，一颗心怎么都落不到实处。他愣愣看朱夜，又扭头看贺兰砜。

高辛人鼻梁高耸，眼窝深邃，五官出众。靳屺心想，若是不论家世财产和狼瞳传说，兄弟俩的容貌不至于找不到亲事。

"我知道你是谁。"朱夜笑着说，"你们兄弟俩长得真像。"

贺兰砆低头喝茶，那茶也是甜腻的，他微微皱眉。

朱夜对他好奇："你是高辛哪里的人？"

贺兰砆一愣，这事情父亲与贺兰金英都从未说过。

他立刻反问："我大哥没跟你说过？"

"说过的吧？但我忘了。"朱夜拨动一头长发，冲贺兰砆笑笑，"每日与我说心事、说往昔的人太多，我记不住。"

贺兰砆有点儿生气了："但我哥哥将你当作勒玛！"

他这话还没说完，巴隆格尔登时一拍额头。朱夜更是完全怔住，半晌才发出大笑。"他说的？"她望向巴隆格尔，笑里有几分好奇和认真，"巴隆，是真的吗？"

贺兰砆先是脸上飞红，随即煞白："……你不知道？"

朱夜手指拨动怀中弯月般的琴，摇头笑道："他可从没跟我说过。勒玛……我还是第一次被人当作勒玛，真有趣。"琴声断断续续，她慢慢停下，看着热闹的回心院，喃喃道，"是勒玛呀，贺兰金英……"

浑答儿和都则呆坐原地，一张脸白得比贺兰砆更甚。他俩虽不知"勒玛"究竟何意，但显然这是贺兰金英从未说出口的秘密。二人如临大敌，瑟瑟发抖，扭头想与靳岹交流同样的恐惧。

但原本坐在身旁的靳岹不见了。

仆人专用的偏廊曲折漫长，靳岹紧跟在一位青年身后，疾步前行。

方才贺兰砆与朱夜你来我往之时，这位身着回心院奴仆衣裳的青年悄悄拉了拉靳岹的衣角。靳岹一看他眉眼，便知道他是大瑀人。

青年无声说出"岳莲楼"三字，示意靳岹悄悄跟他离开。

"你是岳莲楼的人？"两个人匆匆前行，靳岹低声问。

"禀小将军，我是明夜堂的。"青年侧头笑笑。

"别叫我小将军……"这称呼总让靳岹心里难过，"叫名字吧。我要如何称呼你？"

青年忽然竖起手指，示意噤声。楼梯有人声飘过，青年忙拉着靳岹藏进昏暗角落。他手指修长有力，覆盖练武之人独有的薄茧。靳岹离他近了，发觉这人长相精巧柔润，令他想起远山之玉。

出了回心院小楼便是后院，后院倒也整齐，几株枯树顶着云一般的积雪。岳莲楼仍是舞姬装扮，正在树下掐弄一只鹰。

"是不是你吞了他的信？"他恶狠狠瞪着那鹰，"他怎么可能就给我写这么几个破字？！"

靳岣从雪地上捡起一张皱巴巴的纸条，上书一行小字：事没办好，不得回家。

靳岣："……"

身边青年平静提醒："上次五个字，这回八个，很不错了。"

那鹰趁岳莲楼松手间隙扑腾飞起，在岳莲楼手臂上狠狠挠了几道。岳莲楼骂骂咧咧，夺回那纸条仔仔细细看了好几遍。在靳岣怀疑他是不是识字的时候，纸条忽然腾起一道火，瞬间便烧成了灰烬。

"你好呀，小公子。"岳莲楼拍拍手上纸灰，"最近过得还好吗？"

靳岣："……你说过会去烨台找我。"

岳莲楼："你几岁？这么天真，什么都信。"

靳岣："……"

身后青年出声提醒："岳莲楼，正经点儿。"

岳莲楼长舒一口气，这才甩去怒气，亲亲热热牵上靳岣，钻进后院的一间仆人房。仆人居住的地方陈设简陋，墙上挡风的毡毯色彩灰暗，数张堆满陈旧被褥的窄床，屋子里弥漫着一股久不见太阳的霉味。岳莲楼坐在床上跷起二郎腿，开始解下身上诸般饰物。

靳岣此时忽然发现，他颈上的那圈嵌着顶级红玉的金环竟是无法脱下的，就像嵌在岳莲楼皮肤中一样。

岳莲楼："刚刚没看够的话，我脱了衣服再给你仔细看？"

靳岣实在接不上话，只能转开话题："这是你房间？"

"是他的。"岳莲楼抬抬下巴，"我住朱夜房里。"

靳岣："……"

岳莲楼："不要误会，我只是暂住回心院。朱夜允许我睡地上的毯子，我们是好朋友。"

靳岣心想，你看贺兰金英不顺眼，贺兰金英一定也看你不顺眼。明夜堂的人端方正直，靳岷没见过像岳莲楼这样的。若要相比，身后的青年更符合他印象中的明夜堂。

"天底下不喜欢我岳莲楼的人很多，但总比喜欢我的少那么一两个。"岳莲楼笑道，"我是来帮你的，靳岷。你只需信任我，不需喜欢我。"

他的指尖拂过冰冷灯芯，火苗瞬间燃起，室内影影绰绰，渐渐有了几分暖意。

"三个好消息，一个坏消息。"岳莲楼说，"你听哪一个？"

靳岷毫不犹豫："坏消息。"

"北戎人如今陈兵列星江北，打算渡江。"岳莲楼说，"但列星江并未封冻，北戎人没有船只，现正困在码头上。"

靳岷霎时惊呆。

列星江以北有大片大瑀国土，北戎人却已陈兵列星江——也就是说，北侧的大瑀领土已经全被占据？！

"何时发生的事情？"靳岷立刻反问，"北方边防军有左、中、右三位统领，怎么就到了这般地步？"

北方边防军因守备境域广，有左中右三位统领与十余位副统领，合力保大瑀北方边境安全。三位统领中，有一人更是靳明照的师父——大瑀名将建良英。建良英年过六十，但精神矍铄、声音洪亮，加之治军一直严格，是北方边防军的定心丸。

当年靳明照被调往北方边防军，恰是建良英夫人离世、他哀痛病倒之时。但如今建良英已经回到北军，不可能让北戎长驱直入，抵达列星江。

"忠昭将军战亡后，建将军和左统领张越便被调往白雀关抗击金羌。"岳莲楼解释道，"北戎来侵时，北方边防军仅有右路统领鲁元。"

靳岷喉咙似被扼住，难以发声。

这是一次毫无疑问的遣将错误——北方边防军三位统领走了两位，仅剩的右统领鲁元仅四十多，是最年轻的将领，临敌经验有限，紧急时刻更是难以调动左中两路军队。一切仿佛都经过了精心计算：金羌犯境，靳明照在白雀关抗敌；北戎大兵同时压境，大瑀被迫与北戎签订萍洲盟；北戎指定以靳岷为质，大瑀因为萍洲盟顺利签订而松了一口气。

之后便是靳明照战亡白雀关，朝廷以为北境无恙，把北军两路统领调到西北，而北戎"恰"在此时再次进犯，如入无人之境，直抵列星江。

列星江是梁京与北戎之间最后的屏障。

"……北戎的目标不应该是梁京。如果北戎天君真的攻入梁京，后方的北都必定空虚，他刚平定五部落之乱，又有金羌在旁，他不会冒这样的险。"靳岷心念电转，"五部落再次归顺，北戎需要重新勘定部落首领功勋，重新划分部落界线与势力。"

岳莲楼看着他："所以？"

靳岷："北戎瞄准的是以萍洲城为首的江北十二城。"

列星江北有大量北戎族人生活。江北十二城是大瑀国土，但也有北戎风情，两地通商通婚，来往密切。大瑀朝廷中早有大臣进谏，称江北十二城民风已易，旧姓减少，十分危险。北戎若得到江北十二城，管理起来毫无难度。

"朝廷也不愿意再打下去。外有北戎金羌，大瑀兵力有限，不可能两边抗敌。"靳岷压低声音，"西北边防军折损诸多兵力，多多战亡，这些都会动摇军心。"

岳莲楼眼神里头一回出现了好奇。眼前的靳岷与初见时在雪地里扑腾的少年截然不同，仿佛脱胎换骨。他问："你认为朝廷会怎么做？"

"割地，求和。"靳岷平静道，"以列星江为界，重新划一条北戎与大瑀的边线。"

他言罢急喘几声，竟是心痛如绞。

身在北戎，又是奴隶，靳岷本身能获得的信息就极其稀少。但与贺兰金英的寥寥几次交谈，对方都有意无意透露出珍贵信息，比如北戎军将竟然出现在白雀关。这次北戎与金羌同时发难绝非偶然，两国为吞下大瑀领土，已然暗暗合盟。

他的家乡岌岌可危。

靳岷不禁想起与阮不奇逃离烨台那日所看到的队伍。虎将军与贺兰金英往南去，是去攻打大瑀。而如今北都喜气洋洋，贺兰金英与虎将军又特意接家人到北都住下，显然是要庆功了。

他摇摇晃晃坐下，面容颓丧。岳莲楼低声说："靳岷，听好了，第一个好消息是，我们找到了你母亲的行踪。"

靳岷差点跳起来："她在哪儿！"

"在封狐城外的一处驿站有人见过她。"岳莲楼道，"顺仪帝姬精神尚可，身边仍跟着原先的靳府随从。但当时建良英将军已经抵达封狐城，正在白雀关迎敌，封狐城全城封锁。她是否进城，如何进城，还在查探。"

靳岍却已大大松了一口气。得知母亲行踪，是他在漫长的痛苦中唯一感到真心欢喜的事情。

"第二件好消息，梁京皇室中，有人正通过江湖手段寻找你。"

"谁？"

"我们不能说。"岳莲楼笑道，"在靳明照将军死讯传到皇宫之后，这个人就在找你了。"

靳岍回忆自己在梁京认识的人，却怎么都想不出可能是谁。但在他看来，皇宫里的人找他并不算什么好消息，他想到家中种种苦难，心头翻起的绝非怀念，而是愤恨。

岳莲楼指指站在一旁的青年："第三个好消息，和他有关。他叫陈霜，是明夜堂给你的护卫。你要找准机会让你的朋友买下他，就像买下阮不奇一样。"

靳岍对陈霜点点头以表感激，随后回头盯着岳莲楼，思忖片刻后问："你怎么知道我身边有一个阮不奇？你还知道她是贺兰砚买的？"

岳莲楼脸上仍带着笑，但极轻地皱了一下眉。

"自从上次见面，你没过烨台找我，但你对我的行踪似乎一清二楚，在北都见到我也不觉得惊讶。"靳岍说，"烨台是不是有你们明夜堂的人……或者说，就是阮不奇？"

岳莲楼不语，靳岍又说："我在梁京已经被监视了十年。岳莲楼，我讨厌被人时刻盯着的感觉。"

岳莲楼把玩着手心里一双红玉耳坠，笑道："堂主何必让我到这冰天雪地的破地方找你呢？以小将军的敏锐心智，不需要我们帮忙，一定也能保全自己，回到大瓀。"

换作平时，靳岍是听不懂这些话中潜藏的情绪的。但他在烨台察言观色几个月，无师自通地学会了这本领，明白自己语气让岳莲楼不悦。陈霜一言不发站在门旁，而岳莲楼坐在床上，姿势散漫。靳岍心道：岳莲楼在明夜堂中层级不低，定是厉害人物。

他语气立刻软了："岳大侠……"

"别喊大侠，受不起，也难听。"岳莲楼掏掏耳朵，仰头细听楼上动静。

陈霜快步把靳岫拉起："有人找你来了。"

靳岫满头雾水，踉踉跄跄被陈霜推出门外。房门在他身后悄无声息关上，如同从未开启过。他在雪中怔立片刻，朝房间鞠躬作揖，低声道谢："靳岫多谢明夜堂高侠大义，救我于危难。"

才刚站直，贺兰砜便直接翻过二楼栏杆跳到院子里，一把攥住他的肩膀："你去哪儿了？"

靳岫揉揉发冷的脸庞，面不改色："来找茅房。"

贺兰砜："我同你一起去。"

靳岫愣住了，贺兰砜眉毛一挑："你不乐意？"

"茅房不在这儿。"靳岫懒懒笑道，"这不是找了很久都没找到么？"

贺兰砜打量小院，雪地上脚印杂乱，分辨不出行来往往的踪迹。他忽然倾身靠近靳岫，高挺鼻梁动了动，嗅闻靳岫身上气味。

"你身上有那个人的……"贺兰砜说，"臭味。你来找他？你喜欢他？你喜欢那种不男不女的……"

靳岫被他的狗鼻子震惊，忙糊弄过去："这味道你身上也有，他刚刚不是也跑到你面前了么？"

贺兰砜半信半疑，拎起自己衣襟来闻去。靳岫怕他再问，忙推着他往楼上去："走走走，去茅房。对了，你和巴隆格尔说的勒玛是什么意思？"

"是高辛话。"

"卓卓不懂？"

"我们没教给她多少高辛话，她当然不懂。"

"勒玛是什么？"靳岫好奇，"美玉？珍珠？宝石？朱夜可真是太好看了，世界上还有什么东西能配她？"

"在高辛话里，勒玛……"贺兰砜把手掌按在自己的胸膛上，"是心的意思。"

靳岫霎时愣了。回心院外无数绸带于琳琅月色雪光中翻滚飞舞，铃声淙淙，是一浪接一浪的风声。他想过世上所有美好的、珍贵的、价值不菲的东西，想要把它们安在"勒玛"的意义上。

但那竟然是"心"。

因为巴隆格尔的错误提示与贺兰砜过分心直口快，贺兰金英对朱夜的一番心意，就这样昭告天下。回程路上巴隆格尔反复提醒贺兰砜小心谨慎，千万别对贺兰金英透露今夜之事，尤其千万不能透露风声从何处走漏。

一行人商定后，齐齐低头看卓卓。卓卓是唯一的、最不可控的漏洞，浑答儿和都则教卓卓撒谎："勒玛是最好吃的梨干，记住了吗？"

卓卓吃着他俩买的蜜果子，连连点头。

靳岈嚼着朱夜送的肉干，盯着贺兰砜侧脸瞧。北都雪厚，四处亮堂，贺兰砜侧脸像被刀刻出来一般清晰利落。他扭头看一眼靳岈，低问："看什么？"顺手把靳岈手里的肉干夺走，扔嘴里吃了。

靳岈从没想过贺兰金英有这样真挚的一面。

据巴隆格尔说，朱夜原本是一个流浪乐姬，几年前来北都后便在回心院停留。去年虎将军让贺兰金英来北都办事，巴隆格尔等人原本是虎将军麾下，酒酣耳热后聊起女人，干脆浩浩荡荡地带他上回心院玩儿。他因此认识了朱夜。

贺兰砜从未听大哥提过这些事情，但在酒醉之时，贺兰金英对巴隆格尔这些兄弟略略提过几句。实则巴隆格尔也不知道"勒玛"的具体意思，他以为是爱人或情人，总之大概是这样暧昧的意义。

但"勒玛"是心，是骨与血的来处，三魂七魄的归处。靳岈被高辛人这份古老的浪漫弄得晕头转向。

"怎么还看我？"贺兰砜凑近了问，带一点做作的凶狠。

靳岈："明天还去回心院吗？"

贺兰砜："不去！"

靳岈："好吧。"

他其实迫不及待地想知道，贺兰砜以后会把谁称作"勒玛"。

岳莲楼叮嘱靳岈要找机会买下陈霜，但靳岈根本无法外出。他始终被贺兰砜死死看管着，成日只在宅内转悠，心里反反复复想着的都是北戎和大瑞的事情。

浑答儿与都则天天天晚上都去回心院听曲看舞，但他们再没见过岳莲楼。岳莲楼只是与朱夜交好，偶尔在回心院跳一支两支舞，分点儿钱便又销匿一段时间。

岳莲楼那头鹿，靳岈猜想，它的驯主应该是奉鹿为神的高辛人朱夜。

如此过了数日。某个深夜，靳岈被屋外声音惊醒。

整座北都都笼罩在一种震耳欲聋的铁器撞击声中。声音极有节奏，一波紧随一波，令人耳孔生疼。

贺兰砜带靳岈爬上房顶，靳岈一时间以为昼夜错乱，眼前竟热闹非凡。

沉睡的北都苏醒了。以王城为中心，各条大道、小巷全都燃起了灯火。街上全是不眠的人们，欢呼着，蹦跳着。街巷每隔一段距离便筑起一座高台，台上燃着传信的火把，守台的士兵举着铁剑敲击火台的铁制立柱。巨大的声音如浪潮一般滚滚而来。

"怎么了！"靳岈惊恐不已。

贺兰砜揽着他肩膀，在他耳边大声说："大巫在举行火舞！北都的春天来了！"

话音刚落，远处王城忽然窜起一束金红色焰火。

焰火飞速射入乌靛色苍穹，炸裂成一团巨大的金丝火球。

全城所有高台上同时火光喷发，整座北都都灿然亮起来。深冬的积雪被热力融化了，街巷像下过一场大雨，浅浅的雪水倒映着人们欢唱欢舞的身影与满城灯火。

由巫者推演而出的春季，于此夜此时，降临北戎。

第十一章

灯节

北戎人把每年的第一天称为"岁除"，它与除夕不同，是由北戎王城内的大巫推算出来的、春天的第一天。

从这一天开始，驰望原上万物复苏。

岁除前夜，大巫会在王城中举行拜火仪式。他会舞动神杖，围绕王城中央高塔——允天监上不灭的长明火跳起一支舞。舞蹈结束之时，大巫释放出的焰火便是昭示春日降临的信号。

春天不是自然降临的，而是被巫者推算出来的，如果大巫未能推出春天来临的日子，即便驰望原牧场已经长出嫩草，也不算开春？靳岫问贺兰砜，贺兰砜也不能给他答案。"在北戎，巫者地位至高无上，他们掌握天地运行的规则，能算出人的生死，看透人的善恶。"贺兰砜说，"巫者永远是对的，他们说的话，永远不会有人怀疑。"

靳岫全然不信，只是笑笑。

这一夜北都闹腾极了，浑答儿等人把卓卓和阮不奇也带了上来，一行人齐齐坐在房顶看北都的彻夜焰火。因浑答儿奉献出自家的肉干，卓卓拿上来的贺兰家肉干无人问津，除了靳岫。

贺兰砜："……你吃别的吧。"

靳岫："不必，我牙好。"

王城里接二连三窜起焰火，在明亮灯光中，靳岫忽然看见王城背后似乎藏着一道蠕动的山岭。

"那是火龙。"贺兰砜跟他解释，"明晚是北都的灯节，灯节必有火龙。"

靳岫登时失声："北都也有灯节？！"

他在梁京过惯了灯节。每年过年前，梁京各处便开始筹备灯节，到了十六当夜，等皇宫中飞出的燃火金凤点亮玉丰楼楼顶灯阁，持续三日三夜的灯节便正式开始了。

第一日赏宫中五色花灯、七辇宝龙、九乘彩鹤，又有诸国朝贡的异族奇灯，目不胜收。将军府会收到一张帖子，凭帖子即可登上视野最好的玉丰楼侧楼，从侧楼可以望见官家所在的御楼。官家一年难得出现在百姓面前一次，人们潮水一般挤在朱雀门外的大街上，纷纷仰首以瞻龙颜。但因离得太远，连皇帝脸面都看不清楚。

第二、第三日则是梁京市井灯会，那才是靳岘最喜欢的时刻。民间各出奇招，殊巧伎艺层涌不绝，各色新鲜瓜果道旁叫卖。

这时候靳岘在家里是待不住的。每年元宵，气候开始回暖，梁京南郊的山野已经蒙上浅青，靳岘和姐姐总会约上三五朋友骑马到郊外探春，等夜色降临再回府换洗，出门看灯。

街上花灯满目琳琅，更有各种俗才艺人争相卖艺，潘楼拥挤到人只能站立，东鸡儿巷和西鸡儿巷彻夜灯火通明，若不是被姐姐姐夫死死看住，只怕靳岘也要好奇地钻进去一探究竟。若是吃喝玩乐过了头，回不了家也没关系，五更天街上便有叫卖洗面热水、汤茶之人，草草洗漱清洁，又是衣冠清净的才子佳人。

最后一晚还会有禁卫军的火灯阵，等火灯阵表演结束，整座梁京城便暗下来。玉丰楼的燃火金凤被禁军收回宫中，等待来年，再展火翼。

贺兰砜听得回不过神："真有燃火金凤？"

靳岘笑道："那是一枚点燃的火箭，由禁卫军中膂力最强、箭法最好之人射出，可以直接点燃灯阁中央浸了油的火簇。那箭的意义，就跟北戎的金禾箭、狼镝差不多，由禁军仔细保管，一年用上一次。"

贺兰砜便告诉靳岘，北戎的灯节是从二十多年前大瑀那位和亲的王妃到来开始的。老天君十分宠爱大瑀王妃，不仅修建有大瑀风格的宅院供她消遣，更是在岁除之日安排灯宴，尽力为她复原大瑀的诸般乐趣。王妃死后，灯宴并未中止。数年灯宴，让北戎百姓喜欢上了这些漂亮彩灯和热闹气氛，这是枯燥寒冷的初春难得的消遣。于是灯宴成了灯节，一年年流传了下来。

卓卓吃饱了肉干，在阮不奇怀中入睡。此时天已半亮，众人纷纷散去，街巷上的热闹气氛倒是越来越浓。

靳岈只睡了一会儿就被巴隆格尔叫醒干活。巴隆格尔不敢找阮不奇，怕被卓卓挠，使唤起靳岈倒十分用力。他安排府中几位奴仆与靳岈一起装饰内院与房子。靳岈有些迷惑："大巫推算岁除，没有任何征兆吗？等他推算出来了、昭告天下了才装饰房子，是不是太不及时？"

巴隆格尔："大巫的法术你又知道多少！"

他满脸横肉，络腮胡子又浓又密，瞪起眼睛时很让人害怕。靳岈默默转头，把沉重的巨大熊头钉在墙上。

中午，巴隆格尔终于放弃监工，与浑答儿、都则、贺兰砜出门去了军府，那是北都管理军队的地方。靳岈心中又生出几分沉重，大瑀败局已经板上钉钉，他担心自己的安危，也担心大瑀的命运。北戎天君哲翁在重新收服五大部落的战争中表现出罕有的残酷，靳岈悬着一颗心，他害怕哲翁得到江北十二城之后，会屠尽城中的大瑀人。

他想到岳莲楼和陈霜，以及二人背后的明夜堂。

明夜堂是江湖中声名极盛的大帮派，它虽建立不过二三十年，但已经极具分量。除去帮派中人个个身负绝世武功外，这响亮名声与牢固地位，另有两大原因：

其一，是明夜堂堂主善于经商，也善于收纳人心。

江湖人大都穷困，将劫富济贫看作不二信条，而豪侠之士又都有几分虚荣，能喝三文钱的酒，绝不尝半个铜板的茶，于是无富可劫的时候，江湖人往往潦倒。在人人穷困的江湖中，明夜堂的人从来锦衣绸裳、出入气派，但又绝不仗势欺人，时不时大发善心散财济世，美其名曰"江湖知交，同气连枝，几多钱银，来去浮云"，深得江湖中诸位穷大侠之心。

第二个原因则与明夜堂擅长办的事情有关。

明夜堂汇集诸多高手，只要出得起钱，只要与明夜堂七不杀令无冲突，他们什么都能办，上到深入大内禁宫盗取圣人用过的茶杯，下到寻城守第十三房小妾的哈巴小狗，全都做得漂漂亮亮，绝不会透露委托人半点儿身份信息，比列星江里的石头还可靠。

而武林人士凡入明夜堂，必须废去一身武功，从头学习"化春六变"。这是明夜堂的秘传内功，每一变均有不同外功招式相配，当日岳莲楼使出的化雪奇功，便是化春六变第四重"曳步莲"的功力。

岳莲楼使出了第五重的功力，他的武功绝不可小觑。靳岈从梯上爬下，暗暗决定找机会再去一次回心院，先跟岳莲楼道歉，再商量救人之事。

贺兰砜一行人傍晚才回来，浑答儿与都则满脸喜色，但一见靳岈，两个人迅速收起诸般表情，木木地与他打招呼。

靳岈心中已经隐约猜到真相。晚饭后他在后院洗碗，贺兰砜来找他，靳岈便问他："你哥哥是在北戎攻打大璃的战事中升任了将军？"

贺兰砜隐瞒不得，只好点头。

这是靳岈已经猜到的事实，他装作震惊，低头颓丧洗碗。碗还没洗完，贺兰砜将他拉起，对刷锅的阮不奇说："剩下的你来洗，我和靳岈出门一趟。"

阮不奇摇摇头，跑过来挽着靳岈的手，朝门外比画。

靳岈："带上阮不奇吧。"

贺兰砜："我只想和你去看灯。"

两个人甩下哐哐刷锅的阮不奇，从后门悄悄溜走。才踏出宅子，靳岈立刻被满眼的灯火惊着了。他霎时间以为自己回到了梁京，街上诸般灯彩、艺人、吆喝、食物香气，与梁京灯会毫无区别。贺兰砜怕他走丢，始终牵着他的手。靳岈随他往前走，与人群擦肩而过，忽然被头顶闪过的一片火光迷了眼睛。

被灯火映亮的夜空之中，一条浑身闪烁着金色火光的巨龙正缓缓游移，跨越北都。

靳岈惊得说不出话，紧紧抓着贺兰砜，让他看头顶。贺兰砜笑道："这就是你昨晚看到的火龙。"

北都的火龙是这场灯节最特别之处。火龙实际上是一个巨大的、纸糊的厚实龙形，龙尾扣在王城高塔的长明火上方。长明火燃烧后的气流全数灌进龙身，驱动巨龙腾起、摆动。巨龙悬于北都上空，北都城中灯火彻夜不灭，气流便牢牢托住龙身，不会下坠。若有风从空中吹过，火龙便摇摆游动，宛如活物。火龙身上的火光，实际上是无数极薄极轻的铜片。它们像小小的镜子，反射着北都的灯火，巨龙便如同燃烧着一身烈火。

靳岈震惊不已。贺兰砜带他跑上城墙，城墙上也满是北戎百姓，就着篝火跳舞的、卖烤肉的、唱歌的，热闹极了。靳岈站上城墙，离巨龙越发近了，终于看到巨龙身上铜片如何用极细铁丝衔接串联。这需要极其精妙的技术和冶炼功力。靳岅被风吹得摇晃，贺兰砜出来时拿了狐裘，顺手给他披上。

"这是谁做的……贺兰砜？"靳岅回头，身后却不见贺兰砜。

身旁有一个卖烤羊羔肉的摊子，摊主说着他听不懂的北戎方言，热情邀请他尝尝自己的手艺。靳岅长得乖巧斯文，那摊主左看右看，又招呼其他人过来瞧他，把靳岅瞧得面红耳赤。

贺兰砜抓着四个猪胰油饼回来，见靳岅陷入困局，忙把他带走。北戎人在后面问他问题，贺兰砜答了，靳岅却一句都听不懂，只听见身后一阵大笑。

"你们说什么？"

"他们说你好看。"贺兰砜和他分了油饼，张口大吃，"我说好看是好看，脾气却很坏。"

靳岅："……我脾气坏吗？"

"常常骗我，这不算坏？"

靳岅无言以对，猛嚼油饼。油饼滋味不错，他一口气吃了两个，仍觉不够，干脆和贺兰砜一起在那排着长龙的油饼摊子面前等待。

贺兰砜很熟悉灯节，嘴巴一直没停，不断跟靳岅介绍灯节上的东西。靳岅从没听过他说过这样多的话，露出这样快乐的表情。他知道自己也笑了，是被贺兰砜和这灯节感染的。或许因为北戎人确实少见这样瘦弱白净的少年人，有大胆的北戎少女和他搭话，给他礼物。靳岅收了两顶帽子和一条腰带，贺兰砜提醒他："这表示你得娶三个老婆。"

卖蜜果子的女人带着个小孩，小孩喜欢靳岅，把啃了一半的糖山楂塞到他手里。靳岅不收又不是，收了也不好，干脆递给贺兰砜。贺兰砜不知就里，拿了就吃。靳岅大笑，贺兰砜不知道他笑什么，只是看见靳岅开心他也跟着一块儿开心。他不觉得北都冷，看惯了的灯节、火龙、油饼和卖艺的人也都重新变得有趣起来。思来想去，全是因为实在很喜欢靳岅在这一夜露出的惊喜和快乐。他许久没见靳岅这样笑过了。

等贺兰砜抓着油饼从人群中钻出，却没看到等候靳岅。他举着油饼找了一会儿，在一处墙角发现了呆站的靳岅。靳岅身后躺着一个衣衫褴褛的青年，约莫二十上下，蜷缩在墙角瑟瑟发抖。

"他是大瑪人。"靳岅说，"被人欺负，我救了他。"

贺兰砜："……你救他？"

他怀疑地打量靳岠，又看那青年。青年起身朝贺兰砜和靳岠下跪，嘴上没说一个字。

贺兰砜："他是奴隶？"说着把青年拉起，查看他胳膊。北戎的奴隶一经登记，便会在手臂上烙下印记，个别贵胄人家印记上还会有姓氏等标记，但青年手臂光滑，连伤疤都没有。

"在下不是奴隶。"青年讲话文绉绉的，"去年秋季我随父亲到北都经商，途中遭遇马贼，商队死的死伤的伤，我身无分文，只能在北都城中乞讨度日。"

贺兰砜正要再问，靳岠拉拉他衣袖："可以收留他吗？就像收留阮不奇一样。"

贺兰砜："……"

靳岠从未对他提出过任何要求，因此贺兰砜一时间根本想不出理由拒绝。

不仅如此，他还迅速找到了说服自己满足靳岠要求的理由：收留一个大瑀的乞丐又有什么关系？他的大哥现在是北戎立了军功的将军，军府甚至提前给了家眷一些赏赐，不过是收留一个乞儿……但贺兰砜随即有些心虚，他知道贺兰金英不会让自己擅自做决定。

靳岠看着那青年喃喃道："和我一样，真可怜。"

贺兰砜："……带他回去吧。"

三人提前结束赏灯，回程中靳岠还将自己的猪胰油饼给青年分了两个。青年倒是有礼有节，跟靳岠和贺兰砜致谢后才开吃。他自称陈霜，是大瑀碧山城人士，与父亲一同做小本买卖，如今商队四散，也算一身子然了。

回到府中，迎面便碰上巴隆格尔。巴隆格尔一见那陌生青年，登时警惕："什么人！"

贺兰砜解释清楚之后，巴隆格尔面露为难之色。

贺兰金英这次从百夫长升为将军，里头是有运气成分的：他原本跟着虎将军拼杀，那日却被抽调到另一位将军麾下。开战后不久那将军被大瑀北军的射手一箭刺杀，贺兰金英骑了将军的马，扮作将军施令，领着剩下的人硬生生攻破碧山城关卡。他定了北戎军军心，处事果决干脆，统帅十分中意，立刻写军函送回北都，请求破格擢升贺兰金英。

"若不是天君对你哥哥还有一些不错的印象，这功勋是绝对拿不到的。"

巴隆格尔毫不隐瞒，"但贺兰将军是北戎这么多年来第一位异族将领，议堂中的大臣将军意见颇多。你家中本来已经有靳岘和阮不奇两个大瑀奴隶，现在又多一个，这不行的。"

贺兰砜更正："陈霜不是奴隶，是我暂时收留的流浪汉。"

巴隆格尔："这……这哪里有区别！"

贺兰砜："有很大区别。当初买下阮不奇，我们确实当她是奴隶，但现在阮不奇是卓卓的朋友，你以后不得再吼她骂她。"

巴隆格尔一愣："对了，你们是怎么买下阮不奇的？"

与阮不奇的相遇实在是一场意外。那时候贺兰家三兄妹在北都游玩，吃饭喝酒时酒馆门口忽然一阵骚动，紧接着便有人推门冲进来，一把抱住最靠近门的贺兰砜的大腿。

求救的瘦小少女满脸尘渣，头发被剪得不成样子，天寒地冻仍露着一条胳膊，紧紧抱住贺兰砜发抖。门外又冲进一条大汉，要把少女往外拖。他是人口贩子，在路上捡了这么个不会说话的小乞丐，又知道北都不少达官贵人都喜欢幼弱的大瑀姑娘，便干脆带到这儿卖出。谁料生意尚未开张，这少女便逃了。贺兰金英不想管这档子闲事，催促贺兰砜把少女归还那大汉。但贺兰砜竟转头恳求他掏钱买下，说要给靳岘找个玩伴。

贺兰砜不想与巴隆格尔解释太多，拿出贺兰金英的名头，以"有什么不妥，等大哥回来再说"结束对谈。

另一边厢，靳岘带着陈霜在贺兰砜房间换衣服。

"你真的是碧山城人士？家里人还在吗？"他问。

陈霜笑笑："刚刚那些都是编的。"

靳岘翻找一阵，发现自己的衣服不合适陈霜穿，陈霜与贺兰砜身量相当，他便找出两件贺兰砜的旧衣裳。陈霜看起来文气十足，见靳岘站在屋内不走，他似是有些羞涩，踟蹰后转到角落背对靳岘换了。

"你也是明夜堂的人？"靳岘问。

"对。"陈霜回答。

"我从封狐城回到梁京之后，一直不能出城。"靳岘想了想，"听闻明夜堂财大气粗，特别气派？"

陈霜笑道："是啊，有机会你一定去看看。"

他换好衣服，侧耳听了听门外动静，拉着靳岇小声道："昨夜收到的密信，大玚和北戎已经决定停战，北军只做守备，北戎军队不再攻击。现在朝廷正在商议如何与北戎划定界线，这割地分土之盟如何签订。"

"在哪里签？"

"碧山城。"

靳岇心中了然，碧山城就在列星江旁，是最靠近列星江的城池。大玚选择此处，因为方便，北戎选择此处，说明他们已经无所畏惧。

靳岇低声道："这盟约一旦签订，只怕大玚更加被动。西北边境有金羌尚未平息，北境又要割去这么多土地。这份盟约很难签订，除非能同时牵制金羌与北戎。"

陈霜盯着他，良久才低笑道："我们都以为你听到大玚割地会悲愤难言，但你适应得很快。"

"……若是换你在北戎这样的地方，孤身一人待上几个月，你也会变得和我一样。"靳岇目色沉静，"你会知道自怨自艾毫无用处，忧愤悲苦也没有任何意义，况且只有思考和行动，才能让人不至于沉溺痛苦。"

陈霜面露讶色，良久才点点头。

然而如何行动，靳岇也毫无头绪。他身在北戎，大玚的情况全凭岳莲楼等人告知，或者说，就算他在梁京，他也毫无办法。他不是朝廷的人，身无功名，虽是靳明照的孩子，却没任何功勋地位，没有人会听他的话。

巴隆格尔安排陈霜住进仆人的房间，阮不奇和卓卓看到陈霜时都吃了一惊。阮不奇呆站着上下打量他，卓卓有点儿害羞，用学会的大玚话字正腔圆问他名字。陈霜有一副好脾气，讲话做事平平静静，没一丝谄媚与卑怯，浑答儿和都则没见过这样的大玚人，反倒不太敢招惹他。他常跟靳岇在一起，贺兰砜虽对陈霜有怀疑，但见靳岇高兴，他也不好阻拦。

倒是陈霜悄悄对靳岇说："贺兰砜这个人不错的，你要让他再信任你一些，这样我们行事也更加方便。他大哥是贺兰金英，利用好贺兰砜才能有白霓的线索，他甚至可保你安全回到大玚。"

靳岇实在不愿意与他多谈这一话题。

他心思太重，接连失眠了好几天。贺兰飒的房间里除了自己的床之外还靠窗摆着一张窄小坐榻，是供人躺这儿赏风景用。初春仍冷得吓人，也不见什么好景色，靳岇便把此处当成睡床。贺兰飒知道他晚上睡不着，总是翻来覆去。

贺兰飒还发现他开始在纸上画一些乱七八糟的东西，粗大的墨线像一条黑色的龙，或者河流。若问起，靳岇便说在研究火龙如何制作。他在墨线上点画了许多圆圈，最重一笔落在起笔处。

这一天，靳岇吃得很少，话也很少，干着干着活便突然停下来，皱眉想事情。贺兰飒有时候会多瞧他两眼，心里冒起蹊跷。就寝之前，靳岇逮住了一个机会与陈霜单独说话："你住的地方离后门最近，晚上帮我开后门。"

陈霜："可以。你要做什么？"

"去找岳莲楼。"靳岇黑色的眼睛里跃动着兴奋的星火，"我找到了能同时牵制北戎与金羌的方法。"

第十二章

废城

待所有人都睡下之后，靳峋悄悄从窗户爬出，经由后门溜出宅子。陈霜
与他同行，靳峋发现陈霜的武功还没练到岳莲楼的层次，至少还不能逢雪化
水。但他步伐轻盈，身姿灵巧，总在不可能之处寻到去路，带靳峋避开街上
游乐巡逻的人群，往回心院而去。

"我只练到化春六变的第二重，'风报柳'。"陈霜解释，"'风报柳'
是明夜堂之人轻功的基础，我……咳，我练得不错。"

靳峋很喜欢他略带几分得意的谦虚。

陈霜抱他越过院墙，落在回心院后院。两个人都是一身得体打扮，便摆
出客人的架势，大大方方走上楼。岳莲楼一般寄宿在朱夜的房中，但房中无
人应答。

"你且等等，我去前头找找。"陈霜循着步梯离开。

靳峋蹲在个隐蔽角落等候，折了身边一根花枝，在地上继续描画自己的
计划。

头顶上传来一个声音："你就这么喜欢回心院？"

靳峋闻言一凛，回头便见贺兰砜双足立在走廊栏杆上，面色冷淡，蹙眉
看他。

"我不明白，"贺兰砜从栏杆上跳下，把靳峋堵在角落里，"你真的喜
欢岳莲楼？"

靳峋："我……不……什么？？？"

贺兰砜咬牙道："我都看到了，你和陈霜偷跑到这儿找岳莲楼。靳峋，
你知不知道一个大瑀人，一个大瑀奴隶，夜里出现在北都街头，如果被巡城

的士兵发现而你又不能应对，他们是可以直接杀了你的！"

靳屿第一次见贺兰砜对自己发这么大的脾气。他自知理亏，但今夜即便让贺兰砜暴怒，他也必须见到岳莲楼。靳屿不看贺兰砜，低头装作慌张，心里盘算如何找借口。

两个人僵持半天，见他始终不出声，贺兰砜抓住他肩膀，把他拉出角落："跟我回去。"

靳屿瞬间想到了理由："我是为了听岳莲楼说说梁京的事情。"

贺兰砜眼睑微皱，并不相信。

"我在梁京见过岳莲楼。他很出名，只在节庆的时候在潘楼表演，名气很大。"

贺兰砜侧头看他。靳屿继续胡说下去："若是见到岳莲楼，说不定还能与他聊聊梁京的事情，是我让陈霜带我来的。我太想家了，还有我家的……"

贺兰砜轻轻叹了一声，指着靳屿身后："你去吧。但不能走太远，我得看着你。"

靳屿回头，岳莲楼不知何时已经上了这一层，正有滋有味看二人争执。

等靳屿走近，岳莲楼故意在贺兰砜视线内捏靳屿的脸："又吵架了？怎么不能好好相处？"

他满脸坏笑，行动轻浮，落在贺兰砜眼里，更是惹人烦恼。

岳莲楼换了个姿势，确保贺兰砜看不到靳屿说话："陈霜说你找我有事？"

"我在封狐城出生，直到六岁才被召回梁京。"靳屿飞快道，"爹爹和西北军的将士带我走过许多次封狐城，若论对封狐城的熟悉程度，只怕在梁京也没人敢说比我更多。"

"北戎压境，跟西北的封狐城有什么关系？"岳莲楼问。

"封狐城在列星江源头附近。"靳屿攥紧拳头，一字字道，"主城虽在南侧，但江北还有半个废城。"

列星江由西北起源，流经大瑀。封狐城恰在列星江起源山脉之下，是西北边境的最远一城，城外便是白雀关。靳屿幼时住在西北军军部，靳明照巡城时常常带上他，他很熟悉封狐城情况。

世人都以为封狐城位于列星江南侧，但封狐城其实是一个横跨列星江的大城。只是因大雪及瘟疫，数十年前北城彻底荒废，没了人烟；又因为与主城隔着一条列星江，少人过问，大瑎境内渐渐便只把南城当作封狐主城。

北戎想要江北十二城，其中并不包括封狐。但若不计算城池，而是直接把江北全境都划归北戎，其中必定包括那半座荒无人烟的封狐废城。

封狐城是金羌势在必得的地方。若金羌得知北戎竟占据了封狐城一半，这座城池的归属一定会引起北戎与金羌的争执。

岳莲楼惊得抓住靳岈肩膀："你的意思是，在盟约上做手脚？"

"对，大瑎可以在盟约上放一个陷阱。"靳岈斩钉截铁，"废城对北戎没有任何意义，他们也绝不可能知道封狐有一处废城。北戎需要土地，大瑎给他们比想象中更多的土地，他们不会拒绝。只要北戎和大瑎签下盟约，划走江北所有疆土，封狐废城如同埋设的火药弹，不需太久就会引爆。"

金羌想吞下封狐，掌握大瑎与金羌甚至西北诸国的通商要道，他们不会允许封狐有一半落入他国手中。而北戎先签盟约，有天然优势，加之国力军力与金羌相当，也不会松口吐出已经吞入腹中的土地。

岳莲楼沉吟许久："北戎只想要江北十二城，你这法子却是将列星江以北全部拱手相让。"

靳岈拳头攥得死紧，掌心被指甲刺得发疼。这一招对大瑎损伤极大：大瑎主动送上更多的土地，会让北戎或他国以为它气数将尽、虚弱不堪，为求片刻安稳，宁可割肉让骨。

但只要熬过这一场，大瑎尚有缓和之机。

"靳岈恳求岳大侠和明夜堂，务必将我的话传回梁京，带给先生。"靳岈说，"我人微言轻，所想的办法不一定比朝中诸位大臣更好，这个法子也传不到朝廷耳中，但先生有满朝桃李，总有一人能……"

"这倒不必。"岳莲楼温柔地打开他的手掌，看到掌心的细小伤痕后微微皱眉，"你忘了么？宫里有人在找你。"

靳岈："……此人究竟是谁？"

"他与我们堂主直接联系，我并不知道他的身份。"岳莲楼想了想，"但他地位绝不比你先生的弟子们低。"

靳岈并不觉得喜悦，心头反而很冷："这位宫中人，不知是盼我生，还是盼我死。"

岳莲楼沉默片刻，握住了靳岈的手。他微微弯腰，笔直注视靳岈的眼睛。

方才轻佻的笑意已从他眼中彻底消失，靳岍心中一震。岳莲楼仍是一身分辨不出性别的装束，灿烂耀眼，但他目光冷毅，连说话的腔调也微微生了变化。

"靳岍，你这些话非同小可，岳莲楼用项上人头担保，一定为你送达。"他低声道，"若那宫中之人不予理会，我便去找你的先生。若是连你的先生也无法传递，我便去找太师，甚至可以直接放在皇帝面前，定要让他知道你的法子。"

紧握住靳岍的手掌非常温暖，掌心的刺痛渐渐缓解。

"还要让他们知道，你活着，靳明照将军的孩子还活着，哪怕异乡为奴，仍有满腔热血。"岳莲楼低低一笑，"靳将军戎马一生，粉身碎骨，却落了个如此难堪的畏战骂名。岳莲楼浪荡度日，成不了什么大事，但若能为靳家洗清冤屈，能为大瑀保留一点儿火热心魂，我万死不辞。"

靳岍大口喘气，他忽然有一种想放声大哭的冲动。这股酸涩与激动很快被他压抑下去，只有眼里残留一丝灼红的痕迹："多谢岳大侠。"

"说多少次了，别叫我大侠……"岳莲楼想了想说，"我一去一回少说也要一个月时间。陈霜身手好，你不必担心，他会保护你。"

靳岍忙道："对了，白霓的踪迹，我仍旧没有任何线索。"

"无妨，再等等，贺兰金英就要回来了。"他趁靳岍发愣时揉他脸庞，长笑着翻下了栏杆。

靳岍心中一团乱麻，一时是惧怕，一时是紧张。若是爹娘在眼前，知道自己出了这样一个主意，不知会不会给自己一个耳光。

直到贺兰砜拍他肩膀，他才回过神。贺兰砜带着一脸不耐烦和厌恶，用衣袖狂擦他的脸。

靳岍："……这、这也不脏。"

贺兰砜擦得越发认真仔细。

靳岍忽然笑出声，他感觉自己瞬间从摇摇欲坠的危楼回到了人间。人间有满城灿烂花灯，有贺兰砜，有他莫名其妙的愤怒和紧张。

贺兰砜狐疑又不满："笑什么？"

"太冷了，我想回去。"靳岍说。

岁除之后，北都夜间热闹许多，回心院附近更是满街灯火，一大半都在卖酒卖肉，香气扑鼻。

因察觉靳岬手冷，贺兰砜买了一小壶酒给他暖身。北戎的酒太烈了，靳岬才喝两口便双眼发直，蹲在地上不起身。贺兰砜也蹲着看他："不回去了？"

靳岬很小声很小声地嘟囔，从喊爹娘，到稀里糊涂的"我可能错了"，最后看着贺兰砜发呆："……对不住。"

贺兰砜："骗了我才说对不住，没用。"

靳岬闷声闷气应了句："我骗你的时候，心里也不好受。"

贺兰砜霎时全无郁气。靳岬有时说话稀里糊涂、没头没脑，但他总能听懂。"……这句也是骗我？"贺兰砜小声说。

这话掺杂在一梆子吆喝里，靳岬没听清楚。不远处是个卖猪胰油饼的摊子，靳岬指着那油锅，连连点头。

贺兰砜："……"

他有时候真想揍靳岬一顿，就像揍浑答儿或者都则一样。但他却买了个猪胰油饼，把没喝完的酒藏在怀里，背起醉醺醺的靳岬回家。未融化的积雪在脚下咯吱咯吱响了一路。

贺兰砜推开虎将军宅子的大门时，贺兰金英和许多人正在屋檐下烤羊肉。

他向巴隆格尔传授蓄养奴隶的心得："烨台人心肠好，但再好也不能坏了驰望原的规则。奴隶绝不能骑到我们头上，像靳岬这样的大璃奴隶，在我们家里天天打七八顿，不服打到服，让他吃不饱穿不好，他才会怕……"

浑答儿和都则面无表情，巴隆格尔和其余兵丁满是钦佩。但所有人的目光，此时都集中到了推门而入的贺兰砜和靳岬身上。

贺兰砜手一松，吓清醒了的靳岬忙从他背上滑下，将手里半个没吃完的猪胰油饼默默藏在背后。

院中气氛一时相当尴尬。

最后是被阮不奇弄醒的卓卓哭着扑进贺兰金英怀中，危机才得以解除。众人全都松了一口气，低头猛吃羊肉，却听见卓卓哼哼撒娇，说了一句话："大哥，我想吃回心院的勒玛。"

院中霎时落针可闻，只有烤架上的羊羔肉兀自冒油。

巴隆格尔抓着半个羊腿站起，还没站稳又立刻跪下："将军，我错了。"

贺兰金英温柔地问卓卓："乖卓卓，谁告诉你回心院有勒玛的？"

"巴隆。"卓卓回答，"巴隆跟二哥说，那里有你的勒玛。"

贺兰砜："……"

贺兰金英又问："那卓卓知道勒玛是什么意思吗？"

"知道！"卓卓举着一块肉大喊，"浑答儿和都则教过我好几次哩，勒玛是最好吃的梨干！"

浑答儿与都则："……"

贺兰金英把卓卓交给阮不奇，让她带卓卓回去睡觉。见阮不奇离开，贺兰砜立刻给靳岇使眼色。靳岇忙低着头紧紧跟在阮不奇身后远离风云突变的院子，空着的那只手在背后冲贺兰砜小幅度摆了摆，跟他道别以及给他鼓励。

贺兰金英面无表情地盯着靳岇的小动作，贺兰砜站得笔直，装作什么都没看见。直到卓卓等人消失在院墙后，贺兰金英才慢慢回头，重复卓卓的话："回心院的，我的勒玛……"

他点点头，忽然问："朱夜是不是世上最好看的女人？"

浑答儿摇头，都则点头，贺兰砜与巴隆格尔完全没动。

"都则绕院子跑五十圈。"贺兰金英想了想又问，"朱夜的琴好听吗？"

浑答儿学乖了，和巴隆格尔一起摇头。

"不诚实，跑五十圈。"贺兰金英说。

浑答儿怒了，指着贺兰砜："他呢！他怎么不用跑！要惩罚就一视同仁！"

"好啊。"贺兰金英语气温柔亲密，"我正准备让他跑一百圈。"

浑答儿面如土色，摇摇欲坠。

第十三章

阿瓦

鸡飞狗跳的一夜过去，贺兰砜早晨才白着一张脸躺回床上，累得衣服鞋袜一件没脱便睡了过去。但他也没躺多久，靳屻端来午饭时，他已经起床换了衣裳。

　　"大哥命我和浑答儿去打猎。"他说，"没打到三十只兔子不能回来。"

　　靳屻："这么多？！"

　　贺兰砜："而且北都附近没有兔子。"

　　靳屻顿时很同情，昨晚剩的半个猪胰油饼也一并放进碗内，让贺兰砜就着油茶稀粥呼噜呼噜吞入腹中。

　　这次在夜里悄悄回家的只有虎将军和贺兰金英。北戎军队尚在列星江北陈兵，还没到可以后撤的时机。二人先行返回北都，实际是为了向天君禀报大瑀议和之事，因而一早便直奔王城而去。议堂中君臣都细细听虎将军与贺兰金英禀报前线战事，北戎天君素来不苟言笑，但这一日也不免露出快活："哈！好！"

　　但这盟约如何签，到底是还没商定。虎将军与贺兰金英此次回北都另有一个目的：护送天君最信赖的议臣龙图钦前往碧山城，与大瑀商讨盟约细节。

　　"大瑀派出的应该是太师梁安崇。此人心机颇深，狡猾老道，龙图钦，你要小心。"

　　龙图钦出列，将手拍在胸前："龙图钦领命。"

　　议堂中喜气洋洋，哲翁又问了些其他事情，心里始终惦记与大瑀的盟约，把虎将军、贺兰金英和龙图钦三人单独留下，又着人安排美酒佳肴，摆出一个举杯同庆的架势。

他反复打量贺兰金英，经虎将军提醒，才想起眼前青年正是当日处理大玛质子的年轻将领。

哲翁忽然来了兴趣："那大玛质子还活着？"

"活着。"贺兰金英回答，"已经是个彻彻底底的北戎奴隶了。"

哲翁又问："他在哪里？"

"在北都，随我与虎将军的家人一同来的。"贺兰金英道，"毕竟是奴隶，服侍家主是他唯一要做的事情。"

龙图钦问："若我没记错，这质子就是忠昭将军靳明照的儿子？"

哲翁点了点头，握着酒杯思忖片刻："把他带过来，我要见见他。"

贺兰金英要惩罚的只有四个人，巴隆格尔和都则到城墙上去给守城军士打下手，贺兰砜与浑答儿则负责狩猎雪兔。

但北都近郊没有雪兔，白茫茫的山林里只能见到一两只穿梭的小鹿。

浑答儿一路无聊，扭头问："你哥哥跟朱夜什么情况，你问了么？"

贺兰砜："没问。"他还没能找到与贺兰金英单独聊天的机会。此次贺兰金英回家，满脸疲惫，贺兰砜又被他训了一顿，不敢再问任何和朱夜相关的事情。

两个人越走越远，原本挂着大太阳的天不知何时布满阴云。浑答儿抬头嗅了嗅风中的气味，不安地提醒："这场雪可不小。回去吧？"

话音刚落，远远便看见林中冒起一股白烟。两个人骑马靠近，还未走近便被喝止："什么人！"

林中有一小队人正在休憩。火堆被扑灭了，冒出阵阵白烟。一位长相粗犷英气的北戎青年作巫者打扮，正从地上站起，手中捧着一本书。几位仆从装扮的人立在他身旁，纷纷举剑对准贺兰砜与浑答儿，贺兰砜还听出有两个人藏在树中，已经举弓。

浑答儿见这些人架势比自己还足，顿时不快："我是烨台部落首领虎将军的儿子，你们是什么混皮子玩意，敢拿剑指我！"

青年眼神一亮，笑吟吟道："虎将军的儿子？你是浑答儿？"

浑答儿见他巫者打扮，收敛几分："你又是谁？"

他这一问，周围仆从立刻怒了，青年倒是毫不在意："我和你阿爸同桌喝过酒，他也认识我。我是允天监的学者阿瓦，传说这山上前两天有天星坠落，我专程来看看。"

允天监是由北戎大巫把持的地方，算天命、测地脉，全是术数人才与巫者。巫者地位极高，贺兰砜与浑答儿忙下马向阿瓦道歉。

"尽快回去吧。"浑答儿态度一下变了，"要下雪了。"

"放心，这雪下不起来。你们还要继续前行？"阿瓦提醒，"入夜了。"

"到了山顶便回去。"贺兰砜说，"需要我们送你么？"

阿瓦婉拒他的好意。目送阿瓦与随从离开后，浑答儿悄悄凑近贺兰砜："这人很富贵。"

贺兰砜："你怎么知道？"

浑答儿："他帽子上那颗黄玉，我从没见过这么大的。"

贺兰砜打了个呵欠，催他上马，继续往前。

北都附近这座矮山是库独林山脉的末端，两个人骑马攀上山顶时，风骤然剧烈。头顶那一大片阴云被吹远了。青年阿瓦说得没错，今晚不会下雪。

遥远的山间悬着一颗硕大圆月。群星喑哑，月色清明，满地雪光如银。

在这一瞬间，贺兰砜脑中忽然窜进了一些他以为早已忘记的事情。他看见靳峭在地上写名字，那时候这个大瑀人还是快乐的，他会因为吃到肉干而惊奇，还会跟贺兰砜开玩笑。明月出天山，苍茫云海间——赠他狐裘以温暖归途的少年指着自己名字，边说边笑。

"没见过月亮么？"浑答儿在前方催他，"走吧！我饿死了！"

贺兰砜骑在飞霄背上，静静看着头顶明月。月光透彻地照亮了许多事情，包括一些影影绰绰的、他从未细思过的东西。贺兰砜扭转马头往山下走，渐渐加速，很快便超过了浑答儿。两匹马儿在夜间的雪原上奔驰。他们钻了来时的林子，忽然看见前方密林中有闪烁的火光。

有人举着火把，正骑马飞奔而来："贺兰砜！浑答儿！"

"都则？"浑答儿吃惊道，"怎么还来接我们？"

"出事了！"都则气都没喘匀，手里火把滴着燃烧的油点，"你大哥回来带走了靳峭，说天君要见他。"

贺兰砜心中一紧："天君？"

"来的还有宫里的军队，他们把靳峭拉上车就走，我和巴隆大哥回家时正好看到。他不许我跟你们讲，但我觉得这太奇怪……浑答儿看重靳岍，我……贺兰！"

贺兰砜一夹马腹，当先冲了出去。浑答儿与都则紧随而去，三匹马全速飞奔。

穿过林子时，耳力最好的贺兰砜隐约听见从密林中另一个方向传来兵刃相击之声。惊疑让他立刻减缓了速度，就这么一停，一句大吼果真从黑暗的密林传来——"保护阿瓦！快带他走！"

浑答儿与都则也都听见了，但两个人并未停下，疾声催促贺兰砜："别管那些人了！快回去吧！"

贺兰砜随他们跑出一段，那厮杀叫骂的声音持续不停。他低骂一声，迅速扭转马头，全速冲进密林深处。

圆月持续高升，成为悬空烛灯，几乎映亮了北都所有的角落。一行沉默的车队进入王城，曲折前行。贺兰金英在途中便已落马停下，他远远看着车队消失在道路拐角，脸上是罕见的焦灼。

靳岍在窄小摇晃的马车中闭目养神。他只知道北戎天君要见自己，却不知所为何事。据贺兰砜所说，贺兰金英感激靳明照，所以在当时想办法救下了自己。如果这是真的，那么面见北戎天君的时候，他还得为贺兰金英掩饰这一切，毕竟他在贺兰家过得并不似一个奴隶。

靳岍听见宫门在身后关闭的沉重声音。

他已经预料到，自己无法活着走出此处。

如果这就是他的结局，那么他活在世上的最后一件事，便是保护贺兰金英、贺兰砜和卓卓，保护烨台部落的人，保护那可能被哲翁屠戮的江北十二城百姓。

马车终于停下。靳岍整理衣襟下车，抬头时却是结实地一愣。

眼前是一座石头砌就的高塔，塔顶燃烧着长明火，这是北都最高的石塔。石塔上一扇敞开的大铁门，门上篆刻无数星辰连接的图案，另有标刻在石墙上的北戎文字：允天监。身披白色大氅的老者站在允天监门口，他手持与人同高的木杖，杖子顶上是一团用珠子捆住的羊毛，已经有些脏污了。

靳岍站着没动，心头惊疑不定。他身后车队的人已经纷纷下跪："大巫。"

老者在高阶上看靳岍，鼻子抽动。这个动作让靳岍想起烨台的阿苦刺，也想起了巫者可以嗅出人的魂魄是善是恶的说法。

"质子，过来吧。"大巫说，"你必须在此处把全身清洁干净，才能去见天君。"

允天监是一座塔，里面与靳岍所想大不一样：没有书架或书籍，只有大量在火上烹煮的药锅，草药的气味和熟肉的香气混杂成模糊但浓郁的怪味。一眼看过去，贴墙放着的药锅子一半都煮着喷香的肉汤。

有台阶向上盘旋延伸，大巫见他抬头张望，解释道："上面是住人的地方。岁除的时候你见过长明火吧？跳舞的就是我。"

靳岍谨慎地回答："我知道。"

这大巫有点儿邋遢，也全无靳岍想象中的持重威严。他坐在塔中一张毡毯上，招呼靳岍。靳岍在他面前落座，大巫给了他一碗肉汤。

靳岍："……"

大巫："鹿肉，吃过么？"

靳岍没吃过，看着汤中的肉块，他想起岳莲楼骑的那匹鹿，还有高辛族人信奉鹿神的传说。他于是没有吃，静静坐着。

大巫灌了一口药汤，豁然站起。他戴上了一个火焰形状的面具，扬起手中木杖挥舞，口中念念有词。四周点满烛火，明亮如昼，细尘纷纷飞扬，落入汤碗中。

靳岍看着木杖上那团脏污的毛，更不敢吃了。

木杖点在他额头，靳岍一动不动。大巫从盆中掬起清水，洒在靳岍身上和脸上。

"睁开眼！"大巫厉声吼道，"让驰望原的天神检视你的灵魂！"

他年纪虽大，但力量不小，木桩敲在地上，咚咚作响。靳岍始终静静跪坐，脸色平静，毫无紧张与惧怕。碗中肉汤变冷时，大巫停了下来。他微微喘气，抓了一把靳岍的头发。靳岍头发湿了，触感冰凉，他示意靳岍可以擦干，这似乎是所谓的"清洁"仪式结束的信号。靳岍不明白这个仪式的意义。

大巫转身端起凉了的肉汤，倒回药锅："大瑀人，你不怕我？"

"您这舞跳得挺好看的。"靳岍毕恭毕敬，"虽然我看不懂。"

大巫哈哈大笑，白胡子抖个不停。他在靳岍面前坐下，终于问了他名字：

"你是靳明照的儿子?"

"在下靳岈。"

大巫上上下下打量他,笑道:"好一个'孱弱怯懦'的质子!"

靳岈决定反客为主:"天君为何要让大巫为我清洁?"

"需要清洁的并非躯体,而是你的灵魂。"大巫说道,"你是大瑀人,又是奴隶,污秽之物甚多,要面见天君,必须把污秽的东西一一清除。"

"什么污秽?"

"凡驰望原之外的一切不被驰望原天神庇佑的生命,均为污秽。"大巫顿了顿,"但你很干净。你眼睛里有欲望,却没有邪气。"

靳岈笑了:"巫者真的能闻出人的灵魂是善是恶?"

"有时候闻,有时候看。"大巫靠在靠垫上,捶了捶自己的腿,"有的人一出生就注定是恶的,这是他命中的罪。"

靳岈低声道:"人活着不是为了受这样的苦。"

"你是烨台贺兰家的奴隶,你不会不知道狼瞳。"大巫冷笑道,"狼瞳就是邪神选中之人的标志,他们一生都会为别人和土地带来无穷无尽的灾殃。拥有狼瞳之人,活着便会降祸人间,这是被邪狼附身之人不能摆脱的命运。"

狂风吹落高树积雪,贺兰砜策马飞驰,像一支箭插入暗夜。

包括树上两位隐藏的弓手在内,阿瓦一行共有十人。以九人之数护送一位允天监巫者出来寻找天星,他这时候才意识到不寻常。满地血腥,贺兰砜勒停马头,抓起弓与箭沿着血迹狂奔。地上尸体有四人,不见那打扮富贵的青年。月光如炽灯,断断续续照亮密林之中冲刺的贺兰砜。

他离兵刃相击之声终于越来越近,眼前豁然是一处低谷。阿瓦半跪在地上,有人正举刀刺下。

贺兰砜立刻抽箭、拉弓,箭矢脱手而出,迅疾如风,刺入刀手肩膀!

那人惨叫倒下,阿瓦抬头,吃了一惊:"是你!"

贺兰砜一扫谷内情形,心中愕然:除阿瓦之外有两个人倒地,身首分离。余下三人正包围阿瓦。

活着的与死去的总计十人,贺兰砜心中雪亮:袭击阿瓦的正是他带出来的随从。

杀了这么多的人，袭击者是铁了心要他死。贺兰砆从高处跳下，连珠般发箭，但那些人已有防备，纷纷举剑击落。他寻隙就地翻滚，护在阿瓦面前。

"巫者，你伤重吗？"

"不重。"阿瓦咬牙道，"多谢。"

贺兰砆心道这人倒是硬气。阿瓦身上几处刀伤，手臂处几乎见骨，但他仍能强撑不倒，手上还握了一把沾血的大刀，显然也曾激战一番，如今伤重加上体力不支，才背靠山石抵御。

被箭刺中的人连箭都没拔，又与其他二人合围上来。浮云褪去后月色澄清，照在贺兰砆身上，眼前三人都是一愣。

"狼眼睛？"为首一人冷笑，"你是高辛人？"

贺兰砆一言不发，举弓对准说话之人。

"我们兄弟几个还没杀过高辛人，今日可算是开眼了。"那人笑道，"高辛的狼崽子居然还没死绝，是你们命太贱，不好死，还是驰望原天神太慈悲，不舍得灭了你们的族？"

他说一句便踏前一步，贺兰砆毫不动摇，猝然松手。

那人反应也极快，举剑将此利箭击开。

"你知道这个人是谁？"他面对贺兰砆，实在游刃有余，还能指着阿瓦说话，"你知道他手上沾了多少条人命？你今日救他，他来日会杀更多的人，屠尽北戎五大部落！"

"呸！和邪族人多说无益！"另一个人喝道，"长着狼眼睛，则人人见之可诛，不必废话！"

贺兰砆完全没把这些话听进耳中。他谨慎地判断着眼前形势：三人中一人负伤，但另外两个人仍可行动，他必须找到同时击伤两个人的方法。飞霄就在上方，只要他能把阿瓦背上去，他们就能逃离。

说话者话音未落，为首那人忽然踏出半步，抽剑刺向贺兰砆！贺兰砆下意识躲开，没提防另一侧有人举刀，刀身平平拍向他的脸，他侧腹被人踢中，顿时倒地，压在阿瓦身上。

贺兰砆立刻弓腰弹起，脸色涨红——那两人竟当他是玩物一般戏耍，得手后正畅快大笑。

他左手持弓，右手尾指从腰间箭囊挑出两支箭，于呼吸间连射两发，先射中用刀之人，瞬间又指向为首的持剑者。他发箭极快、极准，那持刀之人一声惨叫，捂着脖子倒地了。

贺兰砜心口一空——他杀了人。

不过片刻愣怔，持剑者的剑尖已经狠狠刺入贺兰砜大腿，铁爪抓向贺兰砜喉头。阿瓦就在贺兰砜身后，忽然举刀朝那人脚踝砍了一记。贺兰砜趁机抓住那柄剑，杀气与血气、恐惧和焦灼，全都令他疯狂，他扔了自己的弓，抓起一枚箭，直接将它戳入持剑者眼中！

"狼崽子！！！"持剑者高声大吼，"你是驰望原的杀神，是天神的仇敌！你注定一生落魄，死于非命！无朋无友，无处可依！"

污血喷了贺兰砜一脸，他愤怒长啸，将箭狠狠一插到底，持剑者瞬间断气，再无声息。

允天监中，大巫命靳岖伸出双手。他捋起靳岖袖子，不禁一愣："你是烨台贺兰家的奴隶？"

"是。"

"但你没有奴隶印记。"

靳岖笑笑："或许因为我注定没有当奴隶的命。"

大巫朗声大笑，丝毫不怒："你这大瑀人，脑子倒是转得快。"

"我母亲是大瑀帝姬，父亲是赫赫有名的将军。我出生之时，有得道高僧说过，我出将入相，驰骋沙场，呼风唤雨，有异世之能。外加一生平安顺遂，无灾无厄，儿孙满堂，白发齐眉。"靳岖平静道，"那是连官家也信赖的僧人，他说他能勘破我的命。可是您看，我现在在北戎，一个奴隶而已。"

"那正说明，奴隶并非你的归数。"大巫说，"又或者，是那和尚看得不准。"

"大巫您呢？您能看尽天下所有人的命么？能保证自己不会看错？"靳岖问，"高辛人生来便是绿眼睛，若驰望原的天神真的慈悲，他为何要让降祸人间的狼瞳诞生于世上？"

大巫眉头一皱："为了让神子历练人间万事。"

"神子是谁？"

"北戎天君。"

"为让天君历练，便生造拥有狼瞳之人来让驰望原百姓受苦？"靳岖大笑，"你们的天神也不过如此。"

大巫抓住他的两只手腕，当一声扣上了铁环。铁环与铁索相连，铁索深深埋在墙中，靳岈已被囚于这座允天监内。

"孩子，你这样聪慧，不如再猜一猜，为何你会来到允天监？"老人低声道。

靳岈看出大巫对自己并无恶意，更是忽然生出一种奇特感觉：大巫怜悯自己。眼前老者或许无法勘破命数，但已经识得生死。他在大巫面前，不是大璃人，不是燑台奴隶，仅仅只是一个十来岁的少年人。老者从他身上看到了过去，而他自大巫脸上，隐约察觉了自己接下来的命。

"北戎天君想让您看一看，我该不该杀？"

大巫长叹："北戎有一句话，起飞太早的鹰回不了巢。一个人太过聪颖，他这一生必定过得不好。"

靳岈心头突然一松：北戎天君还需要让大巫来判定自己的命运，这说明他还不想下杀手。靳岈干脆直接了当："那您认为，我该杀吗？"

大巫不回避他的目光："该。"

靳岈点点头："这是我的命？"

大巫："对。"

靳岈将双手藏于袖中，坐姿笔挺。他穿一身北戎奴隶装束，长发却没有遵照北戎规矩梳成发辫，仍是大璃发式。

大巫心中一怔，不禁坐直了身子。眼前少年面露浅浅笑意，浓黑眼珠里映出塔中粼粼火光，闪动如星。

靳岈一字字道："但我从不信命。"

贺兰砜松了手，踉跄起身。他的手上都是血，起初温热，渐渐变得黏稠冰冷。

他杀了人，而且是连杀两个。耳朵里嗡嗡作响，脑袋在强迫他回忆方才杀人的手感，但同时又喝令他警醒：袭击者还剩一个！

那受伤的刀手果真杀了过来。他肩膀受伤，挥刀力度减弱，但贺兰砜愣怔中躲避不及，胸前被一刀划破，衣裳破了，皮肉绽开。刀手更是一脚踹中他腹部，贺兰砜整个人被踢飞出去，重重跌在地上。

一个身首分离的尸体，就在他身旁。那是一个弓手，箭囊几乎空了，只剩一支尾羽纯白的黑箭。贺兰砜却认出了那张弓：在某一年的朗赛大会上，他见青鹿部落的人用过这样的弓，通体黑红，上有繁复雕纹，是狼群奔突之象。

这是只皇宫中禁卫军才能使用的弓。

那刀手扑在断气的剑手身上呼喊"大哥"，贺兰砜晃了晃脑袋。他看见刀手又站了起来，拖着刀，朝阿瓦走过去。他们根本不在乎贺兰砜生死，目标始终只有阿瓦一个。

贺兰砜还听见阿瓦在说话："高辛人，我允许你使用那支箭！"

高辛的狼子左足半蹲，右脚跪地，腿上伤口鲜血淋漓，月色照亮他浓棕色头发与青色双瞳。贺兰砜从箭囊中抽出那支白羽的黑箭，心口怦怦直跳：他没有认错，这是狼镝。

触碰狼镝的瞬间，陌生而熟悉的感觉覆盖了他的指尖。贺兰砜抓起狼镝，拉弓搭箭。

古老的悸动令他的心中澎湃，剧烈沸腾的冲动仿佛从血脉深处迸发而出。那支黑箭在催促他松手，让它扎入敌人的血肉，吞噬可恨的生命。

贺兰砜松了手指。

狼镝激射而去，刺破冷风。

它先扎入举刀者的左胸，箭势未消，带着无穷戾气，箭尖旋转，钻破骨头、脏器，最后穿胸而出，当一声死死钉入石中。污血喷溅，纯白箭羽染红一半。

大刀落地，距离阿瓦仅有几寸距离。刀手仰面躺倒，风中只剩铁器撞击石块的嗡响与贺兰砜的喘息。

周围终于彻底安静。他拖着伤腿走向阿瓦，先察看了阿瓦的伤势，随后吹口哨唤来飞霄。阿瓦见他腿上的剑伤与胸口的刀伤不停渗血，心有余悸："高辛人，你……"

"我有名字。"贺兰砜说，"我叫贺兰砜，烨台人士。你不是巫者，到底是什么身份？"

阿瓦撑着他身体站起，从腰上皮囊中拿出一支火箭，拉动引线发信。

"是狼镝吗？"他问，"狼镝让你怀疑我的身份？"

"狼镝只是其一。普通巫者到城外活动，不可能有九人随行。你的随从里有禁卫军的人。"

阿瓦撕开尸体的衣服，和贺兰砜分别处理伤势。他也是处理伤口的好手，娴熟快速，并不因疼痛而延缓过片刻。

"我本名瓦辛图，驰望原的继承人，北戎天君长子。"阿瓦说，"你可能听过我另一个名字，云洲王。"

贺兰砜惊得半天说不出一个字。

北戎天君哲翁有三个女儿和一个儿子，其子赐号云洲王，意为驰望原最高峰云台峰的王者。传说云洲王杀人如麻，年纪轻轻已经在哲翁平定五部落之乱的战争中屡屡立功。他身骑汗血宝马，手持长枪长刀，杀神弑佛无人可挡，是驰望原上令人畏惧的噩梦。

眼前青年身上没有一丝杀气，他经历方才惊心动魄的一顿斩杀仍面色平静，毫不惊慌。

"贺兰砜，我的兄弟挚友都称我为阿瓦。"阿瓦说，"若是再喊我云洲王，倒显得生疏了。这支狼镝你留着吧，我把它给你了。"

飞霄背上有贺兰砜的药囊，但阿瓦手臂的砍伤十分严重，药粉撒上之后立刻被血水冲开，根本无法上马前行。

所幸片刻后便有一队戎装人马奔来，是护卫云洲王的队伍。见阿瓦负伤严重，所有人都面如白纸。他们带来了马车和懂医术的巫者，为阿瓦处理伤口后便将他扶上马车。

这时，贺兰砜忽然在阿瓦身后跪下。

"云洲王，请你为我救一个人。"

贺兰砜不能与云洲王同乘，但阿瓦给他留下了一个巫者，陪他回家。

阿瓦命他起身："救什么人？"

"我的朋友靳峋。"贺兰砜说，"他原本是大瑀质子，现在是烨台贺兰家的奴隶。今日他被天君召到王城，但我不知发生了什么事。"

阿瓦皱眉不解："你拼死护我一命，你可以用这份恩情跟我要牧场，要女人，甚至要议堂中的一席之位。用在奴隶身上，岂不浪费？"

"靳峋是我的朋友。"

"奴隶是奴隶，大瑀奴隶不是我们北戎人的朋友。"阿瓦打量他，"再说你现在已自身难保，怎么还惦记别人的生死？"

"……他给过我狐裘。"贺兰砜看着阿瓦，"当日余温，此生难忘。"

阿瓦笑了："这又是什么故事？"他支撑不住，缓缓在车内坐下。巫者与护卫催促他回王城，阿瓦对贺兰砜说："这个人我帮你救，你回家疗伤吧，不必担心。"

允天监中，大巫已经打起瞌睡。

靳岈不可能在此地睡着。他闭目养神，盘算着接下来见到天君应该如何应对。距离他被押送到允天监已经过去了一个多时辰，仍未接到召见的口令。等待的时间越久，他其实越冷静。这说明北戎天君尚未作出最后的决定。

允天监的门忽然被大力推开，一位年轻的巫者闯进来大喊："大巫！"

大巫惊醒，登时跳起来。年轻巫者狂奔而来，与大巫耳语几句后，大巫脸色突变。他顾不上眼前的靳岈，与巫者带着塔中大箱小箱匆匆离去。

入王城的道路灯火通明，高台上燃着青烟。

"云洲王现在怎样了？"大巫一路小跑。

"还能说话，但力气不够了。"年轻巫者紧跟其后，"他带着九个随从出城找天星遗石，但九人之中混入三个怒山部落的反贼，对云洲王起了杀心。天君现正大怒，已经杀了十几个禁卫。"

大巫抽抽鼻子，眼前正是王子居住的长盈宫，内外都充斥着强烈的血腥气味。

宫奴、议臣、将军、后妃，无数人从王城乃至北都各个角落汇集而来，长盈宫灯烛齐燃，亮如白昼。云洲王躺在床上，双眸半闭，仍有说话的力气，但面上全无血色。

大巫冲入长盈宫，顾不得与焦灼的天君问候，径直闯入云洲王寝室。

长盈宫外跪着乌泱泱一片人，贺兰金英和虎将军也在列。文武百官低低耳语，虎将军忽然说："靳岈可算逃过一劫，天君现在是顾不上他了。"

贺兰金英摇摇头。他反倒越发不安：云洲王是天君唯一的儿子，他的生死至关重要，若是真的没了，天君盛怒之下，只怕连靳岈也会遭殃。

有巫者一路陪伴照料，贺兰砜腿上伤口渐渐的血止住了。

回到家里，先见到的是抱着卓卓的巴隆格尔。贺兰砜半张脸都是溅上的血点，胸口袍子破了，腿一瘸一拐，浑身都是血的臭气。卓卓怕得缩在巴隆格尔怀中大哭，见贺兰砜走近，又张开手臂想让他抱。

"乖，我现在抱不了你。"贺兰砜坐下来，急喘几口气后问，"靳峭回来了么？"

浑答儿和都则交换眼色，摇了摇头。贺兰砜心中全是不安，他坐不住。抬眼一扫，阮不奇和陈霜也不在。

"大哥在哪里？"

"还在宫里，没有回来。"

"我去找他。"贺兰砜立刻站起，"他得救靳峭。"

巴隆格尔怒吼："你自己半死不活，还要去救谁！浑答儿、都则，按着他！谁能跟我说清楚到底出了什么事？贺兰将军把你们交到我手上，结果……贺兰砜？！"

贺兰砜推开众人往府门走，但没走几步就开始打晃，整个人猛地栽倒在地上。卓卓哭着奔向他："哥哥死了！"

"没死！你别哭！"浑答儿和都则把刚离开的巫者又叫了回来，数人将贺兰砜扛进房里，发现他呼吸急促，身体滚烫，已经昏迷过去。

贺兰砜从昏睡中醒来时，窗外还是黑的，但隐隐有了银亮的天色。卓卓睡在他身边，小心地蜷成一团，以免压着他。他身上所有伤口都处理完毕，烧退了，只觉得喉咙干渴，眼角余光看见靠窗的卧榻上躺着一个人，贺兰砜心头一喜。

但那人打着牛鼾，一脸络腮胡子……是巴隆格尔。

贺兰砜心头热热潮霎时变冷。一夜快过去了，靳峭没有回来，也没有任何消息。他小心下床，把被子盖在卓卓身上，亲了亲她的额头。卓卓在睡梦中抓住他的手指，贺兰砜低声道："乖，我去王城接靳峭回家。"

他从箭囊中拿出狼镝，藏在袍袖之中。阿瓦当时说的是"高辛人，我允许你使用这支箭"，贺兰砜摩挲着狼镝光滑冰冷的箭杆，在心里回答：我不需要你的允许。

他从后门离开，扶着墙往王城走去。

带雪的阴云没有停留在山岳树林中，它被风吹到了北都上空。小雪一颗颗落下来，贺兰砜走一段、停一段，从路边捡了根树枝支撑自己。路边卖热水、油茶、油饼和烤肉的摊子陆续开张，他走过暖灯与人声，积雪在脚下咯吱作响。

他相信贺兰金英，当初大哥为了救靳岈一命而想尽办法，今日也必定不会袖手旁观。他也相信云洲王，驰望原未来的主人不会说谎，北戎人从不辜负以命相救的恩情。

贺兰砜说服自己去相信，但他无法冷静。靳岈被带走关在王城里，而他和靳岈说的最后一句话，是早晨离家时的"我走了，你可别悄悄去回心院"。

他还没跟靳岈描述过雪山上空的明亮圆月，他还想要带靳岈去亲眼看看明月出天山的场景。他要告诉靳岈，他懂得那两句诗的意思。

雪落在贺兰砜手上、脸上，他只是沉默地往前走。石头砌的高墙就在面前，他忽然站定。阮不奇就在前方拐角徘徊。她手里拿着两块砖头，似乎想敲击石墙。

"阮不奇？"

阮不奇回头，惊得睁大了眼睛。

贺兰砜慢慢走来，阮不奇闻到他身上的血腥味和浓烈的药草味。她张了张嘴，但贺兰砜先开口了："你在做什么？"

他看着少女手里的砖头："……你也要救靳岈？这两块砖头没法敲破城墙。"

阮不奇拧着眉头，朝他比画。贺兰砜大致猜到了："你跟着车队来的？靳岈从这个门进去了？"

得到肯定回答后，贺兰砜心中稍定。"你回去陪卓卓，她醒来不见我，可能会哭。"他说，"我会带靳岈回去。"

他拍拍阮不奇的头，继续往前走。

王城石墙极高，贺兰砜走到那扇朱红色高门前站定，胸口急喘，身上两处伤都在隐隐作痛。他回头再看，阮不奇已经不见了。

门前两列兵士发现了他，但贺兰砜没有动弹，只是静静站在雪地里，凝视着石墙之内的王城。王城最高处是允天监，高塔上方雪雾迷茫，长明火熊熊燃烧。

细小雪花从允天监高处窗口飘落，落到靳岈头上时已经化成了水。

靳岈抬头时，允天监的门也正好被推开。大巫站在门前，身后一排炽热灯火。

"出来吧。"老人疲惫不堪，"天君要见你。"

他解开靳岈手上的铁环，换了另一种束缚的刑具。靳岈足上锁了一个铁球，一步步走得十分艰难。大巫身上满是血腥气，靳岈心头剧跳，异常不安。

他听见城门外有人敲响金钟，钟声隐隐传来，但他不明白这是什么讯号。

石墙的另一侧，守城门的士兵持刀对着贺兰砜："这是议臣下马求报的达命钟，你是什么人，竟敢乱敲！"

等看清贺兰砜的脸，士兵的刀顿时举得更高："高辛人？！"

贺兰砜从袍袖中拿出狼镝。

"我是烨台贺兰砜，贺兰金英将军是我的哥哥。"他平静地说，"昨夜我在北都城外救了云洲王一命。他遗留一支狼镝，我来物归原主。"

第十四章

十害

雪雾迷蒙中，阮不奇用两块砖头做吸盘，攀上城墙的望楼。

王城各角均设望楼，有士兵把守。但这望楼的士兵已经倒地大睡，陈霜靠在围栏上："你太慢了。"

"贺兰砯那傻子耽搁了我。"阮不奇说话了。因许久不出声，她的声音有些嘶哑。

两个人便在望楼俯瞰城门前的贺兰砯："他说他能带靳岈回去。"

陈霜："怎么带？"

阮不奇低笑："吹牛罢了。他身上有伤，说不定没等到靳岈出来，他已经倒了。"

城门前几位士兵靠近贺兰砯，陈霜皱了皱眉："他拿着什么？"

很快，有士兵转头冲入城门，其余人把贺兰砯请到避风避雪处，态度恭敬。

"这傻子倒有几分本事。"阮不奇扭头看陈霜，"我还没好好问过你，堂主既然让我和岳莲楼过来，怎么又派你？他是不信我，还是不信岳莲楼？"

陈霜对她拱手作揖："阴狩说的这是什么话，堂主怎么可能不信你们。明夜堂最厉害的阴阳二狩都在北戎，足以说明堂主对靳岈的重视。毕竟这么重要的事儿，换任何一个别人他都不放心，只有你俩才能把事情办得稳妥……"

他话没说完，阮不奇冷笑道："别用你这油腔滑调的样子说话，真恶心。"

陈霜笑笑："简而言之，你是女子，有些需要贴身保护的时刻不方便。我只是你和阳狩的补充，我一点儿不重要，你别生气。"

"其实你不说我也知道，肯定是岳莲楼嚼的断命舌头。靳岈上次逃离烨台的时机不合适，堂主怪我没把人照顾好。可我已经第一时间想办法通知岳莲楼了！当时岳莲楼就在烨台附近，是他不肯正常露面，天天骑个破鹿在山里装屍神仙。他要是早一点儿出现，靳岈也不至于大风大雪的还带上我逃跑。我也累！"

"堂主是生气，可他气的是岳莲楼不是你。靳岈太倔，你即便能说话也难劝，何况你还扮成个哑巴。"

"不哑巴不行，我不像你，"阮不奇活动手腕，"见人说人话见鬼说鬼话的本事我没学透。烨台里一堆臭烘烘的北戎人，就那什么浑答儿、都则，我不止一次想开杀戒。"

"允天监周围空了。"陈霜说，"我方才探查，他就被关在允天监。是现在去救他，还是静观其变？"

阮不奇攀着细细的柱子翻上望楼顶部。天亮了，但仍旧一片灰白，小雪渐渐转大，高塔之中的长明火被风吹得摇晃不止。

"静观其变。"她说，"除非北戎狗君杀人，我们才能露面。"

二人同时跃出瞭望台，像两片轻盈的羽毛落入王城。

长盈宫外气氛沉寂诡异。靳岈与大巫一行人来到时，只见到宫奴和内监频频出入，或是捧着一盆血水，或是行色匆匆，无人敢说一句话。宫外跪着一片人，靳岈看到了贺兰金英与虎将军。

靳岈和大巫站在门口，因风从门口灌入，又见大巫摇摇晃晃，他小声说："大巫，此处风凉，你不如寻个位置坐下。"

大巫瞥他一眼："自己未知生死，还有闲心理会别人？"

"忧心自己生死与忧心你会否着凉，互不妨碍。"靳岈说。

大巫笑了一声："小东西。"

两个人并未等太久，石屏风后有人走出来，请靳岈和大巫进入。

屏风后是宽敞的大厅，地上铺着赭红色厚绒毯，头顶有数十盏牛油火烛，悬挂在打造精巧的铁艺灯笼中。两个同样北戎人打扮的男子端坐榻上。

左侧的中年人胡子精短，面色油红，目光冷淡倨傲，打量靳岈像审视一个罪人。另一位青年则靠在榻间矮桌上，左臂包扎着厚实绷带。他饶有兴致地打量跪下的靳岈，笑道："质子和我想象中的很不一样。"

靳岈伏地不答，心中暗忖：年长那位必定是北戎天君哲翁，而年少的能在哲翁面前这样说话，他应该是哲翁的独子云洲王。云洲王看似受了重伤，所以王城气氛才会急变。但既然已经受伤，为何还要让自己过来？靳岈没有想明白，不敢抬头。

看到靳岈脚上的铁球，阿瓦奇道："大瑀人人会功夫，质子也是？"

靳岈："我只学过皮毛，不敢称懂。"

"为何还给你系个铁球？"阿瓦对大巫说，"进我长盈宫就不要戴这些碍眼的东西，去了去了。"

立刻有人上前为靳岈解开手脚束缚。面对云洲王的亲切，靳岈满头雾水。

"忠昭将军的儿子居然不擅长武艺，这倒有趣。"阿瓦对哲翁笑道，"阿爸，你也没见过他？"

哲翁看了他伤势一眼："你少说几句吧。"

阿瓦辩称自己是因为痛得无法安躺，干脆在这里打发时间，等痛楚渐渐消退。哲翁不明白阿瓦为何一定要见这位被囚在允天监的奴隶。儿子的伤势令他心烦气躁，说话也越发不客气："当北戎的奴隶，感觉如何？"

靳岈仍是不答。

"抬起头！"哲翁吼道。

靳岈只得回答："和其余奴隶一样。"

他摸不准哲翁和云洲王的想法，便把自己在烨台所见到的奴隶生活一一讲述：住的是臭烘烘的大帐子，寒冬里赤着手脚到冰河凿冰捉鱼，烨台人骑马出行时他跟在后头，没有鞋子的双足冻得发红，几乎死在驰望原上。

"可怜。"阿瓦很敷衍地搭话，立刻换了一个话题，"对了，你看过北都的灯节吧？你觉得和大瑀相比有什么区别？"

"各有千秋。"

阿瓦大笑，瞬间扯动伤口，忙稳住身子喘气："你倒有趣，换了平常人，都要为北都灯节说几句好话的。我听说梁京灯节上还有房子这么高的四脚怪兽？"

他说的是赤燕进贡的大象，大象是梁京灯节巡游的例行节目。彼时宫中将臣列队穿过朱雀大道，无数宫娥太监擒灯把盏，大象走在最后，最受孩子们欢迎。赤燕人擅长驯象，奉象为神，象神身上往往坐着许多美艳的赤燕少女，大筐子里装着无数铜钱。大象走一路便用象鼻撒一路，孩子们跟在象队之后捡拾铜钱，十分快乐。

阿瓦听得兴起："阿爸，明年岁除，我们也去赤燕要两头大象？"

靳岘："大象不耐冷，在北戎活不下来。"

随即他便见云洲王露出笑容："那我们去梁京看。"

靳岘立刻伏地跪下，不敢再接话。

此时长盈宫外有禁卫通传进入，他与天君见礼后，凑在阿瓦耳边说了几句话。阿瓦又是惊讶又是好笑："他把狼镝也带过来了？"

他似乎并不生气，看了靳岘一眼，在禁卫耳边低声说话，禁卫领命而去。阿瓦换了个姿势，忍痛舒出一口气："靳岘，你知道列星江现在发生什么事么？"

哲翁似笑非笑，又瞥一眼阿瓦。

"有所耳闻。"靳岘答。

"江北十二城都是好地方。"阿瓦问，"你去过么？"

"没有。"靳岘心知北戎人选中他为质子，一定已经将他过去生活调查清楚，因而也毫不隐瞒，"我出生于封狐城，回梁京后再没有离开过。"

阿瓦摸着下巴："封狐……西北军的军部？那你见闻可不少。"

靳岘决定掌握主动权，将这场漫长而不着边际的对话，拉到他真正想把握的方向上。

"那时年幼，许多事情都当作闲谈，不求甚解。"他恭恭敬敬答道，"与北戎天君、云洲王相关之事，还是在北都听百姓谈论，靳岘才得知的。"

哲翁来了兴趣："他们怎么谈论？"

"天君现在是为北戎建万世功业，百姓都期待春后牧场南移，羊儿马儿有更好的草。"靳岘顿了顿，装作犹豫，"不过……"

阿瓦立刻附和："不过什么？"

"也有人称，天君和云洲王屠城上了瘾，这回也要杀尽江北十二城讨彩头。"

哲翁脸上笑意尽去，冷冰冰道："是什么人嚼这辣混子舌头？"

"大多是怒山、格伦帖或岐生人。"靳岘小声说，"这些话听过便罢，不能当真。"

哲翁把茶碗磕在矮桌上，浓眉一皱："怎么？你不敢当真？"

贺兰砜在城门等了很久。城门的士兵得知他是贺兰金英的弟弟，又是畏惧又是敬重，让他在石墙下坐了一会儿。

他的发色和瞳色少见，士兵们对他好奇，总忍不住偷偷打量。守夜的士兵已经全部换班，才有穿禁卫军服饰的人出来与门将说了几句。

他来到贺兰砜面前，恭敬客气："贺兰砜，云洲王让我来带你进宫。"

贺兰砜随他穿过那扇朱红色大铁门，才开口道："我认得你。你是昨夜护送云洲王回来的禁卫之一。"

那禁卫立刻笑了："我也认得你！云洲王昨天出行，原本带了二十多人的护卫队，他嫌人太多，单单挑了最亲近的几个人，谁料……多得你仗义，不然我们这帮人都要掉脑袋。"

哲翁已经杀了不少禁卫，仅剩的这几个是阿瓦清醒后求情才留下来的。这人心有余悸，看到贺兰砜不禁越发亲近，经过禁卫营时特地给贺兰砜端了一碗热油茶。

贺兰砜惦记靳岘，匆匆喝下又催促他前进。禁卫笑道："云洲王和你的奴隶正说着话，不需担心。"

贺兰砜："天君呢？"

禁卫："天君也在。"

贺兰砜一颗心立刻悬了起来，走了一段才开口："我知道天君不是不讲道理、胡乱杀人的大王，要不然他也不能留我们高辛人在烨台生活，还让我大哥当将军。"

禁卫立刻笑道："天君是明君。"

"……你是哪个部落的人？"贺兰砜问。

"我是青鹿人。"禁卫答。

北戎境内有青鹿、怒山、格伦帖、岐生与烨台五大部落，青鹿面积最大，怒山次之，烨台最小。老天君是青鹿部落的人，五部落之乱正是从老天君死亡之前开始的。

老天君死前执意遣兵大瑀，但在边境上被靳明照打败，死伤无数。当时北戎后方空虚，素来不服从老天君的怒山与格伦帖、岐生三个部落挟持烨台虎将军，四大部落共同出兵压胁北都，逼老天君退位。

哲翁在边境负伤回到北都后，才知老天君已经去了。他在混乱中接任天君，集结残军两万余人，先扫平军队最少的格伦帖部落，打破三部落之盟，释放烨台虎将军。烨台脱离三部落控制之后，与哲翁合力夹攻岐生部落。岐生部落死伤过半，三部落之盟彻底破碎。

此后，格伦帖与岐生残余军队任由哲翁调配，哲翁集结四个部落近六万兵力，彻底踏平最先拔旗造反的怒山部落。

怒山部落背靠大山，拥有仅次于青鹿部落的大片草原牧场，人丁兴旺。但持续两年的战争中，怒山人死的死伤的伤，尘埃落定之后，哲翁与云洲王屠尽怒山营寨兵丁。

传说怒山部落背后山脉中有巨大山坑，填埋的全是怒山人尸骨。哲翁不允许怒山人祭拜，不允许任何仪式，任由野兽猛禽啃噬。于是在寂静夏夜，常能听见群山夜哭，十分骇人。

也正因此，怒山部落许多人对哲翁和云洲王心存怨恨，暗杀之事接连不断。

那禁卫十分钦佩云洲王，这时不免要为云洲王辩白几句："平乱当然得狠一些，否则我们这些跟着云洲王出生入死的人，不知会死在什么地方。"

说话间，二人已走到长盈宫。刚踏入侧门，贺兰砜立刻听见了靳屿的声音。

"……屠江北十二城城百害而无一利，天君要立万世功业，这种无利又损伤天运的事情，我想天君绝不会做。"

贺兰砜心头乍一松，又一紧。

靳屿说完这句话后，宫中并无人声。贺兰砜只听见茶碗与桌面碰击之声，气氛凝滞胶着。一墙之隔便是哲翁、阿瓦与靳屿对谈的正堂。大巫与云洲王王妃在旁，一声不吭。

"百害？"哲翁轻笑，"北戎控制驰望原这么多年，从来没听过屠城有害的说法。你今日能说出一百个害处，我便饶了你，饶了江北十二城的百姓。"

靳屿心头一紧：百个？！但他很快让自己冷静，这至少是他争取来的一个希望。

"请天君给我一盏茶功夫……"

"不，现在立刻说。"哲翁笑着，"听说大瑀人多急智，不知靳明照的儿子有没有这样的头脑？"

阿瓦忽然呛咳两声，忍着剧痛似的，他抬了抬手："他能说，我可听不了那么多。十个吧，说出十个，有理有据，我就放了你。"

哲翁扭头看他，阿瓦半闭眼睛呻吟。哲翁于是不再勉强："十个害处，现在就说。"

宫中灯烛齐亮，油脂燃烧的气味混合着药草、鲜血与烈酒的味道，将靳峒彻底包围。他像落在一处迷雾之中，出口模糊，而他除了摸索前进，别无他法。跪得久了，他膝盖发疼，双足麻木。阿瓦撑在矮桌上看他，忽然说："站着说，别跪了，跪着不像样。"

哲翁忍不住又瞄他："阿瓦，你认识这奴隶？"

"不认识。"阿瓦非常坦荡，"今天第一次见。"

"那你……"

哲翁话音未落，站直了的靳峒已经开口："第一害，当属损伤百姓性命。水有源，则其流不穷，木有根，则其生不穷。百姓乃国之根基，损伤百姓性命，如同截木断水，毁坏根本。"

哲翁冷笑："平平无奇。"

"第二害，是坏了江北十二城秩序。江北远离梁京，十二城城守虽无太大作为，但多年来维持北戎与大瑀通道开敞，从无阻碍。一旦屠城，城内秩序必定大遭破坏。立序难，破俗易，尤其城池内序，毁坏后再重新颁立，难上加难。"

他停顿片刻，又添一句："就如同五部内乱之后重建秩序，天君与云洲王必定比我更清楚其中艰难。"

阿瓦坐直了，哲翁也放下了手中茶碗。

"第三害，是损坏城中建筑。"靳峒站得笔直，声音清脆干净，无一丝犹豫，仿佛一切文章全在心胸中，"江北十二城矗近北戎，移风易俗许多年，城镇建筑鳞次栉比，萍洲、碧山、桑丹等大城更是气象庄严，既有大瑀风貌，又有北戎气度。屠城定会伴随毁城，火烧、抢砸更是不可避免。城中建筑若是受损，复原极难。"

他深吸一口气，双手紧紧绞在袖中："第四害，则与船有关。"

此言一出，哲翁与阿瓦果然显出兴趣。靳峋越发肯定，北戎对没有造船和渡江作战能力这件事，始终耿耿于怀。

"碧山城郊有列星江江北最大港口。而在碧山城港口做事，从事造船、运输之人，绝大部分是大瑀人。这些人若是没了，北戎若想再造能穿渡列星江的大船，至少要等上十年。"

哲翁长叹一声，那张严峻而无笑意的脸上，破天荒地显出了勃勃兴致："继续说。"

靳峋点点头："第五害，则是会伤北戎人的心。大瑀北戎来往极多，江北十二城中两国通婚联姻的人自然也不少。大瑀的丈夫，大瑀的妻子，同大瑀人生下来的孩子，该杀或不该杀？若屠城令真的下来了，谁又负责去区分什么人该屠，什么不能屠？在屠城中，谁又能保证不会伤到一个北戎人？"

阿瓦转头看哲翁："有意思。"

哲翁与他交换眼神，对靳峋重复道："继续说。"

"前五害与江北十二城相关，后五害则直接影响北戎军队与天君的万世功业。"靳峋神情严正，仿佛眼前并非异族宫殿，而是可让他畅所欲言的朝堂，"第六害，屠城定会令军纪懈怠。中原大地上，千百年来土地数易其主，屠城、屠村之事史书都有记载。将士经历长期战斗，原本已极度疲惫，屠城令是发泄的开口，它确实令愤怒之人得到宣泄，但军中那些不愿意屠城的士兵和将领又如何自处？"

阿瓦追问："如何说？"

"不想杀人的，却偏偏手刃千百人命，乐于杀人的，则把屠城当作练习。两类人还要回到同一个军营一起生活，隐藏的危机难以消除。"

在他面前，哲翁和阿瓦已经听得入了神。一墙之隔的贺兰砜看不到靳峋，只能听到他的声音。他从未听过靳峋用这种方式和口吻说话，那仿佛不是他的朋友，不是他认识的大瑀质子了。

"第七害，屠城会令天君染上一身罪孽。天君是驰望原的神子，降世是为了历练人间万事，神子终会回到天神身边，他不能带着罪孽与血债回去。"

哲翁忽然朗声大笑，对大巫说："这是你说的？"

大巫苍老的眼睛盯着靳峋，凌乱的白胡子里藏着笑："我不过随口一说，他竟然记住了。"

靳岬朝大巫拱了拱手，又站直道："第八害，屠城有损大瑰和北戎情谊。两国相邻，素有通商往来，即便江北十二城划归北戎，这商贾政事、说唱游乐，仍能来往。可一旦屠城，北戎与大瑰便成永世死敌，此伤如天堑深渊，永远不可弥补。"

他忽然停住了，因为看到哲翁竟然轻轻点了点头。

"第九害，屠城将令天君成为令人恐惧的象征。"

"恐惧？恐惧有何不好？"哲翁出声问。

靳岬想了想，回答："大瑰有一句话，治国者不忘渔樵。渔人樵夫，身份低微，但若为君者能将至低微之人的生死、寒暖、贫富记在心中，百姓会敬重仰望你，而不必恐惧你。恐惧会生出怨怼，怨怼则带来动乱，所以，君应使民敬之，而非令天下惧之。"

阿瓦完全忘了自己手臂的伤，竟然鼓起掌来。

哲翁问："第十害呢？"

"第十害与天君的万世功业息息相关。"靳岬微微仰头，注视哲翁双眼，他此时此刻其实把自己想象成父亲靳明照，或是那位爱打他掌心又给他塞炒栗子的西席先生，"仰高者不可忽其下，瞻前者不可忽其后。百姓是长流水之源头，是万年木之根本。而天君好比大海汪洋，高天灿日，你有建立万世功业之心，水会永远流向你，树会永远靠近你。只有民心凝聚，才会有万世功业。屠城令若颁下，则民心俱散，基业崩塌。"

靳岬一口气说完，静静等待哲翁和阿瓦的反应。

哲翁眼睛微微眯起，一瞬不眨地注视靳岬，像狼注视自己的猎物。阿瓦鼓掌把伤口又弄裂了，他手上淌着血，却还兴奋不已："阿爸，他说的可比龙图钦好太多了！不是，我们议堂里根本就没有这样的人。"

"龙图钦那双眼睛也太老了。"哲翁笑道，"怎么就看走了眼呢？"

靳岬察觉气氛不对，连忙跪下。

哲翁此时确实很想把龙图钦拎过来，先狠狠扇一巴掌。龙图钦在梁京见过靳岬，他说靳岬与靳明照确实一点儿不像，不仅胆小怕事，又没有雄韬伟略，因病弱而显得苍白瘦小，总是被皇子帝姬围着捏手揉脸，不敢反抗。靳明照生了个废物儿子——龙图钦当时是这样说的。

哲翁慢慢开口："靳岬，你知道贺兰金英是北戎第一位异族将军么？"

靳岇忙回答："知道。"

"你觉得如何？"

"贺兰将军神勇无敌，当之无愧。"

哲翁笑了："我是问你，你觉得北戎让一个异族人当将军，好还是不好。"

靳岇的心绷紧了。他一时无法解读出这是什么信号，但……夸北戎天君，总是没错的。

"收揽人才，不拘一格。"他尽量把这句明显得过分的马屁说得真诚，"凡有用之人都可在北戎施展才华，天君如此……"

"那你呢？"哲翁不想再听他撒谎，打断了问。

靳岇一愣："……我？"

哲翁居高临下看着他："靳岇，你愿不愿意在我的议堂里，辅佐我成就万世功业？"

靳岇跪在地上，只觉得通身冰凉，骨头发颤。这是他从未想过的结果！

铡刀就在头顶，他几乎能感受到锋锐刀刃紧贴着颈后皮肤：哲翁在等他的答案。他立刻清晰地想起了大巫的话——他是该杀的人。这或许是哲翁给他的一根救命稻草，但在北戎当官儿，在北戎享受荣华富贵，这样的事情他一时一刻都没有想过。

"大巫说，你该杀。"哲翁慢慢道，"他从你身上闻到了雏鹰的味道。但我觉得他看走了眼，靳岇，你是雏狼，必成大器。但雏狼若不能为我所用，何必让他活在世上？"

靳岇手指不自觉地抓紧了地上的织毯。织毯花色复杂，令人目眩。他又听见哲翁说话："我从未想过屠城，但害处没有你说的那么严重。"

靳岇心头松了一瞬，但紧接着又提了起来。

"我给你机会，是想看看你到底有没有靳明照的影子。靳岇，我很欣赏你，我给你一个机会。你面前有两个选择：现在就死在驰望原，连骨头都没人收，或者进议堂，吃好穿好，以北戎议臣的身份回去，让梁京的人看你有多威风。"

他说完，声音像彻底消失了。贺兰砜需要紧贴在门上，才能听清楚另一边的声音。

"我不入议堂。"靳岇说。

"你对大瑀来说，只是一个毫无用处的人，何不考虑在北戎安家？"

"不必考虑。"靳峫跪在地上，背脊挺直，毫不畏惧，"我有我的家乡。"

哲翁坐回矮榻，面色阴沉，显然不打算再给他机会。但刚抬起手，阿瓦忽然打断了他的动作。

"阿爸，我忘了一件事。昨夜救我的烨台牧民，恰好就是贺兰金英的弟弟。"阿瓦笑着看了看猛地抬起头的靳峫，"我还有一支狼镝在他手里。为了救我的命，他自己也受了重伤。"

"你是云洲王，他当然要豁出性命救你。"

"当时他不知道我身份，甚至我与他才刚刚见面。"阿瓦说，"他以命相搏，这份恩情我还没想清楚如何回报，你这就让他家小奴隶去死，这不好。"

哲翁似笑非笑："我说你今夜怎么突然这么热心，要见这小奴隶，还东拉西扯说这么多废话。好吧，那就让他继续当奴隶，一生都是我北戎的奴隶。"

话说完，他起身便走。经过靳峫身边时，他忽然停下脚步。

靳峫伏地跪趴，双手平伸，这是奴隶觐见天君的礼仪。

他双臂光滑干净，没有伤疤。

哲翁扫一眼阿瓦，阿瓦指了指自己的手臂。"……你没有奴隶印记？"哲翁问，"没有印记，还怎么做北戎的奴隶？"

靳峫一颗心忽然怦怦急跳。

"阿瓦，你那救命恩人是他的家主？就在长盈宫里？"得到肯定回答的哲翁放声大笑，"那就让他给这大瑀人打印记吧。"

云洲王的人把贺兰砜请出来时，靳峫正被人扣住肩膀，动弹不得。

堂中地炉熊熊，一根火烙在里头烧着。

"烨台贺兰家，有家标吗？"哲翁问。

贺兰砜甚至没听到哲翁的问话，他只是望着靳峫。靳峫也瞪着他，那双黑珍珠般的眼睛里尽是他看不明白的情绪。

"没有。"阿瓦代替贺兰砜回答，"他一家都是高辛人，高辛人在北戎怎么可能有家标。"

"那正好，既然在长盈宫，就给这奴隶打云洲王的家标。"哲翁笑道，"即便是奴隶，也比别的奴隶高上一级。"

贺兰砜生硬回答："他不必打。"

阿瓦咬了咬唇角。哲翁细细打量贺兰砜："你倒和你父亲长得相似。听闻他有三个孩子？除了你和贺兰金英，还有谁？"

有禁卫在贺兰砜身后推了他一把，他不得不跪在哲翁面前。

"连天君的话都不听了，烨台贺兰家的人，是想造反吗？"那人呵斥完了，趁弯腰时把火烙塞到贺兰砜手里，低声飞快道，"别犟！云洲王想帮你，可天君正怒着，你家有三百条人命也不够死的。"

烙铁卡在木制的杆子上，火烙只有铜钱大小，烧得通红。贺兰砜拿着火烙站起，走到靳岘面前。他抓住靳岘的手，发现那细弱的手臂在自己手里微微颤抖。

"求你……别……"靳岘头一次哀求贺兰砜，那双曾经快乐的黑眼睛浮起了薄薄的眼泪。他看向贺兰砜的眼神带着畏惧和强烈的痛苦，手臂在贺兰砜掌中打战。贺兰砜想把手抽回来，但那禁卫已经将起靳岘衣袖，露出胳膊。

哲翁喝净了碗中油茶，闲谈似的对阿瓦说："已经当了我北戎的奴隶，还惦记着自己是大瑀人。什么大瑀人、北戎人，奴隶怎么能算人？"他笑道，"打了这印记，他不过是驰望原一头牲畜。"

火烙悬在靳岘胳膊上，离得很近。但它始终没有落下来，只有滚烫的温度炙烤他的皮肤。

在满室浓烈的复杂气味中，靳岘忽然闻到贺兰砜身上的血和药草味。贺兰砜胸前衣襟被刀割裂，裹着厚布，腿上更是一圈洇透衣料的血。从来行动如风的高辛人，此时面色苍白虚弱，摇摇欲坠。

腿受了伤，不能骑马，他是走来王城的。他阴差阳错救了云洲王一命，云洲王说他"以命相搏"。贺兰砜的"以命相搏"，让云洲王今夜竭力保下自己一命。靳岘掉下泪来，他心头万千种痛苦，最后只嗫嚅说了一句："你疼么……"

贺兰砜咬着嘴唇，他不能给靳岘打奴隶标记，他无法下手。

哲翁"嘿"地一笑，拍桌而起。

就在此时，贺兰砜身后闪过一个人影。大巫一把抓住贺兰砜的手，重重下压，火烙顿时落在靳岘胳膊上！

滚烫烙铁烧融了皮肤，贺兰砜只听见靳岘的惨叫。他此时胸口与腿上的伤都在发疼，身体又冷又热，连站立都难以维持，却不知从哪里生出一股猛力推开大巫。

控制靳岈的两个人松了手，靳岈一下倒在他怀中。贺兰砜想搀起他，靳岈却喘着气，把他狠狠一推。大巫并手行礼，朝哲翁和阿瓦鞠躬。贺兰砜被推倒在地上，浑身都疼。靳岈颤抖着将双臂伸平，跪趴在地上，朝哲翁深深俯首。

"嗯？"哲翁问，"你说什么？"

"谢天君赐印。"靳岈的声音接续不上，说一个字便停一停，他需要深深呼吸，才能控制手臂的颤抖与疼痛。左腕上方三寸处是一个血肉模糊的烙印，看不清图案，只有烧焦的气味。

哲翁心满意足离开，大巫随他而去。年轻的王妃在贺兰砜手中塞了伤药，安排车马，悄悄送二人回去。靳岈向她鞠躬致谢，王妃低声叮嘱他回去后不要碰水，尽快敷药。

长盈宫中燃烧着火烛，但宫外的天已经大亮了，撒着雪粒。王妃回到宫内，看见阿瓦坐在地毯上哼歌。

"去躺着吧。"她恨不能立刻把他拉起来，"阿爸怎么能在长盈宫做那样的事情。"

"他发怒了，因为北戎没有靳岈这样的人，也因为靳岈居然敢拒绝他。方才大巫若是出手再迟一分，大瑂人和贺兰家全都得死。"阿瓦靠在她身上，缓过劲儿地舒了一口气，"你我相识多年，发生过什么让你此生难忘的事情么？"

"当然有，怎么了？"

"当日余温，此生难忘……"阿瓦回忆贺兰砜不愿下手的样子，低声笑道，"人有了牵挂，就会变得很有意思。"

第十五章

伤疤

长盈宫前，忠臣虔奴纷纷四散，载着贺兰砜和靳岈的马车离开王城。两个细瘦人影原本藏在长盈宫角落，此时也在雪雾掩盖中悄悄离去。云洲王王妃备的马车上还有干净布带，靳岈冒着冷汗，自己给烧伤的地方撒上药粉，咬着布带系紧。

　　贺兰砜帮他绑紧，有些讷讷："你别生我气。"

　　"你那时不该扶我。天君动怒了，你听不出来？"

　　"听出来了。"贺兰砜回答，"但不能不扶。"

　　"你怎么能扶驰望原的一头牲畜？"靳岈冷笑，将伤手藏在袍袖里。

　　车内一时无话。

　　"……你到底来干什么？"靳岈心头烦躁，气得狠咬后槽牙，"你能做什么！"

　　"我有云洲王的信物，只要撒个小谎就能进王城。我进了王城，至少可以找到你，把你救出来。"

　　"……如果你进不来呢？如果你进来了也救不了我呢？"靳岈大吼，"你怎么能这么莽撞！做事情之前为什么不能再仔细思量！"

　　"来不及了。"贺兰砜看着他，"能救你就行，我没时间考虑第二种可能。"

　　"……你是傻子吧。"靳岈扭头不想再说。

　　贺兰砜从怀中取出狼镝，小声说："你看，我有狼镝了。"

　　他把昨夜发生的事情一一告诉靳岈。狼镝箭身乌黑，只有白色箭羽上一片黑红，搓也搓不掉。靳岈拿起箭矢左右察看，这是使用过的狼镝，箭尖曾扎入石头。但它毫无损伤，菱形箭头锐利光滑，看不到一丝瑕疵。

他不禁想起靳岇照视若珍宝的高辛箭。靳岇姐弟俩在家里胡闹，常常拿着高辛箭胡乱比画，后来靳岇跟师父学习骑射，有一回便在家里用高辛箭帮母亲射果子。被母亲责备后，他洗净高辛箭悄悄放好，那时候便发现那箭异常坚硬，无论刺入多少木头泥土，箭身与箭尖都毫无损耗，清水洗净，又像从未用过的一支箭。

"以后这就是你的了？"

"云洲王给我了。"

靳岇挑开小窗的布帘，光线随细雪洒进车中。他细细抚摸狼镝，神情专注。贺兰砜有那么一瞬间想起初见靳岇时，他坐在马车里看雪的样子。

"靳岇，"贺兰砜迫切地想和他说一件事，"我杀了人。"

稠血喷溅的感觉挥之不去，手上都是黏稠温热的触感，诅咒也犹在耳中。驰望原的杀神，天神的仇敌，一生孤苦，死于非命。贺兰砜不能不在意，每个人看到他的狼瞳时都会畏惧。

靳岇展开他的手："是这双手杀了人？"

"嗯。"

"也是这双手给我打上了奴隶印记。"靳岇把狼镝放在他手中，自己也握住了贺兰砜的手，"这双手也救过我，送过我礼物。"

贺兰砜："……"

他忽然不再纠结昨夜的梦魇。他发着高热，而靳岇的手和狼镝都是冷的，相握的温度令他感到平静和舒服。

两个人都听到马车之外的各种声响，车子正穿过热闹的街道，叫卖声、吆喝声，车马鸣嘶，一一入耳。贺兰砜只能看到靳岇的背影，年少的大瑀人正望着雪粒飘飘摇摇落到车内。他的手几乎是无意识地，虚虚盖在靳岇打了烙印的左臂。

两个人回到虎将军府，才知贺兰金英和虎将军被留在了宫中。一早起来不见二哥也不见靳岇的卓卓正在大哭，头疼不已的浑答儿和都则求助后院刷锅的阮不奇，不料阮不奇眼神凶恶，把他们吓了一跳。卓卓奔向阮不奇，阮不奇把小姑娘抱起来，缓了缓，眼中杀气才渐渐消退。

贺兰砜和靳岇进府时，正好看见浑答儿和巴隆格尔穿戴整齐，打算去王城找人。巴隆格尔看到贺兰砜一张脸比昨天还白，顿时双股战战声音发抖："贺兰将军呢？贺兰将军知道你受伤了么？"

陈霜搀着靳岬跟在贺兰砜身后往屋子里走，巴隆格尔顾不上说奴隶不该住家主房子，东奔西跑地张罗人烧水烧饭，去找能治病的巫者。连卓卓也翻出自己的蜜果子，怯怯递给贺兰砜。浑答儿与都则不知做些什么好，站在屋内，没话找话说似的："贺兰砜你可以啊，能从王城里把人整个儿捞出来，今天起你就是烨台的大王，我们认了。"

"让人给靳岬看看手上的伤。"贺兰砜说。

浑答儿便凑到靳岬身边，撩开他的袍袖。刚绑上的布带被血和黄水糊紧了，浑答儿撕得鲁莽，靳岬疼得一抖。

"……这是什么？奴隶印记？"浑答儿问，"贺兰砜，你哥说过，靳岬不用打印记。"

"是天君要打。"贺兰砜虚弱地回答，"我哥不顶用。"

"不对啊，这不是一般的奴隶印记。"浑答儿家中蓄养奴隶，他对这类印记很熟悉，"烨台的奴隶标记不长这样，这倒像是……青鹿的？"

靳岬现在才有些佩服他。那伤口模糊可怕，他竟然还能辨认出形状图案。"打的是云洲王的家标。"靳岬把之前情形告诉二人。

浑答儿和都则脸色变化："云洲王？！"

把前后事态一并听完，浑答儿在屋里走来走去，气得笑了："贺兰砜你傻吗？你拼命救下云洲王，云洲王还给靳岬打他们家的家标？！"

贺兰砜不明白这其中深意，浑答儿挥拳在他肩膀砸了一记："打了云洲王家标，靳岬就是云洲王的奴隶了！"

云洲王阿瓦上门拜访，是半个月后的事情。

那天天气极好，靳岬手臂的伤已经愈合了，只是尚未脱痂，贺兰砜胸口的划伤基本无恙，整天拄着拐杖一瘸一拐走路，看浑答儿和都则打架。

阿瓦带着两位随从走入府中，他受伤的胳膊没好完全，心情倒是十分愉快。没看见贺兰砜之前，他先瞅见了在檐下给卓卓烤豆子的靳岬。

靳岬今日仍是大瑪人的发式扮相，长发一半在脑后绾起，余下散在肩背上。他原本在烨台时天天干活，肤色晒得发红，但来了北都之后就一直在屋子里待着，此时抬头看阿瓦，又是一张白皙的脸和一对墨黑色的湿润眼珠。

阿瓦几步窜到檐下，一把将卓卓抱起，坐了卓卓原本的位置："我叫你靳峭，可以吧？"

他的大瑀话口音纯正好听，但靳峭头都没抬："云洲王客气了。"

阿瓦笑道："不必见外，你同贺兰砜一样叫我阿瓦……"

话音未落，愤怒的卓卓就在他脸上挠了两爪子。阿瓦被卓卓吓得松手，卓卓跳到地上，把靳峭烤好的豆子一把抓去，头也不回地跑了。

"这是谁？"阿瓦揉着脸，"这么凶，贺兰砜妹妹？怎么一家人都是这种脾气？"

"你来做什么？"靳峭问。

他不礼貌也不客气，阿瓦脸上笑着，心知他们已经懂得靳峭手臂上那奴隶印记的意义："我来领我的奴隶回家。"

给靳峭打上云洲王的家标，其实并非哲翁一时起意。靳峭在二人面前阐述十害之后，哲翁便有心收揽他。在靳峭低头伏地之后，阿瓦对哲翁使了使眼色。他指着自己的手臂，示意父亲看靳峭，父子俩在无声的一眼里完成了这个圈套。

唯一让阿瓦意外的，是贺兰砜竟然不愿意给靳峭打印记。他似乎明白，又似乎不明白。那所谓的"此生难忘"的东西，在贺兰砜心里成为了什么，他充满好奇。

靳峭的左臂捆扎着布带，非常严实。阿瓦让他解开给自己看看，靳峭起身就走。贺兰砜不知何时站在了他身后，拄着拐杖看阿瓦，言简意赅："滚出去。"

阿瓦带来的两个随从当夜都见过贺兰砜，对他又钦佩又敬重，见他出现原本十分高兴，此时脸色都是一变。两个人靠到阿瓦身边，齐齐出剑。贺兰砜把靳峭挡在身后，两柄剑几乎戳到他脸上。

"滚。"他非常平静地重复。

阿瓦示意两位随从离开，确保这檐下只有他和贺兰砜、靳峭三人。

"靳峭是我的奴隶。"阿瓦说，"但我今天来是为他，也是为你。贺兰砜，我要你当我的随令兵，如果你愿意，你可以成为王城禁卫。"

贺兰砜看着火盆，半天没有吭声。

"我救你的时候，不知道你是云洲王。"他说，"我带着狼镝去王城找你，也不知道你会骗我。"

阿瓦沉默。贺兰飒又开口了，他这次说的是靳岈。靳岈抬头看他，只能看到贺兰飒的脑袋。他的头发很整齐，浓棕色的，浓得近乎似黑，没梳好的头发翘在阳光里。院子里的春桃就在贺兰飒身边，已经生出了鼓胀的花苞，雪化了，枝条水光融融。

"靳岈跟我回烨台，我们不会在北都长留。"贺兰飒说，"无论是我还是他，你都白费心思。"

阿瓦点点头，轻声说："你不肯做我的随从，我没办法，但云洲王想从这儿带走一个自己的奴隶，是不费吹灰之力的。"

靳岈说："我不帮北戎人做事。"

"一身才华，就浪费在烨台那样的小地方，你真的甘心只做贺兰家的奴隶？"阿瓦压低声音，"靳岈，你不想回大瑀？北戎这儿，除了天君，只有我能脱去你的奴隶身份，也只有我能帮你回家。"

靳岈又惊又疑，和贺兰飒对了个眼色。

"我们只是各取所需。"阿瓦抓起一把刚烤好的豆子，"三天之后，贺兰飒，你若不去找我，我便再来跟靳岈聊天。"

靳岈把装豆子的小篮拎回后院，贺兰飒跟着过去了。"他果然不死心。"贺兰飒说，"我大概能猜到他为什么想要你。"

靳岈一直以为贺兰飒对北都的事情，尤其是除了打猎、捉鱼、照顾卓卓之外的事情丝毫不感兴趣，不禁奇道："你居然知道？"

"因为哲翁很年轻，阿瓦也很年轻。"

靳岈瞬间便懂了。

君王之家，连父子之间也埋藏猜忌。阿瓦今年不过二十来岁，若是正常等待哲翁老死退位，至少还得再过二十年。哲翁还有不少后妃，全都等着产下儿子与阿瓦抢夺继承人之位。北戎天君的继位者不依照年纪顺位，只看老天君更偏爱谁。现在的阿瓦是继承人，若有新的孩子诞生，一切都将新存变数。哲翁不想决定太早，而阿瓦不想等太久。

"但我的印记是天君要打上去的。"靳岈问，"他为什么要把我赠给云洲王？"

"天君很器重云洲王。"贺兰飒帮他整理篮子，"我不太懂，但虎将军说，天君疼爱云洲王，希望他有所作为，所以让他平定五部内乱中大展身手。他们都说，疼爱的时候也会心存忌惮。"

靳岬坐在装货的马车上发愣。

"很难懂。"贺兰飒说。

"不，很好懂。"靳岬回答，"云洲王让我想起梁京的一个人。"

"朋友？"

靳岬一下笑了，对这个称谓嗤之以鼻："我讨厌他。"

他却不愿意跟贺兰飒多提这个讨厌的人。贺兰飒怎么都问不出来，只得自己在后院转悠。阮不奇刷锅功力深厚，厨房里所有脏锅全都刷得崭新。陈霜是客人，不用干活，他只围着靳岬转，在贺兰飒进厨房找肉吃的当口，已经跟靳岬坐在了一块儿，小声地说话。

贺兰飒心里便立刻冒出一句话：我讨厌他。

他走到靳岬身边坐下，不声不响地抓起靳岬的左手。靳岬像是被什么刺中了一样猛地抽回手："别碰！"

陈霜悄无声息地溜走了，只听见浑答儿在前院劝说卓卓不要爬假山，还有阮不奇哐哐劈柴的声音。

"我要看你的伤口。"贺兰飒说，"你这布带几天没拆了？"

靳岬护着自己的左手，大步走向院门。贺兰飒拦下他，把他袍袖推到手肘，强行拆开包扎的布带。

"贺兰飒！"靳岬狠狠喊，"松手！"

贺兰飒手上没伤，力气比靳岬大得多。他几下就拆了靳岬伤口的布带，烧伤的痂随着布条的拆解而脱落，只看到靳岬手臂上一个圆形的丑陋印记。疤痕是红色的，新生的嫩肉脆弱敏感，贺兰飒按了按，靳岬红着眼睛看他。

"继续裹着这个，对伤口不好。"贺兰飒扔了布带，"不必敷药了，敞开就行。"

他的手指细细地摩挲过那片初愈的皮肤，低头专注地观察。靳岬感到一种强烈的、说不清楚的不适。他悚然，又害怕，贺兰飒的手令他想起被灼烫的瞬间，又令他胸口震颤。

他推开贺兰砜，匆匆捡起布带，将自己手臂草草缠紧。

"天热了，你这样不行。"贺兰砜说。

"不许提这个！"靳岠紧紧按着手臂的印记，"永远不许提，否则我恨你。"

"你在怪我吗？"贺兰砜问，"怪我把你带到北都，怪我没有及时救出你？"

靳岠这一晚上搬着铺盖住进了陈霜的房间。贺兰砜把卓卓哄睡着之后，回房间才发现靳岠不见了。他出门去找，走了几步又回去了，关门声音极响，隔壁的浑答儿吓得泼了一钟酒。

靳岠睡不着。他也有愤怒的时候，只是不知道为何，这愤怒的情绪总是指向贺兰砜。贺兰砜是火石，轻易一磕就能让靳岠燃烧，让他说些平素不可能讲的话。左臂的伤疤确实已经愈合，但靳岠实在不愿意见到它。哲翁说他是驰望原的牲畜，每每想到此处，他便有作呕冲动，恨不能挖开那伤口，破坏它，撕扯它，它变成什么都行，只要不是奴隶印记。

正因睡不着，陈霜房间窗户被打开的细微声音，靳岠听得清楚。他起初以为是贺兰砜，但那潜入房间之人还带着一种奇特的气味，冷冷的，像雪。

靳岠一下睁开眼，那人已经俯身捂住他嘴巴："嘘……别喊啊小将军，我要是被发现，可就说不清了。"

是风尘仆仆的岳莲楼。

岳莲楼今日很精神，黑发全束在脑后，一身爽利的斥候服，腰间两柄剑。因他靠得近，靳岠发现他发上有细小冰珠，俊脸上没有一丝脂粉，所以身上气味才和以前不一样。

靳岠开口就问："你见到朝廷的人了么？"

"没有。"岳莲楼见他瞬间黯然，捏捏他的脸，"但我已经把你的法子详详细细告诉了咱们堂主。堂主写了老长一封信，亲自去见那人了。"

"谁？"

"宫里一直在找你的那个人。"岳莲楼说，"你放心，已经交到他手上了。我回来时，堂主说那人已经跟梁太师会面，商议你的方法。此人究竟是谁，我没见过，堂主也没有说过。"

靳岠松了一口气。他不确定此法是否有效，但能为大瑀出一份力，他心中稍安。

这位宫中的神秘人着实令他猜疑。这人不可能是官家，也不会是圣人。能直接面见梁太师的，靳岫心中一动："是我的先生，谢……"

"不是。"岳莲楼盯着他的左臂，缓缓道，"我之所以来去这么快，因为明夜堂堂主、梁太师和那个人，现在都在碧山城。龙图钦和梁安崇已经会面过一次，据说不欢而散。"

靳岫迫切想知道北戎与大瑀会如何商谈，但岳莲楼不可能知道这其中细节。他对靳岫的手臂感兴趣："你受伤了？怎么包着？"

陈霜搬了张凳子坐过来："打了云洲王的家标。"

岳莲楼一顿："什么？"

陈霜："贺兰砜下的手。"

靳岫立刻解释："他没有，是大巫攥住他的手烙下去的。"

岳莲楼仔细拆开布条。陈霜手指在油捻上一弹，灯火亮起，他端着油灯靠近。在昏黄灯光下，伤疤越发显得可怖。靳岫别过头，岳莲楼却钳住他的下巴，命他看着自己："靳岫，你看着它。"

靳岫只是摇头。他永远忘不了哲翁说的那句话，因这个印记，他成了驰望原的一头牲畜。或许还有更令他崩溃的，是他面对大巫、云洲王与哲翁的时候，清晰地意识到自己在北戎是孤单的。他没有援助，无论如何都难以逃脱，除了身为鱼肉，任人宰割，他毫无办法。

"小将军，这是你死里逃生的印记。"岳莲楼按住靳岫肩膀，力气很大，"我也有这样的疤痕……当然不是奴隶印记，但对我来说，与奴隶印记并无任何区别。可有人告诉我，这是我曾活在世上的证明。它证明你我从死里脱身，往后便可抬头挺胸活下去。"

靳岫放松了下来："你伤在哪里？多重？"

被他发亮的眼睛看着，岳莲楼无法敷衍，便指指脖子上的金圈与金圈环扣上的红玉："在这儿。"

对这颗红玉，靳岫印象深刻。一是因为它色泽漂亮，无一丝瑕疵，通体润泽，形状圆整，是颗上好的血玉；二是因为这玉初看像是嵌在颈上金环的吊坠中，但靠近细看，会发现它实际上陷在岳莲楼的皮肤里。

红玉似是落在他锁骨凹陷处的一滴血。

岳莲楼指着颈上饰物，笑道："这玩意儿我自己可取不下来。"

靳岍一愣，片刻才意识到，金圈绕颈，竟是为了掩盖环着脖子的一圈伤疤！

"……你可怜我什么？"岳莲楼揉着靳岍冰冷的脸庞，盯着他忧愁的眼睛笑，"你啊，自己还未脱险，怎么总是记挂别人？我活得比你自在多了，不必可怜我。"

陈霜却补了一句："听说当时情况确实挺险。"

"好吧，确实，差点儿就死了。"岳莲楼假装打了个冷战，"我若是没了，你们只能认识岳鬼楼，岂不可惜？"

他开始一通乱说，手舞足蹈。陈霜平日对着靳岍倒是挺活泼的，但和岳莲楼待在一块儿，他文静得像第二个靳岍。

"你每次见完堂主都这么高兴，真挺恶心的。"陈霜说。

岳莲楼脸色一沉，装作不悦，拎着陈霜衣襟扭头对靳岍说："你休息吧，我出去骂骂陈霜。"

二人仍旧从窗口滑出，悄无声息地攀上屋顶。岳莲楼问陈霜："阮不奇在哪儿？"

陈霜："……你又要做什么？"

"她和你，一块儿骂。"岳莲楼脸上笑容全无，眸色冷酷，"她是不是又抬出自己那套'静观其变'的说法？堂主说过，无论任何情况，保护靳岍为上，她是忘了还是故意不听？"

二人低声交谈，朝卓卓卧房奔去。

第二日贺兰砜起床后，习惯性地往窗口矮榻看了一眼，之后才想起靳岍不在。他心情仍旧不好，叫醒卓卓时吵了一架。到了后院看到阮不奇黑着一张脸在砍柴，贺兰砜情绪更糟："靳岍呢？"

阮不奇不理他。卓卓从贺兰砜背上爬下，窜到阮不奇身边看她。贺兰砜在这儿待得没意思，端着一碗油茶又走了出去。

阮不奇昨夜被岳莲楼狠狠训斥一顿，十分懊恼，劈柴的力气也没收，一斧下去木头裂成八瓣。

"我昨晚看到你跟陈霜说话了，还有一个很高的哥哥。"卓卓蹲在她身边说，"阮不奇，你会说话呀？"

阮不奇登时一愣，手里斧头不由得攥紧了。在厨房偷吃东西的野猫一惊，夹着尾巴贴墙角溜走，但卓卓丝毫没察觉阮不奇身上瞬间迸发的杀意，她搬了一块大木头放在阮不奇面前，邀功似的说："这个给你砍。"

阮不奇掂了掂手里的斧子，决定不用它。她太擅长制造意外和处理意外了，这里是后院，让一个几岁的小姑娘遭遇不测，有太多工具可以使用，见血总是不好的。

不伤老弱妇孺，这是明夜堂七条不杀令其中一条，但如今情况危急，阮不奇心想，若是堂主责怪下来，就推到岳莲楼身上，毕竟昨夜是岳莲楼反复提醒，一切以保护靳峫为上，所有事情都必须让步。

"你会说话，太好了。"卓卓蹲在她面前，很快乐地说，"以后浑答儿和都则再笑你，我们可以一起骂他们。我教你骂人的北戎话，你教我骂人的大瑀话，好不好？"

阮不奇："……"

她松开手里斧头，张开手臂。卓卓知道这是要抱她出去玩的意思，立刻跳进阮不奇怀里。

"卓卓可以帮我保守秘密吗？"阮不奇小声说，"我的声音被天神收走了，昨天才还回来，那个好看大哥哥就是天神的化身。你要是把秘密诉别人，他又会收走我声音。我有好多故事想告诉卓卓，没了声音，就说不了了。"

卓卓眼睛都亮了，拼命点头。

庭院里，贺兰砜正跟巴隆格尔抱怨："阮不奇现在脾气怎么变得这么坏？她天天带卓卓，我怕卓卓被教坏了。"

巴隆格尔一头雾水："哦……但你跟我说这个有什么用？"

贺兰砜："……随便说说。"

巴隆格尔："你去找靳峫啊，平时不都跟他聊这种废话么？"他正在鞣制熊皮，不太想搭理贺兰砜。

浑答儿得知贺兰砜阴差阳错救下的那个人居然是云洲王后，隔三差五就拉着都则跑去郊外闲晃，希望自己也碰上这阴差阳错的"好事"。贺兰砜实在找不到人说话，扔了拐杖，连蹦带跳，艰难爬上屋顶。他拿出怀中的狼镝，开始了每天一次的擦拭工作。纯白箭羽上的污血难以擦除，贺兰砜细细地用手指搓去羽毛上凝结的血渍。

他看着北都繁华街市，想起的却是烨台的草原。烨台是北戎最南端的部落，也是最早迎接春天的部落。岁除之后，雪就应该融化了，冰河解冻，宽阔草原一日比一日绿得快，小松林和大松林会渐渐热闹起来。

他发了一会儿愣，有人爬上来。

靳峍不声不响地坐到他身边，和他一块儿看天空上随风游走的云。贺兰砜看到他左臂袍袖下露出半个奴隶印记——靳峍没有再把这伤痕裹起来。

箭羽上的污渍已经被掉光了，但染红了无法恢复原色。贺兰砜徒劳地搓弄它们，一言不发。

"听说天寿节要到了？"靳峍先开口，"天寿节有灯会吗？"

天寿节是北戎天君哲翁的生日，是北都人十分重视的日子。贺兰砜对这些节日向来没有兴趣，他没有回答。

等了一会儿，靳峍又开口："浑答儿昨天从回心院带了一些蜜果子，你吃么？"

贺兰砜换一张布，擦拭狼镝黑色的箭身。

"狼镝和高辛箭挺像的。"靳峍又说，"我给你画一张高辛箭吧。"

贺兰砜终于开口。

"我会去找云洲王。"他说，"我会当云洲王的随令兵。"

靳峍愣住了："你不必……"

"不是为你，是为卓卓。"贺兰砜盯着街上熙攘的人群，没看靳峍，"云洲王可以用你来威胁我，当然也可以用卓卓。"

"噢……"靳峍有些喘不过气，他不知怎么回应。

"如果你回到了大瑀，你会想念北戎……"沉默许久后，贺兰砜忽然问，"或者我吗？"

这是个太难回答的问题，靳峍低头掸去鞋面的浮尘。他思忖很久，细细地想着自己会不会想念贺兰砜或者北戎。最后忽然想起，他应当考虑的，是怎样回答才不会让贺兰砜恼怒。每次见到岳莲楼或是与陈霜谈起以后的安排，他总生出忧心忡忡之感。陈霜提醒他不能让贺兰砜气急，必须顺着贺兰砜的意思，保证贺兰砜在之后的行动中会做出对靳峍有利的事情。他们认为欺骗贺兰砜是必然之事，靳峍三番两次回避，说明他善良过头以至于懦弱。

但在这个问题上，靳峍并不想对贺兰砜有任何欺瞒。他知道贺兰砜是真心想听答案。

"我不知道。"靳峋说，"我甚至不知道我能不能回大瑀。"

"按云洲王的意思，我们若是帮他的忙，他会让你脱去奴籍，但他不值得信任。我知道你在北戎过得不高兴……"贺兰砜顿了顿，声音降低，"你不会想我。"

贺兰砜说得肯定，靳峋无言以对。等到贺兰砜来来回回把手中的狼镝擦了十几遍，靳峋才开口："获得自由的奴隶是长了翅膀的大鹰，我不想北戎，也不想你。"

贺兰砜把狼镝的箭尖轻轻磕在屋顶瓦片上，点了点头。他对这个答案毫不意外，这令靳峋心头有越发强烈的惆怅。他按了按胸口，站起身，袍角被仍带着寒气的春风吹开。

"我听巴隆格尔说，北戎的奴隶是走不出边界的。只要奴隶想逃，北戎的箭就会刺穿他们的心脏，就像你用狼镝杀死刺客一样。"靳峋轻声问，"如果我真的逃回去，你会用北戎最锋利的箭射杀我吗？"

几乎没有一瞬犹豫，贺兰砜扭头看他。

"狼镝不攻击朋友，它只会刺穿敌人的心脏。"贺兰砜斩钉截铁，仿佛起誓，"我永远不会把它对准你。"

靳峋怔怔站着。春风太冷了，他手脚是冰凉的，但胸中却像被贺兰砜点起了一团火，又暖又热。

第十六章

天寿

驻守北都的军队有两支，其中一支便是云洲王率领的青鹿蛮军。

贺兰砜在蛮军军部等了一会儿，阿瓦风风火火冲进来，看到他便笑道："你果然来了！"

他亲热地拥抱贺兰砜，满脸惊喜，仿佛贺兰砜的出现完全出乎他的意料。

贺兰砜脸上表情很淡："我愿意当你的随令兵。"

阿瓦左右看看："靳岈呢？"

贺兰砜不答。阿瓦没在这个问题上纠缠，起初是他掌握着靳岈命运，以此拿捏贺兰砜，但现在贺兰砜成了他的随令兵，他可以用贺兰砜拿捏靳岈甚至贺兰金英。这个小圈套带来的效果实在太过令他高兴，见不到靳岈也不算什么遗憾了。

他命人上茶上肉，接待贺兰砜好好吃了一顿。贺兰砜旁敲侧击问了半天，始终不知道自己这个随令兵要做什么。见贺兰砜喝得客气，阿瓦便提起了贺兰金英："你大哥酒量倒是不错的，我同他喝过酒。"

他像是闲聊，谈起了贺兰金英飞快晋升的秘密。

贺兰金英在此次南进战役之中，因处理果断而得到破格擢升，不少人认为他是运气好。他在白雀关战役中由普通士兵升为百夫长，同样也被看作是运气的功劳。

彼时大瑀和金羌在白雀关鏖战，北戎旁观，做好了助战的准备。靳明照率领的西北军骁勇善战，一开始金羌并不能讨到什么好处。率领北戎军的是岐生部落的一位将军，一直看贺兰金英的狼瞳不顺眼。他率军后撤十里，却不允许贺兰金英随队后撤。贺兰金英不得不领着一支十人左右的小队，游走于大瑪和金羌的战场外围，搜集情报。

正是在这搜集情报的过程中，贺兰金英立了功：他发现西北军驻守的一处缺口，并把缺口位置告知金羌军，金羌军得以巧妙地进入封狐城内部，从后方打了靳明照一个措手不及。这次偷袭正是大瑪西北军大败的起点。

贺兰砜愣住了。他记得贺兰金英十分敬重靳明照，最后连靳明照的尸体也是贺兰金英收殓的。

"贺兰金英这个人，最大的优点就是果断。能在瞬息之间做出判断，依赖直觉与经验，是将才必备的天赋。"阿瓦边喝边说。

贺兰砜此时明白，是自己太天真了。

即便贺兰金英如何敬重、感激靳明照，当他在战场上，他就只是一个北戎士兵，所做的一切选择都必须考虑北戎的利益。而出于敬重与感激，他在清理战场的时候保护了靳明照的尸体，并且在回北都时撒了一个谎，留住了靳岘的性命。

"你大哥说可以从靳岘口中套出梁京的地图，我起初是信的，但现在我知道，这不可能。"阿瓦笑道，"龙图钦说靳岘和靳明照丝毫不像，是个文弱书生，我们也信了。如果知道靳岘是这样一个角色，父王当日绝对不会同意贺兰金英留他一条命。"

"……但你现在需要靳岘。"

"现在是现在，当时是当时。"阿瓦喝了一口酒，思忖道，"大瑪质子能留下一条命，实在是运气太好。"

贺兰砜与他碰了碰酒碗，平静道："我已经答应当你的随令兵，以后大可不必时刻用靳岘来提醒我。他是我家的奴隶，仅此而已，我见他孤苦可怜，多同情一些，你总提起他，反倒让我觉得古怪。"

阿瓦愣了一会儿，大笑道："那什么……狐裘呢？这个是什么故事？我想听。"

贺兰砜可完全不想说。他渐渐发现，自己认定的狐裘之恩，在旁人眼中只是小事，不值得他这样热烈对待。这场酒喝了多久，阿瓦就问了多久，要不是他的随从有事通报，只怕他会连靳岘在贺兰砜家中怎样生活都要一一逼问。

随从说的事情与回心院相关，贺兰砜竖起耳朵，听到一句"朱夜姑娘当夜一定会到"。

贺兰砜一下为他大哥揪紧了心："你们找朱夜有什么事？"

"噢，对！你们都是高辛人，应该是认识的。"阿瓦笑道，"父王的天寿节，驰望原各部都有礼物送来。我想起高辛族灭族多年，但又听说有高辛歌姬在北都活动，弹得一手好琴，便打算邀请她参加天寿庆典。"

贺兰砜："只是来弹琴？"

阿瓦兴趣很浓："听说她被称作北都第一美人？"他说着，搓了搓下巴的短须。

这可是个不得了的消息。贺兰砜回去路上很为大哥担心，生怕他的勒玛被人看中。可朱夜与大哥并无任何约定，她是完全自由的，选择谁、留在哪儿，全凭心意。这其中懊恼与焦虑实在没法对别人谈，贺兰砜回家见到靳岍，立刻把他拉到一边说悄悄话。

浑答儿在远处走过，扭头问都则："他俩不是吵架了吗？"

都则："吵过吗？"

浑答儿："可真气死我了，怎么人人都喜欢贺兰砜。"他转过弯，看见给卓卓烤豆子的阮不奇和陈霜，手又痒了，迅速摸了一把少女的发髻。阮不奇回头看他，眼神很凶，但浑答儿完全不怕："来打我呀！"

陈霜："……"

卓卓："我来打你！"

那边闹腾着，靳岍细细问贺兰砜见云洲王的详情。两人都没再谈那天的争执，也没聊回大瑀或者狼镝的事情，一切像是落叶掉进水面，涟漪散去了也就散去了。

得知朱夜将要去参加天寿节庆典，靳岍先给了贺兰砜一个眼神："你还说朱夜不好看。"

"我没觉得好看。"贺兰砜很固执。

"可是我们能做什么？"

这问题难以回答，也超出了他们的能力范畴。贺兰砜心道自己不应插手大哥的事，干脆不再想，凑到靳岍身边悄悄说："天寿节当晚也会展示火龙。你上次没看仔细，我到时候再偷偷带你去。"

他果真见到靳岍眼睛发亮："去哪儿看？"

北都看火龙的最佳地点有两处，一是城南的城墙，二是允天监。城南城墙上人太多了，贺兰砜这次打算借云洲王的面子，让靳岈偷偷溜进允天监。

"你还没给云洲王办事，就先占他的便宜？"

"不占白不占。"贺兰砜背靠大树笑道，"他给我安排职务了，天寿节当天，我得在城南维持秩序。"他想了想，又说，"给你带猪胰油饼。"

贺兰金英是天寿节前一天回来的。他是北戎第一个异族将军，天君要把他当作一个吉祥物在庆典上展示。还未坐定，巴隆格尔便把贺兰砜当上云洲王随令兵的事情告诉了他。

靳岈还是第一次见到贺兰金英脸色大变，完全失态。让所有人离去后，他和贺兰砜谈了很久。当天夜里，贺兰金英把靳岈单独叫去，给他倒了一小杯酒，请他落座。

"我不知道当日救你是对是错，"他开门见山，"但我现在后悔了。"

两个人不再相互打机锋，坦诚相对。

"靳岈多谢贺兰将军当日相救。"靳岈向他敬了一杯酒，"此前不知将军好意，多有得罪。"

贺兰金英咬着小小的金杯杯壁，双臂大敞，靠在椅背，眯起眼睛看靳岈。兄弟俩虽然都有一双狼瞳，但靳岈觉得，这两双眼睛是完全不一样的。贺兰砜看着自己时，是敞亮的热烈和欢喜，贺兰金英打量自己的眼神，则像是评断、犹豫。靳岈现在已经可以毫不畏惧地迎接他的眼神。

"……也不必谢我。"贺兰金英仰头，金杯中的烈酒滚入他喉咙，他抬头看着房顶橡梁，声音发闷，"只怕之后你会恨我入骨。"

靳岈一时没听懂。

"离贺兰砜远一点儿。"贺兰金英给自己又倒了一杯酒，低笑道，"别的人我不理会，但你若是害了贺兰砜和卓卓，天涯海角，我也要你偿命。"

靳岈忽然想起贺兰砜说的事情。

"你知道朱夜要去王城参加天寿庆典么？"

贺兰金英动作果然一滞。

"据说云洲王很喜欢她。"

贺兰金英把手里的酒又灌了下去。"谁不喜欢她呢？"他笑道，"你见过她的，她是不是北都第一美人？"

"你不担心吗？她是你的勒玛。"

贺兰金英脸上掠过一丝不悦。"她是我的勒玛……"小小的金杯在他掌中打转，他低声道，"可我不是她想要的人。"

顿了顿，贺兰金英抬头笑问："你难道只想跟我聊这个？"

"当然不是。"靳峫面色严肃，"那天晚上，白霓发生了什么事？"

天寿节当天，满城张红布彩，比岁除更热闹。北都人爱戴天君，个个喜气洋洋。巴隆格尔几天前就着人装饰府宅，宅子本是大瑀风格，现在挂满北戎锦饰，颇有些不伦不类。

贺兰砜和贺兰金英一早便离了家，一个去找云洲王，一个入王城筹备庆典。临走时巴隆格尔追上二人，各赠了一双崭新的熊皮靴子。

贺兰砜看那靴子，十分感动："你之前不愿意搭理我，就是为了做这个？"

"你这个是卓卓做的。"巴隆格尔热情地将自己的靴子送到贺兰金英手上，"将军，这才是我的手艺。"

卓卓跟在靳峫身后，目光中全是期待。贺兰砜只好把那双左右脚一大一小的靴子穿了上去。靴子上缝着个鹿头，歪歪扭扭。

"卓卓做得真好看。"贺兰砜说，"就是鹿头缝歪了。"

靳峫："鹿头我缝的。"

贺兰砜："歪得挺趣致。"

趁贺兰金英和巴隆格尔说话，贺兰砜凑到靳峫身边小声道："晚饭时我再回来接你。"

浑答儿和都则也出门了，宅中最闹腾的人全都离开之后，登时安静许多。靳峫找到陈霜，与他互通讯息。

昨夜与贺兰金英喝酒，靳峫总算问出白霓去向。

贺兰金英接到了北都的指示，将白霓引到大松林，那里果然有人等待着。回到烨台营寨后不久，贺兰金英又把车队的人领到了大松林，那时候白霓已经不见了。按照指示，贺兰金英次日前往松林熊洞清理。熊洞中一片狼藉，全是被两头熊啃噬的残肢，贺兰金英没有发现白霓的踪迹。

陈霜大吃一惊："他们被熊吃了？！"

靳岄点点头。当日，烨台的阿苦刺组织猎熊队，称是冬眠的黑熊被惊醒，伤了烨台的猎人。他现在醒悟，应该是那两头熊已经尝过了人肉的滋味，之后才会故意袭击冬猎者。

"没有白霓的尸体……白霓没有死？"陈霜问，"是谁让贺兰金英这样做的？"

"他不知道。"靳岄道，"或者他不愿意告诉我实情。但我认为，应当与哲翁有关。贺兰金英从北都回来，哲翁让他处理我的事情，那白霓和车队自然也会让他经手。"

无论如何，白霓仍在人世的可能性越来越大。靳岄一面为那些惨死于熊口的将士文臣难受，一面却也隐隐怀着希望：他能找回白霓，他一定能与白霓一同回大瑀。

傍晚时分，贺兰砜终于回来找他。靳岄第一次见穿着一身随令兵服饰的贺兰砜，十分惊奇。云洲王的随令兵都是一身细银鳞盔甲，内着深灰色衣裤，利落英俊。贺兰砜腰上佩剑，背上是朱红色大弓和箭壶，腰窄腿长，加上一张与北戎人迥异的面孔，走在路上频频引来路人侧目。

浑答儿和都则也回家吃饭，见贺兰砜带靳岄外出，又是一通冷嘲热讽。巴隆格尔掸掇浑答儿和自己带卓卓去城南城墙看火龙，陈霜与阮不奇略一犹豫，分头跟随。

为了不让贺兰砜发现，陈霜只是默默跟在靳岄身后。贺兰砜完全没发现他，一路上只顾着跟靳岄说话，给他介绍北都夜街各种各样好玩新奇的东西。腾空的火龙在高空随春风缓慢摇摆。

有了云洲王的通行牌与王城禁卫接应，贺兰砜和靳岄顺利经过城门，直奔允天监而去。

"你在这么高的位置看过北都么？"靳岄问。

贺兰砜摇头："我一会儿还要去城南值守，你自己先看，我回来接你。"

靳岄愣住了："你不同我一起？"

贺兰砜："职责在身，没有办法。放心，一定给你带油饼。"

允天监就在面前，靳岄眼尖，看见大门敞开，一位高挑女子站在门前。

"是你们说我要参加庆典必须先在允天监接受'清洗'，可你们又说女人不得进入，那我怎么办？"

靳岈和贺兰飒对视一眼：是朱夜的声音。

"女人，不得，进入，允天监！"大巫正在门内，"何况你身上有不祥的臭味！云洲王这个兔崽子，让他来跟我说话！"

朱夜抬脚，踏过允天监大门。

大巫咚地一敲手杖，愤怒大吼："污秽！！！滚出去！！！"

怕朱夜出事，靳岈三步并作两步冲进了允天监。允天监里除了大巫和朱夜之外，还有几位年轻的巫者，身披灰白色兜帽披风，露出因惊慌而涨红的脸。

大巫大吼："把她赶出去！"

年轻巫者纷纷靠近，但全都不敢上前。因天冷，朱夜披着一件外袍，外袍下便是金钩银搭的纤薄彩衣。她脱下外袍，一头金色长发散落，站着，露出甜美笑容。彩衣将她窈窕身段勾勒得很清楚，胸前半敞，露出蜜色胸乳。巫者们面红耳赤，左顾右盼，不知如何是好。

大巫气得脸都青了，贺兰飒快步走近："大巫，我是云洲王的随令兵。"他掏出令牌，让大巫确认身份。

大巫揪着他："我认得你……你快把这个女人带走！"

"大巫，这是天君邀请的高辛乐姬。"贺兰飒低声说，"天君和天后都很期待她的高辛乐曲，时间可不能耽误。"

搬出北戎天君，大巫一腔怒气发不出去，恨得直掐贺兰飒手臂："女人怎么能进允天监！女人是污秽的！女人在允天监活动，允天监以后还怎么……咳咳……我知道一定是云洲王的意思，他不信神不信巫，他会毁了北……"

贺兰飒重重在大巫肩上一拍："大巫。"

大巫登时噤声。贺兰飒见他一直没起身，低头一瞧，才发现大巫脚踝枯皱的皮肤淤红，是已经扭伤了。仔细一问，原来是方才朱夜和带她到此处的云洲王随令兵在允天监外叫门，大巫惊怒之中匆匆自塔上房间跑下，不小心摔了下来。

贺兰飒左右看不见那随令兵，便知道定是大巫凶悍，那人怕得跑了。在绝大部分北戎人心中，天君与大巫的地位孰高孰低是很难说清楚的，谁都没必要为了一个高辛乐姬得罪大巫。

贺兰砯扶起大巫，问出他住在城南，便打算送他回去。大巫指着朱夜喘气，贺兰砯忙道："朱夜姑娘的'清洗'便由其他巫者完成吧，大巫，你这伤不能耽误。"他一边说，一边弯腰强行把大巫背起，大步走出允天监。

　　靳岷茫然，贺兰砯冲他小声说了一句："等我来接你。"允天监的门在贺兰砯身后关上了。

　　"云洲王提过，今夜会有贵客来允天监看火龙。"巫者把靳岷引到一旁，态度恭敬，"请您稍待片刻。"

　　靳岷乖乖坐下，理了理身上的衣服。虎将军那宅子原本是为大瑀王妃建的，里头许多大瑀服饰，款式虽稍显老旧，但很适合靳岷。他身穿大瑀衣衫，端正斯文，是"贵客"的样子。

　　允天监顶部满是灯烛，无数方形小窗嵌在塔身之中，塔外火龙、灯光与夜色，一一倾注入内。

　　与他那日受"清洗"一样，朱夜跪坐在塔中，巫者左手托着清水，右手举着手杖，又舞又跳。朱夜平静地直视前方，眼中无情绪，等巫者歌罢舞毕，才扭头冲靳岷一笑。靳岷忍不住也以笑容回应她，脸上发热，心想谁要是说朱夜不好看，谁就是瞎了眼睛。

　　仪式完毕，朱夜却未能离开允天监，她需要在此处等待云洲王的随令兵来召唤。年轻的巫者们挤在一角，不时抬眼偷看朱夜，朱夜托着琴走到靳岷身边坐下，手指轻轻拨动琴弦。

　　"我知道你是岳莲楼的朋友。"朱夜低声说，"岳莲楼跟我借过风鹿，说是要去烽台部落找一个人，是你么？"

　　那果真是她的鹿。靳岷越发觉得朱夜神秘："他连这个都跟你说？"

　　朱夜靠他很近，烛光在她翠色盈盈的双眸里化作了细碎星辰。她的双眼与贺兰砯一家并不相同，是漂亮的蓝绿色，只瞳仁藏了一缕深碧，近乎于黑。

　　"我们说许多话呢。"她讲话的腔调也像在歌唱，"他是个可爱的人。"

　　朱夜一边低声歌唱，一边拨动琴弦。她手中的琴像箜篌，但比箜篌要小一些，状似弯月。朱夜先唱了一首《玉楼空》，又接一段《剔银灯》，来来回回都是舞苑歌寨里的香词软曲。允天监的巫者不太听得懂大瑀话，但晓得这琴音拨得人心里酥酥麻麻的，不是正经东西。

　　这两首都是梁京鸡儿巷里出名的唱词，靳岷听得似懂非懂，朱夜忽然笑问："你没去过那种地方呀？"

靳岈："什么地方？"

"看姑娘摸姑娘的地方。"

靳岈慌得连忙摆手："不、不……我没、没去过！"

他一害羞，朱夜笑得越发厉害，手指在弦上一弹，一串陌生的乐音跃了出来。朱夜用陌生的语言吟唱，靳岈几乎瞬间便听懂了：是高辛人的歌。

那是一首流传在高辛人之间的古老曲子。从遥远东方出发寻找宝物的队伍，一路披荆斩棘，最后抵达血狼山。人们被血狼山满山火红的奇景震惊，决定在此落脚扎营。从此高辛人有了立足之地，生儿育女，繁衍生息。

曲子里有射月的高辛王，以血狼山永不熄灭的火焰淬炼星辰的高辛神女，习惯沉默、习惯苦难但不习惯低头的高辛人。古老的曲子，如同悠长永恒的叹息。

弹琴歌唱的朱夜，让靳岈几乎产生了自己爱上她的错觉。朱夜唱完又给他解释曲中意义，靳岈呆呆看她，脱口而出："……为什么贺兰金英不是你的勒玛？"

"一个人是不是你的勒玛，要看天神的意思。"朱夜笑道，"当勒玛出现的时候，人是会知道的，就像大晴天里突然落下一道雷。它吓了你一跳，你控制不住你的心，心被一个人捕捉了，从此你被那个人牢牢攥在手里。"

她越说越慢，越说越轻。靳岈迷迷糊糊闭上眼睛，靠在朱夜肩膀上，陷入沉睡。

靳岈是被陈霜叫醒的。

允天监的大门被人从内侧反锁，陈霜从塔上的小窗子钻进来，把冰凉的双手盖在靳岈脸上。

"朱夜不对劲。"陈霜说，"连巫者也睡着了。"

允天监大门紧闭，靳岈身边没有朱夜，也没有那把琴。二人心道不对，左右看看，同时抬头。朱夜没有离开允天监，她是往上去了。

石梯回旋往上，靳岈跑得气喘吁吁，陈霜指着头顶说："我听到了，那女人在上面。"

眼前是回旋石梯的尽头，一个半封闭的空间，头顶天花板是青灰色石头，仅身旁墙上有一面空空的方正小窗。靳岷靠近小窗，发现它太窄了，只有陈霜这样擅长缩骨功的才能爬出。

上方便是轰轰燃烧的长明火，但靳岷已经找不到可以继续往上攀爬的路径。

窗外有一条巨大的火龙，正在缓慢摆动身躯。火龙尾巴拴在长明火上方，它靠长明火燃烧产生的热气驱动。因距离近，靳岷能看到火龙身上打磨如镜的铜片。夜间仍有北风，火龙龙头被吹向南方，直指王城城南。

靳岷和陈霜都听见了上方传来的奇特的金属摩擦声。陈霜小声问他："我出去看看？"

靳岷却立刻拽住了他，心头掠过一阵强烈的不安。朱夜能从这个小窗钻出去，她功夫不可小觑。

就在这犹豫的一瞬，俩人都听见了箭矢离弦之声。

一枚箭矢，箭尖插着熊熊燃烧的油团，以破风之速从火龙龙尾贯入，穿过龙身，一路呼啸，刺破了龙头。

纸做的龙身霎时燃烧起来，因为糊得结实，一时半刻还没有烧透。燃着火的巨龙在北都上空痛苦翻滚，龙尾终于烧断，北风吹送这条巨大的火簇，飘飘荡荡，落在城南。

惊恐的叫声从城南炸开，大火落地即燃，哭叫声、奔跑声、碎裂的火点像涟漪一样四处扩散。

靳岷的心一下揪紧了：今夜的城南是人最多的地方，贺兰砯、卓卓、阮不奇，都在那里！

"陈霜，你留在这里，别让朱夜走了！"靳岷顺着楼梯往下狂奔。

陈霜却立刻跟了上来："我得保护你。"

他们从巫者身上解下披风裹在身上，打开了反锁的大门。王城内一片骚乱，两个人戴上卹帽，扮作巫者一路小跑来到城墙下。陈霜轻功了得，他背着靳岷，像猴子一样爬上城墙，离开了王城。

靳岷此时忍不住回头望向允天监高处。长明火熊熊燃烧，像是被人注入了火油，火焰高达数丈。一个身着彩衣的女子立在塔顶，她那架状似箜篌的高辛琴已经重新拆装，成了一柄乌金色的大弓。夜风撩起朱夜的金色长发，她坚定地站在那里，靳峫忽然想起那首古老的高辛歌谣：神女驱动永不熄灭的火焰燃烧草原，草原成为火海，神女淬炼出新的星辰。

才落地，靳峫立刻拔足狂奔。北都屋舍低矮分散，不适合让陈霜带着自己跑。他穿街过巷，忽然看见两匹配了马鞍的马儿站在街口，正在吃马草。

靳峫一摸腰间，贺兰砜赠他的那柄小刀他总是随身携带。他用小刀割断拴马绳，翻身跃上马背。陈霜紧随其后偷马，马儿主人发现后一路骂骂咧咧追来。等陈霜终于将那人摆脱，靳峫已经不见踪影。

街上全是东奔西跑的人，并不适合马儿奔驰。但靳峫紧握缰绳，速度丝毫不减，马儿完全服从他的指挥，奔跑、转弯、起跳，流畅得如同靳峫才是它认可的主人。

越靠近城南，所见之景越发混乱。火龙从允天监落入城南途中，散落了许多燃火的碎片。北都城的人为了迎接春天，纷纷在屋顶铺了新的干草，石头砌成的房子外搭着木架，正为新的一年做修缮。这些都太容易烧起来了，小火点燃大火，靳峫几乎觉得自己是在惨叫与火焰之中穿行。

经过回心院后院，靳峫忽然看到了浑答儿和都则。两个人抱头从小楼蹿出来，回心院外头也着了一片火。

"浑答儿！都则！"靳峫勒停马儿，"你们看到贺兰砜了么？"

"没、没有……"浑答儿失声，"你骑马？！"

"卓卓和阮不奇呢？"

"在城墙上看龙……"都则指向城墙，脸色大变。原本人满为患的南城墙已经成了火海，无数黑色人影在火中呼喊。

浑答儿骂了一句，转头往南城墙跑。都则在原地发愣，浑答儿吼了一句："快去找卓卓！"

两个人抄近路返回南城墙，与逃难的人逆流而行。在另一个方向，靳峫再次纵马越过众人头顶，马儿长嘶，竟踏穿一片木架，落在一座石头房子的二层上。

浑答儿："他会骑马？！混帐大珥骗子！他骑得比我还好！"

靳峫远远看见一座石头房子上挂着巫者的标记，那是大巫的居所。但他无法靠近，城南已成火海，街巷一片混乱。有穿细银鳞盔甲的人匆匆跑过，指挥救火。

"贺兰砳！"

无人回答，他的声音被火场的巨响掩盖了。他拎起一桶冰水自头顶浇下，跳下二层，裹着兜帽披风往大巫的房子奔去。

城南大火越烧越猛，城墙上的木塔几乎全都倒了，摊子油锅打翻，火油成为绝佳的助燃剂，火势越发不可控制。

阮不奇抱着卓卓，顾不上别人死活，左足踏在前方一人的背脊上，腾空跳起。在北戎士兵惊恐的叫声中，她落在了城墙垛子上。然而未等站稳，身后忽然传来几声爆炸，城墙垛子塌了，她脚下一空，直直下坠。

纵然她轻功了得，可事发突然，怀中又有卓卓，她难以招架。一连串巨响，她和卓卓都落入了城墙下的房子里。阮不奇把卓卓护在身下，被石头压住了半个身子。

外头火光越来越盛，哭叫声不断，热气几乎烧焦了她的头发。

"……麻烦死了！"阮不奇气得大喊，"要不是为了保护你，我早跑了！"

卓卓蜷在她身下一声不敢吭，小手抱着她的身体。

阮不奇借着火光观察压在身上的木条石块，谨慎挪动，终于找出空隙，倒退着爬出废墟。她正试图把卓卓拉出来，头顶忽然一声脆响，插着粗大铁钉的木块当头落下，直冲着卓卓而来！

阮不奇甚至来不及思索，立刻伸手挡住。铁钉登时插入她掌心。

孩童的哭声响亮，如同哨声，阮不奇听得心烦意乱："老娘没死，你哭丧呢！"

话音刚落，外头忽然传来人声："卓卓？是卓卓哭吗？卓卓！"

浑答儿和都则沿路跑来，上城墙的石梯被逃下来的人挤满，两个人无法登上城墙，在墙角徘徊时听见了卓卓的哭声。浑答儿抱起卓卓就往外跑。卓卓哭得说不出话，指着混乱的屋内："阮……阮……"

都则急得跳脚："一个奴隶！不要管了！"

浑答儿把卓卓塞到他怀里："救不了阮不奇，你我二人会被卓卓生生咬死！"

他让都则带着卓卓先走，自己跑回了那破房子。才钻入半塌的门，便看到阮不奇扛着沉重木条站起，已经自行脱困。

"我来救你。"浑答儿被她的大力气震惊,伸手拉起阮不奇就往外走。

阮不奇揉了揉耳朵,浑答儿才一转身,颈后忽然一疼,登时昏倒在地。

"一个个的烦死了!"阮不奇提着浑答儿的腰带把他拎起,跳上一旁的房顶,飞快往前奔。怀中没有卓卓,她对浑答儿全无任何怜惜,一路磕磕碰碰,最后将浑答儿扔在了安全的地方。

她拍拍手掌,转身奔向另一个方向的火场。耳中不断传来陈霜的声音,两个人都练化春六变,可以用传音之术相互联系。陈霜站在一间石头房子上,身边有一匹马。

"靳峋跑进去了。"陈霜看她,"我们是要静观其变吗?"

阮不奇焦躁不安:"静你姥姥的观!"说着跃进了城南的火场。

南城有大片木质建筑,巫者居住的习所与贫民的房子混在一起。今日是天寿节,五大部落的许多巫者都汇集于此,同贺庆典。但习所已经完全被大火包围,靳峋一路跑过来,浑身被火气烘得很烫,而他想找到的人全无踪迹。

"贺兰砜!"

他站在大巫的房子前大喊。眼前的石头房子足有五层之高,比周围的木质建筑突出一大截,尤为醒目。但此时房门紧闭,火声哗剥,只有周围哭喊的人声清晰响亮。有人倒在靳峋脚下,满脸都被熏黑了,抓住自己喉咙发出不清晰的闷喊。靳峋退了两步,他茫然四顾,周围尽是火、火、火。

"贺兰砜!!!"

他离开大巫的房子,往更深处跑去。

城南是蛮军值守的地方,许多穿着细银鳞盔甲的士兵正在救火。有的地方火势减弱了,地面一片乌黑,靳峋看到身量与卓卓差不多的小孩,心惊胆战地冲过去。那孩子已经断气,靳峋擦去他脸上的黑灰,认出他就是在岁除灯节上给自己蜜果子的小孩。

他心头绞痛,把孩子尸身挪到路旁安置。

"巫者?是巫者吗?"有士兵硬把他拖起,"别留在这儿,快去避难!"

"你见到大巫了么?你认识贺兰砜吗?"靳峋忙抓住那人问。

"不认识不认识,快走!别碍事!"让靳峋诧异的是,云洲王手下士兵并不敬重巫者，呵斥着将他扔在一旁。靳崦从地上爬起，身后有一队人拖着几具尸体走过，他转身时看到还燃着小火星的地面上扔了只靴子。

靴子上有一个歪斜的鹿头，是他亲手缝上去的。

他脑袋轰地一响，忙把那靴子抓起。靴子是被拖走的尸体遗留下来的，靴子缝线结实但不够整齐，那只鹿头的两只角一大一小，他当时缝得十分吃力，针脚极其难看。

靳崦跟在处理尸体的人身后。尸体太多了，被随便扔在空旷处，一个个烧得焦黑。偶尔还有几个尚未断气的，在黑魆魆的尸山里蠕动爬行。靳崦看了又看，没靴子的脚太多，他找不到鹿头靴的主人。陆续仍有士兵奔跑呼喊，此处如同地狱。靳崦一点儿没顾得上害怕，烧死的人身上又烫又黏，他拖开几具尸体，双手被烫得发疼，掌心已经全黑了。

在尸山之中有几具穿着细银鳞盔甲的尸身，其中一人只剩半截，脚上套着另一只鹿头靴。

靳崦怔怔站着。他去摸那人的细银鳞盔甲，心想不对，不是的，贺兰砜没那么矮。贺兰砜的银甲是新的。贺兰砜背上总负着弓，可这个人没有。

但他已经没了继续求证的勇气。胸口也不觉得痛，只是像突然出现了一个巨大的空洞，风从里头经过，雨从里头经过，他置身火场，却像站在冰天雪地里，手脚发颤。

鹿头靴也被烧得乌黑，他从尸体身上扒走那只靴子。那尸体半身血肉模糊，还剩一只手。靳崦抓住那尸体的手，把自己的手放在他掌中比较。

"靳崦？"

靳崦猛地一惊，回头时看见身后站着个同样穿细银鳞盔甲的随令兵。

他有靳崦熟悉的狼瞳。

"你在这儿干什么？"贺兰砜伸手把他拉起，"还扮成巫者……你手怎么了？"

他搓着靳崦发黑的掌心，发现他是被灼伤了。

靳崦怔怔看他，猛然抬手去摸他的脸。贺兰砜方才也去救火，身上脏污，脸颊也有污痕。他越擦越脏，但察觉到贺兰砜身体的温度，只觉得浑身所有力气都松懈了。

"这儿不安全，我们走。"贺兰砜这时忽然看见靳崦怀里的鹿头靴，隐约意识到什么，"……你以为我死了？"

靳岍不答，只是红着眼睛。

"……你来找我么？"贺兰飒笑了一下，扶着他手臂想拉他站起，"火这么大，你也不怕。"

靳岍站不起来。贺兰飒说："若是走不动，我抱你？"

靳岍摇头，双脚虚软，完全没有起身的力气，只能紧紧抓住贺兰飒衣角，说不出一句话。

靳岍从不信神，不信命。但冥冥中，耳内却像听见了轰然震响的惊雷，令他心潮澎湃。

白色晴天之中的雷降下来了，他避无可避。

第十七章

神女

聚集到城南救火的人渐渐多了，北戎百姓提着水桶、水盆，从石城各处奔来。贺兰砜把靳岬带到安全的地方，让他在这儿等自己。

他还是那句话："我一会儿来找你。"

靳岬知道他一定会来的，但仍忍不住害怕："你穿我的披风，我泼了水，火烧不进去。"

贺兰砜披着那件灰白色的巫者披风跑了，靳岬怔怔看他走远，方才心头的震动仍未消除，他无法平静。

靳岬知道贺兰砜对自己很好，这种好似乎超出了朋友的界限，但又达不到亲人的程度。贺兰砜身边实在没有可以参照的朋友，靳岬不知道贺兰砜的温柔和亲昵是不是亲近的常态。

他救过我。靳岬心说，还有阮不奇，还有那串小小的鞭炮，以及许多许多。

这些小小的馈赠和心意，是靳岬在异乡为数不多的欢喜。

但也仅止于此了。

对自己现下的处境，靳岬有足够冷静的分析。他要做的事情太多了，寻找白霓，回大瑀，他不会让自己分心去凝视贺兰砜。惊雷没有带来大雨。他晃了晃脑袋，转身慢慢走进棚子。

棚子里躺着不少伤者，哼哼痛叫，身着巫者服饰的人三三两两穿插其中，正在救治。靳岬看到了大巫，忙朝他走过去。因有贺兰砜保护，火龙落下来时，大巫并没受伤。贺兰砜把他安顿在此处，话也不多一句便离开去救火。人们都认得大巫，纷纷围到他身边哭泣，大巫拍拍这个的脑袋，牵牵那个的手，很是忙碌。

靳岍见他无恙便放下了心，又在棚子外头徘徊。虽知道贺兰砜一时半会儿还回不来，但他不站在这儿等他，心里就总是悬着什么，沉甸甸的。

火势渐渐小了，一是救火起了作用，二是能烧的东西快要烧完了。火场中的人声越来越少，靳岍远远望向王城，只看见烟雾弥漫之中一点长明火。

朱夜为什么放火？她有这样好的功夫和这样可怕的计策，贺兰金英知道吗？她就是那首歌里说的高辛神女吗？

靳岍心里盘旋着许多问题。陈霜和阮不奇从房顶奔来时，他正好抬头。

"陈……阮不奇？！"靳岍大吃一惊。

阮不奇比陈霜还要更早落到他面前，二话不说左右扯他的衣袖，看他是否受伤。

"吓死我了。"她说，"要是你再受伤一次，堂主非剥了我的皮不可。"

陈霜见阮不奇没有表明来龙去脉的意思，忙在一旁解释："对不住，一直瞒着你，阮不奇是明夜堂的阴狩，这次和阳狩岳莲楼一起，都是明夜堂派来保护你的人。"

靳岍早已猜到阮不奇是明夜堂安插的人，只是没料到她并不哑，而且还会武功："你就是阴狩？！"

明夜堂中所有人都习练化春六变，而除堂主之外，把此内功练得出神入化的，便是明夜堂仅次于堂主的两位重要人物：阴阳二狩。

江湖中人大都只知道阴阳二狩为一男一女，武功奇高，化春六变练到了第四层，对明夜堂堂主极为忠诚，只要堂主首肯，无论杀人越货还是下河捉鱼，绝不敷衍。

而其中，阴狩比阳狩更为神秘。她是明夜堂最神秘的杀手。

在靳岍的理解中，明夜堂是一门生意。堂主开门接待所有有求于自己的客人，招揽天下各类奇特侠士，交易完毕，便钱货两讫。堂中豢养各色人才，杀手只是其中之一，而他们总得将身份保密：于是江湖人大都知道阴狩下手狠辣、做事干净，但从没有人真的见过这位传说中孤傲的冷美人。

靳岍："……阮不奇，你今年几岁？"

"十六。"阮不奇抓了抓头发，满脸烦躁，"我知道你在想什么！都是岳莲楼这个嘴上没门的混蛋，不知在外面胡说八道些什么，现在江湖人上的人个个以为阴狩是……至少也是朱夜那种级别的漂亮女人。"

她当然不算。十六岁，与靳峫年纪差不多，刚长成，脸上仍带稚气。

靳峫心头一沉：他听闻阴狩之名，至少也有五六年。

"你这么小就……"

阮不奇显然不乐意谈这些事情，牵着靳峫就往外面走："快走快走，先离开这儿再说。"靳峫按住阮不奇的手："你们是来保护我的，我现在可以差遣你们吗？"

面前两个人都点头。

"去救人吧。"靳峫说，"救人，救火。"

阮不奇一愣，甩开靳峫的手："你脑子被火烧坏了么？这死的都是北戎人，跟我们有什么关系。"

"请你们现在立刻就去。"靳峫指着贺兰砜前往的方向，那是城南仅剩的一片熊熊烈火，"注意保护自己，不要暴露身份。只要是火场里的人，都要救。"

阮不奇直勾勾瞪着他："你是大瑀的质子，北戎的奴隶。你对北戎人心软什么？今天这火是高辛神女放的，你在一旁拍手叫好就行，瞎操什么心！"

她转头跃上屋顶，气呼呼地朝着火场跑去。

陈霜追上她，问："救么？"

"随便救！"

他不得不提醒："卓卓和浑答儿是北戎人，你刚刚救了他们。"

阮不奇瞪他："那怎么一样！"

陈霜："有何不同？"

阮不奇咬了咬牙，低声道："陈霜，莫怪我说错，堂主根本不应该保靳峫，把我和岳莲楼都派到这鬼地方来，结果护的是这么一个没脊梁的东西！靳峫和他父亲有太多不同，你看他那个心软的样子！连贺兰砜这个傻子都不舍得骗，他能做成什么大事！"

"我觉得他挺好的。"陈霜应。

"这世道不需要好人。"阮不奇跃入一座着火的房子里，从里头拖出一个大汉后冲他吼，"行了，自己跑吧！记住了，老娘是你们北戎人的救命恩人！"

两个人消失在远处后，靳峫独自循路往回走。他找到那小孩的尸体，换了个稳妥的位置安置。灯节才过去不久，靳岷还记得他怯怯给自己递来蜜果子的模样。那果子已经被啃了两口，靳岷顺手递给贺兰砜，贺兰砜问都不问，直接吃了。

多多说过，他不适合上战场。他小时候就是个容易哭的孩子，兔子死了哭，鹦鹉死了哭，山茶花凋谢了，一整朵砸在雪地里，他也哭。

靳岷怎么这么爱哭呀？靳岷总像个姑娘怎么行？靳岷以后怎么打仗？西北军里的叔叔们老这样逗他。靳岷心里想，姑娘……白霓也是姑娘，可白霓从来不哭，白霓枪术剑术比男人还好。他比不上白霓，比不上西北军里任何一个人，更遑论靳明照。

他也不是自己愿意才到这儿来的。面见哲翁的时候，他怕极了，手掌紧紧攥着，指甲抠得手心都疼。他双腿发抖，生平第一次觉得奴隶需要下跪还挺不错——至少没有人会发现他一旦站起来，会浑身发颤。这个念头让他厌恶自己。

以往在学堂里，他也是常被先生打手掌的人。皇宫里的皇子帝姬人人比他伶俐，比他能说会道，他站在哲翁和云洲王面前，必须要把自己想像成靳明照或者是先生，才能顺利把话说完。

靳岷知道他是不适应也不喜欢这一切的。可是现实由不得他选择，他被孤零零抛在这儿，第一个保护他的人是贺兰砜。他除了自己站起来，站稳了，别无他法。

迎面是茫茫风雪。前方有重重危机。

他擦干净小孩紧握拳头的手和脏污的脸。不知道北戎人信不信下辈子？他心想，如果真有下辈子，你一定要生在没有仇怨和痛苦的地方。

地面的水还未凝成冰，黑灰色的，从他脚下流淌而过。远处的火场仍在燃烧，巫者的低语从身后传来，祈祷灵魂得到解脱。但靳岷心头沉重，他想起正处于战乱之中的封狐城与江北十二城。火可能在任何地方燃烧起来，复仇的神女可以降落在所有城池。

这是他有生以来，第一次注视炼狱。

无数人马在城里城外搜了一整夜，但连朱夜的影子都没见到。高辛神女从允天监飞落后就彻底消失了。

云洲王找来贺兰金英，与他谈了很久。

贺兰金英现在是级别最低的下将军，但假以时日，他定能继续晋升。阿瓦只淡淡询问了他是否知道回心院那高辛乐姬的下落，见贺兰金英否认，他面色平静，没有继续追问。

他聊到了贺兰金英的弟弟和妹妹，还有烨台部落的许多人。

"贺兰砜在我这儿做事，我很喜欢他。"阿瓦亲热地笑道，"有你这个哥哥为榜样，他来日必定也能成为北戎的将军。天君十分欣赏你。我和他都相信，你是聪明人。"

离开蛮军军部，贺兰金英心情沉重。哲翁给了他一座宅子，就在虎将军宅子不远处。贺兰金英回家时经过那处，看见已经有人在修缮了。

"聪明人"。一个"聪明人"应该知道如何权衡利弊。

城南的大火全被扑灭后，贺兰砜带靳岬回了家。

若不是大巫告诉校尉贺兰砜受了伤，只怕贺兰砜还会继续在火场里拖尸体。校尉当时脸色不好看，但大巫没说别的，只是指着贺兰砜，把已经说过的话又重复了一次："让他休息。"

两个人便顶着大太阳慢慢走回家。

贺兰砜的伤在肩膀上，被一根烧着的木梁狠狠砸了一记。他当时护着大巫，随后又参与救火，一直没吭声，但大巫看在眼里。

"我以为大巫挺讨厌我。"贺兰砜说，"我背他回习所的路上，他一直骂我。"

"骂你？"

"狼崽子之类的，就你常常听惯的那种话。"贺兰砜听得太多了，已经全然麻木，不觉得有什么不合适，"说我的出现会毁灭北都。"

靳岬："……那你可真厉害。"

贺兰砜被他逗乐了："我也觉得。"

他们正走过北都最热闹的大街，靳岬昨夜曾骑马穿过此处，但此时已看不见任何繁华热闹景象。路上横七竖八都是人，坐着躺着，有的在哭，有的怔怔发呆。贺兰砜脸上的笑又消失了，靳岬知道他在看这些人，带着沉默的痛楚。或许自己不应该把放箭之人是朱夜的事告诉他。靳岬有些许后悔，哪怕迟一点儿说，贺兰砜的愧疚也不会这么强烈。

两个人走走停停，贺兰砜躲进树木与房檐的阴影里，微微喘气。他出了一点儿汗，汗水渗入伤口，异常疼痛。靳岇不想让他又陷入方才的愧疚中，有一搭没一搭和他聊着天。

回到家时，他们才知贺兰金英前脚刚到，就直接被虎将军叫走了。

浑答儿坐在院子里揉后颈，脸红脖子粗地冲檐下的阮不奇吼："就是你打的我！大瑀女骗子！你哭什么！有种你别哭，你出来跟我摔一次跤！"

阮不奇一身衣服被烟火燎得脏污，坐在檐下抽泣，一只手徒劳地揉眼睛，只是从靳岇的角度看去，没有一滴眼泪。

都则正在劝架："阮不奇怎么可能打晕你？你不清醒就再去睡睡。"

浑答儿抓起自己的靴子就往阮不奇那边丢，正正砸中阮不奇的胸口。阮不奇揉揉胸口，很慢地抬头，目光直直瞪着浑答儿。

靳岇心道不好，正要上前劝阻，阮不奇终于憋出两行眼泪，开始哭着比画。

贺兰砜冲过去给了浑答儿脑袋一拳。浑答儿捂着越发疼痛的脑袋，茫然无措："真的……真的是她……"

靳岇拉着贺兰砜进屋上药，那一大片淤青近看时越发可怖，更有几处渗血。贺兰砜任他摆弄，自己则用布巾擦拭卓卓做的鹿头靴子。

靴子实在不合脚，他在换勤的地方换了一双能走的靴子，打算回家前再穿上卓卓的礼物，以免她伤心。

"这鹿头靴毕竟是熊皮鞣制，那人看到了，偷偷拿走了吧。"贺兰砜说，"白白让你担惊受怕。"

"你是云洲王请去的人，他们敢偷你的东西？"

贺兰砜不禁笑了，有时候他觉得靳岇的天真十分有趣。

"云洲王让我当他的随令兵，却没有安排我待在他身边。对别的人来说，就说明他其实也并不十分看重我。"他指了指自己的眼睛，"而且我是高辛遗族，北戎人怕我，厌我，再寻常不过。"

屋外隐隐传来浑答儿的喊声，是卓卓醒了，正在为阮不奇出头。连都则也觉得浑答儿过分，时不时插一句更令浑答儿暴怒的话。

"就连虎将军……"

靳岇一愣："虎将军怎么了？"

"他若是真看得起我们，浑答儿敢这样欺辱我？"贺兰砜平静地笑了笑，看着靳岅低声道，"比起牛羊马儿，人复杂太多了。"几缕散乱的、尚带着烟火灰烬的发丝垂落额前，掩着他带笑的，也藏着困惑与温柔的眼睛。

靳岅无法接话，低头搓洗沾了血迹的布巾。贺兰砜忽然从水中捞起他的手。手心发红，略略肿胀，是被灼伤了。

贺兰砜顿时想起靳岅摸过那些烧焦的尸体。他顾不得自己的伤了，倒了一手的药油往靳岅掌上涂抹，无论靳岅怎么说也不肯松手。

等把靳岅两只手都抹好了药油，贺兰砜又仔细包扎上，低着头说："我还是第一次见到这么大的火。"

也是他第一次见到这么多的死人。

贺兰砜并不是头一回来北都。以往只要有空、有钱，贺兰金英常带他和卓卓到北都来玩儿。兄妹三人身上并没多少闲钱，去不了富贵的地方，便常常在城南闲晃。

他记得，买下阮不奇的那个酒馆也在城南。店家跟贺兰金英很熟，会给卓卓单独准备小巧的碗碟。酒馆对面有间卖皮货和外袍的店，店里的老板娘常爱捏贺兰金英的手臂，用胸脯缠绵地撞他的肘臂。再往里去是下等劣马交易之所，兄弟俩十分爱到这儿看马，虽然一匹也买不起，但他和贺兰金英都是懂马之人，一来二去也记得了一些熟面孔。

贺兰砜在倾塌的屋舍里找到许多尸体，他无法一一辨认容貌，也不敢去一一辨认。

"火真大。"他似是询问，又像是自言自语，"你怎么敢去找我？"

靳岅甚至没有想过敢不敢。贺兰砜在火场里，生死未卜，他除了去找他，脑中并没有任何别的念头——就像贺兰砜去救他时一样。

有脚步声靠近贺兰砜的房门，半开的窗户外露出贺兰金英的脸。

"贺兰砜，我有话跟你说。"他扫了一眼靳岅包扎好的手，"靳岅，谁来都不得打扰我们。"

贺兰砜只得穿好衣服出门。

第十八章

高辛

　　贺兰金英住在虎将军房间旁，房间比贺兰砆和卓卓的都要大上一圈，但内里陈设仍旧十分简单，一切都粗糙随意，主人家并没有认真摆设打理。

　　"你把朱夜安顿好了吗？"贺兰砆开口就问。

　　贺兰金英静静地看他，良久才点头："我已经把她安顿好，你不必担心。"

　　火龙坠落时，允天监周围的士兵便立刻发现了朱夜。朱夜寡不敌众，受伤逃遁，贺兰金英听闻城中骚乱，从饮宴上离开不久便擒住了朱夜。他并未把朱夜交给任何人，而是将她藏在马上，趁乱离开王城。朱夜常在郊外驯鹿，有一处秘密居所，贺兰金英照顾她安稳躺下，才驱马回城。

　　贺兰砆松了一口气，从袍子里掏出一个长形的物件，推到贺兰金英面前。一枚纯黑的箭矢，箭尖仍残留着火油的气味和油膏的残渣。

　　贺兰金英大吃一惊："朱夜射的那枚箭？！"

　　"对，我在火场捡到的。"

　　"你怎么没交出去？"贺兰金英拿起那枚箭仔细端详。箭身纯黑，以精铁打造，但奇特的是箭杆竟是镂空的，上刻无数纠缠的云纹。

　　"靳岍跟我形容过这种箭的样子。"贺兰砆说，"这是高辛箭。"

　　贺兰金英霎时震惊。他虽是高辛人，但高辛箭也仅从父亲口中偶尔听说，从未见过，更不可能知道它的形状与模样。

　　贺兰砆认出高辛箭之后，迅速将它藏在身上。他当时还不知道火龙为何断尾，为何会熊熊燃烧，但这箭与高辛人相关，他只得偷偷藏起来。

　　"有朱夜，有高辛箭，你能不能坦白告诉我……"贺兰砆问得直接，"昨夜的大火是不是跟高辛灭族相关？"

贺兰砆与贺兰金英在房中密谈，靳岍便在院子里做些闲事。他本来是养尊处优的小公子，但当了这么久的奴隶，不仅手脚越发有力，身材更是拔高了不少。

大门被咚咚敲响，仆人匆匆跑来找贺兰砆。

"大巫来了！"那仆人是北戎少年，又紧张又兴奋，"就在门外！"

大巫仍披灰白的皮毛大氅，那大氅在日光里显得越发陈旧。老头裹在里头，皱巴巴的脸上看不清喜怒，所有表情全被胡子和乱糟糟的白发遮盖了，只看到一双精光闪烁的苍老眼睛。

"我得吃点儿东西，烨台的油茶挺好。"大巫扶着手杖，杖子顶上那团脏污的毛团在初春的风里飘散飞絮，"厨房在哪里？"

厨房里，浑答儿和都则正忍气吞声地给卓卓和阮不奇做手抓肉。靳岍把众人请走，恭恭敬敬给大巫端上油茶和手抓肉。大巫用手杖敲敲地面："你留下，陪我。"

吃饱了手抓肉，喝足了油茶，老人缓缓舒出腹中浊气，意犹未尽地望向厨房。

靳岍问："还想吃什么别的吗？"他对允天监里那十几口炖着肉汤的药锅记忆格外深刻。

"有什么大瑀的好吃好喝的玩意儿吗？"大巫毫不客气，"我都试试。"

靳岍翻找半天，从贺兰砆房间里找出小半包茶叶，给大巫沏上了。

大巫喝不惯这东西，先是嫌它臭，又是嫌它苦："大瑀茶叶也不见得有什么好的。"

他说话做事丝毫没有当夜的庄严持重，似乎真的当靳岍是自己的仆从，靳岍倒觉得他这样十分有趣，便跟他仔细解释。

茶叶是灯节当天贺兰砆在街上买的。出门做生意的除了北戎人还有许多大瑀行脚商，有的杂货铺子荟萃百物，大瑀、北戎、金羌的新奇东西应有尽有，靳岍还看到了来自海国琼周的巨大螺角。但二人都囊中羞涩，便只买了些最便宜的碎茶叶。碎茶叶滋味当然不够好，靳岍虚心接受了大巫无礼的评判，在心里默默揣摩他的来意。

"你过得不像个奴隶。"大巫用手杖敲敲靳岍的膝盖，"头发为什么不梳北戎发式？还有你这袍子靴子，奴隶可不该穿这么好的东西。"

靳岇的穿着其实极普通，贺兰砜根本没法让一个奴隶穿戴得多好，但他明白大巫的意思：在烨台他见过真正的奴隶，他们在寒冬里也只能穿着单衣，若没有靴子便赤足在深雪里行走。

"高辛人行事果然与北戎不同。"大巫忽然问，"奴隶，你听过高辛人的传说么？"

靳岇点头："高辛人被邪狼附身，会给驰望原带来灾难。"

"你信吗？"

"不信。"

"那昨天的火呢？那不是灾难？"

"有火，自然就有纵火之人。"靳岇说，"纵火之人有错，这错怎能牵连到别人身上去？"

大巫喝一口冷茶，良久沉沉笑出声。

"那高辛狼崽子，救我倒是很卖力。"他说道，"城南所住的绝大部分都是北戎人，他毫无芥蒂，一一去救，也是难得。"

靳岇："他有名字，他叫贺兰砜。"

大巫便定定看他："他和你都是怪孩子。"

靳岇又笑："诋毁高辛人的传说才是真正奇怪。"

终于将冷茶喝完，大巫摩挲着那平素只用来喝油茶的碗，慢慢开口："高辛人的邪狼传说，与我有极大关系。"

房中，贺兰金英正跟贺兰砜讲述朱夜的过去。

高辛人信奉风神与鹿神。生活在驰望原北部、库独林山脉周边的风鹿体型巨大，性情温顺，神女从小便会学习如何驯服风鹿为自己所用。

朱夜的母亲是高辛神女，她在高辛族遭遇灭族灾难的当夜，驱使鹿群带着幸存的高辛人逃离血狼山，一路往北，最后在英龙山脉落脚。不久后她生下朱夜，并把自己所有本领和高辛族的所有故事全交付给朱夜。

朱夜手中的乌金弓名唤"擒月"，是高辛族代代相传的神弓，据说高辛王能用它射下月亮的碎片。

这一场火朱夜已经筹划很久，只可惜一直没找到合适的机会。她原本打算在岁除灯节上引燃火龙，但时机不对：当时北戎正在列星江与大瑀对峙，北都戒备森严，她找不到可以潜入允天监的机会。

"阿瓦是否真的不清楚朱夜身份，我不敢确定。"贺兰金英说，"她这一箭，是为泄愤，为复仇，也是为了逼我做出选择。"

贺兰砜心头一跳。

"砜儿，"贺兰金英唤他，"我们的阿爸贺兰野，是高辛族最后一位王。"

贺兰砜怔怔呆坐，耳中轰然。

他对父母的印象已经很模糊，父母先后离世是十多年前的事情。他只记得父亲有一手漂亮的弓法，他还未学会走路，已经在父亲的教导下懂得用小手拉开弓弦。

真相与父亲告诉他们的故事有不少出入。

二十多年前，金羌找到了高辛族聚居的地方，开始屠戮高辛人，试图夺走血狼山的铁矿。高辛族人没有足够抵抗的军队，高辛王贺兰野策马狂奔千里，抵达向来与高辛交好的北戎，请求援助。

当时的北戎天君答应了，不仅派出军队，更调遣了王子哲翁随高辛王回血狼山。

让高辛王没想到的是，北戎驱走金羌之后，用两天两夜的时间扫平了血狼山山脚所有的高辛营寨。当夜血狼山燃起熊熊大火，火烧毁了高辛人的家，烧化了死者的尸体，宣告从此以后血狼山的一切归北戎所有。

高辛王活了下来，作为一个俘虏。他把屠戮者带回家乡，这件事成为他永远的噩梦。

贺兰野一直被囚禁于北都，直到北戎天君第一次突发恶疾。大巫告诉北戎天君，应当将污秽者驱逐出北都，只有这样他才能活下来。

贺兰野终于得以离开北都。他没有族人，没有依傍，身上只剩大巫临别时给的一点儿银钱。他不再是高辛王，不过是流离在驰望原上的一个普通人。他在北都城外救下了一位被人欺辱的女子。女子目盲，自称是回心院的瞽姬，是被人口贩子从大瑪卖进回心院的。她也是被驱逐的人之一，贺兰野问她要去何处，决定带她上路。

贺兰野原本打算做完好事后便了断自己。他要回血狼山，死在血狼山。但送瞽姬抵达距离大瑪最近的烨台部落后，他没有走。两个人成了夫妻，生育了三个孩子。

"阿爸临死前跟我说了许多事情。"贺兰金英看着贺兰砜，"我也是那时候才知道，如果高辛族还存在，我是下一任高辛王。"

贺兰砜仍怔怔看着大哥。周围太静了，他恍如在梦中，贺兰金英说的每一句话都震得他胸口隐隐发痛。

"是不是高辛王已经没有任何意义。高辛族现存于世者不足百人，我告诉你这件事，也并不是让你以此为目标。"贺兰金英说，"首先你得记住，如今的北戎大巫，他救过我们父亲。"

大巫向天君撒了一个无关紧要的谎，让贺兰野得以脱离禁锢，离开北都。他曾与到访北都的贺兰野有过来往，不忍见他绝望而死。

"但大巫永远是北戎的大巫。"贺兰金英道，"为了杜绝高辛人复仇的念头，他还撒了另一个谎。"

"北戎人崇敬狼，但极为恐惧邪狼。"大巫缓慢道，"巫者存在，便是要消除恐惧，但偶尔，我们也会适当地散播恐惧。"

靳峒何等聪明，他已经明白大巫言外之意："是你……是你们这些巫者，散播了高辛人被邪狼附体的传言？"

大巫静默不语。

北戎夺走了血狼山的铁矿和冶铁术，高辛族已经不复存在，仅剩的高辛人完全不构成任何威胁。他们四散在北戎的土地上，北戎天君没有赶尽杀绝的必要，任他们自生自灭即可。

但当时只有十几岁年纪的哲翁却不这么想。他找到大巫，与大巫谈了许久，终于令大巫答应，在驰望原上散播一个与高辛人有关的诅咒：他们是邪狼的化身、驰望原的杀神，只要有高辛人存在，所有花朵都会枯萎，土地变成泥淖，风雨终年不停，巨大的灾厄将不断降临，直到高辛人彻底消失在天地间，邪狼的灵魂才会随之湮灭。

通过巫者们的嘴巴，传说四处蔓延，像风传遍驰望原所有角落。

除了烨台。

"阿苦剌与我不和，所以他不肯讲。烨台虎将军性情耿直不圆滑，他怜悯贺兰野和那大瑀盲女，他不会攻击贺兰氏一家。但一两个人这样做没有用。"大巫轻声道，"恐惧、不满，都是很容易被操纵的。"

靳岏豁然站起，脸涨得通红。

他不能相信贺兰砜和卓卓在烨台受的一切苦难都是被制造出来的。为什么贺兰砜此前总是把"我是北戎人"挂在嘴边，为什么贺兰金英即便只能去战场搬运尸体也坚持打仗当兵，为什么兄弟俩不教卓卓高辛话。他此时才明白，这天地留给他们的道路太小、太窄也太难了。

靳岏几乎要流泪，他紧紧握住自己的拳头，控制着自己不向大巫脸上砸去一拳："你算什么巫者！你害了所有高辛人，他们有什么错！你们自称驰望原天神的使者，可你们干的都是什么脏事！"

大巫仍静静看他，像看一个稚嫩的孩子。

"你真奇怪。"老人缓慢道，"为何你总为别人的痛苦愤怒？你自己的呢？"

大巫来到此处，似乎就是想说出自己曾做过的事情。他坦白一切，整个人轻松许多，与靳岏告辞时顺手拿走了那小包碎茶叶，蹒跚着走了。仆从们恭恭敬敬把他送到门外，靳岏却掀翻桌子，愤怒地砸破了大巫用过的茶碗。

散播邪狼传说这一击太狠了。它完全杜绝了高辛人进入北戎的可能。北戎人不会接纳高辛人，而高辛人无法正常地在驰望原生活，他们或者越走越远，或者渐渐死去，再过数十年、百年，就再也不会有人提起"高辛族"这个名称了。

他们会如北戎天君所期待的，彻底消失在驰望原上。血狼山便成了北戎人与生俱来的一处山脉，不涉及任何血腥往事。

回到后院，靳岏发现贺兰金英房里的灯火灭了，屋顶有闷闷的古怪乐声。

贺兰砜坐在屋顶，正拿着瞽姬的洞箫竭力吹奏。见靳岏上来了，他迅速收起洞箫，恢复平静脸色。靳岏把吃的递给他："给我吧，我会吹。"

靳岏吹了一曲塞外十分出名的《塞垣春》。野树秋声满，对雨壁，风灯乱。

春夜的风起了燥气，它从南方吹来，经过列星江与驰望原，才能抵达北都。贺兰砜听得出神，忽然想，大瑀是什么样子的？他的母亲并非一生下来便是目盲之人，而是十一二岁时被人从镇上盗走，为避免她逃跑才故意弄坏了她的眼睛。她一路流离，吃尽苦头，在回心院里待了三五年，任人打骂欺凌，大瑀的许多事情都不记得了。若没有遇到贺兰野，她是注定要死在回心院的。

一曲罢了，靳峫笑道："老鹤何时去，认琼花一面。这是说思念与旧年回忆的曲子。"

"让人听得难受。"贺兰砜说，"我想听我阿妈常吹的那些。"

记不得曲名，贺兰砜便胡乱根据印象哼着曲调，连续多首靳峫都十分茫然。最后他弹舌哼唱起一段轻快的音律，靳峫眼睛忽然一亮。

萧声一转，欢快的音符跃了出来。靳峫吹奏这曲子时眉眼带笑，眸色浓得像驰望原晴朗时候的夜空。这是一首快乐的曲子，让人想腾空而起，在风轻花软的地方蹦起来。

"这首叫《燕子三笑》，说的是春天的燕子溪。"靳峫跟贺兰砜解释，"燕子们从南方归来，纷纷筑巢产蛋。燕子溪上老翁泛舟，穿桥过路，一路人声鸟语。我娘亲非常喜欢，我也常常听她吹奏。"

贺兰砜脸上的阴郁终于稍稍散去："教我这首。"

"嗯。"靳峫道，"教到你会为止。"

北都今夜有些暗淡，风里还隐隐传来低哑的哭声，连同不知何处响起的巫者咒唱，浓浓地搅拌成了盖住石城北都的阴云。

贺兰砜太需要倾诉了，他毫无保留地把贺兰金英所说的一切都告诉了靳峫。与大巫的谎言相比，贺兰砜更惊异于自己的身份。与普通人并无任何不同的流亡王族，说起来更为凄惨。"而且，大哥和朱夜早就认识了。"贺兰砜说。

那是贺兰金英被靳明照释放，从萍洲城返回烨台途中。因被其他俘虏排挤，贺兰金英干脆离队独行。他吃完了干粮就简单的随身武器在树林里打猎，一路循着星星指示的方向靠近烨台，意外遇到了在河边弹琴的朱夜。

那时候的朱夜也是个十来岁的小姑娘，骑着一头鹿，手持乌金色新月形状的琴，唱着一首活泼的歌儿。流水是月色中一匹发光的长缎，少女盘腿坐在鹿背上，一足懒懒垂下，金发在月色里熠动光芒。贺兰金英怔怔看着，一时以为自己坠入梦中。

他那时候其实走错了路，但他不知道。朱夜给他干粮，他把果子赠给朱夜，两个人骑着那头鹿往北走，直到回到正确的路上。他们没有交换名字，贺兰金英只知道她和剩余族人在灭族后四处流浪，幸好找到了落脚处，十几年来都住在英龙山脉脚下的山谷中。贺兰金英也不清楚她的来历，只记得世上有这样一个绿眼睛的高辛族少女，他偶尔会想起她，想起月色和发光的河流，一头鹿有树杈般的角。

直到在回心院，他看见高台上奏琴的姑娘，第一次知道了她的名字。

"我不会把朱夜交出去。"兄弟俩一番对谈，说到最后，贺兰金英毫无一丝迟疑，每一个字都斩钉截铁，仿佛这是根本不需要犹豫的事情，"而且我会用自己的方式让北戎人，让北戎天君永远记住高辛人的存在。"

连靳岈也被贺兰金英的话震动，他不由得追问："你们接下来打算怎么做？"

"大哥想保护朱夜，让朱夜离开此地，去血狼山。他已经有了筹谋，但需要找人协助。"

"找什么人？"

贺兰砜眼中掠过一丝不快："岳莲楼。"

"哦？我么？"二人身后传来轻盈笑声。贺兰砜和靳岈吓了一跳，回头一看，是一身斥候服打扮的岳莲楼。

第十九章

筹谋

岳莲楼来去如风,已不知悄悄在屋角听二人讲话听了多久。贺兰砜抓过箫管要打他,岳莲楼伸出一根手指:"嘘,别闹出大动静,否则你解释不清楚。"

想到这里是北都,贺兰砜按下心中怨气。岳莲楼喜欢看他忍气吞声的模样,笑吟吟飘过来,拈走箫管在靳屿肩上一拍:"小将军,你跟贺兰砜、朱夜一同去血狼山。"

"……我也去?"靳屿下意识看向贺兰砜。

"朱夜从小在英龙山脉生活,山上没有她不熟悉的地方。"岳莲楼说,"只是她之前不肯离开北都,一直在伺机复仇。现在不一样了,你和她好好来往,她或许会告诉你你想知道的事情。"

靳屿明白了。英龙山脉是一条自西向东的巨大山脉,卧于驰望原边缘。它南侧有一段位于大瑀境内,北侧则全部属于北戎。朱夜对英龙山脉极其熟悉,她说不定会知道翻越英龙山脉、回到大瑀的隐秘路径。

贺兰砜听不懂二人交锋,只知道靳屿与岳莲楼实则十分熟悉。他静静听二人对谈,一言不发。

直到靳屿牵了牵他的袖角:"你同我一起去吗?回高辛人的故乡。"

贺兰砜不假思索点头:"嗯。"

"所以,你大哥想找我协助做什么?"岳莲楼问,"朱夜是我挚友,有任何需要我的地方,万死不辞。"

朱夜完全暴露,想保护她的最好方法,是制造出朱夜已经死亡的事实。而朱夜之死必须在云洲王阿瓦面前完成,只有让阿瓦确定朱夜的死亡,哲翁才会真正放弃追捕朱夜。

"你想让我假扮朱夜?"岳莲楼拍拍自己平坦的前胸,"你确定?"

"……最后一场春雪会在七八日后来临。"贺兰砜继续说,"那是我们行动的最好时刻。"

靳岈接话:"可朱夜出现的消息怎样才能传到云洲王耳朵里?让岳莲楼跑云洲王家里捣乱么?"

岳莲楼笑道:"贺兰砜在云洲王身边做事,他跟云洲王说见到朱夜,云洲王肯定信。"

"不行,看到朱夜的人如果是贺兰砜,云洲王还是会起疑。"靳岈思索片刻,快速说,"要找一个见过朱夜,而且我们能控制的人。"

"这个人云洲王也认得。"岳莲楼摸着下巴,跟上了靳岈的思路,"不仅认得,他相信这个人不可能骗自己。"

靳岈和岳莲楼都看向贺兰砜,贺兰砜终于恍然大悟:"那个傻子。"

当夜,在被窝里睡得香甜的浑答儿被贺兰砜粗鲁地挖了出来。

"浑答儿,你想不想当官?"贺兰砜问,"当北都的军官,吃香的喝辣的,整条街的漂亮姑娘都会对你笑。"

浑答儿以为自己尚在梦中,迷迷糊糊:"好啊——不、不好!"

他一个激灵,翻身跳起:"我不当北都的军官,守城有什么意思!我要跟阿爸一样上战场打仗。"

贺兰砜看着他打呵欠,决定用另一个法子激他。"你忘了你那青鹿部落的未婚妻?"他说,"你要是当上北都的官儿,就可以毁了婚约,不必娶她。"

这可正中浑答儿下怀。他没见过自己的未婚妻,只晓得那是青鹿部落某位将军的女儿。传说那女子腿粗身长,力气奇大,容貌丑陋,满头大包。因她实在嫁不出去,她父亲在天君面前哭了几日几夜,天君可怜了,心烦了,便把这丑陋女人指给最小的烨台部落的首领。虎将军只有浑答儿一个儿子,这份"甜头"便只能让浑答儿吞下了。

"这官儿怎么当?"浑答儿心动了。

"我向云洲王举荐你就行,你忘了么?云洲王钦佩虎将军,他也认得你。"贺兰砜亲热地握着浑答儿的手,感激道,"是卓卓告诉我,你和都则在火场里拼了命地去救她。浑答儿,从今天起,我们就是兄弟了。"

靳岈在院子里等贺兰砜。贺兰砜从浑答儿房间里出来，立刻仔仔细细洗手。

　　"成了？"靳岈问。

　　贺兰砜不答，先去贺兰金英房中汇报。贺兰金英正跟岳莲楼看着北都周围的地图小声吵架，谁也不让谁。回来路上，贺兰砜虽然面色如常，但一直没搭理极力想跟他攀谈的靳岈，靳岈便知道，他生气了。

　　"我跟岳莲楼确实有来往。"靳岈开口，"他是专程到北戎来找我的。"

　　他这次没有任何保留。明夜堂、岳莲楼、母亲的托付，包括陈霜和阮不奇的真实身份，都一一告知贺兰砜。贺兰砜渐渐停了脚步，两个人站在冷清的院子里，相互看着。

　　"……阮不奇，我买下阮不奇也是他们的安排？"贺兰砜问，"那所谓的人口贩子，或者你们大瑀人说的'拍花子'，也是假的？"

　　"嗯。"靳岈点点头。

　　阮不奇并非流浪的孤女，那人口贩子实则是明夜堂的人，不过一出戏而已。阮不奇起初根本没料到一击即中，贺兰砜竟然真的心软买下自己。明夜堂主原本只派来阴阳二狩，但靳岈暴雪出逃一事后，岳莲楼认为阮不奇做事情太过随心所欲，不适合贴身保护靳岈，便从明夜堂里把陈霜也叫了过来。

　　贺兰砜点了点头："原来你一早就安排好了。"

　　靳岈双手微微绞紧。他不知如何回答。

　　贺兰砜问："你一定要回大瑀的，是吗？"他不用等靳岈的答案便知道自己问了个蠢问题。"……你从来不信任我，所以一直骗我？"他又问。

　　此时的靳岈让贺兰砜想起了一个夜晚。醉醺醺地赖在街上不肯走的靳岈，抓着猪胰油饼的靳岈，他还说了一些话——"骗你的时候，我心里也不好受。"

　　贺兰砜自嘲地笑了笑。他摆摆手，示意靳岈不必解释："我明白了。等春天过了，驰望原的路通了，我送你回大瑀。"

　　他大步离开，没有回头。

　　当晚，靳岈和衣蜷在床上发呆。他不知如何修补自己与贺兰砜的关系，那骤然生疏的语气令人难受。自他抵达驰望原，几乎每一天、每一刻，每一件重要的、令他高兴或是郁郁的事情，都有贺兰砜的痕迹。

　　第二日，贺兰砜一早就出门去了蛮军军部。

云洲王勤政，加之未搜捕到朱夜，阿瓦便成日待在蛮军军部不回家。贺兰砜总是去得很早，阿瓦挺乐于见到他每天清晨在军部中出现。他伸了个懒腰，絮絮地对贺兰砜说起自己如何思念王妃，说了半天，话锋一转，又问起自己那位新的奴隶来。

"我给靳峒送的伤药都用了么？"他问，"若是不好用，我再找些别的。"

靳峒全都给扔了，但贺兰砜恭恭敬敬："用了，那伤疤已经全好，不碍事了。"

阿瓦笑道："既然好了，那我今天跟你一起回家吧。我总得与靳峒聊聊天才好，不然感情生疏了。"

贺兰砜点点头。

他的顺从让阿瓦讶异："你今日怎么了？"

贺兰砜颇有些心不在焉："我在想别的事情。"

"什么事？"

"我在云洲王这儿也当了一段时间随令兵，但我好像从没见过烨台的人。"

阿瓦恍然大悟。烨台部落很小，人自然也不多，在蛮军内部是有不少烨台士兵的，但他的随令兵之中，只有贺兰砜一个勉强算是烨台人。

"思乡了？"阿瓦笑道，"还是他们说的话你听不懂？"

随令兵之中，青鹿部落的人最多，其次便是岐生与格伦帖部落。各个部落的语言都有许多不同，休憩时众人三五成群，贺兰砜又是一副高辛人容貌，确实很难融入。

阿瓦想起平定五部落之乱的时候，第一个与哲翁站在一起的部落就是烨台。他心头微动："烨台男儿很好，我确实应该多招揽一些。"

贺兰砜意识到他的目光，眉头微皱："我在烨台的朋友很少……毕竟我是狼崽子，没有人愿意与我来往。除了浑答儿。浑答儿挺讲义气的，一直很关照我。"

他说这话时语气冷冷的，阿瓦没仔细看，他确实想起了当日在郊外第一次遇到贺兰砜时与他同行的粗犷少年。

"浑答儿在北都有职务吗？"他兴趣盎然地问。

当天下午，贺兰砜便把浑答儿带到了蛮军军部。浑答儿特地梳洗装扮，整个人精神焕发，但见到云洲王之后，想起当日自己对这巫者打扮的青年如何的不客气，腿脚顿时有些软了。

"我虽然爱扮作巫者，但我本身不信神巫，你对巫者不敬，我不会生气的。"阿瓦完全不在意自己此时此刻的话令浑答儿脸色大变，他十分坦然，"而且我欣赏有胆识之人，浑答儿，你愿意当我的随令兵吗？"

两日后，浑答儿便穿上了与贺兰砜一模一样的细银鳞盔甲，披风上绘着云洲王的家标，威风凛凛。虎将军见到儿子似是换了个人，第一时间不是向他道贺，而是冲到贺兰砜身边狠狠抱了他一把。

"多亏有你啊贺兰砜！"他大声说，"要不是你，浑答儿也混不出这种样子！"

浑答儿气得笑了："到底谁才是你儿子！"

卓卓无心祝贺浑答儿，浑答儿却喜欢逗她，捏了把她的小脸："这盔甲好看吧？我比你二哥帅多了，是吧？"

卓卓："呸！你放狗屁！"

浑答儿一愣："这什么话？你跟谁学的？"

靳岇心道那当然是阮不奇。浑答儿认为卓卓太小，还不懂辨别美丑，又问给卓卓梳头的靳岇："靳岇，你最公道，你说我和贺兰砜，谁穿这银甲更好看？"

那细银鳞盔甲并不十分独特，蛮军人人都穿，但它穿在贺兰砜身上，便全然不同了：不仅威风，还显得铮然肃穆。天底下除了贺兰砜，谁也穿不出那气势来。

靳岇回答："贺兰砜。"

浑答儿："行了我明白了，你也不公道。"

这时贺兰砜从靳岇身边走过，一把将卓卓抱起，飘然走开时扔下一句话："浑答儿，别信大瑀人的话。你巡逻路线定了么？给我看看。"

靳岇："……"

数日后，今年的最后一场春雪终于飘飘摇摇地降临。阿瓦回王府住了两天，今日冒着薄雪来到蛮军军部，满脸喜色："这场雪过了，咱们北戎就全都入春啦！"

才刚进门，便有人通报：贺兰金英来了。

贺兰金英是专程来拜会他的，还带来了一些大瑀的茶叶、茶杯和吃食。

无论边境平静或动乱，每年春天，商路都必定想尽办法开通。在镖师的护送下，大瑀和北戎的商人在这路上来来往往，马儿、羊儿和骆驼成为人们穿越驰望原与山川峡谷的舟楫。

“每一年，只要在北都能喝上大瑀的茶，我就知道，这一年会是好年。生意做得下去，牧场转得顺利，日子自然过得舒坦。”与大巫不同，云洲王是北戎朝堂中出了名的大瑀通。他不仅说得一口漂亮流利的大瑀话，而且对大瑀民风习俗十分熟悉，就连北戎人喝不惯的茶叶，他也能品得头头是道。

烨台是距离大瑀最近的部落，贺兰金英带来的都是烨台人从远方给虎将军和他带来的礼物。阿瓦挽留贺兰金英，亲自为他沏茶，请他细品。

“这雪来得也太迟了。”贺兰金英笑道，“烨台来的人说，羊羔子都生下来了，我们也得往南转移牧场。今年羊羔子很乖，就是不够强壮，不知能不能撑过这场雪。”

二人边喝边聊，阿瓦还叫来了贺兰砜，贺兰砜见到贺兰金英便一脸别扭，这让阿瓦越发开心，催促他立刻坐下，一同喝茶。但贺兰砜兀自白着一张脸，看起来很不正常。

贺兰金英告诉阿瓦，贺兰砜昨夜练武着凉，似是生病了，但有公务在身，连日假也不敢请。阿瓦便让他回家歇息，准他休勤一日。

贺兰砜骑着飞霄离开军部，他揉了揉脸，那张方才还挂着病容的英俊面庞变得谨慎严肃。他没有回家，在街口一拐，往城南去了。

此时的城南，还未修复的废墟一片惨黑，被渐渐密集的雪花覆盖，凄清冷淡。但开摊售卖的人永远不会消失，在半倾塌的屋舍前，在黑色的灰烬中，人们打扫出一片片足够摆放货物的地方，吆喝声在雪里也不见减弱。

浑答儿拉拉自己的兜帽。

“这儿还有必要巡吗？”他问领头的老兵，“这春寒也太冻了。”

“巡完便回去。”那老兵带着七八个人，其中浑答儿最稚嫩。他知道这北戎少年是烨台虎将军的儿子，不敢怠慢，一路上关照有加。

循着路线往前，渐渐深入城南角落。贩售马儿的地方现在是一匹马都看不见了，但因房子只烧毁了一小半，其余仍算结实，不少商贩聚在此处设摊售货。烤肉、油饼和油茶，毡毯、皮靴和毡帽，吃的用的应有尽有，俨然是一个小小的市集。因人多，又因处处燃着火炉，热气迎面而来。

浑答儿鞋底都是城南地面的脏污余烬，他在薄薄的积雪上蹭干净鞋底才走进去。见到蛮军兵丁和云洲王随令兵，市集里扰攘声霎时间静了一静，很快又热热闹闹轰然响起："给云洲王把这些带回去吧！"

浑答儿又惊又慌，许多人接二连三地往他们手上塞东西，都说是给云洲王的。人人都笑着，热情地招呼他们坐一坐、吃一碗油茶。这突然起来的热络令浑答儿茫然："这……这是怎么了？"

"我们云洲王是北都最好的人。"那几个老兵面露骄傲之色，"你以后会适应的。"

他们只挑了些肉条吃，其余东西一概没有拿。浑答儿东奔西跑地把物什一一放回摊贩手中，直起腰时忽然看见前方一个高挑女子。

女人背影窈窕，头发紧裹在一顶厚实的毡帽里。她同样穿得严实，手上戴着御寒的手套。然而也正是包裹得太过严实，在这热烘烘的集所里，显得有些格格不入。

女人正在挑拣随身的小匕首。她掂来掂去，始终没有选定。

浑答儿已经要转身了，但女人恰在此时推了推毡帽。一缕金发从帽中漏出，又被她立刻塞了回去。

浑答儿心头一跳："喂，你等等……"

那女人匆忙起身，压着帽子往前快走。浑答儿疾步追上去："那个女的，我有话问你……别走！"

女人颈上裹着厚厚的布巾，几乎遮住了她半张脸。浑答儿越发觉得不妙，几步追上去。女人灵活扭腰闪走，就在这旋身的瞬间，毡帽之下掠过一瞥莹绿的闪光。

"朱夜！"浑答儿大喊。

第二十章.

朱夜

朱夜的踪迹传到蛮军军部时，贺兰金英正起身告辞。

他就站在阿瓦面前，被这消息震惊了似的，只怔怔立着，没有反应。阿瓦抓起外袍："去城南。"他和随令兵走出几步，回头见贺兰金英仍站在当场，便催促："你也同去。"

贺兰金英脸色复杂："可我……"

他最终还是上了马，一队三十余人，从军部往城南进发。途中阿瓦频频看他，似是在观察他表情，还问了一句："你舍得么？听说那高辛神女朱夜容貌极美，是高辛人心中挚爱。"

路面拥挤狭窄，贺兰金英控制着马儿往前奔跑。

"禀云洲王，"他回答，"贺兰金英现在是北戎人。"

阿瓦朗声大笑。

"我出生于烨台，一生之志便是当北戎的兵，沙场征伐，立下军功。"贺兰金英的回答十分认真，"我父母都不是北戎人，但北戎却收留了他们，我们兄妹三人得以平安长大，全赖北戎恩赐。人不可言而无信，不可忘恩负义。"

阿瓦的笑容敛进眼里，几不可察地点了点头，不是信，却也不是不信。

雪有渐渐变大的趋势，城内城外一片茫茫。

此时已经是盛春，只因北戎太靠近寒北地界，春意缓迟。漫天漫野的雪中，偶尔能看到星点绿色的苞芽，俏生生被枯干的枝条托着。这场雪过去后，驰望原便会彻底活过来。

靳岄披着温暖外袍，头戴厚实毡帽，正躲在城外的一座矮山上。

从他蹲守的位置可以直接看到城南的城墙，按照计划，岳莲楼假扮的朱夜将会跳上城墙，并最终从那里跳下来。靳峭身边躺着一具尸体，尸体穿着打扮与岳莲楼一模一样，身上还装着一包血，用一袋子热酒暖着，不让它凝结。尸体是陈霜和阮不奇昨夜去挖出来的，一个新死的大瑂女子，比岳莲楼矮一些、丰润一些，好在有一头乌黑长发。如今那长发已被仔细染成金色，惨白的脸上浓浓地涂上了蜜釉般的颜色，乍一看，与朱夜有几分相似。

谁也不知道岳莲楼是怎么装扮这女尸的，他拍胸脯称自己将和阮不奇、陈霜一同负责全部伪装之事。靳峭转头往城门附近的山坳看去，陈霜和阮不奇应该就藏在山坳里。岳莲楼跳下后，阮不奇负责毁坏那具尸体，陈霜协助岳莲楼逃离并赶来与靳峭会合；他们将与朱夜碰头，晚上贺兰砯也会出城，四人启程前往血狼山。

而此时的山坳中，骑着飞霄前来的贺兰砯正与陈霜大眼瞪小眼。

"阮不奇呢？"

"不肯来。"陈霜叹气道，"挖那女尸她已经吵得快翻天了。"

贺兰砯："那谁负责喊话？"

陈霜："我去。你来得正好，一会儿你负责去接靳峭吧。"他挠挠头，又问："你俩吵架了对么？"

"没有。"贺兰砯回答，"快回城吧。"

陈霜不再多嘴，披上袍子，快步走向城门。贺兰砯骑着马缓缓在林中前行，心想自己和靳峭闹的别扭原来这样明显？他俩之前总是凑在一块儿，太好了，太亲近了，这几日话也不多说，就算开口也公事公办似的，让人生疑。

靳峭守着那尸体，也不知道怕不怕。贺兰砯很快又想，他应当是不怕的。

这大瑂少年看似柔弱，但骨子里却有令贺兰砯都觉得诧异的坚定。在烨台时拼死脱逃两次，得知一切无望又悄悄蛰伏，暗地里与大瑂江湖人频频联系，一是保护他自己，二是传递消息。换作自己身处这般境地，贺兰砯不知道他能否像靳峭一样冷静勇敢。

靳峭骗自己是真的，可看重自己也是真的，换了任何一个人都不可能闯入火场，只为了找身陷其中的自己。

飞霄在雪里慢慢往前走，贺兰砯抬头望向城墙。

一个高挑的人影就在此时跃上城墙，稳稳站着。

从习所一直追到城墙边，浑答儿气喘吁吁。他没料到这位"朱夜"如此灵活轻盈，每次眼看无路可逃，却又能翻上不可能攀越之处。追来的士兵渐渐多了，浑答儿原本想嚷嚷几声让城墙上的兵丁也一同帮忙抓人，却被老兵一把捂住了嘴巴。

"别喊！"老兵低声道，"今日守城的不是云洲王的人。"

浑答儿迷惑不解，只这一瞬间，朱夜已经窜上了城墙，险险地站着。

"这高辛神女是云洲王请到王城里去的，也必须让云洲王抓住她。"老兵恶狠狠地说，"要是让别人逮去，咱们云洲王可就不好受了！"

浑答儿听得半懂不懂，只得点头。

城墙上那女子长袍半脱，露出半个肩膀。肩上缠着厚厚布带，鲜血洇红一片。她仍旧半遮面，隔着浓密的雪片，只看到她毡帽下漏出来的金色长发与偶尔一闪而过的绿眼睛。

"朱夜！"围观的人越来越多，有人认出朱夜来，"是回心院的朱夜！"

人群登时哗然，男男女女一个劲儿地往前挤，兵丁们几乎阻拦不了。呼唤朱夜的声音此起彼伏，陈霜喊完那两句便弯腰钻走，从另一片人群里冒出来，缓缓运气。

他再次张口大喊："是不是云洲王害了你！"

这话一出，云洲王的随令兵与赶来的零散蛮军都怒了，他们举着刀剑喝令众人散去。北戎百姓中一些人半信半疑，另一半却坚信云洲王不会无端端害一个风尘女子，一时间又吵嚷起来。

"蛮军杀人啦！"推推搡搡中又有人喊。

平民与兵丁混在一块儿，越发混乱不堪。老兵们大吼："一剑捅死那高辛狼女就行了！别管这么多！上啊！"

他话音刚落，人群中不知谁又吼了一句："云洲王说抓活的！"

兵士们左右四顾，十分茫然。

阿瓦与贺兰金英抵达时，城南一片混乱。二人远远看见朱夜立在城墙，被众人围困，已经无法逃脱。

阿瓦心头一动，忙低头拉过一位亲信："南城墙外的沧河化冻了么？"

"化了一半儿，水面还有浮冰壳子。"

"人掉下去还能活么？"

"难说，城南这一段有不少硬石头，这么高……但河很深，若是身上有些功夫，说不定能活。"

阿瓦扭头道："贺兰金英，射杀她，别让她有机会跳下去。"

贺兰金英攥紧了自己的弓："我？"

"对，你。"阿瓦笑道，"听说你们兄弟俩都是烽台最好的弓手，现在不妨亮一亮你的本事。"

正在此时，城墙上的女子开口了。她的声音与往日有些许不同，但风声呼啸，她又似是带着哭腔，那一点儿不同便被忽略了。

"贺兰金英，你这条北戎的狗！"她竭力大喊，"你对得起高辛这么多死去的人么！"

霎时间，兵丁们齐齐回头看向贺兰金英，阿瓦脸上浮现一丝看戏的笑容。

贺兰金英扬声喊："下来吧朱夜！把事情好好说清楚，不必这样做！"

"走狗……"那女子极度愤怒，"叛徒！你不配当高辛人！"

贺兰金英紧紧抿嘴，把箭搭在弓上，却没有高举。

"城南的大火，是北戎天君哲翁的罪！"女子嘶声大吼，"北都的百姓，你们个个都要记住，若是没有哲翁，没有哲翁当年犯下的错，今日就不会有这么多失散流离的北戎人！"

她一把扯落毡帽，满头金发飘然洒落肩背。雪片纷乱，她身姿挺拔，宛若神祇。

阿瓦看贺兰金英还是没动手，不禁笑道："高辛神女不是受了伤么，怎么还这么能说？力气可真足……贺兰将军，你在等什么？"

话音刚落，城墙上传来裂破金石一般响亮的声音："我朱夜是高辛人，我的家乡是血狼山，高辛族从来安安稳稳在血狼山生活，若不是北戎天君……"

阿瓦脸色一冷，迅速搭弓在手，从箭囊中抽出一枚狼镝，直指朱夜。就在他即将松开弓弦的前一刻，身侧传来箭矢破空的呼啸之声。

一枚普通的木箭自贺兰金英手中长弓射出，穿过漫天雪片，径直刺入朱夜眉心！

神祇的声音断了。天地顿时为之一静。

所有人都看着那女子身体摇晃，顺着箭势，后仰跌落城墙。

城南外侧矮山上，在看到岳莲楼后仰的瞬间，靳岈把尸体推入沧河。

沉重的尸体咚地一响，他藏身于雪丛之中，用弹弓朝尸体身上的血包射去一颗石子。石子击破囊包，未凝固的血霎时涌了出来。

岳莲楼接连几个鹞子翻身，落地近乎无声。他抓住那支木箭，像鱼一般滑入沧河之中，并顺手推了尸体一把。

尸体往下游磕磕绊绊流去，他潜入冰冻的河水之中，运起化春六变，向上游潜行。

一切都在瞬息间发生。此时城墙上才有人探头张望。

"掉河里了！"浑答儿冲得最快，他抓不到朱夜，也要当第一个报出死讯的人，"好大一摊子血！沧河都红了！"

城中百姓有吃惊的，有怅然的，有左顾右盼的，也有捂脸大哭的。阿瓦扭头看贺兰金英，贺兰金英仍握着弓，面色怔怔。

"贺兰将军出手果断，箭术非凡，令阿瓦大开眼界。"阿瓦顿了顿，扭头对随令兵说，"立刻派人到沧河下游找尸体。没看到尸体，她就不算死。"

沧河上游，贺兰砜等到了岳莲楼。见不是陈霜，岳莲楼不禁一愣，很快便意识到出岔子的是谁："又是阮不奇！"

他额心中央有一处红点，是被木箭击中造成的。今日的雪极好地掩护了岳莲楼的动作：在贺兰金英射出木箭之时他便运转化春六变，以常人根本不可能看清的动作，在箭刺入皮肤的瞬间折断了箭杆，并使用内劲，把箭杆吸附在皮肤之上。在旁人看来，便是箭尖入肉破骨，仅留箭杆在外。

他揉着额头嘀咕："成事不足败事有余！她既然不肯来，那尸体谁来处理？"

想也知道，陈霜现在被困北都无法离开，能在片刻间来回上下游的，也只有岳莲楼了。岳莲楼一路潜游，化春六变运转于全身经脉，他浑身燥热，上岸便利落脱了全身所有衫裤，赤条条地在贺兰砜面前换衣服。

即便他有绝世武功，方才一路以内力加持在冰水潜游，现在也有几分力不从心。但事情不能半途而废，前半段他如此卖力，效果漂亮，这收尾绝不可狼狈。

贺兰砜策马奔出片刻，便听见头顶传来飒飒声响，是换装完毕的岳莲楼掠过树梢,往沧河下游去了。他双腿一夹马腹,马儿往前奔跑。

绕过狭窄山道,他很快便看见了披着狐裘等候的靳岍。天地一色的白,贺兰砜一眼看到靳岍干净的脸。他霎时间想起第一次见到这大瑀少年是什么情况。靳岍长高了一些,似乎还瘦了,脸上隐隐显出利落漂亮的线条,唯有一双眼睛仍是湿润的黑。

贺兰砜无法忘记那张鲜明的脸。

他以为看到自己,靳岍会吃惊,会摆出一张冷淡的面容,他还没忘记俩人正在闹别扭。但贺兰砜所见的,只有靳岍眼中毫无保留溢出的惊喜。

靳岍原以为来的是陈霜,但他远远就认出了飞霄。马上之人自然是贺兰砜,他一时没想起这个人正在气自己的欺瞒,还同自己进行似有若无的冷战,下意识冲贺兰砜露出笑容。

飞霄没有减速。贺兰砜侧身弯腰,伸手一把揽紧靳岍的腰,把他抱上马背。

"嘘。"贺兰砜低声道,"别动,前面有人。"

贺兰砜怀中十分温暖,靳岍听见从胸膛里传来的心跳,有一些急促,咚咚咚咚,咚咚咚咚。他不知发生了何事,闷声闷气地问:"我的马呢?"

贺兰砜一愣:"你的马?"

"在山坳里。"靳岍以为陈霜没说清楚,"他一匹,我一匹。"

"……忘了。"贺兰砜笑道,"没事,飞霄力气大,两个人不成问题。坐稳了!"

飞霄登时跑得更快。北都郊外常有巡山蛮军,零零散散,两个人一队。贺兰砜策马飞驰而过,蛮军尚在远处,并未发现。他忽然也决心骗一骗靳岍:"蛮军可真多,你别乱动弹,万一被发现,我们就前功尽弃了。"

他难得撒谎一次,靳岍竟然十分相信,一路上大气不敢出,更不敢乱动,一直在马上保持着僵硬姿势。贺兰砜循着贺兰金英给的路线,终于来到朱夜的秘密落脚处。下了马,他立刻放声大笑。靳岍回过神来,咚地从另一侧跳下,抓起一团雪扔向贺兰砜。

屋内还残留些许温暖,不见朱夜。靳岍惊疑不定,贺兰砜安慰他:"出门罢了,别怕。这牛粪烧的火特别暖,歇歇吧。"说着在火盆边坐下。

大瑀西北与金羌一带的栗子香甜粉糯,朱夜给自己安排出逃后路时准备了不少,她临出门前把栗子扔进火盆里烘烤,坚硬栗壳用小刀划开十字痕,现在已经熟了，香气四溢。

靳屿脸色都变了："把栗子放牛粪里烤？！"

贺兰砜笑得肩膀打战："骗你的，是火炭。"

靳屿闻了又闻，稍稍安心。贺兰砜从炭火里扒拉出几枚熟透的栗子，左右手托着吹气，等稍稍凉了，用小刀破开壳子，把鲜黄的栗子递给靳屿。按照高辛人贮藏过冬粮食的习惯，贺兰砜又从屋里找出银杏，一个个地用小刀破壳，仍旧扔进火盆里。银杏熟得快，烤好了他便一颗颗剥给靳屿。

靳屿都不好意思了："你不吃吗？"

"你先吃。"贺兰砜对他咧嘴一笑。

"……你怎么这么开心？"靳屿剥了几颗放在他手里，"出城很高兴吗？"

"我不喜欢北都。"贺兰砜说，"等这一趟从血狼山回来，我就回烨台，我和你都回去。我们现在已经出了北都，云洲王能耐再大也不可能把驰望原翻过来找两个人。"他似是想到了更能说服靳屿的理由，"在烨台，你回大瑀也方便些。"

银杏没去芯，吃进嘴里是苦涩的。靳屿忍不住问："你真的会送我回大瑀？"

贺兰砜没立刻回答，把剥好的栗子和银杏都放入靳屿手心。

"……你还没看过夏天和秋天的驰望原。"贺兰砜声音很近，像喑哑的风掠过软草，消失在山岳尽头，"大瑀没有那么好的景色。"

靳屿无法应答，手指悄悄松了，栗子和银杏跌落狐裘。贺兰砜拨动火盆，说起烨台和驰望原的风景，草场、猎鹰、暴雨、星夜。屋内弥漫栗子和银杏微焦的香气，风雪被拒于门外，万籁俱寂。

门哐地一声打开。朱夜右手提剑，左手拎着两只死兔子，大步跨进来。

"来了呀？"她笑眯眯的，"说什么秘密呢，没声音似的。"

靳屿低头从狐裘上扒拉银杏和栗子，贺兰砜："你这屋子真热。"

朱夜瞪他一眼："热了就出门。"

她一头长发剪得极短，满头金绒绒的短毛，瞧着不像北戎人，不像高辛人，仿佛不属于天地间任何一处。岳莲楼心疼自己的长发，不肯染色，朱夜只得把头发全剪了给他。但朱夜也并不觉得可惜，她坐在火盆边，长舒一口气："长头发可真重啊，剪掉后我跑得都快了许多。"

驰望原的人不讲究身体发肤受之父母，短发也丝毫不损朱夜的美丽。她肩上受了箭伤，但仍可骑马打猎，靳岘又是钦佩又是景仰，把栗子与银杏递给她。

三人等了一夜，没等到陈霜，反倒等来了岳莲楼。

第二十一章

野狼

　　岳莲楼来的时候天蒙蒙亮，贺兰砜已经起床，正在打理飞霄。飞霄身边还站着两匹马儿，分别是靳岈和朱夜的坐骑。岳莲楼没有马，他是用轻功一路奔来的。

　　士兵在沧河下游找到了"朱夜"的尸体，只有残肢和头发。原来冬眠的棕熊不知为何纷纷苏醒，啃噬了尸体，又杀伤兵丁。众人拼死搏斗，才将那三头大熊击毙。云洲王疑心极重，没见到朱夜尸体便不相信她真的死了，要去细看那些残肢。但大巫却以王妃新孕，云洲王不得见残骸血腥为理由，阻止了他。最后，是大巫亲自察看"朱夜"的残骸，并确定地告诉哲翁和云洲王，死的确实就是高辛神女朱夜。

　　"……他帮了我们？"朱夜惊奇。

　　"百死不可抵。"靳岈冷淡道，"他不是为你们，只是想让自己心里舒坦。"

　　那些大熊是岳莲楼弄醒的，他城里城外闹腾，不料被陈霜与阮不奇抓住。原来明夜堂堂主即将抵达北都，想见靳岈一面。岳莲楼撺掇靳岈去了血狼山，又在北都闹出这种大事，生怕堂主责备，迅速将陈霜捆了扔在房里，自己代替陈霜来寻靳岈他们。

　　"……你是来避难的？"贺兰砜理解了。

　　岳莲楼只当作没听见，催促众人上路。

　　简单整理行装，四人三马便出发了。岳莲楼执意要跟朱夜同乘，并给众人展示他手背擦破的皮："疼死了，我可握不了缰绳。好朱夜，你最善良。"

　　靳岈不知贺兰金英与朱夜沟通了什么，但他敏锐察觉，朱夜心情大好，岳莲楼拿贺兰金英和她开玩笑，她也丝毫没有反感之意。靳岈不住跟贺兰砜打眼色，示意他关注朱夜与贺兰金英之间的变化，不料贺兰砜会错意，骑马赶上来追问："眼睛抽筋了？"

靳岷："……"

矮山与矮山之间有狭小的兽道，时值暖春，偶尔会看到虎熊之类猛兽的脚印。贺兰砜提醒众人小心，岳莲楼握着自己的剑："吃熊掌么？我给你们打。"

他今日似是很兴奋，又似是很不安，一路上话多得令朱夜都觉得心烦。没话可讲了，他忽然一拍马头："我给你们讲讲明夜堂堂主吧，江湖上一等一的俊秀人物。"

他一张妙嘴，把明夜堂诸般传奇故事一一说来，靳岷与贺兰砜听得全神贯注。

几人紧走慢走，日落时抵达了一座小营寨。春季牧场转移，人们纷纷往南迁徙，营寨里只留了几个老人。老人收留几位不速之客，问他们要去哪儿。岳莲楼一通胡说八道："我们去怒山部落做生意。"

此处仍是青鹿部落地界，老人们大都知道五部落之乱中怒山遭创严重，也不便再多问。帐子里弥漫着靳岷和贺兰砜都很熟悉的味道，贺兰砜指着地炉笑："这才是牛粪。"

最后一场雪已经停了，夜晚风很大，苍天无云，星子像碎银般闪动。靳岷在温暖的帐中打了个呵欠，他想起了在烨台的生活。贺兰砜家的帐子也差不多是这样的大小，但东西更多更杂，卓卓和阮不奇在一旁玩游戏，他负责煮油茶、煮肉，贺兰砜盘腿坐在矮桌前，对着宣纸和浓墨，抓耳挠腮，艰难地学写字。

贺兰砜和靳岷想的是同一件事。"听说羊羔子都生出来了。"两个人在地炉边上分吃烤栗，贺兰砜小声说话，"你没见过小羊吧？"

靳岷被他这种小心翼翼中带着骄傲的语气逗笑了："见过。我小时候就住在封狐城。封狐的风俗跟驰望原很像，牧羊牧马牧牛的都有。"

贺兰砜："风驼呢？"

"风驼和鹿都没有。"靳岷想了想，"我还没骑过风驼，你懂骑吗？"

贺兰砜笑了："回烨台后，我教你。"

朱夜在一旁弹琴，岳莲楼看她闭目轻声歌唱，心里头始终怀着不安定。他披起外袍走出帐子，骑着马在营寨周围跑了几圈。回到营寨时，靳岷已经在帐子外头等着他。

靳岈裹着狐裘，认真看他："岳大侠，见不到你们堂主，你不高兴么？"

岳莲楼一怔："你这人，好毒的眼睛。"

他把马儿系好，和靳岈慢慢走远，离帐子有一段距离后才说起详情。原来明夜堂堂主尚未抵达北都，只是先写了封信给岳莲楼。信中提醒他不许胡闹，另外说了些订盟之事。大瑀的梁安崇太师与北戎的龙图钦已经基本议定盟约事宜，决定将列星江北全数划归北戎。

靳岈心头一叹：最终用的是他的法子，他却丝毫不能轻松。

"将欲取之，必姑与之。"岳莲楼道，"你把兵法用在了这件事上。"

"我怕自己做错了。"

"列星江北的十二城，大瑀早已决定放弃，现在不过是再加多一座封狐北的废城，大瑀没有多少损失。"岳莲楼安慰他，"但这废城以后会成为掣肘金羌的工具。"

"守土为疆，方可称国。"靳岈低声道，"我爹爹一生守卫大瑀疆域，我却提议将土地拱手赠予北戎。"

岳莲楼沉吟片刻，略略低头道："靳岈，有一件事，因我们还未有确凿证据，我一直没有跟你讲。"

靳岈："请说。"

"忠昭将军出事之后，朝廷把北军的两位将军调到西北军抗敌，你可记得？"

"记得，去的是北军的统将建良英建将军，还有左路统领张越张将军。"

"建良英是北军统领，不便过多干涉西北军事务，因而许多事情都是张越去斡旋调遣。张越在西北军中很受信任，他来了之后整顿军纪，并率军打了几次胜仗。白雀关原本已是金羌囊中之物，张越又把它夺了回来。"

靳岈不禁一喜："那太好了！"

岳莲楼看着他："而在张越去西北军之前，皇帝下圣旨给他赐婚。他现在是梁太师的女婿。"

靳岈脸上喜色还未褪去，霎时变得苍白："官家……官家是疯了么！"

他从未说过这样大逆不道的话，此时却口不择言。大瑀朝律严格，梁太师这种身份之人，其子女通婚联姻，不可选择朝中重臣或将领。这原本是大瑀开朝时立下的规矩，本意为防止朝中文臣武将勾连，令朝局动荡。但如今，官家竟亲自赐婚。

"明夜堂与宫中那神秘人士素有联系，还有一件事，你估计也不知道。"岳莲楼说，"你父亲的罪诏是梁太师代拟的，十几位和他交好的大臣跪请签印。皇帝盖玉玺之后，扇了梁太师一巴掌。"

靳岈不吭声，也不看岳莲楼。远山负雪，形如犬牙，似是可以啃噬血肉的利器。他的双手紧紧在袖中交握，干净眼神染上阴霾。

他不接岳莲楼的话，也没有再多说一句与梁太师相关的怒言，很平静地开口："那宫中的神秘人地位看来绝不一般。连官家给梁太师一记耳光都能知道，莫非他就在当场？"

岳莲楼一怔。

"一直在找我的是哪位皇子？"靳岈说，"烦请岳大侠，帮我问一问明夜堂。"

"……你怎么跟我初见时，不大一样？"岳莲楼兄长般拍拍靳岈脑袋，又笑道，"长高了，小将军。"

第二日，岳莲楼从营寨里买了一匹北戎马，四人继续朝着血狼山进发。数日后，四人抵达一处高深峡谷。据朱夜所说，此处峡谷是青鹿部落与怒山部落的分界。穿过峡谷便抵达怒山部落地界，穿过怒山部落，便能看到血狼山山峰。

"别进去，我们先在外面歇一晚上。"朱夜提醒，"北戎人都称此处为野狼谷，晚上必须多加小心。"

野狼谷在成为野狼宿地之前，是青鹿部落通往怒山部落的必经之道。五部落之乱时，怒山部落与哲翁的军队在这儿有过数次激烈的交战，据说尸体堆了满谷，最终全成为野兽的食物。

朱夜起初并不打算穿过野狼谷，但营寨的老人告诉她，谷里的狼群因为漫长冬季无肉可吃，都往南方去了。现在谷子里只有零星野狼，没太大威胁。

"虽然谷中平静，但不能大意，尤其是靳岈。"朱夜叮嘱，"你若是出门，必须找人陪着，自己也要拎上一把剑。"她把贺兰金英给她留的剑交给靳岈，靳岈认得，这是贺兰金英十分钟爱的剑，一直挂在墙上。

夜晚风大，靳岖睡不安稳。风穿过野狼谷，呜呜作响，像是哀号的人声。半梦半醒之中，他被贺兰砜推醒了。

"我去打兔子。"贺兰砜轻声问，"你去么？"

"不能进野狼谷。"靳岖提醒。

"当然。"贺兰砜笑道，"我们在野狼谷外面就能找到兔子。"

朱夜准备的干粮大多是干果干肉，靳岖吃得不大习惯。贺兰砜想给他弄点儿新鲜的东西，于是在这个天蒙蒙亮的清晨，他骑着飞霄，和靳岖一块儿出了门。

野狼谷外有一大片林子，恰在野狼谷与他们的帐篷之间。这样高大的树在驰望原的南方是很少见的，树杈浓密，低处长了鲜嫩春芽，顶端却还捧着未化的积雪。林中阴暗，风声萧瑟。

贺兰砜驱马朝林子走去，速度很慢。靳岖坐在他身前，倦意已经完全消失了："我记得你说过，北都郊外没有兔子。"

"对，只要兔子出现，立刻就会被蛮军击杀。"贺兰砜笑道，"北都附近是不能狩猎的，可北戎人不动刀箭浑身不舒服，打猎是天性。"

靳岖喃喃道："所以杀光了郊外的动物。"

"杀了几年，渐渐的，动物也就少了。不过熊仍旧很多。"

两个人有一搭没一搭地聊着，靳岖觉得安全、稳妥，更觉得一切都是温暖平和的。

"不生我气了么？"他忽然问。

贺兰砜"嗯"了一声。

"为什么？"靳岖想了一路都没明白。贺兰砜不生气，他实在是喜悦的，但想不出理由总让他不舒服。

靳岖没戴手套，握紧一侧缰绳扭头看贺兰砜。

"你不容易。"贺兰砜说，"我不舍得跟你生气。"

靳岖愣了：这算什么理由，这又是什么莫名其妙的话？

进入林子后，靳岖便看见这林中是有路的，不是兽道，是可供车马通行的小路。这儿寻常有人经过，他终于放下心。贺兰砜让他在道旁等自己，还给他生了一堆小火取暖。

拾柴生火间隙，贺兰飒终于问他和岳莲楼说了什么。靳峄察觉他对岳莲楼那轻微的敌意，便将俩人聊的事儿跟他一五一十说了。

　　在岳莲楼告知他梁太师的事情前，靳峄也怀疑过促成父亲战亡的真正原因是否应该落在官家身上。他盛怒与悲痛中确实恨过高高在上的官家，但日子久了，冷静了，他便渐渐咂摸出此事疑点颇多，最明显的一处，是边境被犯、首将迎战、战局扑朔迷离，官家不是傻子，此时无论如何都不是下令杀靳明照的时机。

　　而岳莲楼带来的消息让靳峄确定，令靳家陷入这场灾难的推手，或许要加上一个梁太师。

　　梁安崇梁太师是大瑀宰相，曾任太子太傅，真正做到了一人之下万人之上，在朝中呼风唤雨。太子尚在世时，凡事也得看他脸色，轻易不敢得罪。太子因病去世后，官家悲怆难当，越发懈怠政事，除军队调遣之外，几乎事事都交由梁太师主理。

　　"你怎么知道找你的是皇子？"贺兰飒问，"也可能是大瑀皇帝。"

　　"他知道我父亲蒙冤，知道我家人无辜，但他做了什么？"靳峄冷冷道，"他是给了梁安崇一巴掌，可最后还是签了那份圣旨。不过一巴掌而已，他是天子，是君王，怎么？他的巴掌就更金贵些，能打得梁安崇更疼一些？！"

　　贺兰飒忙拍拍他肩膀。

　　靳峄略为平静，又道："岳莲楼隶属明夜堂，是江湖人士。官家和圣人若要找我，断不可能依赖江湖势力。明夜堂又说那人是宫里的人，除了皇子之外，我不作他想。如今太子之位空悬，官家膝下有七八位皇子，其中有能力竞争此位置的，至少两个人。"

　　贺兰飒想了想："这两个人中有人找你，找你是因为……"

　　"因为我是靳明照的儿子。"靳峄接话，"我是什么样的人，对他来说无所谓，只要我父亲是靳明照就够了。梁太师与我父亲之死有关，'靳明照的儿子'又在北戎当质，多么苦，多么惨。只要他得到我，我就能成为他弹劾梁太师的工具。"

　　"就算不能扳倒那太师，至少也在你们皇帝面前露了脸，他当上太子的希望就更大了。"贺兰飒点头道，"这与我们在虎将军面前争夺朗赛大会比赛权也差不多。"

"这……这差很多啊。"靳岍无奈，又知他是想让自己轻松。

他其实还有一些揣测，因为太虚渺，实在不敢宣之于口——那皇子若是真的想把靳家人当弹劾工具，他说不定也在寻找靳岍的母亲和姐姐。母亲有明夜堂及其他江湖人士寻找、护佑，随丈夫同住封狐城的姐姐至今音讯全无、生死未卜。

但靳岍不敢对这事存太大期待。更何况，官家大哭、官家给了梁安崇一巴掌之类的事情，全都从这皇子口中说出，不知其中有几分杜撰。靳岍现在极为怀疑，梁安崇虽然接受了自己的方法，但他很可能根本不知道自己还活着：那皇子只献策，不说计策来源，是为了将靳岍隐藏到最后一刻，将梁安崇一军。

实际上，一想到回到大瑀要面对的千头万绪、风云诡谲，他便一点儿也提不起力气，全靠心头的愤怒和怨恨撑着。他十几年来从未这样耗费过心力，如今要一头扎入繁杂人心，除却不安，更是有千般痛苦。筹划、谋略并非他兴趣，他记得西席先生常责备他有济世之能，却无济世之心，枉为靳明照之子。

靳岍那时年纪还小，不过七八岁，茫然懵懂。他想做燕子溪上泛舟摇橹的船家，兼济天下是济，济川舟楫也是济，又有什么不同？

贺兰砅起身拍拍他脑袋："别想了，我去给你打兔子。"

靳岍点头，目送他钻入仍旧幽暗的树林。

虽明知不能，但靳岍也确确实实想过，如果贺兰砅同他都没那么多前事，仅是两个普普通通的高辛人、大瑀人，偶然地在驰望原相遇了，偶然地越来越亲近，该是多么好。他做列星江上渡船之主，贺兰砅是高辛族跑商的旅人，他们总在船楫相遇，畅谈、饮酒，煨酒的红炉火长久地燃着，他们像心意相通的挚友，又或者比挚友更多几分情意。

坐在火堆前，反正无人，靳岍允许自己再把这美梦细细地做一遍。

林子与野狼谷尚有一段距离，贺兰砅十分谨慎，一路借着微弱晨光察看兽痕。树上没有狼群或熊圈地的爪痕，路上也看不到狼的脚印，兔子倒是出来了，灰扑扑的一团，总是竖着谨慎的长耳朵。雪地里偶尔还看到花瓣形状的印子，是觅食的小鹿留下的。

贺兰砅箭囊里装着属于他的一支狼镝和一支高辛箭，他舍不得用，只用随身木箭，接连射了两只兔子。兔子经过一冬长熬，瘦得能摸到骨头，他弯腰捡起时，心头忽然一动。

不远处枯槁的灌木丛中，有什么东西一闪而过。

是莹绿色的、野兽的眼睛。

贺兰砜立刻后撤。他面对灌木疾退几步，搭弓在手。距离太近了，弓箭不便，他几乎屏住了呼吸：自己已经十分警惕，竟完全没听到任何兽类的声音。

僵持片刻，灌木丛中果真慢慢蹓出一头狼。

那狼身形枯槁，皮毛苍白，双目阴狠，面上数道抓痕还未愈合，血淋淋地翻在外头。它的后足是跛的，尾巴秃了一半，但贺兰砜心中越发紧张：这是一匹狡猾的老狼，一直潜伏在灌木丛中，无声无息，只等贺兰砜靠近。

它显然饿了许久，腹皮贴着肋骨。

太近了。贺兰砜微微拉弓——这种距离他完全不会失手，只要一击即中，他便安全了。

身后忽然传来低喘和两声踏破枯枝的脆响。

贺兰砜仍盯着那神情安然的老狼，稍微侧身又退一步，心中蓦地一沉：身后还有另外两头狼。

一样的苍老，一样的无声无息，都是狩猎的好手。三头狼呈品字，已将他包围。

此时林外道旁，一小队行商路过此处，正跟靳岇打招呼。"这林子有狼，你怎么一个人坐在这儿？"行商见他一副大瑀人装扮，身材瘦弱，便提醒，"你要去哪儿？和我们一块儿走吧。"

靳岇却反问："这儿有狼？这里还未到野狼谷。"

"野狼谷的狼都往南方去啦。"行商纷纷说，"但老狼还在。"

原来上个月野狼谷的头狼易位，原本的老狼与黑狼一番激烈打斗，伤得很重。新头狼把群落中十余条老狼赶出野狼谷，带着狼群离开食物减少的宿地，前往南方觅食。

靳岇匆忙作揖道谢，抄起身旁的剑，跨上飞霄。他攥剑的手心全是冷汗，冲入林中时扬声大喊："贺兰砜！"

喊声与奔马冲突之声震落树顶簌簌积雪。靳岇忽然听见了响声，就在不远处。

贺兰砜与三狼对峙，他不敢动弹，也不敢出声，虽然已经听见了靳岘的呼唤。只要他稍稍一动，三头狼必定同时扑来，他难以招架。

于是他拉满了弓，直指天空。老狼一时不知这是什么架势，竟齐齐退了半步。箭矢呼啸飞出，击中树顶，积雪瞬间坠落。三狼吃惊一瞬，果真同时起势攻击。但积雪下落阻碍了老狼的视线，贺兰砜一脚踏上身边树木，在树干上飞速奔跑几步，旋身下落，突离包围圈，朝着靳岘的方向狂奔。

"贺兰砜！！！"靳岘策马狂奔，飞霄如同黑色的利剑直刺而来。贺兰砜只来得及看到靳岘左手握剑持缰，右手朝自己伸出。

他抓住靳岘右手，飞身上马，稳稳落在靳岘身后。

一头狼已经跃起，朝飞霄马头袭来。飞霄前足高举，狠狠一踏——但那原来是障眼法，另一头潜行的狼已从左侧袭来，张嘴咬向靳岘的脚。

靳岘左手腕一拧，毫不留情地持剑挥向狼头。

热血飞溅，那老狼竟生生被靳岘削下了脑袋！

一击得中，靳岘左手被震得隐隐发疼。那狼身首分离，四爪仍在地上兀自抽搐。

余下两头狼都显出了畏惧之色，贺兰砜大吼一声，终于吓得二狼慌忙后退逃跑，很快消失在幽深的丛林之中。

靳岘还在喘气，手上溅了狼血，热乎乎的。贺兰砜帮他擦去，正要问他为何知道自己遇险，头顶忽然传来响声。那头跛足的老狼原来并未逃走！它窜上矮树，竟从密密丛丛的枝杈中一跃而起，张开血盆大口，朝靳岘袭来！

贺兰砜立刻举起手中弓箭，瞬间射出。

老狼临敌经验丰富，在险之又险的境地里竟然还能偏转脑袋，利箭刺破它的耳朵，它咬下靳岘肩上一丛狐毛。

靳岘心脏剧跳，冷汗直冒，双手不敢放开缰绳，只得奋力驱策飞霄往前跑。眼看丛林边缘就在前头，贺兰砜回头便见那受伤的老狼竟然仍不放弃，全力狂追。它虽是跛足，但显然是少见的狩猎好手，奔袭速度奇快，若骑的不是飞霄这样脚力强劲的高辛马，他们或许已经被追上了。

"你抓稳缰绳，无论发生什么事都别放开。"贺兰砜对靳岘说。

他左手握着靳岘的剑，把弓负在背上，右手按住马背，双足一弹，已经蹲在了马背上，是一个蓄势待发的姿态。

"你做什么……"靳岇又惊又怕，回头欲问。

马背上忽然一轻，贺兰砜一跃而起，右手稳稳抓住眼前一根低矮枝干，竟从马儿背上纵身跃到了树杈！

他动作不停，蹲稳后立刻回转，趓足老狼正巧奔到树下。贺兰砜双手握紧剑柄，只当手中那把不是剑而是刀——不是他的刀，是阿苦剌劈熊的砍刀。他跃下树杈，双手高举利剑，大声一吼，冲那匹老狼脑袋直直砍下！

破瓜一般的脆响，红白之物溅了满手。那狼头被他一剑劈开，瞬间断气。

贺兰砜从狼尸上站起，靳岇才回转抵达他身边。

狼血也喷溅到贺兰砜脸上和发上。他草草一抹，弯腰察看老狼尸体。晨色已经布满了驰望原，浓云里的一枚白日正破云而出，贺兰砜被风和雪打乱的发丝映成金色，缠绕在日光里，乱蓬蓬的一团。他和其他高辛人一样，习惯将左右两鬓长发梳作辫子，一并扎在脑后，其余头发便散在肩上，靳岇想起来了就给他仔细打埋梳弄。靳岇还来不及问，贺兰砜已经抬起头，狼瞳盛了日光，莹亮如翠，鼻梁上一列血点，俊美中平添几分狠戾。

"……你吃狼肉吗？"他笑着问，"太瘦了，肉也老，尝不尝？"

两个人收拾了两头狼尸，骑着马往回走。靳岇被这一仗吓到了，不停问他有没有受伤，怎么学会的那一刀。贺兰砜便告诉他当日在驰望原的松林里发生了什么，靳岇这时才明白："原来浑答儿和都则是因为这事情才怕你。"

"我又不在意这个。"贺兰砜轻松道，"我砍狼的那一下你看到了么？厉害不？"

靳岇忙点点头。贺兰砜起跳、上跃、下跳、砍劈，行云流水般自如，他心头全是赞叹与佩服："太厉害了。"

"……我教你？"贺兰砜笑道，"等你练完了，我们一块儿在驰望原冒险。"

贺兰砜又忘了靳岇终要回到大瑪。但靳岇也没让自己多想这回事："好啊，你教我。"

他回头对贺兰砜说："贺兰砜，虽然大巫捏造了邪狼传说，但我觉得高辛人身体里藏的不是鹿，真的是狼。当然是好的狼，就像你刚才一样。"

贺兰砜怔怔听着，耳朵不知是被冻红的，还是因靳岇的话变红了。他装作去抠鼻尖血点，小声说："你这话让我觉得，高辛人身体里有狼，听起来感觉不坏。"

两个人带着狼尸回到宿营地，岳莲楼和朱夜已经起了。贺兰砜和朱夜拿着小刀给狼和兔子剥皮去骨，靳峁坐在贺兰砜身边看他干活。贺兰砜教他鉴别狼皮，把一张新鲜皮子翻来翻去，惹得朱夜恼怒："都是灰尘！"

两头都是老狼，不久前还是杀气腾腾的狩猎者，现在已经没了声息。北地苦寒，富贵人家才有用一张整狼皮做褥子的能力。靳峁摸着老狼皮上稀疏的毛发，心里忽然有些难过。

"它是被赶出来的。"他告诉贺兰砜老狼的故事。

贺兰砜见他神情就知道他在心疼这两头狼："它们可是要杀你的。"

靳峁点点头："但……"

他没仔细说自己心情，抬头看贺兰砜。他们不知想到了什么，互相看着便笑起来。朱夜没注意他俩，岳莲楼在朱夜身边呆坐，手撑着下巴看不远处的两个少年人，又羡慕又嫉妒："哼。"

当夜，贺兰砜终于吃上了心心念念的拨霞供。兔肉切成薄片，放入清水汤锅里煮熟，蘸一些朱夜带的调料即可。肉片微红，搅动中如同拨动霞光，调料虽只有辣椒末和靳峁说不上来的浓浓酱料，但滋味鲜美。靳峁和岳莲楼负责涮，不懂用筷子的朱夜和贺兰砜只负责吃，两只兔子饱饱地填进了腹中。

朱夜拿出营寨老人给的酒，靳峁喝了几口，微醺中谈兴大发，不断添油加醋描述贺兰砜杀狼的英姿。朱夜又弹琴，又唱歌，还把琴拆开重新装成一把乌金色大弓，岳莲楼和靳峁啧啧称奇。

贺兰砜对这把擒月弓十分好奇，靳峁困了，靠在他背上假寐。贺兰砜小声道："这是高辛王的弓。"

"你想做高辛王吗？"靳峁问。

"不想。"贺兰砜几乎没有犹豫，"当了高辛王，就只能待在血狼山，哪儿都不能去了吧。"

靳峁："嗯……"

贺兰砜又说："我还想去大珥找你。"

靳峁一下坐直，扭头怔怔看他。

"可以吗？"

靳峁忙点头，点了一回又不够，开始疯狂鸡啄米般频频颔首。

贺兰砜商量般提议："我估计大哥也不愿当，高辛王不能娶高辛神女，朱夜是他的勒玛，他是一定要跟朱夜在一块儿的。"

靳岷急了："那怎么办？"

"让卓卓当吧。"贺兰砚说，"高辛族也有过女王。"

两个人都觉得这主意绝妙，醺醺然傻笑起来。

岳莲楼正在慢吞吞喝兔子汤，转头问朱夜："现在还有高辛王吗？"

"没有了。高辛人还剩多少？王不王的有什么意思。"朱夜也看着贺兰砚和靳岷，"最后一位高辛王已经死了。"

数日后，四人穿过怒山部落，接近了库独林山脉的最西端。

在朱夜的指点下，三人终于看到屹立在蓝色苍天之下的高耸山脉。山势似狼牙尖锐，远看仿佛千万匹奔跃的巨狼，山体黑红，异常醒目。

血狼山是因山体与山色而得名的。它的红是火的红，山脉中潜藏着丰富的煤，终年不断地、暗暗地燃烧。山中岩隙纵横，火焰阴燃，半片山峰被浓烟笼罩，如在云雾中。

第二十二章

血狼山

越是靠近血狼山，越能感到隐约有热浪扑面而来。靳岈还闻到了一股特殊的气味，贺兰砜皱眉："这什么味道？"

靳岈和岳莲楼几乎异口同声："硫磺！"

暗火殷红，土地铁黑，血狼山果真是由红黑两色构成的。靳岈远远望着，不禁想起在梁京流传的传说：踏空而来的高辛王与王妃身着红黑两色的大氅，飘然似仙。

"硫磺？"贺兰砜问，"硫磺又是什么？"

"火药懂吗？"岳莲楼跟他解释。

朱夜告诉靳岈，血狼山一半永远暗暗地燃烧着地火，从高辛人在此定居之时，他们便与火共存。高辛族生活在远离地火的那一侧血狼山中，受地火影响，气候燥热，火气焦浓，高辛族挖煤采矿，冶炼铁器，更有一部分人往山脉以东迁居，在可以种植的地方耕种。血狼山的煤和铁矿是高辛族赖以生存的东西，高辛族人依赖着冶铁技术与其他民族交换物品，从食物到牲畜，但凡能交换的，一概都用铁器来换取。

靳岈一直望着蓝天下红得惊人的山峦，忽然看见山顶上有一些高大的架子，上面隐约有人活动。

"那是高辛人么？"靳岈又惊又喜。

"不是。"朱夜注视着山顶，"是北戎的军队。"

北戎吞下高辛人的土地及血狼山之后，便派驻军队在此地驻扎，一面守卫煤矿与铁矿，一面监督工人干活。

"这里面的工人大部分是北戎的罪奴，比如怒山的战败士兵。"朱夜说，

"除此之外，也有一些高辛人。毕竟冶铁技术不是随口说说就能学会的，高辛人擅长冶铁，是因为高辛人懂得辨火识温，这等技艺没有十年八载根本练不出来。"

"哲翁不会强迫你们把冶铁术教给北戎人么？"

"当然会。"朱夜眨了眨眼睛，"但压箱底的东西不能跟外人传授。高辛人不怕死，不怕威胁，除了驰望原的天神，谁都不能让我们低头。"

在朱夜带领下，四人离开了怒山部落地界。此处已经是北戎边境，再往前只有血狼山和驻守的士兵。一行人拐了个弯，直接切入了血狼山山道。

岳莲楼已经脱了外套，靳岷把狐裘解下来，仍热得满头是汗。山道上有守路的士兵，靳岷正紧张时，朱夜冲那几位士兵扬了扬手。

"朱夜！"几位青年都非常兴奋，"你又回来了？"

岳莲楼恍然大悟般点头："原来如此……朱夜在北都已经死了，可消息一时还传不到这儿。"

朱夜称这几位都是自己的朋友，北戎士兵看了几眼便放行了。靳岷吃惊："你跟他们很熟悉？"

"我每年都会回血狼山。"朱夜与士兵挥手道别，笑道，"高辛族神女不会把糟糕的东西带进血狼山，这是其一。其二，每年都有高辛人回血狼山拜祭，有的还会带上自己的家人，这儿值守的人已经见惯了。"

马儿在土红色的山道上缓慢前行。

"最重要的是，只要血狼山能按时按量产出铁矿，打制武器，北都根本不会管这儿发生什么。这里距离北都太远，高辛人太微不足道了。军队和血狼山的人相处还算和平愉快，谁都没必要去闹事。"

血狼山上划分了煤矿区与铁矿区，矿工生活的地方远离矿区，在山峦东侧。东侧没有那么热，偶尔还能见到从地面逶巡而过的蜥蜴，是这山道上难得的活物。越往前走，人声渐渐稠密。转过两道关口，眼前豁然开朗：竟是一个热闹无比的市镇！

入目尽是皮肤黝黑的工人，几乎人人赤着上身，男子只着下装，女子则在胸前多穿了遮蔽之物，同样浑身清凉。打铁之声远远近近传来，鼻中闻到的都是煤炭燃烧的焦味，市镇上空弥漫着烟雾，仔细一看，似乎还能看到灰尘悬浮空中。

所有的房子都是石头砌就，每间房子的大门门框、窗框都是铁制的，极为结实。人们穿的鞋子严密厚实，头发大都剪得很短，靳岷听不懂的话语在此处集结，他又惊奇又新鲜，扭头和岳莲楼相互打量。

"你真白。"岳莲楼说。

"你也是。"靳岷说。

他俩在这儿格格不入：肤色太白了，头发太黑了，和这儿的北戎人、高辛人完全不一样。靳岷又抬头瞧贺兰砜。

贺兰砜一直紧紧攥着双拳，靳岷戳戳他胳膊，他惊醒般震了一下，低声道："这么多高辛人。"

这儿的高辛人只有十来个，但在贺兰砜看来已经足够多了。他从没见过这么多头发发亮、肤色如蜜的族人。人们发现了朱夜，纷纷迎上来。看到她身后的三个陌生面孔，尤其是见到靳岷和岳莲楼，更是毫不掩饰自己的好奇。

"大玛人。"朱夜简单介绍，"我受了伤，他们一路护送我回来。"

于是他俩也受到了最高规格的接待。此时已近入夜，下矿的工人纷纷回到市镇歇息，人们熙熙攘攘地引领他们往酒铺子里去。这酒铺没有招牌，只在门前粗大结实的黑色铁架上挂了个巨大的铁制鹿头，比靳岷还高出一截。

鹿头双目血红，盯着渐渐靠近的靳岷和贺兰砜。靳岷惊得连连赞叹："这么大的鹿头！怎么打成的？"

他用大玛话发问，周围无人能懂，最后还是朱夜解答："分六块打造，最后拼起来就成。"

鹿角上挂着灯，靳岷和岳莲楼仔仔细细地观察，愣是没找出一丝接缝。

"就跟你那琴拆了再接成一把弓一样，也是这技艺？完全看不出缝隙，你们高辛人也太神了……"岳莲楼几乎把一双黑眼睛看成了对眼儿，半晌才直起身揉眼窝子。

朱夜眉毛一挑："那当然。"

进了酒铺子后，拘谨的靳岷和贺兰砜乖乖地坐在角落里。朱夜是所有人的焦点，岳莲楼一眼瞅中人群中最英俊的高辛汉子，亲亲热热地聊天，满口流利的北戎话。那汉子只想跟朱夜说话，岳莲楼说十句他接不起一句。受了冷遇的岳莲楼又去撩拨女人，但女人也不太搭理他，黑眼睛或绿眼睛都只是远远打量他。

"岳莲楼的长相在这儿不受欢迎。"靳岈小声地笑，"他晚上肯定又要发牢骚。"

贺兰砜没搭话，靳岈扭头看他，他才点了点头："嗯。"

"你怎么了？"靳岈问，"这儿味道太呛了么？"

"不是。"贺兰砜声音发紧，"……我有点儿害怕。"

靳岈不解。酒铺十分热闹，浓烈呛鼻的酒气冲淡了弥漫此间的焦味，人们热烈地唱着听不懂的歌儿，跳起奔放快乐的舞蹈，连朱夜看起来也比在北都高兴得多。她忘了自己肩上的伤，拿起琴弹奏，歌声嘹亮高亢，让靳岈想起列星江上浑如长鲸的星光。

白日工作，夜间喝酒唱歌。驻守在血狼山的士兵偶尔也会到酒铺里买酒，但他们不会长久逗留，这儿的人们不欢迎他们。北戎人、高辛人，界限在这里完全模糊了，是罪奴也好，是固执的工匠也好，喝完了酒，各自红着一张相似的脸，瞧上去也毫无区别。

有人给贺兰砜递酒，贺兰砜用高辛话道谢。那绿眼睛的中年人喜道："你阿爸还是你阿妈？"他指指自己的绿眼睛。

"阿爸。"贺兰砜回答，"阿妈是大瑀人。"

"高辛人的眼睛是世上最漂亮的眼睛！"那高辛人喝得有点儿多了，扭头看靳岈，越凑越近，"黑色的，不好！"

靳岈听不懂，还以为他夸自己，忙露出笑容。

中年人忽然举起手中酒碗大喊："朱夜！你是不是还带过另一个阿妈是大瑀人的孩子过来！"

"对！"朱夜直接坐在柜台上，一脚盘起，一脚垂下，正弹着一首活泼的歌儿，"你忘了么？你还跟他打了一架。"

"噢……贺兰……贺兰金英……"那中年人醉醺醺地摇头晃脑，又问贺兰砜，"你认识吗？你……"

他靠得很近，把贺兰砜整张脸都看得清清楚楚。似乎是酒醒了，那人退了两步。

"你们很像……"他问，"你是贺兰金英的兄弟？"

"我是弟弟。"

中年人忽然将酒碗摔在地上，但人们笑声、歌声太强烈了，无人注意。

他跳上酒桌，指着贺兰砚大喊："这是，这是贺兰金英的弟弟！"

酒铺子里登时一静，只有朱夜仍悠悠弹着琴，岳莲楼被一个漂亮的北戎姑娘扇了一巴掌，声音响亮。

一片安静中，那中年汉子笔直指着贺兰砚。"所以你也是贺兰野的儿子？"他问，"把北戎人引到血狼山，灭了高辛全族的贺兰野！"

这一吼，整个酒铺的人都看了过来。与北戎人的平静相比，几乎所有的高辛人都离了座，带着怒气冲冲的脸往贺兰砚这边走。靳岷听不懂高辛话，但察觉这些人对贺兰砚露骨的敌意，忙起身拦在贺兰砚面前，用北戎话呵斥："别过来！"

贺兰砚有些吃惊。在靳岷看不到的背后，他很轻、很快地笑了一瞬，把靳岷拉到自己身后，踏前一步，换作自己挡在靳岷面前。

那酒气冲天的中年人跳下桌子，站到他面前。中年人比贺兰砚高半个头，贺兰砚腰挺得比他直，平静回答："我是贺兰野的儿子，贺兰砚。"

酒铺中的十几个高辛人把贺兰砚和靳岷团团围住，靳岷急得大喊："岳莲楼！"

岳莲楼揉着脸颊要去帮忙，但被朱夜抓住衣领："别。"

"你怎么还有脸到血狼山来？"人们七嘴八舌地吼。

你不知道贺兰野做了什么？你不知道他毁了高辛族？高辛族做错了什么？如果不是他去找北戎天君，高辛族至今还安安稳稳地生活在血狼山，没有人流离失所，也没有人会因此死去。

唾沫飞溅，更有人直接动手，揪着贺兰砚衣领，恶狠狠道："你也听过北戎的诅咒吧？高辛人是邪狼的化身，驰望原上没有我们的立足之地。一切全因贺兰野而起，他已经死了，你是他的儿子，你怎么不去死！"

"……对不起。"

话音未落，贺兰砚脸上便受了一拳。耳边听得利剑出鞘之声，贺兰砚迅速按住靳岷的手，不让他拔剑。

但高辛人已经看到了靳岷手臂上的奴隶印记："怎么？你的大瑀奴隶还想继续杀人吗？"

口中腥甜，牙床发疼，鼻子深处也隐隐作痛，那一拳着实很重。贺兰砚不再辩白，拉着靳岷离开酒铺，身后传来众人起哄大笑的畅快声音。

他用衣袖狠狠拭去鼻血。身边就是酒铺门口巨大的铁鹿头，血红的双眼正盯视着贺兰砳。那是两颗硕大的血玉，色泽浓艳。

"大哥他也被人这样对待过？"贺兰砳问跟随二人走出酒铺的朱夜。

"嗯。"朱夜点头，"他来血狼山不止一次，第一回被打，后面几回倒是挺受欢迎。"

贺兰砳愣住了："……他怎么做的？"

"你也想做同样的事情？"朱夜上下打量他，"有些事情贺兰金英能做到，你不一定。"

贺兰金英也是被朱夜带来的。还没走到市镇，在山道上便被高辛人发现了。他年纪比贺兰砳大，长得与贺兰野更为相似，年长的高辛人一眼识破他身份，扛着各类工具一路追打到血狼山山脚。

贺兰金英也是勇猛。他身上当时没有任何武器——所有武器都被朱夜收走了，她骗贺兰金英说进入血狼山不能携带这些邪恶的东西——于是贺兰金英便用一副肉身抵挡所有攻势，被揍得鼻青脸肿。但他直到最后也没有倒下，仍倔强地站着，手里攥紧抢来的一把铁铲。

"他打倒了所有高辛人。"朱夜回忆，"那天晚上他们把贺兰金英请进酒铺子里，喝了一晚上的酒。贺兰金英酒量太好，喝倒了所有的人。之后高辛人就接受了他。"

她看向贺兰砳："你做得到吗？"

贺兰砳做不到。他不可能赤手空拳打倒这么多高辛汉子，更没有贺兰金英在北戎军队里练出来的好酒量。他能想象大哥做这些事情时是何等豪气，但，他着实做不到，根本做不到。

朱夜抬起手臂，远远指着矿区的另一头。

夜色中，血狼山仍是一片暗红。矿区另一头是人无法接近的正在燃烧的山峦，山峦之上也有一座巨大的铁制鹿头。鹿头半陷进地面，只露出两支树杈般的巨角和上半张脸，双目嵌的并非红玉，鹿眼是闭着的。

"那是血狼山的侧峰。"朱夜指着鹿头，"如果你能点燃侧峰鹿角上的火，或许能获得原谅。"

贺兰砳看着她，不言不语。他已经察觉朱夜会给他们设置难题：前一个是赤手空拳面对许多高辛人的贺兰金英，他自己则要点燃一个无法靠近的鹿头。

"不能用火。"朱夜说，"每一任高辛王继位的仪式上，最重要的一件事就是由新任高辛王重新点燃鹿角。高辛族灭族之后，鹿头再也没燃烧过。你能做到吗？"

"我会做到。"贺兰砚扭头便走。他离开市镇，往更深处的山坳里走去，试图寻找上侧峰的路。

血狼山白天时十分炎热，夜晚后山坳便阴冷许多。山道上只有寥寥几盏灯，贺兰砚一直往前走了许久，发现头顶落下雨滴。山坳里长着密密的大树，树叶没有落尽，又在这春天里长出许多新叶，渐渐浓密。雨水是从新叶上落下来的，打在贺兰砚头脸上，冰凉湿润。

发现靳岍不在，他连忙回头。转身便见不远处一个瘦削的人影。

山道灯火在靳岍身后燃烧，火光烧亮了靳岍的轮廓。他小跑追来，但又不敢靠近，在贺兰砚身后几步开外停下。贺兰砚只觉得胸口是滚烫的，他松懈了下来，不用再戒备和警惕这世上不知何时会向他袭来的痛苦。

"下雨了。"他向靳岍伸出手。

靳岍握住他的手，笑着说："巴山夜雨涨秋池。"

贺兰砚："什么？"

"山里夜间常下雨，但有些也不是雨，不过是夜露凝结，从叶上落下来罢了。"这回是靳岍牵着贺兰砚的手往前走，小径不平坦，凹凸起伏，细小的雨滴仍不停落下，"先前朱夜说血狼山东边可以耕种，我还以为她说错了。但若是山坳中夜夜下雨，土地湿润，便有耕种可能……"

他说的全是与此时此地无关之事。贺兰砚喜欢听他说话，他说大瑀的田地，说绿遍山原白满川，说暮烟如雨雨如烟。在靳岍口中，天地比驰望原还要辽阔。

山道迤逦，侧峰的鹿头隐隐出现在道路前头，被几缕云雾缠着。

"侧峰上得去？"岳莲楼问朱夜。

两个人一手一个酒埕子，靠在酒铺外头的铁鹿头上。

"上不去的。"朱夜笑道，"血狼山的煤火一年比一年大，几十年前可以上，但现在路已经被阻断了。那条道已经烧了十几年，就连飞鸟也不能从天空经过，何况人？"

岳莲楼点头："你这女子啊，相当坏。"

"总要给点儿考验。"朱夜低声说，"考验他们，也让高辛人重新接受他们。"

"我以为你一直对他们兄弟俩不满意。这么多年也没想着给高辛人报个仇。"

"贺兰野没有跟他俩说实话。"朱夜哼了声，"高辛王的后人不知道高辛族的仇恨，这不可笑吗？"

岳莲楼灌了一口酒，他喝得已经有些多了，但仍很清醒，只是脸上浮起薄薄的醉红。

"人不是因为恨而被生下来的。"他说，"可以选择恨，也可以选择不恨。"

"那是忘了自己的根。"

"你不忘根，你成日想着怎么让哲翁和大巫死，天天叨念复仇，你高兴吗？"岳莲楼问她，"城南大火死了多少人你知道么？里面也有我认识的人，他们也来听你弹过琴，看我跳过舞。那卖彩色绢花儿的姐弟，你也认得吧？你常说他们绢花做得好看，那是大玛的手艺，北都人学不会。他们烧得样子都没了。"

朱夜脸色一沉："别说。"

"所以你高兴吗？"

朱夜喝了一口酒："……喝你的酒吧。"

"好吧。"岳莲楼靠在朱夜肩上喝酒，懒洋洋道，"没意思，我想回北都。"

半个月亮从云雾中露了脸。岳莲楼怔怔看了一会儿，忽然被吓着似的大喊："你们血狼山的月亮！怎么这么大！"

此时在山道上，靳岈和贺兰飒也抬头望着头顶硕大的圆月。

山道中断了，前方热气腾腾，熏得两个人大汗淋漓。隐约能看到鹿头，但无路可去。靳岈捡了颗烫手的石子，扯下两根头发绑在石头上，把石头扔进冒着烟气的山道。头发瞬间便焦了。

他们只得回撤。

山坳里仍稀稀拉拉地落着冰冷的雨滴，月亮又被云层掩盖了，看不见一点儿端倪。贺兰砜坐在山坳里生闷气，"走不到，还怎么点火。"他想了想又说，"那是铁的鹿头，根本不可能点火！"

靳峭同他坐在一块儿，此时悄悄从怀中掏出干粮。他们在林中分吃干饼与肉条，低声说话间，忽然看见前头有一簇白影子一闪而过。

贺兰砜钻进林子，半天后拎出一只黑眼睛的小兔子。兔子皮毛雪白，爪子尾巴沾了泥，贺兰砜仔仔细细给它擦干净。

"卓卓见到这个肯定高兴。"他嘟囔，"也不知卓卓现在怎样，胖了瘦了，高了矮了。"

"我们出来才几天啊……"靳峭哭笑不得，"很快就能回去了，陈霜和阮不奇都在家里，别担心。"

贺兰砜沉默片刻才接话："对不起，血狼山没什么意思，还让你受了惊吓。"

靳峭却摇了摇头："血狼山跟火灾之后的北都南城一样，非常有趣。"

这回是贺兰砜不解："怎么说？"

靳峭小时候生活在封狐城，封狐并非富庶之城，只是因贯通大瑀与金羌商路，商贾来往众多，渐渐才成了气候。封狐周边尚有许多小城，城中百姓多以耕种为生，种粮食，种瓜果，应有尽有。

在灾年，冬季有雪灾，夏季有洪涝，百姓靠天吃饭，异常辛苦。靳峭记得小时候封狐附近有条河流倒了堤，淹没一大片农田村庄。靳明照不顾军令，调了一部分西北军去帮忙。靳峭当时五岁上下，等水退之后，靳明照带他们姐弟俩去看人们种地。

他至今还记得，兵丁和百姓都在清理农田积水，村头孩子们吃着手指，围在一个货郎身边。货郎是封狐城来的，不收钱，逐个给小孩们吹糖人吃。他给自己一个小老虎，给姐姐一个小猫儿，又脆又薄又甜。

第二天，来了卖酒、卖米面的货郎。

第三天，来了木匠、泥瓦匠。

"爹爹说，只要人还能喝酒，能笑，能唱歌，有地能种，日子就不会完，土地也不会死。"靳峭回忆，"只要商道畅通，四海货物和人能流通，只要商人还在，还有东西可买、可卖，总会有希望。南城如此，血狼山如此，我想天底下所有的地方，应该也都如此。"

贺兰砜听得半懂不懂，只晓得一件事："你爹爹懂真多。"

这话勾起靳峤愁绪，他笑了笑："嗯……我爹特别喜欢你这样性情的孩子。如果他还在，我一定要跟他介绍你。"

"怎么介绍？"

"说你是驰望原杀狼的英雄。"靳峤摇头晃脑，"英勇无匹，救我于危难，为我点鞭炮，请我吃油饼。"

贺兰砯登时大笑，不料手一松，兔子立刻挣脱，一溜烟地往前跑了。

"哎哟……"靳峤有点儿可惜，他还没摸到那兔子。

兔子跑得飞快，往山壁上一撞，竟然消失了。他们又惊又奇，凑近山壁细细摸索。山壁上有一道细小裂痕，自上而下，在地面留有拳头大的洞，兔子就是从这儿钻进去的。

"……这有个洞口！"靳峤大喊。

洞口狭窄，只能容兔子之类的小兽钻入，他们挖了半天都没刨出可让人进入的空隙。

但这儿莫名出现了一个洞口，兔子进去之后没再出来，显然里头尚有空间。两个人都没打算放弃它，抓耳挠腮片刻，靳峤忽然蹦起来："我去找工具。"

他跑回镇子，贺兰砯仍在用石块刨挖，连靳峤随身的剑也用上了，一点一点地扩大洞口的范围。靳峤回来时没拿铲子，手上拎着一个布袋。

"火药。"他冲贺兰砯晃了晃。

火药是问朱夜要的，有朱夜出面，镇上的人愿意给他那么一点儿，让他去"玩玩"。他当然也觉得炸洞口石块是在玩儿，一个寻常普通的兔子洞，能有什么东西？贺兰砯没处理过火药，更没见过这一团泥巴样的东西，便看靳峤摆弄。

"挖矿的地方都需要火药，火药能把石头炸开。这是引线，我们要把引线点燃，然后……然后……"靳峤把那团火药放在空隙处，在身上摸索片刻后尴尬笑道，"我没带火石。"

贺兰砯觉得他为这事儿着急的模样很有趣，也不插话，看他一个人东摸西摸，最后抽走了箭囊里的狼镝。

靳峤左手抓着狼镝，右手抓住石块，相互撞击以取火。细小的火星飞溅，落在地面的脆叶子上。叶子被夜雨打湿了一些，很难燃烧。靳峤极有耐心，火光在他黑色的瞳仁里一霎一霎地亮了又暗。贺兰砯很少见他这么专注地做这种无谓之事，心知他是为了陪伴自己。

"算了。"贺兰砜说，"我们回镇上吧。"

"你没听过《奇侠列传》吧？"靳峒说，"江湖上传言，这种神秘出现的密室里头总藏着些珍奇东西。江湖中人若是碰到这种藏宝密室，绝对不能放过。"

这故事他也是在潘楼听来的，说的是江湖上十位传奇侠客的故事，十个人中有八个在密室里找到了失传的武林秘籍、罕见珍宝或被关了十几年仍面色红润容貌艳丽的少女。

贺兰砜讶然："真的？"

"我还会唱呢。"靳峒摇头晃脑，"游侠久盛名，叱咤风云，轻裘锦带，结交投分，只恨那不知倦东风，累我落这黑风洞中……"

火光一亮，那几片叶子终于燃烧起来。

他们把燃烧的叶子推到引线边上，躲到一旁等着。很快便是"嘭"一声，火药炸开，那洞口果真塌了一半，露出里头黑魆魆的一个坑洞。靳峒往里扔了一把火，见火光不灭，才放下心往里走。

坑洞颇深，有人修筑了简单的石阶，狭窄难行。石阶只有十几级，走完便是平地。靳峒还要抬腿，却撞上硬邦邦的东西，吓了他一跳。白兔子在暗室里东窜西窜，擦着靳峒的脚又奔了上去，这回是真的逃跑了。靳峒顾不上它，连忙举起手中燃烧的木枝，照亮这个小小的暗室。

他们齐齐吃了一惊。

暗室狭窄，长宽不过丈余，却密密麻麻地堆满了黑色的箭矢！

"是高辛箭……"靳峒抓起一根，兴奋地大喊，"贺兰砜，是你的箭！"

这儿存放的高辛箭数量足有万枚，垒得比两个人还高。贺兰砜把靳峒往后拉了拉，以免箭矢落下让他受伤。靳峒却为自己发现了这处秘密而兴奋不已，他举着火左右照亮，看见石阶下方还个巴掌大的小铁箱。

铁箱没有锁，拿起来能听见里头东西的撞击声。靳峒伸直手臂："这里头说不定有暗器。"

贺兰砜："我来。"

话音未落，靳峒已经挑开箱盖。里头只有一块拳头大小的血玉，在乳色玉身上显出几缕血丝般的痕迹。

贺兰飒拿起一支高辛箭，在手中转了转。他想到方才靳岈打火的样子。抓起几支箭矢放进箭囊，他顺手将那块玉片也抄进怀中，催促靳岈离开。他们仍旧用石块把洞口堵上，靳岈神秘地低语："这是高辛族的秘密兵器库？"

"不知道。"贺兰飒道，"但存放得这样简陋，估计事发仓促。"

"你不再仔细多看几眼么？"靳岈问，"万一里面还有别的东西呢？"

"先回去。"贺兰飒的狼瞳里带着笑，"我知道怎么点燃鹿角了。"

他们回到镇子时，岳莲楼和朱夜已经坐在地上，吆喝着划拳。朱夜还不熟悉这新学的技艺，岳莲楼赢了又赢，她喝得已经有些醉了。

贺兰飒问朱夜："点燃鹿角，不能用火？"

朱夜醉脸酡红，无声点头。

"鹿角是铁做的，怎么烧得起来？"

"鹿角内藏有火料，且鹿角不是密封的，留有缝隙。"朱夜忽然看到他箭囊中的高辛箭，酒意清醒了大半，"你哪儿来这么多的高辛箭？"

贺兰飒想了想："发现了江湖上藏宝的密室。"

贺兰飒抬头四望，转身往酒铺后方的山脊走去。他走到一半又折回到朱夜面前，冲她伸出手："朱夜，我要借你的擒月弓一用。"

朱夜没答应："你自己有弓。"

贺兰飒："这一把不行，射不了那么远。"

朱夜把琴拆了，重新装成一把乌金色大弓。靳岈这回靠得很近，把她拆弓、装弓的手法看得一清二楚。琴身拆做三段，三段又各有连接之处，大弓看起来沉重，拿在手中重量却十分合适。琴身拆卸后，琴弦便藏进弓中，而原本藏于琴身的一根弓弦被拉出来，弓弦两端系在两个圆环上，圆环扣入弓身两侧的凹槽，一把完整的弓便成型了。

把弓交给贺兰飒，她微微皱眉，笑道："你是想用……高辛箭？"

贺兰飒"嗯"地应了。他把弓负在背上，理了理自己的头发，扭头望向遥远侧峰上那只双目半闭的鹿头。"走吧。"他对靳岈说，"我们上山。"

贺兰飒和靳岈爬上山脊，又一路往上，直到寻见狭窄平坦的地方才停下。这儿可笔直望见侧峰的鹿头及侧峰下烧得火红的土地。

酒铺和镇子里的人都三三两两走了出来，等待贺兰飒点亮鹿头。嘲讽的笑声隐隐传来，雨已经停了，薄薄的云还未彻底散去，鹿头周围被炽热土地烘化的水汽氤氲如轻烟。

半个硕大的月亮在云后露了脸，鹿头被照得雪亮，双眸半闭，似有佛相。

贺兰砆先抓起自己的弓试了试，摇摇头。"还是得大弓才有力。"他喃喃道，"我从没试过射这么远……"

他把两枚高辛箭搭在弓上，将擒月弓横放，两支箭矢笔直指向鹿头上的两枚鹿角，有力双臂拉开弓弦，双腿咬定地面，背脊绷紧。

"这是……要干什么？"靳岈站在他身后，看着他的背影问。

贺兰砆没有回头，双目紧紧盯着自己的目标，笑了笑。

"你刚刚教我的。"他说，"打火。"

高辛箭离弦！

两枚黑色箭镞激射，擒月弓弹力强劲，箭冲破月色与云雾，飞向侧峰的鹿头！

两箭同时发出，同时抵达，箭尖同时撞上鹿角最尖端的那一处。

铁的高辛箭与铁的鹿角，撞击瞬间，火花迸发。

人们还未看清楚那箭去势如何迅猛，便见到冷冽月光下，侧峰的鹿角同时被点燃。金红色的火焰从鹿角最尖端燃起，火苗沿着鹿角缝隙，如流水般往下流淌，瞬间点燃了整个巨大的鹿头！

鹿头轮廓熊熊燃烧，鹿眼缓慢睁开，双目火红。它再无佛相，靳岈目瞪口呆：双瞳剧烈燃烧，那是人的眼睛，是生生不息的烈焰。

风从血狼山脚猛烈地扬上来，鹿头火焰更盛。一轮明月圆硕饱满，一对鹿角便如同巨人燃火的双手，将那轮明月牢牢擒在手中。

镇中所有人都沸腾了。北戎人只知道自己看到了从未见识过的奇景，连驻守的士兵也惊得呆住。高辛人一边高喊，一边跳着蹦着，冲山上的贺兰砆举起双臂，热烈欢呼。

他们喊的那个词，靳岈常常听朱夜和贺兰金英提起——高辛土！高辛王！！高辛王！！！

贺兰砆只是听着，不为所动，直到看见那轮明月，他才愣住似的，思忖一会儿回头对靳岈说："靳岈，你的月亮出来了。"

"什么？"靳岈忙走近他，顺着他手指看去，哑然失笑，"这怎么是我的月亮？"

　　贺兰砜垂眸看他，靳岷这才发现贺兰砜额角沁着细汗，这一箭他实在很紧张。月色疏冷，但血狼山是热腾腾的，贺兰砜脸上流淌着异色的光。那不是狼瞳，靳岷心想，那分明是鹿的眼睛，它们注视自己的时刻，永远是温柔的。

　　他听见贺兰砜的声音："世人都有自己的月亮。"

　　靳岷的心头空了一瞬："你也有吗？"

　　贺兰砜握弓的左手轻轻颤抖。他没有丝毫犹豫，斩钉截铁："当然。"

第二十三章

山海

市镇的狂欢持续了一整夜，值守的士兵无法让所有人冷静，不当班的人也奔出来喝酒跳舞，大声唱歌。朱夜坐在酒铺子最高的地方，一首首地弹着快乐的曲子。

贺兰砚和靳岍回来的时候，在路上又抓住了一只兔子。他们远远地待在镇子的边缘，在灯火几乎照不到的地方，抱着兔子说悄悄话。那兔子很听话，伏在贺兰砚怀里，一双黑眼睛盯着靳岍，长耳朵贴紧背脊。

"它有点像你。"贺兰砚说。

靳岍："……"

贺兰砚摸着兔子的耳朵和背，兔子张嘴从靳岍手里吃擦干了水珠的菜叶子。靳岍心想，当贺兰砚手里的兔子也挺好的，吃喝不愁，安全无虞。

靳岍抓起一块石头，趴在地上给贺兰砚画地图。他先画了大瑀，在"大瑀"地图上放两块石子："这是梁京，这是封狐城。"

在"大瑀"北部画了一道江："这是列星江，夏秋季节从江上乘船而过，天上是银河，江中是银河倒影，大瑀人叫它'长鲸'。"

"大瑀的北部是北戎，西北方是金羌，南部是赤燕。赤燕产大象，跟血狼山酒铺的铁鹿头差不多大。大象有这么长的鼻子，这么长的牙齿……"靳岍比画着，跟贺兰砚形容高辛人从未见过的奇妙东西，"真的，我没有骗你，它不是怪物也不是魔鬼。东部是若海，隔海有一连串岛屿，那是海国琼周，琼周有三百多个岛屿，串在一起像明珠——明珠你知道吗？海里贝壳产的宝贝。贝壳？你也没见过贝壳……贝壳就是……"

贺兰砚盯着地图："血狼山在哪里？"

"大概在这儿。"靳岹回忆星斗的位置，在北戎的西北端放了一块小石头。

"这么小？"贺兰砜惊讶，"不可能！"

"天下很大哩！"靳岹张开双臂，"这儿是我们能去的地方，在赤燕南部是一片很大很大的海洋，琼周东部还有别的大岛屿，这些地方大瑀人都没去过。金羌你知道吧？过了金羌再往北去，据说有巨大的火山和冰川，有比人还高的鸟，河流里藏满了金子。"

贺兰砜看看他，又看看那地图。

"那我和你呢？"

靳岹拈了两粒沙子，放在"血狼山"的石头上："这就是我们。"

"……看不见。"贺兰砜说。

"咱们能互相看见就行。"靳岹说，"你们驰望原的天神要管辖的地方已经很大，大瑀人信佛，佛祖和天神……"

贺兰砜只感到一种陌生而复杂的东西，从自己心底蓬勃地生发。靳岹说的所有事，他都感兴趣；靳岹看过的所有风景，他都想一一经历。

"大瑀人……讨厌高辛人么？"贺兰砜问。

"你说呢？"靳岹笑他问题稚气，认真答，"大瑀可没有什么邪狼传说。再说，我也是大瑀人。"

贺兰砜便似得了保证，揉着兔子暗暗地笑。兔子在他怀中睁圆了眼睛，看他们头顶的树杈。贺兰砜心头一动，抬头便见岳莲楼斜倚树杈，偷听得津津有味。

"……你怎么在这里？"贺兰砜跳起来。

岳莲楼轻飘飘落地，拎着酒壶装惊讶。贺兰砜跳起来，抄起石头打他。岳莲楼跑了几步扬声大喊："高辛王在这儿！"

蜂拥而来的人们把贺兰砜拉走了，只留下呆坐的靳岹和恶作剧得逞后笑得前仰后合的岳莲楼。

"岳莲楼，你生平最爱之事，是不是惹别人生气？"

岳莲楼打了个响指："知我者，小将军也。"

靳岹拍拍身边石头请他坐下，半晌才问："我是不是错了？"

岳莲楼敛去嬉皮笑脸，认真道："当初让你骗他，是无奈之举。我当时还不了解贺兰砆此人，但现在我们都晓得，他是可以信任的。他一定能帮你回大瑀。"

"不是这样的。"靳岹低声说，"就算他不帮我回大瑀，我也会与他结交。就算以后他会恨我，我也把他当作……对不住，我做不来你和陈霜嘱咐我的事情，唯独是他，我不想骗。"

"一切随你心意。"岳莲楼忙抓住他肩膀，"人不必故意把自己过得这样苦。小将军，你一定得高高兴兴的。以后我们回了大瑀，苦的日子还有太多太多，现在你能高兴多久就高兴多久。交你想交的朋友，和你中意的人去跑马，猎兔子猎狼都随你。没人会责怪你，若真有这样不识相的人，我和陈霜帮你揍他！"

靳岹笑了："多谢。"

岳莲楼素来都认为，骗人要认真，不骗的时候也得认真。他起初应堂主的命令来照看靳岹，心里存着不满，总觉得是杀鸡用了自己这把顶级牛刀，不划算。但靳岹身上总有些什么，每次岳莲楼见到了都觉得吃惊，仿佛这孱弱苍白的孩子体内潜藏着澎湃的东西，是酷寒和灾厄都压不死的。它热烈真诚，总是燃烧着，总会迸发出来。

狂欢持续了好几天。靳岹不容易见到贺兰砆，白天没人拉着他喝酒，朱夜要找他过去说事情，好不容易到了晚上，高辛人和北戎人都对他充满兴趣，加上这儿的北戎人都是怒山部落的罪奴，已经多年没有离开过血狼山，人人都想在贺兰砆嘴里打听北都的新消息。

人人都喊他"高辛王"，就连岳莲楼也学了这句高辛话，跟着大家一块儿喊。

"贺兰砆！"

贺兰砆听出靳岹的声音，连忙从被包围的人群中脱身，跑到他身边。

"咱们的马儿没粮草了。"靳岹说，"出去遛马吧。"

贺兰砆求之不得，只跟朱夜和岳莲楼打了招呼，和靳岹牵着马儿下了血狼山。血狼山山脚附近地势平缓，原野绿草茂盛。飞霄和靳岹的马儿一路慢行吃草，他们用草梗子编手环，一边聊天。

"我确定朱夜喜欢大哥。"贺兰砆神神秘秘道，"我问她我和大哥谁更像高辛王，朱夜说，当然是贺兰金英。"

他学朱夜说出贺兰金英名字的腔调："是不是有点儿温柔。"

靳岬茫然："有吗？"

贺兰砜："迟钝。"

马儿吃饱之后，两个人便骑上马，打算在附近找条河刷马。贺兰砜告诉靳岬，朱夜答应把英龙山脉的捷径告诉他们，但那条捷径实际上很不好走，朱夜并不建议靳岬从那里回大瑀。

"总归是一条路。"靳岬心头高兴，"我给朱夜带点儿花回去！"

他放松缰绳，马鞭一抽，马儿便在草原上飞驰起来。贺兰砜在他身后追赶，只看到靳岬的背影。飞霄脚程快，眨眼便追上了靳岬的马。两匹马儿并辔而行，在河边停下。靳岬掏出果子在水里洗净，抛给贺兰砜。

贺兰砜接过果子，忽然说："靳岬，把我也带回去吧。把我带回你们的大瑀，让我做你的马儿。你去哪儿我就去哪儿，上山下海，我都能为你蹚过去。"

靳岬一时愣住。

"我现在想去大瑀。我想看你说的长鼻子的怪物，还有海，我没见过海，也没见过船。"贺兰砜紧紧地盯着他，"什么是星河？什么是长鲸？我要把你眼里看过的东西全都瞧一遍。"

被他这样注视着，靳岬只感觉自己比驰望原的一株春草更脆弱。

大瑀没有驰望原这样辽阔的草原，没有风驼，没有风鹿，没有能将盖着毡布的马车吹得晃动不稳的冬风，没有把土地烧得黑红的地火，没有不灭的长明灯，没有猪胰油饼，没有熊皮鞣制的靴子，没有毡帐，没有希楞柱，没有贺兰金英，没有卓卓，没有贺兰砜的家。

可这儿也不是贺兰砜的家。浑答儿怕他，因为他的大哥是贺兰金英；高辛人尊敬他、喜欢他，因为他点燃了鹿火，他们把贺兰砜当做高辛王。辽阔无边的驰望原，贺兰砜真正拥有的只有小松林里的一顶帐子。

见他愣忡，贺兰砜以为这要求对靳岬而言太过为难："……我开个玩笑。"他微微笑着，把手攥成拳头，放在靳岬眼前。

"什么？"靳岬看见他手里握着个东西。

贺兰砜松开手，一枚玉雕的鹿头从他掌中滑落。鹿头是用暗室里那块血玉雕琢而成的，红色的血丝从鹿角蔓延至鹿眼睛，其余部分均为乳白色，十分光润漂亮。鹿头顶部凿了一个小洞，用红色丝绳系在贺兰砜指上。鹿头随他动作，在靳岍面前轻轻晃动。两颗鹿眼珠一颗是红的，一颗是白的。

"……你做的？"

"嗯，"贺兰砜有些得意，又有点儿紧张，"好看吧？"

这比靳岍在熊皮靴子上缝的鹿头好看太多了。鹿头与血狼山侧峰那颗至今仍在熊熊燃烧的铁鹿头几乎一模一样，靳岍认得鹿角枝杈生长的方式。贺兰砜雕琢得极为细致，边缘打磨光滑，连那系鹿头的丝绳也仔仔细细地编过，绳子中嵌着几枚细小的金珠。

贺兰砜被人们拉去喝酒时也没有闲着，只要有空，他就会掏出玉片仔细打磨雕琢。见"高辛王"如此认真，别的高辛人也给他出谋献策，教他细微处如何雕刻，绳子如何编结。昂贵的金珠是贺兰砜向高辛人买的，一枚高辛箭能换一颗金珠，虽然每一颗都十分细小，但对这儿的人来说，已经是极为值钱的家当。

他把这枚鹿头系在靳岍腰上。靳岍腰间还佩着他送的那把小刀，贺兰砜左看右看，很是满意。

回去途中，贺兰砜告诉靳岍，朱夜得知山坳里有暗室，暗室中藏着许多高辛箭之后，着实也十分惊讶。朱夜自己只拥有一枚高辛箭，是当年逃离血狼山的母亲带走的。她只知道贺兰野藏匿了所有高辛箭，却不知道贺兰野竟从未对北戎天君透露半分。

能保存这个秘密，贺兰野必定也吃了不少苦。

"与高辛箭相比，狼镝射速更快、更准。"贺兰砜说，"高辛箭还是太轻了，狼镝是实心的铁箭，重了些，寻常大弓并不适合。两种箭我都试过，擒月弓最适合使用铁箭……"

说起射箭之事，他话变得很多。靳岍喜欢听贺兰砜聊天，每每谈到喜欢又擅长的事情，贺兰砜就会变得健谈。他想起贺兰砜方才突如其来的请求，心里一阵难受。如果他仍是过去的靳岍，让一位远方的朋友长住梁京，那是再简单不过的事情。可此番回梁京，还不知是如何的波诡云谲，他不能让贺兰砜一起冒险。贺兰金英的叮嘱，靳岍仍记得清清楚楚：相依为命的兄妹三人命运紧密相连，贺兰砜只是一时冲动，他是不会离开贺兰金英与卓卓的。

他们回到山脚，正巧碰上独自练剑的岳莲楼。岳莲楼擅用的武器是两把同样长短的剑，左右手各一，平时或负于背上，或佩在腰侧。他一边收剑，一边不知怎么的就跃上了飞霄马背。

贺兰砅仰头看他："岳大侠，江湖是什么样的？"

岳莲楼俯首不语，像是惊呆了，半晌才从飞霄背上跳下，站在原地不动。贺兰砅勒马回身，飞霄小跑到岳莲楼身边，他又问了一遍："岳大侠？"

岳莲楼只觉得贺兰砅像靳岍一样毕恭毕敬地称呼自己实在十分有趣。"我不是大侠。"他也认认真真回答，"我是浪侠。"

"什么是浪侠？"贺兰砅越发恭敬。

"就是见到漂亮孩子就想亲一口的那种人。"岳莲楼笑道。

贺兰砅认为阮不奇教卓卓说的诸多大玛骂人话之中，有一句尤为适合："淫贼？"

岳莲楼："……"

等人们把市镇上的酒喝完了，那燃烧的铁鹿头也看腻了，凿矿打铁的声音又日夜响彻血狼山。贺兰砅在这里学会了打铁，据说每一个高辛男人都懂得这个本事，他们为自己打造武器，为妻子打造薄而锋利的镰刀，为孩子打造光滑的铁块和铁球，那是高辛小孩能拥有的第一份礼物。

高辛工匠教贺兰砅如何识别铁矿：山上有赭，其下有铁；上有慈石，下有金也。靳岍有时候跟着听一耳朵，贺兰砅倒是研究得认真。

拨开矿渣和炭灰，金红色的热铁从炉子里被夹出来的时候是软的，能在锻锤下变成任何的形状。贺兰砅先是想打一枚箭，得知锻箭需要模具后他决定换成打菜刀，之后很快又放弃了：他只想打一块普普通通的铁板。

最后铁板也没有打成，教他这本事的高辛人勉强压抑着自己的怒气，不敢跟高辛王说太讨无礼的话语，客客气气请求他去歇一歇——也不是所有高辛人都懂打铁，就像并非所有高辛人都能拉开擒月弓、点燃鹿火……再歇歇吧，歇歇，放过这块铁。

贺兰砅进行漫长而无用的打铁劳作时，靳岍就在锻铁的地方等他。年迈的怒山部落罪奴连锻锤也举不起来，他们坐在温暖的角落装填火药，浑浊眼珠子在皱巴巴的眼眶里打转，面目慈祥又模糊。

他们告诉靳岘，冬天的时候常有鸟儿在血狼山过冬，都是来不及往南方迁移的孤鸟。有时候冷得突然，他们在路上偶尔会捡到一两只冻僵的小雀。人们把小雀藏在怀里或者腋下，等慢吞吞走回血狼山市镇，小雀便能活过来，他们打开衣袍，张开手臂，生了翅膀的小东西就扑棱棱地飞上了天。

"跟这雀儿一样，怒山人杀不死哩！"老人七嘴八舌，"高辛人也一样杀不死。"

怒山罪奴口音重，靳岘只听懂了一点儿，稀里糊涂地随着他们一起点头。

到了夜里，酒少了，人们倦意强烈。偶尔贺兰砯和靳岘会在山坳里碰到一两个怒山罪奴，他们压低声音，生怕被什么人听到似的，用几乎听不清楚的语速问贺兰砯：哲翁还在吗？哲翁死了吗？他什么时候能死啊？他杀了怒山部落这么多人，尸山血海，你是高辛王，你好歹也是个王，你怎么不去了结他？

贺兰砯总不知如何回答，时而茫然，时而沉默。

离开那一日，市镇上的人纷纷来送别。朱夜选择留在血狼山，驻守的士兵非常欢迎：有高辛神女在，高辛人好管得多。

贺兰砯从暗室里拿了一大把高辛箭，用油毡布裹严实了，紧紧系在马上。临行之前，朱夜把擒月交给了他。"擒月弓是该交给高辛王的。"朱夜说，"不管你愿不愿意当高辛王，都拿着吧。你流着高辛王的血，这就是你的弓。"

高辛人看他，怒山部落的人也看他。他接下这把弓，似乎就接下了所有人的期待：去杀了哲翁，去颠覆北都。贺兰砯不能不接，擒月弓被日光照得发烫，他低头向朱夜道谢，脑袋一直没抬起来。

因朱夜不随行，三人不识路，无法再抄捷径，便规规矩矩地走大道。紧走慢走了半个月，总算穿过怒山部落，进入青鹿部落的第一处驿站。

驿站宽敞温暖，春天已经降临驰望原的所有角落。睡前，靳岘和贺兰砯去马厩照看马儿，两个人正说话，路上忽然远远传来了驼铃声。驿站里的人都醒了，驼铃声越来越近，路上缓慢行来一支队伍，看上去也是穿过怒山部落来到青鹿部落，准备往北都去的。

靳岘从没见过这么多高大的风驼，它们比烨台里的骆驼更壮实，驼身披挂彩色毡毯，长脖子上垂着各色铃铛，嗡嗡的铃声悠长得像一首模糊的曲子。

　　驼队后便是马队，马队之后还有七八辆厢型马车和许多随从。越是靠近驿站，那当先挑着的一面旗帜便越发清晰。

　　靳岇暗暗吃了一惊：旗帜上是一个绣金大字——羌。

第二十四章

喜将军

车队最终在驿站停下。车队里的金羌人都说一口流利北戎话，言行规范有礼，驿站的人牵马、牵骆驼，把车队引向后院。

岳莲楼也来看热闹，他左瞧右瞧，问："小将军，你看出什么来了？"

这些人身上带着极为明显的行伍气，行坐时背脊挺拔，手习惯性地放置在刀柄上，为首那位跟驿站之人询问马草质量时，其余几位有意无意地在他周围均匀站开，十分谨慎地左右张望。有一两位扫过了靳岬三人所在的马厩，目光冷静如刀。

"都是当兵的。"靳岬低声道，"姿势骗不了人。"

"不止。"岳莲楼示意他看旗帜，"那面旗帜可不是寻常金羌人家可用的东西，看到金线没？金字，锦边，还是紫色的，这可是金羌贵族的标志之一。"

三人被赶回房间，岳莲楼好奇心盛，趴在窗户缝里看了一会儿，头也不回地跟身后两个人说："还有个大肚子女人，许多人挽着。这拖家带口的上北都做什么？又不是经商……"

这一路能引起他兴趣的事儿太少了，岳莲楼兴奋得睡意全无。

房间不大，靳岬和贺兰砜睡地上，岳莲楼睡床。贺兰砜问靳岬："他不是来保护你的吗？"

靳岬："所以他要睡床。他睡地上，腰酸背疼的，连剑都舞不起来。"

贺兰砜此时已经完全明白岳莲楼的本性，并活学活用从卓卓那儿听来的大瑀话："他放狗屁。"

第二日，三人准备出行，却发现驿站门口站着把守的金羌人，不许任何人进出。有人在驿站里吃饭喝酒，其中一位身材魁梧，独自占据一张桌子。驿站内静得出奇，三十余人挤在其中，竟无人发出一丝声音。

那中年人定是领队。贺兰砚回头往驿站里走，在距离中年人还有十步的地方被拦下了。

"我们要赶路。"贺兰砚毫不畏惧，"你们是什么人？为什么不让我们出门？"

靳岣忙把他往后拉，岳莲楼笑嘻嘻靠在门边吃果干。

那中年人抬起头，贺兰砚和靳岣都吃了一惊。此人脸上有数道旧伤，划破鼻梁、眼皮，整张脸仿佛破碎过又缝合起来，阴森可怖。他眼中精光尽露，上上下下打量贺兰砚和靳岣，良久笑了笑："高辛人和大瑀人？"

他笑起来越发狰狞，靳岣的手忽然紧紧抓住贺兰砚手掌，力气之大，贺兰砚都觉得疼。他以为靳岣是怕了，忙把他掩在身后。

"对。"贺兰砚承认了他俩的身份，"怎么了？"

"你们是去血狼山，还是去北都？"

"我们回北都。"

中年人看着贺兰砚："……你不是真正的高辛人？"

贺兰砚不答，微微昂头，目色倨傲。中年人似是很喜欢他的桀骜，越发笑得厉害。但他一笑，面庞上数道疤痕便扭曲般收缩、舒展，连直视都让人觉得喉头欲呕。中年人笑了一阵，见贺兰砚始终不回避自己目光，慢慢点了点头："你这高辛孩子，很不错。"说罢扬了扬手，示意众人放行。

驿站外此时传来一阵马蹄声和人声。岳莲楼已经从门口消失，不知去了哪里。"别怕，我们这就出发。"贺兰砚扭头四望，"岳莲楼……"

"贺兰砚？！"

一声粗糙豪迈的大吼，贺兰砚和靳岣心中同时一震，还未回头已经喊出那人名字："巴隆格尔？！"

张开手臂扑过来的果真是巴隆格尔。他一身叮叮哐哐的戎甲，在贺兰砚肩上重重一拍："总算回来了！"

驿站门口一列士兵，旌旗飘扬，所有人都着一色银亮盔甲，在日光中熠熠生辉，潇洒庄严。打头的那位青年头戴银色战盔，浓金色长发从战盔中散落，驰望原的风吹动新鲜的草叶、花瓣，掠过他漂亮冷静的狼瞳。他望着贺兰砚，略略低头，像是微笑，又像是松了一口气。

"大哥。"贺兰砜按捺心中激动，他没忘记自己离开北都的原因是"和贺兰金英因朱夜之死而决裂"，低下头，装作懊悔紧张。

贺兰金英一句话还没说，巴隆格尔已经推着贺兰砜往前："将军，不生气了，都回来了就算了。你瞧他还把大瑀奴隶也带着，他最听你的话。"

贺兰金英下了马，抬手在贺兰砜头顶轻轻拍了拍。外人看来这是和解的意思，但贺兰砜感觉到大哥的手掌有轻微的颤抖：他害怕，紧张，从北都一路往血狼山去，不知会遇到多少凶险，不知在血狼山贺兰砜是否也遭遇各种刁难。但如今看见弟弟安全稳妥地站在面前，一切言语都是多余，他像对待男子汉一样，冲他笑了笑。

"跟我们一块回去吧。"贺兰金英说，"我是来迎接金羌使臣的。"

他和巴隆格尔走进驿站，里头顿时热闹起来，问候寒暄不绝。贺兰砜和靳岇留在外头，他们看不见岳莲楼，猜测他应该是怕被巴隆格尔认出，已经躲了起来。驿站后院的金羌车队里也有许多人守着，住着孕妇的房子更是被围得水泄不通，见有生面孔靠近，兵丁们全都警惕地握刀。

贺兰砜与靳岇牵了马离开后院，小声道："那人居然是金羌使臣？连女人也带上，他是去干什么的？"

靳岇不答，似是心不在焉，摇了摇头。

贺兰砜心中仍有许多疑问："既然是使臣，怎么选了个满脸是疤的人？他脸上那些疤痕，是被鞭子和刀所伤……"

"别说了。"靳岇忽然低声道，"他不是寻常使臣。"

日头升上中天，队伍终于浩浩荡荡出发了。贺兰金英是奉了云洲王之命，专程来护送金羌使臣队伍入北都的。金羌派来使臣，是为了见证北戎和大瑀签订的碧山之盟，哲翁很为自己夺得列星江江北所有土地而得意，数份书束送出，北戎附近许多国家都派来使臣参加北戎的欢庆仪式。

贺兰砜和靳岇也随队离开，得知贺兰砜是贺兰金英的弟弟，那金羌使臣挂着一脸狰狞的笑，夸了他几句。

车队一路往东，夜间在一处稳妥温暖的山谷宿营。此时已是四月，白天暖和，夜晚仍有些许寒意，兵丁们生起篝火烤肉跳舞，北戎人与金羌人也磕磕绊绊地说话聊天，分享家乡的故事。金羌使臣带着一位大腹便便的女人，他没参与任何活动，拿了水和食物便回到了马车上。

巴隆格尔在贺兰金英的帐子里吃东西，对面前喝酒的兄弟俩说："不过在北都逗留一两个月，何苦还带个女人呢？"

贺兰金英找了个借口把巴隆格尔赶出去，问贺兰砯在血狼山里发生了什么事。贺兰砯一一说了，当他提到怒山部落的人仍对哲翁怀有恨意，贺兰金英点了点头。

五部落之乱中，怒山死的人太多了。从可以与青鹿部落分庭抗礼，变成比烨台更弱小的部落，怒山人不能原谅哲翁。尤其平乱到了末期，怒山人已经放下武器、决定归顺，但哲翁始终没有放过他们。

"你要当高辛王吗？"贺兰金英问。

"你当么？"贺兰砯反问。

贺兰金英自然摇头："我要娶朱夜，高辛王不能跟神女结合，我不当。"

"我也不当。"贺兰砯说，"让卓卓去吧。"

贺兰金英忍不住大笑："好好好！就这样！"

兄弟俩连连碰酒杯。

贺兰砯正喝着，忽然想起一件事："大哥，那金羌使臣，怎么长得跟金羌人不大一样？他瞧着……像是靳岍那边的人。"

"他不是金羌人。"贺兰金英低声道，"此人本名雷师之，和靳岍一样，是大瑀生、大瑀长的梁京人士。"

贺兰砯结实吃了一惊："那他怎么成了金羌的使臣？！"

"使臣只是一个名号，他是金羌的将军。"贺兰金英答，"与靳明照在白雀关死斗的，就是金羌人称'喜将军'的雷师之。"

营帐外，靳岍正在给飞霄和自己马儿梳理毛发。他还没给这匹马起过名字，正思忖着，身后传来不加掩饰的脚步声。一位魁梧汉子走近，脸上几道粗大伤疤被灯火照亮，连同他毫无情绪的冷淡双眼。

靳岍几乎在瞬间抓起身边的佩剑，拦在身前。

"你认得我？"雷师之笑道。

靳岍低声答："不认得，但知道你是什么来头。西北军里头，没有谁不晓得喜将军。"

雷师之敛去笑容，点点头。"你跟你爹少年时长得很像。"他嘴唇蠕动，似是咬了咬牙，"一样令人讨厌。"

喜将军雷师之成为"喜将军"之前，确实是大瑀人士。

他与靳明照同年参军，同在北军服役。靳明照父亲是戍边将领，雷师之只是一介平民，但学武奇快，头脑灵活，建良英从新入伍的孩子中收了几个当自己弟子，其中就有靳明照和雷师之。

两个人虽同为建良英弟子，但争斗之心不绝。有时候是靳明照故意挑起武斗，要胜雷师之一头；有时候是雷师之在谈策中妙思不断，能获得建良英称赞。

两个人均是建良英最喜爱的弟子，他常常与军师聊起两位少年人，有赞赏也有遗憾：若是二人脾性合二为一，那将是大瑀绝佳的福气。靳明照擅长排兵布阵，与将士亲近和睦，在军队中颇受欢迎，但他自小带着一份傲气，同朝中官员甚少来往，朝廷中有人提起，总要添上一句："同他爹一样是个又臭又硬的烂脾气。"

雷师之与靳明照恰好相反，他从小混迹市井，善于察言观色，该正经时正经，该圆滑时圆滑，军中上上下下他都能哄好，虽然许多行伍中人不太喜欢他的性格，但也会承认雷师之是个人才。

在建良英看来，雷师之最大的毛病是他太过心狠。谈策时雷师之总能在经略上胜靳明照，正是因为他只看兵行路线，只关注胜负，全然不顾城池百姓。能阻断敌人退路，烧城便烧城；能补充军粮，抢粮便抢粮，至于烧城、抢粮后，城池百姓如何活下去，雷师之不考虑。

数年之后，雷师之被调往封狐城，在西北军中担任校尉。靳明照仍在北军服役，跟随建良英将军。西北军统领年迈多病，朝中早有各种传言，西北军统领与副统领很快都要换人。雷师之为搏功勋，主动请缨担当前锋斥候，潜入金羌，之后却不幸被金羌擒获。

许多事情，靳岈都是听爹娘或者建良英将军说的，他小时候当作故事，如今看见雷师之在眼前，才觉察出故事之中的许多真相。

雷师之被金羌擒获的那段时间，靳明照从北军调往西北军，屡立战功，已成为实际上的西北军统领。他与顺仪帝姬岑静书成婚，受颁"忠昭将军"

称号，出任西北军统领。一切不过是短短数年间发生的事情。

雷师之一直下落不明，直到金羌再次犯境，靳明照在战场上发现一位头戴金面具的勇猛将军。那将军排阵方式隐隐有建良英之风，其对靳明照的用兵和计策更是十分熟悉，往往在不可能之处拼出生机。

靳明照在一次激斗中，用长枪挑开了那将军的金面具。

面具之下，是一张熟悉但狰狞的碎脸。

"爹爹一直以为你没了。"靳岷说，"那时候我刚出生，他在封狐城给你立过一个衣冠冢，你晓得吗？"

雷师之不应。

"后来……爹爹知道你当了金羌的将军，他不敢把这事情告诉建将军，但朝廷的随军文臣把这事报到了官家面前。建将军当时回到梁京陪伴病重的夫人，那日他夫人病殁，你的事情又禀到了他面前，建将军又悲又气，从廊下栽到地上，昏了许多日。"

雷师之拧了拧手指，仍不出声。

伤疤狰狞地横他的脸上。靳岷心想，那应该是他在金羌受尽折磨的证据。据说雷师之出现在人们面前，起初总是带着金面具，生怕被人知道自己有一张破碎的脸。但随着他战功赫赫，金羌境内无人不知、无人不晓，那面具自然也就再没用过。

"喜将军"之名，一是因为他凡是出战，必定带回喜讯；二是因为他面部伤痕频频抽搐，即便无表情，也似是发笑。

靳明照与雷师之在白雀关外缠斗许多年，他们彼此熟悉。战况胶着，但雷师之不怕死，不怕伤人，行动起来比靳明照更狠。靳岷那时已经同母亲回了梁京，只偶尔能见到父亲。靳岷不知喜将军何许人也，但只要一提到喜将军，靳明照脸上便会出现幼小的靳岷尚不能理解的复杂神情。这令他印象异常深刻。

"听闻建良英将军现在正在封狐城，你可曾见过他？"靳岷又问。

雷师之的脸动了动，像是在无意识地笑。

"你怕我么，小东西？"他低声道，"说这么多话，未免不够镇定。"

被他道破心中所想，靳岷不禁白了脸。

他确实怕，这与面对哲翁和云洲王，甚至面对野狼的时候都不一样。眼前是大瑀人，与他有着冥冥的联系，但又是个危险的陌生人。更何况，雷师之开口第一句话便已经让靳岇知道，他憎恶自己的父亲。

愣怔间，雷师之忽然伸来一只手。靳岇明明看见他的动作异常缓慢、清晰，却根本无法躲避，手中握的剑被打落，随即手腕狠狠一疼，已经被雷师之抓紧。

雷师之一手捏着他手腕，一手择起袖子，目光落在靳岇左臂的奴隶印记上。

"……云洲王的家标？"笑声从他喉中震颤而出，"你是云洲王的奴隶？"

靳岇无法缩回手，雷师之一把他拉到自己面前，大掌掐着他细瘦的脖子。

"好哇，好哇！"他似是真的笑了，脸上皮肤和肌肉颤抖，双眼一大一小，疯狂地闪着兴奋的光，"靳明照的儿子，当了北戎云洲王的奴隶，最下贱的奴隶！天底下还有比这更好笑的事情么！"

话音刚落，眼前一道银光掠过。雷师之松手闪避，靳岇连退数步，与他拉开距离。

雷师之左臂被划开一道口子，衣衫裂了，胳膊皮肉破开，已经受了伤。

靳岇右手握着一把小刀，不动不摇，冷冷道："我就算当了北戎奴隶，脊梁也比金羌将军直。人遭难时会疼、会苦，受不了低了头，也不是什么罕见事。但回头带着金羌人杀大瑀人的混帐，人人可唾！"

"靳明照都死了，你嘴硬有什么用？"雷师之收手笑道，"他就死在我面前，胸口对穿，你还不知道？"

靳岇霎时僵了。

身后有人奔跑过来，把他往自己身后拉。贺兰砜拱手对雷师之行礼："喜将军。"

雷师之没有再继续多话，冷冷一笑，转身往车队方向走去。

回到帐中，靳岇无意识地咬着自己的手指。"我想杀一个人……"他怔怔道，"可是杀了他，我就回不了大瑀了。"

贺兰砜："……喜将军？"

"他是害我爹爹的人！"靳岇忽然激动起来，"放过这次机会，我可能永远没法……"

帐子顶上传来岳莲楼飘忽的声音："别急，小将军，杀人嘛，这种事情交给明夜堂阴阳二狩来办，更妥帖更畅快。这天底下没有我和阮不奇去不了的地方，何必脏了小将军的手？"

靳岈眼泪流了满脸。岳莲楼落地，站在他面前，柔声说："在这儿哭可以，到外面见到雷师之，可千万别示弱。"

激动情绪潮水般退去。靳岈哭够了，终于平静。岳莲楼与贺兰砜都在他身边，他不再是当日一头栽进驰望原雪地里的靳岈，不再孤立无援。

一直等到靳岈睡下，岳莲楼才离开帐子。

离开北都一个月有余，他没等到任何人找他。声称要去找他的人，岳莲楼知道，不过是去北都办事，顺便瞅他一眼罢了。若顺道瞅不见，自然也不是那人的错，都怪岳莲楼天生爱闹腾，喜欢随处乱跑。

驰望原的春风猛烈，远处有狼嚎叫。声音凄惨婉转，勾得人心头发酥。岳莲楼暗骂一声，翻下高树，借着夜色跃近金羌的车队。面目狰狞的喜将军正在一辆马车外徘徊。岳莲楼认得那是大肚子孕妇的车。喜将军踟蹰片刻，抓起金面具戴在脸上，上了马车。

岳莲楼无聊至极，独自蹲在山头玩手指。狼们的叫唤一声接着一声，岳莲楼暗叱，终于起身下山，循着声源骂骂咧咧而去。

之后前行的队伍中不断有士兵传来古怪讯息：有个怪人骑着一匹大狼飞驰，总出没在附近的山岭中，与队伍时远时近。北戎人信奉狼神，士兵们议论纷纷：那是驰望原天神的化身。

靳岈想一窥驰望原天神的模样，始终不能如愿。倒是贺兰金英因为流言四起，认真去寻了那古怪狼人，回来后满脸厌恶，谈都不愿意谈。士兵们越发笃定那是驰望原天神：高辛邪狼与天神的圣狼不对付，所以脸色变得不好哩！

流言传得比风还快，队伍一路往北都去，每到一个驿站，驰望原天神化作人形、骑狼巡野的故事就越编越神。回到北都那天，大街小巷已经挂起了天神骑狼的画像。巴隆格尔顺手买了几张，贺兰砜和靳岈凑在一起看，疑窦丛生："怎么长得有点儿像岳莲楼？"

贺兰金英将军的新宅邸已经布置好，卓卓早搬了进去。贺兰砜与靳岈在城门同大哥告别，离队回家，贺兰金英则领着金羌使臣往王城去。越发暖和的街头有人卖兔肉馅饼，贺兰砜随手给靳岈买了两个塞他怀里。

新家门前，骑着一头大狗的卓卓身穿披风，举着树枝，模拟狼声："嗷呜——"

岳莲楼站在门口，笑得直不起腰，疯狂鼓掌："对对对，是这样！"

回了家的贺兰砜让卓卓哭了好几场。哭完的卓卓巴在贺兰砜身上不肯离开，不管贺兰砜去哪里、做什么，她都紧紧地牵着贺兰砜的手，生怕一回头，二哥又没了踪影。

浑答儿散值回家已是傍晚，他知道贺兰砜和靳岷回来之后，连衣服鞋子都没换，匆匆忙忙来敲门。贺兰砜和他拆了几招，浑答儿在他肩上狠狠一捶，笑道："怎的回烨台一趟还结实了？营寨里都好吗？我阿妈没让你给我带什么？"

贺兰砜把他按在饭桌前："吃完再说。"

靳岷左看右看，总觉得少了些什么，想半天才想起："都则呢？"

卓卓说："守城去了。"

浑答儿大手一挥："说他作甚！有酒吗？我要跟靳岷喝酒。"

之后靳岷才从陈霜口中得知浑答儿与都则之间发生了矛盾。身为浑答儿的伴当，都则很多时候只是他的一个随从，招之则来挥之则去。都则的父亲是虎将军麾下的将领，都则自然也只能待在浑答儿身边，而浑答儿当上了云洲王的随从，又因为在朱夜事件中第一个发现朱夜踪迹受了嘉奖，如今已是蛮军中一位小校尉。

按道理说，浑答儿可以将都则带在身边，甚至给都则谋一官半职。都则也是武将后人，他理应如此。但蛮军中有相应规定，军官随从不得离开军官身边，职位只能依贴军官之职，这是云洲王为了限制各部落势力而做的限制。

因有这一限制，浑答儿便面临两种选择：一是把都则引荐入蛮军，但不当随从，由他自己一步步搏功勋往上升；二是都则仍做自己随从，但此后升降贬损全由自己决定，都则即便立了再大的功，在晋升上都必须被浑答儿压一头，且不可能有实际权力。

浑答儿选择了后者。

"……难怪都则生气。"靳岷明白了，"浑答儿不允许自己伴当离开身边，但都则看到浑答儿在蛮军当了校尉，以后还会平步青云，他自然也想加入蛮军。"

因浑答儿的决定，都则不能参加蛮军的训练，平日里的工作不过是在城墙上巡逻，枯燥无趣，毫无建树。两个人爆发过争执。浑答儿说理说不过人，便甩动鞭子揍他。都则性格软弱，浑答儿一动起手他便缩了回去，任打任骂，不敢还口。

这些事情与靳岣无关，他听过就罢。他抓紧时间告诉陈霜遇到金羌队伍与喜将军之事。

抵达北都的前一夜，贺兰金英把靳岣单独叫去，两个人喝了一点儿酒。贺兰金英从靳岣这儿知道了喜将军雷师之和靳明照的过往，而靳岣则从贺兰金英口中获知一个令他震惊许久的秘密。

靳明照的尸体是贺兰金英收殓的。名为收殓，实则是保护靳明照尸身不受金羌士兵损坏。他潜入战场，背着靳明照尸体移动，花费许久才脱离战局。西北军大败，封狐城城门紧闭，他不知如何将尸体运到城中归还大瑀人，最后只得在附近山上就地埋葬靳明照。

他为靳明照清洗身体污血时，看到了靳明照胸前的伤口。靳明照左胸被利剑刺穿，当场毙命。贺兰金英当即心中起疑：莽云骑声名赫赫，统领将军的盔甲怎可能这样不堪一击？他翻找脱下的盔甲，才发现靳明照背后铠甲破损严重，铁片崩裂，几乎全都碎了。而再仔细打量，那铠甲显然被人动过手脚。

"刺杀你父亲的那一剑，是从他背后刺入的。"贺兰金英当时说，"他中剑倒下的时候，我看得很清楚，他身后有一个莽云骑的人。"

陈霜半晌没出声，轻轻拉着靳岣的手，眉头拧成了结。

靳岣经过了巨大的痛苦和震愕，如今已经恢复平静："明夜堂堂主还在北都么？我想见他。"

"堂主只来了两天，已经走了。但明夜堂仍有人停留北都，等待岳莲楼。他有法子可迅速告知堂主这件事。"陈霜说，"靳岣，我明白你的意思。"

"看来，莽云骑的人并没有全军覆没。"靳岣口吻极冷，"若真有人刺杀我父亲，那人必定还好好活在世上。"

"陈霜定会把话带到。"陈霜冲他深深鞠躬，后退两步，消失在黑暗中。

此时的岳莲楼刚刚告别沈灯。

沈灯是明夜堂长辈，连堂主也要尊他几分，他这次来到北都，是奉命来监督阴阳二狩的。得知堂主来了两天便走，且没有做任何去血狼山找自己的准备，岳莲楼气得俊脸煞白："我要杀了他！"

他的杀意来得快去得也快，堂主给他留了一封长信，半是责备，半是些平淡普通的问候，岳莲楼看得高兴，又决定不杀。他与沈灯交换了喜将军的情报，沈灯对喜将军带来的那位妻子十分感兴趣。喜将军此次来访北都是为了见证碧山盟签订，这是国事，但他却偏偏带上了大腹便便的孕妇；又知喜将军见那妇人时必定佩戴金面具，想来妇人对他而言，意义十分特殊。

岳莲楼却想，这也说明他婆娘与他关系不好，夫妻做了这么久，孩子都有了，却还不敢看自己男人的破脸。

他把堂主的信揣在怀中，于夜色中奔驰许久，终于来到金羌使队休息的地方。今夜北戎天君在王城设宴接待金羌使臣，喜将军不在宅子中，但宅子四周仍戒备森严。在岳莲楼看来，森严得甚至有些过了。

他瞅了个空子，翻身潜入廊下藏好。宅子中守备最为严格之处，是位于南边的一处院子。岳莲楼一直等到士兵换值，才瞅了个空子钻进去。他在窗下徘徊许久，屋内悄无人声，一片黑暗，岳莲楼听得耳朵发疼，才捕捉到一丝沉重的呼吸。他轻轻挑开窗户，滑进屋内。

才合上窗框，身后忽然一股冷风袭来。岳莲楼攀着墙壁往上疾爬，脚踝却被人抓住。那人手上力气不大，十分虚软，但五指如爪，擒得结实。岳莲楼一个鹞子翻身，踢开那人的手。那人站立不稳，往后倒去，一阵锁链声响起。

岳莲楼反身扶住那人，不料手上狠狠一疼：那人掌中还有小刀，在他手背狠狠划了一道，疼得岳莲楼暗暗一啐。两个人于暗室中沉默地交换了数招，岳莲楼右手成爪，掐住那人脖子，那人手上小刀半刺入岳莲楼腰侧衣物，刀刃已经贴上他皮肤。

"女贼子！"岳莲楼恼得低斥，"大着肚子还这么能打，要不是顾及你身子重，爷爷早扇晕了你。"

他没跟有身孕的女人打过架，经验不足，又怕伤了她，正思忖着如何反制，腰侧发凉的刀刃已经收回。黑暗中传来急促喘气声："大玛人？"

岳莲楼也是一愣，这是清晰准确的大玛话！

"你也是大玛人？"他瞬间明白了，"是雷师之强抢民女？姑娘你别怕，我是大玛江湖客，我这就救你离开。"

"我双足和腰上都有锁链，还吃了散功的药，你带着我，只是拖累。"

岳莲楼掏出火折子点亮，不料火苗方亮起，眼前女人立刻弹指灭去。他只来得及在这一瞬的光亮里看清她的眼睛，憔悴但明亮，未有半分惧色。

"你也是练家子。"岳莲楼收起火折。

"别点火，点火了外面就有人过来。他们现在以为我睡了。"女人低声道，"我在这儿暂且死不了，雷师之待我很礼貌。大侠，你如何称呼？"

岳莲楼还在想着她身手："你吃着散功之药，倒还挺利落……我姓岳，你叫我岳莲楼吧。"

"岳大侠，你能去一趟烨台么？"女人说，"我想找一个孩子。"

岳莲楼心中一动："女侠，你是谁？"

"我乃莽云骑将军，白霓。"女人一字字道。

第二十五章

白霓

　　贺兰家的新房子颇大，陈霜、阮不奇和靳岘都有了单独的房间。当夜，贺兰砜和靳岘在房里给卓卓讲故事时，一个人从窗口钻入。

　　"你怎么每次进我房间都不走门？"贺兰砜不悦道。

　　岳莲楼嘘了一声，在卓卓还未回头时捏了她脖子一记，卓卓立刻垂头昏睡过去。贺兰砜脸色大变，岳莲楼摆手："让她睡一会儿，我有事跟你们讲。"

　　在喜将军宅中竟然发现白霓，实在令岳莲楼震惊。

　　岳莲楼说出自己身份来历后，白霓立刻信任了他。得知靳岘就在北都，且安然无恙，白霓又喜又悲，强忍眼泪，把自己消失后发生的事情一五一十告知岳莲楼。

　　那夜，贺兰金英以商量靳岘北上之事为由，把白霓叫到了营寨外。根据北戎天君的指示，他只负责引白霓到营寨之外，交给从北都过来的另一支队伍。贺兰金英离开后，那队伍中的使者令白霓生疑，白霓试图挟持使者，不料周围竟埋伏着许多士兵。一番追击，白霓冲入了松林的熊洞，并最终寡不敌众而被擒获。

　　那些士兵并不说北戎话，人人一口金羌方言。他们用药将白霓放倒，白霓再次醒来时，见到的已经是喜将军。

　　喜将军并不折磨她，只是用粗大锁链镣铐限制她自由，并日日灌她喝下散功之药，令她虚软无力，无法反抗。白霓始终不解为何喜将军要擒拿她，更不知道抓住自己，却又仅是软禁自己，不加拷问或虐打，究竟为何。但这样费尽心思，又始终以礼相待，白霓便知道自己是有用处的。

　　靳岘又惊又喜："真的是白霓？她完全没事？"

贺兰砯却插了一句："她是跟喜将军生了孩子？"

岳莲楼一拍贺兰砯大腿："当然不是！白霓将军护送小将军出发北戎之时已有身孕，但当时连她自己也不晓得。她腹中那孩子是她和她丈夫游……游……游什么……"

"游君山！"靳岈喜道，"是游大哥的孩子！"

王城宴饮正酣，灯火彩烛各处点亮，欢声四起。北戎的歌儿，金羌的舞蹈混在一起，令人微醺。

喜将军敲了敲金杯，把北戎天君哲翁的注意力暂时拉了回来。

"说到哪儿了？"哲翁问。

"游君山。"雷师之低声道，"我此次专程把白霓带来，正是为了警告游君山，他妻儿在我手上，不要忘了自己是谁。"

哲翁低笑道："游君山现在在碧山城？你的意思是，要带白霓到碧山城去？"

"游君山亲手杀了靳明照，只要这事情披露，大瑀绝无他立足之处。"雷师之说，"白霓是钳制游君山的棋子，待金羌夺下封狐城，游君山只能到金羌生活。"

哲翁："棋子？"

喜将军破碎的脸上又浮现似笑非笑的古怪神情："对不住，我忘了，北戎人不下棋。"

哲翁冷冷一笑，又说："在北戎，女人若是被俘，定要自绝性命以示忠贞。看来大瑀女子没有我北戎女子刚烈。"

"那倒未必。"雷师之笑道，"她们更懂得蛰伏反击的道理。"

哲翁又问："游君山也是你的棋子。你安插他在莽云骑多年，现在他已经帮你杀了靳明照，怎的还不回去？留在大瑀又有什么用处？"

"他还要再杀一个人。"雷师之微微一笑，脸上表情越发扭曲，"杀了此人，大瑀皇帝身边便再无可用之材。"

"……你是说此次随梁安崇前往碧山签盟的大瑀三皇子？"在喧嚷的乐声中，哲翁低笑，"喜将军，你是真的恨大瑀啊。"

雷师之放下酒杯，思忖片刻后道："天君，此次订碧山盟，我还有一个有趣的提议。"

他眼中精光闪动,十分兴奋:"把靳岷也带去碧山城,让大瑀的人瞧瞧,瞧瞧他们忠昭将军的儿子,是如何在北戎当最低贱的奴隶,人人可唾骂,人人可折磨,人人可践踏!"

　

白霓再见到雷师之,已是数日之后。

自从到了北都,雷师之日夜忙碌,很少见她。白霓不明白雷师之把自己放在身边的原因,也难以从雷师之口中探问出任何事情。但这一日见面,她敏锐地察觉雷师之似乎有些不同。

他提了一点儿酒到白霓的房间,和以往一样,自己喝酒,白霓喝茶。白霓靠坐在榻上,闭目养神,并不看他。

雷师之今日仍戴着金面具,那面具是一头金色的猛虎,獠牙森然,双目有神。白霓被擒获后第一次睁眼,看到的便是烛光下雷师之一张狰狞的脸庞,她当时吓得瞳孔瞬间收缩,全身戒备。雷师之退了两步,恍然大悟似的摸了摸自己的脸,低笑道:"我倒忘了,这模样吓人。"

此后他每次来见白霓,脸上都戴着这副面具。

雷师之喝了两杯酒,哼唱起一个婉转小调。白霓听出来了,这是《燕子三笑》,梁京曾红火过的曲子。雷师之哼了又哼,笑了又笑:"白霓,白将军,靳岷也在北都,你知道么?"

白霓终于睁开眼,目光凉凉扫过来。

雷师之很满意她的惊诧,又笑道:"你是靳明照带出来的人,你觉得靳明照此人如何?"

"光明磊落,铁骨铮铮。"白霓冷冷回答。

雷师之放下酒杯,敲了敲脸上的金面具:"光明磊落?铁骨铮铮?那你可知道,若不是因为他,我不至于去当金羌的将军。"

白霓完全不信:"骗我又有何用?"

雷师之继续道:"元康十三年,金羌犯白雀关,列兵八千,破境直入大瑀,奔袭封狐城。西北军统领方英镜率部死守,与金羌军队激战三月,逼得金羌军粮断绝,眼看就要撤兵。恰在此时,金羌军粮又补充了过来。只要金羌军队补够军粮,便又有力气攻袭封狐城。封狐城当时已然撑不住,最直接的办法,是断了金羌军粮，一把火烧了那军粮大仓。"

他顿了顿，问："这件事你知道么？"

"我知道。"白霓注视他金面具之下的双眼，"方英镜将军在军中选身手灵活之人为前锋斥候，潜入金羌境内，绕到金羌军队背后烧粮。包括你在内，那支斥候队共五人。"

雷师之不禁愣住："你怎么……"

"靳将军接管西北军军部之后，命我们熟读西北军历史。"

雷师之点点头："表面功夫倒是很会做。"

白霓忽然一拍榻上矮桌，愤然站起，声如金石般铿锵有力："雷师之！靳将军去过金羌找你，他试图救你！"

与她的激愤相比，雷师之太过平静。他点头，承认了白霓所说是事实："对，他去找过我。"

二十年前，雷师之与其余四人启程前往金羌烧粮，每人都是主动请缨出战。雷师之是斥候队队长，方英镜将军亲口承诺，事成归来，便擢升雷师之为西北军副统领。

这是雷师之期待已久的功勋，他万分感激，向方英镜磕了好几个头才离开。

一路昼夜疾行，数日后五人抵达金羌军营。军营戒备森严，数人辗转盘桓，始终不得门而入。眼看大军蠢蠢欲动，雷师之立功心切，决定强行突入。他命两个人在东西两侧点小火吸引金羌军注意力，又命两个人假意去刺杀羌军首领，引发骚动，自己则独自潜入粮仓放火。

火烧了一半，他便被赶来的金羌军擒获。

金羌军告诉他，其余四人被擒时已经纷纷自裁，只剩他一个。雷师之不可能选择自裁，临行前方英镜允诺过，他若是被抓了，方英镜会用营内其他被俘的金羌将士换他一命。"你是难得的人才，豁出去百位千位寻常士兵，也要保你一命。"

雷师之自然是信的。他下半辈子的前程全都系于方英镜身上，他必须相信。

如此一等便是半年。金羌士兵以凌辱他为乐，他身上尽是累累伤痕，有人见他模样英气，便划破他的鼻梁、脸庞，鲜血淋漓地把他拎出去，让营中军妓观看。又让他学金羌话，自认是大瑀的狗，伏在地上吃一些形状模糊气味恶心的食物。

雷师之咬牙忍下来了，他等着方英镜来救援自己，只要他回去了，便能当上西北军副统领。

不断有人告诉他，方英镜又战败了，方英镜弃城逃跑了，方英镜在逃跑路上被江湖客诛杀了云云。不久后金羌军攻入封狐城，遇西北军顽强抵抗，不得不撤退，放火烧崩了半片城墙；不久后再次攻入，却又被迫撤退……如此反复半年，终于传来新消息：梁京从北军调来了一位与雷师之年龄相仿的年轻将领，雷厉风行，一来便整顿西北军军纪，接连三场大捷，把金羌军逼得连连倒退。

金羌军不知这天降神将何许人也，只晓得西北军和封狐百姓喊他"斩将军"。

雷师之乍听便立刻明白：北军中斩姓的年轻将领只有斩明照一人——可他怎么就成了能统领西北军的将领？！

白霓却记得那一次临危受命。她当时只是封狐城中一个十来岁的小女孩，随父母收拾包袱要逃离封狐城。城门紧闭，城内百姓出不去，传闻金羌军就要破城屠戮，人人恐慌，踩踏哭叫。逃难之人中不乏仍穿着戎装、身负长剑长刀的士兵，各个灰头土脸，也不管别人怎么看，拼了死命拍打城门，大声辱骂。

封城持续三天三夜，白霓手中的干粮也被人抢走了。她有一些武艺，无奈父母孱弱怕事，只得缩在城门下发抖。好不容易等到第四日天亮，城门终于开了一道缝。

那缝越开越大，城外涌进来的却是许多身穿亮甲的士兵，将密集人潮分到两边，留中央一条大道。

斩明照带了一支两千余人的北军部队，日夜兼程而来。他原本是来协助方英镜的，谁料抵达封狐城，方英镜却已经没了。封狐城守话都说不利索，斩明照面对的便是万声哭号的烂摊子。

进城这一日，他在城门前勒马，站在马背上对拥堵城门的百姓说了三件事。

一是表明自己身份：他是北军建良英将军弟子，奉命前来抗敌，身后所带的两千余人均是北军精锐，他自己已立下军令状，若无法在三个月内把金羌驱逐出白雀关，他便以死谢罪；

第二件说的是城外状况：弃城的方英镜在路上被杀，杀他的却不是什么正经江湖人，乃山中乱匪。连首将都能下手诛杀，何况寻常百姓？如今城外山中、路上，尽是来路不明的山匪，若有人坚持要逃离封狐城，城门大敞，随时可以走，他绝对不阻拦；

最后一件极为简单：凡在战中逃离战场的西北军士兵，无论缘由，只要跨出封狐城门，杀无赦。

他说完便继续骑马往西北军军部去了。身后一长溜戎甲士兵，人人整装，行路利落迅速，严明肃杀。

之后仍有一些不信他的人逃了，逃了之后就没再回来。西北军士兵回到了军部，白霓父母也带着她回了家。百姓们当时仍不相信靳明照，只是怕他，怕他手里的刀。

谁料接下来便是一场接一场的大捷，两个月后，金羌军队便被逼退到白雀关之外。封狐城百姓欢呼雀跃，城里人都晓得北军来了个靳明照靳将军，他以后就是西北军的统领，不会再走了。

白霓家是卖面的，摊子就在军部不远处，靳明照常常到她家吃羊肉面。就连白霓也是他生拉硬拽拖到莽云骑队伍里去的："你家女娃娃身手不错，胆子又大，以后会成女中豪杰。"

念及往事，白霓心头又痛又悲。靳明照逼退金羌军之后，一方面筹备莽云骑，一方面开始寻找雷师之，自己昔日的同门师兄弟。

他亲自带着包括白霓在内的一小队人潜入金羌，紧随金羌军队后撤路线，终于赶上了金羌队伍。

但他终究没能救出雷师之。

在牢车里见到雷师之时，靳明照双目通红，铁爪一般的双手把那铁链子抓得咋啦响。雷师之被折磨得不成人形，蜷缩在牢车里，盖着臭气冲天的血毯子。师兄弟相见，又是唏嘘，又是感慨，雷师之头一回见靳明照冲自己流泪，他觉得好笑，又有几分感动："没想到是你来救我。"

"你为何不随将军一块儿走？"白霓不解。

"你不会懂的。明明西北军副统领一职我唾手可得，可如今却要仰赖他靳明照施舍！"雷师之嘶哑地笑了，"我被他救回去，我成了什么？他原本是北军的人，现在又在西北军立下这样大的功勋，我再回去，我又是什么？！以后人人提起我雷师之，都要添一句：我是他靳明照救下来的人。"

"……那又如何？"白霓紧走几步，被脚上锁链限制，无法再靠近，她不能理解，"今朝是他救你，明朝战场上生死难分，你也会救他。一门师兄弟，为何要分得这样清楚？你当时装作虚弱，不肯回来，骗他说自己已是将死之人，不愿拖累他。他一路是怎么回封狐城的你知不知道？他还为你立了衣冠冢，他说你是西北军的英雄，舍生忘死，潜入敌后。在他知道你当上金羌喜将军之前，他一直挂念着你！他年年清明都会去坟上祭拜你！"

雷师之良久又笑了一声："是么？我不知道。"

他摆了摆手，起身离开。室外春风和煦，已经足够温暖。宅中高树林立，绿草繁茂，雷师之忽然想起当日靳明照背他逃离，他却挣扎着从他背上跳落。他骗靳明照自己生气将绝，又见身后金羌人追来，假意催促靳明照离开。

雷师之记得当夜满天星斗，晴朗无风。靳明照眼中含泪，双目发红，带着几位身穿夜行服的人跪在他面前连连磕头，喊他"子业"。

这是建良英将军给他的字，期待他建立万世功业，顶天立地。他当时趴在地上，装作奄奄一息，看着靳明照忍泪离开。之后便再也无人喊过他"子业"了。

世上从此没了"子业"，多了一位金羌的"喜将军"。

雷师之忽然想起了他离开建良英、前往西北军任职时，建良英留给他们的最后一道题目：若城池危在旦夕，而你的同伴身陷死局，你如何抉择？

他记得靳明照不假思索回答："先解城池困局，待城池解围，立刻援救。"建良英又问："若一旦你分身援救，城池便再次陷入重围呢？"靳明照又答："再解，再救。"建良英被他气笑，拍桌低斥："二选一！"

靳明照固执地不肯选："没有二选一，城池要保，同伴也要救。"

建良英："你没有办法救。"

靳明照："我有。我是靳明照。"

雷师之记得建良英发了脾气，斥责靳明照不分轻重，靳明照当时看着自己说："子业若是身陷死局，师父你救不救？我知道你肯定救，反正我不会二选一，我都救。"

雷师之不明白为何会在二十年后突然想起这件久远的往事。他是有点唏嘘，也有点难受，但那些古怪的情绪很快就被吹走了，春风不解意，水痕生又无。

他也记得，自己并没有回答建良英这个问题。

"我倒是没想到，那喜将军和你阿爸还有这样一段渊源。"贺兰砜躺在屋瓦上，翘着腿，瓦蓝的天空中棉垛一样的云被风推着飘过。

靳屺教他吹《燕子三笑》，贺兰砜磕磕巴巴吹了一段儿便说累，他也就停了。

靳屺托岳莲楼给白霓送了纸条报平安，岳莲楼等白霓看完便将纸条吃了。白霓在回给靳屺的纸条上说："这岳儿是个疯子。"

靳屺一边擦着箫管一边说："以前我不知道为何爹爹不爱提起金羌的将军，现在我才懂，他是心里难受。建将军心里也难受，他俩一坐到一块儿，总要谈些唉声叹气的事情。要不是喜将军熟悉西北军的防务和白雀关地势，白雀关不至于成现在这样子。"

屋瓦上静了片刻，贺兰砜说："那喜将军怕吓到白霓，见她时总戴个面具，应当也不是什么穷凶极恶之人。"

靳屺："谁知道呢。"

两个人越聊越沮丧，贺兰砜干脆翻身爬起来："不聊了，我们去跑马吧。"

靳屺却拦住他："白霓被喜将军带到北都，喜将军之后是要去碧山城见证订盟的，白霓说不定也会去碧山城。我想见白霓，我想去碧山城……贺兰砜，你大哥，能帮忙吗？"

他话音刚落，便听见了门外的马嘶声。随即便有人敲动大门："天君降旨——"

他们匆忙落地，来者竟然是云洲王阿瓦。

阿瓦许久没见贺兰砜，自然亲热，一见面就奔过来揽着他："你这长假放得可真够久的，听说跟你大哥和解了？和解了那就回我身边当值啊！"

说完又看靳屺，笑眯眯地："你好啊，靳屺。最近吃得好不好？睡得香不香？可有想过我？"

贺兰砜把他推开："什么旨？怎么是你来颁？"

阿瓦轻咳，托起手中金线绣成的天旨，看着靳峭笑道："是给我小奴隶的旨，当然由我来颁。"

从南方归来的雁飞过了北都的天空，在贺兰砯和靳峭身上落下影子，转瞬即逝。靳峭跪在地上听旨，良久才抬起头："我……我随你，去北都？！"

"北雁从南归，春草复又绿。北戎如今正是春天了啊。"碧山城城墙高耸，一张矮几搭在城墙上，遮阳的棚子四周悬挂镀金的银铃，声音清脆动听。矮几上摆着新茶，一老一少两个人席地而坐，不时笑谈几声。

雁的影子掠过大瑀的土地、漫长的列星江，掠过城墙与棚子，滑向更北的远方。

"在城墙上喝茶，究竟有什么乐趣？"梁安崇捋了捋自己长及衣襟的白胡子，"三皇子可否与梁某说道说道？"

"有故人在北方，想他了，便上来看看。"他身侧青年笑道，"也不必有什么乐趣，心里挂念一个人，挂念便已经是极大乐趣。想他此时做什么，穿什么，说什么，我能想上一天。"

梁安崇奇了："这故人是谁？"

青年不答，只是看着天。梁安崇心头暗骂。三皇子岑融长相与母亲惠妃极其相似，天生一副狐狸眼，成日挂着笑，城府极深，难辨真意。

梁安崇沉吟片刻，又问："莫非是你那故人，向你建议把江北所有地界划归北戎？"

"梁太师对此人有兴趣？"

"爱才之心，人皆有之。况且如今朝中人才凋零，我日夜心急如焚，不得安寝。"梁安崇低声道，"献策之人大胆果断，绝非凡俗夫子，梁某认为，可堪一用，可堪一用啊。"

"有梁太师您这句话，我便安心了，有机会定向梁太师引荐。"岑融笑着举了举茶杯，笑意越发神秘，"说不定……你也认识的。"

第二十六章

启程

云洲王来时笑嘻嘻，离开时也是笑嘻嘻。他与贺兰砜只在门口产生了小小的冲突：他打算把靳岈接到蛮军军部去住。

贺兰砜自然是不允许的，阿瓦指了指靳岈："他是我云洲王的奴隶。"

贺兰砜盯着他："他不是任何人的奴隶。"

阿瓦仰头大笑，又指着贺兰砜对靳岈说："他发疯了。"

三人一番对谈，用的都是大瑀话，周围兵士没人听得懂，只诺诺站着。贺兰砜半步不退，坚决不允许云洲王带走靳岈。云洲王也不像是真心要与他们作对，垂首对靳岈说："你有一个很好的护卫。你可以不在蛮军军部住，但只要我云洲王想见你，你必须出现在我面前，不能逃脱。什么烽台、血狼山，听好了，哪儿都不能去，你只能留在北都。"

他离去之后，靳岈与贺兰砜默默交换了眼色。云洲王莫名其妙提到血狼山，二人心头惴惴：他似乎知道些什么。

但云洲王的态度实在不是当下最紧迫的事情。靳岈被天君哲翁这道命令弄得晕头转向，独自在树下发了许久的呆。贺兰砜知道他在想事情，和阮不奇陪卓卓到一边儿玩去了，只有陈霜陪着靳岈，但也不说话。

碧山城是列星江以北的十二城之中距离大江最近的城池，拥有船队和码头。站在碧山城码头，可以直接看到对岸大瑀的诸般山岚雾霭，风波袭江渚，天地一色秋。

"为什么呢？"靳岈看着陈霜，却也没有真的看他，目光虚虚地落在陈霜脸上，嘴里反复咀嚼"为什么"。

他和陈霜站在一棵梅树下，花早谢了，梅树枝子繁茂，绿叶成荫，树影摇荡着落在陈霜脸上，靳岷看着他发呆。良久后靳岷终于恍然大悟："我懂了。"

陈霜："什么？"

靳岷笑了笑："我不过一个工具而已，一个刺激大瑀的工具。昔日的靳明照将军留下的唯一一个儿子，在北戎当奴隶。真有趣。"

陈霜想了想："大瑀来的人是梁安崇。"

靳岷点点头："还有一位皇宫里的人。"

陈霜又问："你觉得会是谁？"

贺兰砜见他们开始聊天，便大步走过来，靠近时正好听见靳岷说出一个陌生的名字："三皇子岑融。"

"这又是谁？"贺兰砜问，"你讨厌的那个人？"

"对。"靳岷沉吟道，"太子病逝后，朝中能竞争这一位置的就有三皇子岑融。他正当年，在北军里当过将领，懂得边境之事。母亲惠妃是官家宠爱的妃子，舅舅又是朝中重臣，支持他的人很多。他本人也十分机灵聪颖，做事妥妥当当，极为圆滑。"

贺兰砜只揪着自己感兴趣的问题："你为何讨厌他？"

靳岷脸色一沉，那张原本凝重的面庞上透出几分咬牙切齿的幼稚："岑融此人相当不要脸。若他这辈子闯过一百次祸，我至少也给他背了九十九次锅！"

靳岷六岁时返回梁京，结识宫中的皇子帝姬，勉勉强强算是朋友。太子是官家长子，年纪比其他孩子都大，平时不大与他们玩在一块儿，岑融的大姐又已经出嫁，一帮孩子中，只有岑融最为年长，十一二岁年纪，初见靳岷便十分喜欢似的，撺掇靳岷喊他"哥哥"。

靳岷不明就里，懵懵地喊过几次，宫人听到了纷纷色变，流着冷汗劝他切勿僭越。靳岷后来才懂，岑融是故意设套让自己犯错。

他喜欢欺负靳岷，旁人看来不过是孩子间打闹的玩笑，但靳岷结结实实地哭过。宫里有一株漂亮的茶花，下雪时盛开，鲜红花盏承托银白雪沫，靳岷每次进宫都惦记着那花儿，下着雪也要站在花树前呆看许久。圣人见到了，笑嘻嘻揉他脸庞，说他是个没心眼的呆孩子。

岑融让他陪自己玩儿，靳岷不干。几日后再去，那茶花竟然不见了。原来是三皇子调皮，打翻宫灯把树给烧没了。靳岷一路哭着回家。

他之后再不肯进宫，靳明照和岑静书便请来了西席先生，在家中设塾教他功课。不料因西席先生名气太大，渐渐的，朝中臣子们也把孩子送了过来，最终连皇子帝姬也纷纷过来凑热闹。靳岈不得不再次与岑融相处一室。

岑融知道自己惹了这粉雕玉琢的小孩生气，每天都带一盆茶花来，今日是琉璃盏，明天是凤吟森，一株株开得茂盛，喜气洋洋。靳岈别扭，称自己不再喜欢茶花，岑融一拍脑袋，开始给他送金狮子银貔貅。

岑静书劝靳岈算了，宫里的金银珠宝成日地往靳家送，靳家哪怕不收，别人看着也不对劲。靳岈只好算了，两个人继续和和气气相处。但岑融一出宫就坐不住，没几天便挖松了靳家后院的狗洞，带着一帮小孩溜到街上攫猫追狗，吃吃喝喝。

被责罚了，他便指着靳岈：是靳岈告诉我，那里有狗洞；是靳岈骗我，说买东西不需要给银两，掌柜认识他，他有面子；是靳岈教我，潘楼的曲儿好听，鸡儿巷姑娘漂亮……

靳岈口拙，往往等岑融把所有锅扣到自己身上，才结结巴巴说一句："我没有。"

说得也小声，除了岑融没人听到。岑融回头看他，那张脸是委屈愤怒的，上挑的狐狸眼里却藏着狡黠的坏笑。

再长大一点，这些小把戏没用处了，岑融开始天天带靳岈上潘楼喝酒听曲。靳岈不喜欢酒，岑融总灌他喝一杯，等靳岈迷糊了，红着脸呆坐一旁，他便捏靳岈的耳朵和脸：喜欢哪个姑娘，哥哥帮你把他叫过来。你睡过姑娘么？亲过么？摸过么？都没有？你这呆孩子，哥哥今儿就教教你。

靳岈学精了，岑融一拿这些荤素不忌的话逗他，他就往别人那边凑。岑融出门不总是自己一人，他会带着宫人、侍从，也常常带上其他皇子、帝姬。靳岈扎到人堆里，岑融就不好意思再胡闹，抓着酒杯"嘿嘿"地冲他笑。

靳岈记得，在岑融鲜少流露的真实时刻里，他曾有一次握着火把，看着火光里的靳岈说："你若不是靳将军的孩子就好了。"

靳岈笑答："我若不是他的儿子，早被你祸害死了。"

岑融大笑："不至于！"

"人臣之子，与注定要坐上天子宝座之人，不可称兄道弟，连当朋友也没资格。"靳岈告诉他，"三皇子以后大可不必再叫我出去喝酒，有我在，只会扰了你们的兴致。"

当时下着雪，火把燃烧，靳岇看到岑融脸上没了往常的笑容。他不知岑融在想什么，但之后岑融没再拎他出门逛潘楼，再之后，他便来了北戎。靳岇在皇宫里盘桓的一个月里，他曾以为官家会来看自己，圣人会来看自己，最不济，那整日跑靳家敲门翻墙找他的岑融，也应该来看自己，问候一两声，或是送个别。

但都没有。他住的小院子里种着几株茶花，宫人说是三皇子种上的。靳岇有天晚上实在又怕又无聊，想家，想爹娘，干脆也一把火把茶花烧了，热烘烘地过了一晚。

贺兰砜听得仔细，揪住自己感兴趣的重点问个不停："他欺负你？"

靳岇："他是三皇子，我是寻常人，有了什么不对的事情，那必定是我的错。"

"不可能。"贺兰砜说，"你怎会犯错？"

靳岇："……你傻了。"

贺兰砜："阿瓦说的，我发疯了。"

靳岇忍不住笑起来。这哪里是该笑的时候？他在心里对自己说，前路未卜，重重危机，但不知为何，他就是想笑。他想跳到贺兰砜背上，想和他一块儿跑马，在风和大地间奔驰。

"你要和我同去碧山城么？"靳岇蹲在他身边问。

贺兰砜用一根木枝在泥地上写靳岇的名字，毫不犹豫："当然。"

"如果岑融在，我就把你介绍给他。"

"怎样介绍？"贺兰砜说，"这样吧，就说我是你的马儿，谁再欺负你，我一蹄子踹死他。"

靳岇放声大笑。对那未卜的前程与重重危机，他忽然不害怕了。

贺兰砜想随靳岇一同去碧山城，他第二天便回蜇军军部报到，重新做起了云洲王的随令兵。他工作越发勤力，对云洲王吩咐的事情二话不说便着力去做，做得妥当完美。云洲王一看到他就笑："真努力啊，贺兰砜。"

贺兰砜："带我去碧山城。"

云洲王挥挥手："那你再帮我办两件事，我瞧瞧办得好不好。"

贺兰砅没得选择，咬牙又奔了出去。

如此忙忙碌碌，他也渐渐发现，碧山城之事令蛮军军部和北都气氛变得越来越奇怪。人们得知北戎疆域即将扩大，满怀兴奋和不安：那些在北都城中生长的北戎人，大部分都没去过南方，更没靠近过列星江。城里流传着各种传说：等碧山盟签订，北戎的皮货就能大量卖到大瑀去，北戎人就能上列星江学造船。嗬！江，见过江么？这么长、这么宽的水，望不到头，箭根本射不到对岸——酒铺子里的行商口沫横飞地谈论着，但总被人取笑，无人相信。

贺兰砅相信靳岷的话，相信列星江的浩瀚无边，但他和其他人一样无法明白，世上怎么可能有这么大的江？冬天不结冰，夏天会暴涨，星夜里上下都闪动星光，巨船破浪而行，拖动巨大的渔网……这太不可思议。靳岷，连同靳岷描述的一切，是充满吸引力的奇特天地。

对靳岷要和云洲王一同去碧山城的突发情况，岳莲楼与贺兰金英压抑着对彼此的不满，认认真真讨论过几次。他们都认为从碧山城逃离是不明智的：订盟期间，碧山城必定戒备森严，何况一个人？而最佳时机应该是从碧山城订盟之后、返回北都的途中。

只要靳岷能脱队，他就有可能抵达英龙山脉，按朱夜指示的路径返回大瑀。

"我不要'有可能'。"岳莲楼说，"我要你确保靳岷必须安全抵达英龙山脉。明夜堂的人会在英龙山脉接应……"

"我没法保证。"贺兰金英说。

岳莲楼一把掀翻地图："那还有什么好聊的。"

贺兰金英："……想打架是么？"

贺兰砅和靳岷悄悄溜走了，留他们俩在房中争吵不休。岳莲楼与贺兰金英的关系在岳莲楼的画像传遍北都之后变得越发恶劣。岳莲楼亲自执笔作画，将骑狼男子画得俊美异常，与自己一般无二，引来许多认识岳莲楼之人惊叹：原来岳莲楼就是天神化身。

这样的画贺兰金英是见一张撕一张。

这头商议未定，云洲王连夜来请，说是想跟靳岷秉烛夜谈。贺兰砅同靳岷一块儿去了蛮军军部，阿瓦设下宴席，恭恭敬敬请靳岷落座。两个人要私谈，贺兰砜也被撵了出去，在屋外站了一晚上。屋内安静，时不时传出云洲王的笑声，相谈甚欢。

直到第二日，靳峭才离开军部。云洲王送他出门："不愧是小将军。"

他笑容亲切，但靳峭面上发冷，完全没有一丝笑意。贺兰砜察觉他的异样，低头询问。

"云洲王有野心。"走出军部，靳峭才低声回答。他双手冰冷，骨头隐隐发颤。

"他说了什么？"

"说了许多、许多……此人不简单。"靳峭低声低沉，"他说寿者，无极限也。"

贺兰砜："我听不懂。"

靳峭紧紧盯着他，嘴唇蠕动："意思是，对他来说，哲翁的命……太长久了。"

驰望原越来越热了，五月的最后一日，云洲王的队伍从北都出发，与金羌使臣一同前往遥远的碧山城。靳峭也在队伍之中。贺兰金英身为北都将军，受哲翁委派，随行保护金羌使臣，贺兰砜则是云洲王的随令兵，侍候云洲王左右。

离开北都的时候，靳峭紧紧地抱了卓卓许久，久得让卓卓困惑。

"卓卓也去。"小姑娘在他怀里撒娇，"卓卓也想看大水。"

靳峭亲亲她的小脸，允诺道："以后我一定带你去看列星江，坐最大的船，从碧山城一直往东去，直到出海。"

卓卓听得半懂不懂，总之是这次不会带她去的意思，顿时哭了起来。

靳峭心里隐隐有一个感觉：他再也不会回到北都了。

从北都前往碧山城，天气晴好日夜兼程，至少需要一个月。浩长的车队会穿过青鹿部落、烨台部落，经过萍洲、桑丹、乌伦等数个大城，最后才能抵达碧山。

因云洲王阿瓦亲自率队，又有金羌使臣在列，队伍气势磅礴，旌旗招展，长长一列，纵贯驰望原。

盛夏的驰望原水草丰美，牛羊成群，牧人脱下了厚厚的羊毛外袍，穿上了利落爽快的夏衣，骑马驯羊。途经青鹿部落的时候，他们遇到了一只奇特的队伍，一家五口人正驱赶着耳朵剪去了一小块的一百多匹羊，准备转场。

阿瓦停下询问。往年这个时候，牧人早就已经往南方转移牧场，不会有人在盛夏时分还在赶场。春天是接羔的时节，等羊羔、马羔、驼羔生下来，等羔子们趔趔趄趄学会走路，转场就应该开始，迟了会赶不上饲喂羊群和马群，也寻不到好的草场。

众人在驿站歇息，金羌使臣的队伍停在后院，靳岈仍旧没看到白霓，连喜将军的影子也没瞧见。他和贺兰砜陪着云洲王，同那一家人说话。

云洲王听了一会儿，扭头对靳岈笑道："原来他们在照顾阿拜。"

靳岈："什么是阿拜？"

贺兰砜跟他解释："阿拜是会唱天歌的智者。烨台的阿苦刺爷爷就是阿拜。"

靳岈惊了："阿苦刺懂看病，是巫者，居然还是阿拜？"

被称作"阿拜"的老人双眼浑浊，似乎蒙了层白虚虚的雾，看人时总要紧紧眯起眼睛，翕动鼻孔。靳岈不禁想起阿苦刺和大巫都曾在自己面前做过这样的动作：他们在嗅闻眼前人灵魂的味道。

阿拜没有居所，总是在驰望原上不停流浪。他们起初并不会唱天歌，其中许多人甚至不懂得北戎文字。或许是某天醒来，或许是某场大病痊愈，他们如同被驰望原天神点醒，忽然便懂得了唱那冗长、迟缓的天歌。

天歌是天神游历人间的记录。传说在许久之前，那时候没有北戎，没有大瑀，驰望原和血狼山也尚未被命名，天神骑着他忠诚高大的骏马巡视人间，无意中踏破妖魔的牢笼。妖魔趁隙出逃、肆虐人间，天神心中惭愧，真身化作七位神子降临草原，荡涤妖魔的虚影。

神子们骑鹿、骑狼、骑马，手握闪动金光的神器，刺入妖魔的胸口。有人始终坚贞，有人被妖魔的血玷污，成为妖魔的俘虏。妖魔走过的地方土地龟裂，身怀天神灵魂的少女赤足踏过黑色的枯槁土地，无穷无尽的春天从她足迹中生长出来；妖魔舔舐过的天穹裂开窟窿，雨雪终年不停，万物凋零，身怀天神灵魂的青年骑在巨狼背上，朝红色的月亮拉动金色长弓，漆黑利箭封闭了巨大的裂缝，星辰重新回到草原的天空。

天歌若要唱起来，十天十夜也唱不完，歌中有哭声，有欢呼，有日月星辰起升降落，云雨飘过大地，太阳是天神最后的眼睛。

这位阿拜当时晕倒在牧人的毡帐外，被这家人救活了。他年纪太大，无法在仍旧寒冷的春季上路，牧人尊重阿拜，便一直等到他身体恢复才带着羊群启程。阿拜告诉他们，虽然自己看不见驰望原，但他能闻到驰望原最好的草场在哪里，循着他手中木杖指示的方向去就行。

云洲王听得津津有味。阿拜还给他唱了一段天歌，靳岈呆站着倾听，他虽然一句话都听不懂，但那悠长的曲调总觉得似曾相识。

贺兰砜说，那是因为世间所有的歌都是由天神弹奏的。天下所有的人都是天神的孩子，他觉得曲子似曾相识，定是因为在遥远的前世，他曾听到过。

"驰望原的人也相信前世后世吗？"靳岈问。

"信啊。阿苦剌爷爷老跟我们说这些事，但我不太听。前世后世，我现在记不住也不知道。"贺兰砜回忆阿苦剌的话，"每个人的前世都是注定的，我们是马，是羊羔子，是风驼，还可能是青蛙、鱼，或者鹰。"

"是吃够苦头，所以这一世转生为人了么？"靳岈笑着问。他和贺兰砜正给飞霄刷洗后背。

贺兰砜面露惊讶："不，人也是来吃苦历劫的。"

靳岈愣住了："什么？"

"最好的是做一条鱼。驰望原的人不杀鱼，鱼是天神的化身。"贺兰砜告诉他，在天歌的传说里，最后一位神子没有回到天上。她爱上了草原的王，生下他的孩子，离开人世的时候化作银色的一尾鱼，跃进大河中。

靳岈："……你骗人！你、你带我抓过鱼！"

贺兰砜笑道："但没吃过。"

靳岈这才想起，贺兰砜在烨台教他抓鱼，自己却从没吃过鱼：那些鱼全是给靳岈和阮不奇吃的。每次把鱼交给卓卓，卓卓一松手便又放回了冰洞里。

"我听过路的行商说过，大玛人爱吃鱼。"贺兰砜仔细刷着飞霄的鬃毛，"当时我家没东西给你吃，只有鱼来得最快最方便。"

贺兰金英咬着一根肉干，面色阴沉地站在不远处，看两个人用大玛话聊天。阿瓦送走了阿拜和那一家人，走到他身边与他一同偷听。

"这么老的阿拜，估计过不了今年冬天。"他说，"他闻到我身上有神子的气味。"

贺兰金英心烦得很，但不能不应付，低头恭敬道："云洲王自然是天降到北戎的神子，要为北戎开万顷疆土。"

云洲王笑了一阵，低声道："贺兰砜回一趟烨台，带回了一把新弓。我若没看错，那是高辛族的弓？传说中飞箭刺月，流金如星的擒月弓？"

贺兰金英："是么？我倒认不出来。"

阿瓦："朱夜死了，可她点火当夜那把弓却怎么都找不到。"

贺兰金英："我若是朱夜，我便把弓藏起来，放在谁都找不到的地方。"

云洲王笑着拍拍他肩膀，转身走了。

两日后，队伍再次启程。浑答儿也随行，他职位如今比贺兰砜还要高一点，那喜欢对贺兰砜呼来喝去的脾气偶尔会复苏，惹得贺兰砜一脸的不悦。

靳岘还知道，浑答儿这次带上了都则。

都则仍是浑答儿的伴当，他去哪儿，都则就得跟着去哪儿。两个人爆发过争执，都则不乐意帮浑答儿端水洗脸，浑答儿扬起马鞭抽了他几鞭子："别跟娘们儿一样别扭！你想当兵，我不是带你来了么？这是去碧山城，你一辈子都享受不到的荣耀，你还跟我甩脸色！"

他连抽几鞭子，最后一记没收好力气，马鞭在都则脸上狠狠一抽。

连靳岘都吓了一跳，忙戳戳贺兰砜胳膊："你不去劝架吗？"

贺兰砜平静扫了一眼："他以前也是这样抽我的。"

靳岘："……"

贺兰砜咧嘴一笑："都则也用马鞭打过我。"

他说完低头，用粗糙的砂纸细细地继续打磨自己送给靳岘的那枚玉制鹿头。鹿头被他磨得越发光滑漂亮。

都则捂着脸，低头走了。这一鞭子很凶，靳岘连续好几天都看到他半张脸红肿着，话也说不利索。他身边的蛮军士兵有同情的，也有取笑的。靳岘问云洲王要了一些伤药给都则，都则很感激地道了谢。

就这样一路兼程，一个月后，车队终于抵达烨台营寨。

在距离烨台营寨只有一天路程的驿站休息时，贺兰砜因为太兴奋而根本无法入睡，主动请缨担任夜间值守任务。靳岘也睡不着，晚上等贺兰砜巡视结束了，两个人爬到马车顶上闲聊看星星。

"现在这个时候，烨台许多人都随牧场迁移了，得等到冬天才回来。"贺兰砚连说了好几个名字，都是当时照顾卓卓和靳岫的北戎阿妈，"不过阿苦剌爷爷是不会走的，他一直守在营寨里。"

靳岫想起了一件事，问他："阿苦剌爷爷好像懂功夫。他的内功路子跟岳莲楼他们差不多。"

话音刚落，车后传来一声"咦"。岳莲楼一身黑衣，灵巧地爬上来："你说阿苦剌？"

靳岫闻到他身上酒气："你在驿站里偷酒？"

岳莲楼："什么偷不偷的，我是那种人吗？想喝就光明正大去喝，反正也逮不住我。"

贺兰砚这时也想起，阿苦剌曾经用手掌覆盖在自己头上，烘化了他头发里的冰。岳莲楼摸着下巴，连连点头："这听起来确实很像化春六变。"

一如贺兰砚所料，车队抵达烨台营寨时，迎接他们的果然是不苟言笑的阿苦剌。

烨台部落人不多，分散在几个营寨。贺兰砚兄弟居住的营寨是其中最大、也最主要的一个。阿苦剌是烨台的巫者，又是医师，同时还是懂得唱天歌的阿拜，靳岫这回看他，目光里满是钦佩。

阿苦剌始终一副冷淡模样，和云洲王面对面时，不停地抽动鼻子。

浩大的车队进入烨台营寨，云洲王准许贺兰砚和浑答儿回家看看。

浑答儿的母亲留在烨台，已经转移到了新的牧场，不到冬天不会回来。都则要回家去看爷爷奶奶，浑答儿跟他一块儿去了，一路骂骂咧咧，都则一声都不敢吭。贺兰砚和靳岫离队，往营寨边缘走去。

金羌使臣的队伍就停在营寨边上，周围扎着几个大的毡帐，靳岫不知白霓身在何处。原先在北都时，他还可以依赖岳莲楼与白霓通讯，现在白霓身边看守的人更加多了，岳莲楼虽然一直紧紧跟着队伍，但他也不能再给他传递小纸条。陈霜与阮不奇也藏在队伍里，但靳岫一直没瞧见。他连岳莲楼都逮不住，更别说找出阮不奇与陈霜了。

毡帐仍在，内外干干净净。贺兰砚看了一圈，笑道："是阿苦剌爷爷帮我们打扫过了。"他指着角落正燃烧着的一小炉驱虫草药。

与过去相比，毡帐显得空了，也宽敞了。卓卓和阮不奇的小床已经没了踪影，贺兰野为妻子寻到的屏风早运到北都去了。贺兰砜学写字的小桌还在，笔墨也仍放着，靳屺拿起来看了看，墨条已经开裂。贺兰砜在毡帐里到处翻找，找出两条脏毯子，两个人在那矮桌前盘腿坐下。

聊了一会儿，贺兰金英抓着剑走进来。他一脸严肃地坐下，先看了看靳屺，之后才扭头注视贺兰砜。"说什么呢？"他凶巴巴地问。

"闲话。"贺兰砜问，"你心情不好么？"

贺兰金英目光在二人脸上游移，半晌才说："云洲王认出你的弓了。"

贺兰砜点点头。

贺兰金英又说："你是打算一直背着？"

贺兰砜："当然。"

沉吟片刻后，贺兰金英"嗯"了声。"云洲王应该是看出来了，但他……他也没做什么别的事情。"他低声道，"这人麻烦得很。"

靳屺忽然开口："贺兰将军，云洲王跟我说过一些古怪的话。"

当日云洲王请他去蛮军军部，同他聊了许多事情。从哲翁当年平定五部落之乱开始，还谈到了哲翁与靳明照在大瑪边境的几次交锋。阿瓦一直在聊哲翁，偶尔会提一提自己。

哲翁正当壮年，阿瓦又十分年轻，北戎如今扩大了疆域，夺得的江北十二城必定会分配给五大部落，有了人、土地和丰饶的城池，五部落之乱造成的影响可以消去大部分。碧山盟之后，北戎会进入一段长时间的和平，哲翁将会成为万世铭记的天君。

"云洲王急了是吗？"贺兰金英忽然问，"王妃现在怀了孩子，这孩子将会是北戎的继承人。哲翁如今年富力壮，要等他死，至少还要再等二十年。可二十年之后，云洲王岁数也大了，他的儿子成长为下一个云洲王，又是新的威胁。"

"他等不及了。"靳屺低声说，"寿者，无极限也。这二十年在云洲王看来，已经是难以忍受的长度。"

贺兰砜左看靳屺，右看自己大哥。他一言不发，等到贺兰金英心事重重地离开，才低声道："父子之情，原来是这样的么？"

"天家无父子，"靳屺说，"执掌天下的诱惑，不是谁都能挡得住的。"

"我哥变了。"贺兰砜说,"他心事特别多,不乐意跟我讲。从城南大火之后开始,他越来越古怪了。"

靳岈:"他说会用自己的办法让驰望原记住高辛人。你知道是什么办法么?"

贺兰砜摇摇头,对想不明白的事情,他从不纠结。他跳起来挑开帐帘:"我们跑马去!"

靳岈给自己的马儿取了个"踏云"的名儿,因那马儿四蹄间长有杂白色长毛,奔跑时如踩轻云。贺兰砜很喜欢这名字,坚决认为他俩的马是天生一对。

此时正值夏季,驰望原一片葱郁碧绿,雄鹰盘旋,马儿踏过没蹄的草丛,惊飞许多小虫。

贺兰砜的飞霄跑得极快,他胸中畅快舒展,不禁朝着远山长啸。靳岈也学他那样张口呼啸,清爽的风灌入口中,灌入衣襟,灌入他宽松的袍袖。他想起天歌里的神子们,心中尽是驰骋的潇洒快意:"贺兰砜!"

贺兰砜回头冲他扬起马鞭:"怎么?"

靳岈只是觉得高兴,又喊一声:"贺兰砜!"

贺兰砜回应他:"靳岈!小将军!"

靳岈大笑:"贺兰砜!高辛王!"

贺兰砜解下背上擒月弓,腰身挺直,将弓弦饱满拉开。一支高辛箭搭在弓上,破空而出,直刺入一只灰褐色兔子身上。

两个人在原上跑了半天,拎着兔子踱步前往小松林。

小松林比冬季时更加热闹,溪水曲折流过已经长出绒绒绿草的土地,青蛙的鸣叫此起彼伏,蝴蝶在林中飞舞,像几片轻巧的云。

靳岈指着林外一处空地:"你就是在这儿放的鞭炮。"

贺兰砜抓住他的手,笑着指向左侧另一个位置:"错了,是那儿。"

两个人拾捡柴禾,在林外烤起了兔子。贺兰砜把兔子开膛破肚,架在火上烘烤。靳岈从怀中掏出调料撒在兔肉上,很久之后香味才慢慢传出。

与之前到小松林来相比,心境已经大有不同。靳岈记得当时自己因亲人的逝去和离散,还有自己无法掌握命运的恐惧而悲伤,他甚至还记得贺兰砜说出贺兰金英与靳明照的渊源后,他曾嚎啕大哭。

如今,虽尚有重重危机,但他身边有贺兰砜与岳莲楼,还有陈霜和阮不奇。

那原本看似无望的归家之途也渐渐清晰起来。

"我的前前世是兔子。"贺兰砚扭头跟他说，"估计也是这样被人逮着吃掉了。"

正午的日光强烈，穿过树丛，落在贺兰砚身上。他笑着说话，被阳光照拂的头发泛起灿烂的金色，狼瞳里的一抹翠绿越发逼人。

靳岘看着他眼睛说："我不信前世后世。"

贺兰砚："前世和后世，是天神给人的恩惠。驰望原上活着的一切，都有注定的十世轮回。阿苦刺爷爷说，这是天神的慈悯。"

"我不要天神的慈悯，我只要人间热火。"靳岘脱口而出，"你不做高辛王，我也不是小将军，等我回了梁京，等我把一切事情都处理干净，或者你来找我，或者我回来找你。你想到什么地方，我们都一同去。"

贺兰砚心头一震："当真？"

靳岘与他击掌："君子一诺。"

正说得热烈，兔子已散出焦味，贺兰砚连忙翻了个面。靳岘想到树上的帐子里看风景，贺兰砚迅速上树打扫清理。还未料理停当，靳岘已经爬了上来，神情古怪："有声音。"

贺兰砚侧耳一听，林中隐隐传来兽类低吼。

肉类烘烤的香气吸引了野兽。贺兰砚抓起擒月弓，从帐中探出头，果然见到一头壮硕黑熊在树下徘徊。

那熊四爪着地，走得一瘸一拐，贺兰砚定睛一看，发现它有一只熊掌受了重伤，腐烂败坏，只能蜷着，不敢着地。他登时想起去年冬天袭击猎人的两头熊。他与阿苦刺合力击毙一头，另一头被阿苦刺一箭射穿前爪，逃了。

这旧相识显然闻到了人肉的气味，急躁不安地撞着松树。幸好松树结实，黑熊前爪受伤，不便攀爬，才没有靠近。

贺兰砚拉弓搭箭，黑色的高辛箭箭尖遥遥指着黑熊脑袋。靳岘大气不敢喘，只见贺兰砚松弦，黑箭激射，黑熊在险而又险的瞬间偏了偏头，但高辛箭轻巧、中空，速度奇快，嗤一声扎入它耳朵，几乎完全扎进熊头。黑熊晃了两晃，砰地倒地，不动弹了。

贺兰砚吃了一惊，显然他也没料到如此轻易就能杀死一头熊。靳岘只听过他说当日猎熊如何英气，今日一见，钦佩得忍不住拍掌。

飞霄与踏云方才跑远了，现在才嘚儿嘚儿奔回来。兔子肉烤得喷香，贺兰砯扑灭火堆，回头喊靳岇来吃肉，发现他在树下观察那黑熊的尸体。

　　"见过这么大的熊么？"贺兰砯高声问。

　　"没有。"靳岇伸手拔出高辛箭，高辛箭中空的部分有血，他不得不甩动几下清理干净，正细细用草叶擦拭高辛箭，身后忽然有了动静。

　　靳岇心头一空，下意识往背上一摸——他不是贺兰砯，那把随身的剑放在踏云背上，他没带！

　　那黑熊尚未死透，被疼痛激得清醒，浑浑噩噩站起来。靳岇就在它身前。贺兰砯在远处再次搭弓——但靳岇恰好站在他与黑熊之间，无法一击毙命。贺兰砯拔腿朝靳岇跑去："回我身边来！"

　　黑熊已经冲靳岇张开大口，腥气扑鼻。靳岇即便后撤，黑熊一旦扑过来，他也不能避开。

　　靳岇弯腰抄起腰间小刀，一指弹开熊皮刀鞘，双手紧握刀柄，弯腰、旋身、突刺——小刀扎入黑熊坚韧的腹部，从下而上笔直地划拉出一道裂痕，直抵黑熊胸口！靳岇咬着嘴唇不敢放松，腰身一拧，小刀脱离熊身，扯出一道血红的弧。

　　腥血霎时扑了靳岇满脸。

　　而就在他弯腰的瞬间，黑箭从贺兰砯手中射出，穿入黑熊口中，"当"的一声，把它死死钉在大松树树干上。

　　熊腹开裂，流出满地内脏。贺兰砯把靳岇拉到身边，又惊又悸，手忙脚乱地看他是否受伤，话都说不利索了，结结巴巴的都是骂人的北戎话，在他血糊糊的脸上擦了又擦。

　　"熊血而已。"靳岇心头剧跳，"熊血……"

　　那熊彻底断气。贺兰砯仍不放心，从踏云背上抓过靳岇的剑，在黑熊心口连刺数下。

　　两个人拖着熊尸回到营寨，靳岇半身浴血，吓了众人一大跳。陈霜不知从哪里跑出来，穿着一身北戎士兵衣服，脸是惨白的，上上下下地检查靳岇的胳膊腿，生怕他受了伤。贺兰金英忙把两个人推进毡帐，骂了贺兰砯许久。

　　但当夜，贺兰砯与云洲王的奴隶合力击杀一头黑熊的事情便在营寨里传开了。云洲王的奴隶是大玛人，自然不顶用，真正的杀熊英雄必定是贺兰砯。

留守营寨的老人们描述去年冬季贺兰砽在猎熊队里如何英勇，浑答儿也不甘落后，竭力吹捧贺兰砽的勃勃英姿，一夜之间，所有人都认识了贺兰砽。

云洲王奖励了贺兰砽和靳岬，靳岬的头发都被熊血沾染，结成一大块，十分狼狈。云洲王看得连连发笑："到了碧山城，这事情可真的要跟梁太师好好说说。"

因有云洲王的奖励，靳岬这一夜得以用热水和皂胰子擦身。陈霜神出鬼没，钻进毡帐帮靳岬擦洗。

"你和大瑀质子怎么回事？"贺兰金英开门见山。

贺兰砽挠头："我带他去看我们小松林的帐子。"

"就这样？"

"就这样。"

贺兰金英打量自己的弟弟。贺兰砽和他长得很像，十六七岁年纪，已经显出了高辛人高鼻俊目的模样。和自己相比，贺兰砽更像母亲：他的发色更浓，笑起来上唇微微抿紧，有点儿桀骜，又像是紧张。

"他跟我们不是一路人。"贺兰金英说，"我帮他，救他，是为了还我恩人一份情。等他回到大瑀，他同我们就再也没有关系。你跟他走太近，以后是要伤心的。"

贺兰砽很固执："是你说的，我们有一双腿，有一匹马，天底下哪里都能去。他回去了我也不伤心，我可以到大瑀去找他，他也可以来北戎找我。"

"不可能，你傻么？"贺兰金英立刻道，"他在北戎，是质子，是奴隶，是你张张手就能碰到的人。可他回了大瑀，便是小将军，是大瑀皇帝的将臣。你忘了？岳莲楼说过，有皇宫里的人在找他。就算在北戎，你想见王城里的人也不容易，何况是大瑀？"

不等贺兰砽回应，贺兰金英又道："我知道他对你意义不一样。狐裘是吧？可那一件狐裘又算得了什么？大瑀的小将军有千万件狐裘，他随手一赠，你却当作天下至宝。"

贺兰砽只能应："不是随手一赠。"

贺兰金英："做人得学会放手。世上的朋友大都如此，能同路一程已经不容易，求什么天长地久？人都会变的，在北戎人的思想单纯，你对他好，他自然对你好。大哥不是责备你，你心地善良，这是好事，但不要太执着。

我们把他送回大珝，能做的便已经做完，这情谊也就到了该断的时候。"

贺兰砜瞪着他，满脸的不服气。

贺兰金英："学会了断是人的福气。"

贺兰砜不禁咬了咬牙："我跟他约定了，以后无论去哪儿，我和他都在一块儿。我要去看我没见过的天地。"

得知贺兰砜竟然有了这样的决定，贺兰金英气得揪着他衣领："你真是疯了！"

此时毡帐中，靳屼刚在陈霜的协助下洗掉满头血水。陈霜心有余悸："靳屼，你不能再这样随着贺兰砜到处跑了，太危险。我和阮不奇若是知道你俩会遇到熊，绝不会离开半步。"

他俩原本是想随着一起去的，但岳莲楼却说有贺兰砜保护，靳屼不会有事情。陈霜嘀嘀咕咕，开始埋怨岳莲楼。岳莲楼坐在角落吃肉干，委屈巴巴："又关我事？"

靳屼脱下上衣，用帕子沾了热水擦身，安慰陈霜："这不算什么。杀那黑熊也有我一份力气，是真的。"

他缓过劲儿来了，满心激动兴奋，竟是丝毫没有后怕。陈霜眉毛一皱，絮叨不停。靳屼忙岔开话题："上次跟你们提过的阿苦剌，查出什么了？"

去探查阿苦剌的是阮不奇。阮不奇藏身于阿苦剌毡帐之中，阿苦剌夜间回宿，被袭个正着。他本能地甩出砍刀反击，阮不奇空手擒住阿苦剌双腕，只一探便发现，阿苦剌果真身怀化春六变内劲。

化春六变是明夜堂独门内功，入明夜堂之人必学，离开明夜堂必废除。阮不奇等人前来北戎，藏身于北戎各部落与北都石城的明夜堂门徒他们全都一一记在心里，其中并没有一位叫"阿苦剌"的老人。

"他手筋脚筋都断过，是后来接续的，寻常狩猎不成问题，但肯定再练不了明夜堂的外功。"陈霜道，"阮不奇与他互表身份，但阿苦剌没有说出自己的来历，也没有回应阮不奇。阮不奇用他的性命相威胁，阿苦剌答应保守秘密，必要时，他会帮你。"

靳屼想起阿苦剌看自己的样子：微皱起眼，鼻孔翕动。他常常在营寨里走来走去，骑着马儿到原上打猎，威望甚高。他忍不住揉了揉太阳穴。

"阿苦剌的来历现在不重要。"陈霜说，"就算他真是明夜堂逃出来的人，

狼镝·寒野 ◇

也有明夜堂来处理。你不必挂怀，做自己的事情便是。"

"谁来处理？"岳莲楼问，"我？"

陈霜点头默认。岳莲楼耍赖不肯，正跟陈霜有来有回地吵架，帐帘忽然被掀开，贺兰金英大步闯了进来。

"我有话对你说。"贺兰金英毫不客气，"陈霜岳莲楼，你们出去。"

陈霜刚迈步，岳莲楼立刻道："不出。"

贺兰金英看都不看他，只紧紧盯着靳峋。"靳小将军，别捉弄我弟弟。"他说，"贺兰金英曾救过你一命，如今只想你还个人情：离贺兰砜远一点儿。"

贺兰金英此话一出，毡帐内顿时死寂。

"贺兰砜是个直来直去的人，甚至有些蠢，他想做什么、想说什么从来不懂得弯绕。"贺兰金英继续道，"小将军，他不适合你的世界。什么大瑈，什么天地，他这样耿直的人不懂你们的勾心斗角。"

靳峋心想，贺兰金英甚少称自己"小将军"，他这是真生气了。靳峋心里不禁暗暗焦灼，徒劳地拧手里已经拧干的帕子。

"我救了你，自然要救到底。你想回大瑈，我会竭尽全力送你回去。你回去了便罢，不要在北戎留什么牵扯。"贺兰金英道，"我不会让贺兰砜涉险。"

靳峋终于抬起头："他怎么会涉险？"

"与你扯上关系已经极其危险。"贺兰金英走近两步，越发诚恳，"靳家除了你和你生死未卜的阿妈、阿姐，已经不剩一个人。你回到梁京，有多少风险、多少暗箭，你根本猜也猜不到。"

靳峋微微咬唇，他想反驳，但没有反驳的理由。

"贺兰砜说要去大瑈找你，你别让他去，千万别。你若真心看重他，我求你放过他。"

他说完转身便走，靳峋怔怔坐着，许久才穿好衣裳，走出毡帐。

贺兰砜在云洲王住帐外值守，一身银亮鳞甲，月色里越发挺拔英俊，迥异于他人的深棕色长发在脑后扎起，腰间左右各挎铁剑与箭筒，背上是乌金色的擒月弓。营寨火光明亮，巡逻的士兵手持火把交错来去，火光映在贺兰砜的面庞，他那混合了高辛人与大瑈人特点的容貌，令人无法移开目光。

靳峋怔怔在远处看他许久，心里一时是贺兰金英的话，一时是自己与贺兰砜的约定。

归根结底，还是一句"不舍得"作怪。生、老、病、死，爱别离，怨憎会，求不得，五阴炽，他年纪不大，却已经一一尝过了。

小时候爷爷还在，常牵着他的手逛燕子溪。燕子溪春夏热闹，等到秋风起，老燕新燕纷纷往南迁徙。爷爷会拉着他的小手，指着一个个燕巢跟他说："这个巢空啦，那个巢明年就用不了啦。离合聚散，年复一年，千里万里飞渡之苦，只要能在落脚处寻到一处巢穴，便什么都能抵消。"

靳岷当时不懂。他久居梁京，不晓得思乡与身处异乡之苦，更不知徜徉、心动与别离，各有各的煎熬。

若是在北戎没遇到贺兰砜，他只怕早已经埋尸驰望原，杳无音信。每每想到此处，靳岷便觉得一切都比预想的好太多了，他不能向冥冥中的神灵再祈求更多了，再求便过分了。

如今许多煎熬，细究起来不过是一点点苦而已，是人间必须熬过的一座小山头，算不得什么。这山头上有贺兰砜，那又怎么计？这数式复杂，靳岷算不清楚。

眼前火光一闪，贺兰砜不知何时窜到了他面前。

"换值了。"贺兰砜问，"我哥跟你说了什么？"

"……你猜猜。"

贺兰砜低声道："你别听他的。"

"你呢？"靳岷也笑，"你会听他的么？"

贺兰砜毫不犹豫："别的听，这件事不行。我是离巢的鹰，他再也管不了我了。"

靳岷悬着的一颗心此时才稍稍落定。贺兰金英气势汹汹，令靳岷难以招架，但贺兰砜却完全不把大哥的叮咛放在心上。他铁了心要离开驰望原，要往南方、往更广大的地方去，谁也拦不住他。

第二日，车队再次启程，离开烨台营寨。

一只腿上带着小竹筒的鹰从云洲王手中起飞，它的速度比车队更快，数日后已经飞抵萍洲城的信房。鹰没有停留太久，它歇了半天继续飞行，三日后终于抵达列星江北的碧山城。

竹筒中的小纸条送到了龙图钦手中。

夜间，大瑀太师梁安崇与三皇子岑融商谈订盟之事时，忽然想起什么似的提醒道："今日与龙图钦会面，谈得十分愉快。他早晨收到北戎使队来信，使队已经离开烨台，往萍洲进发了。"

岑融一小口一小口地抿酒，点点头。他心思不在这事情上，手里握着一卷书："咱们碧山城这么大，怎么就寻不到一株茶花？"

"这地界茶花活不了。"梁安崇不知他这几日天天寻茶花是为了什么，压低声音又道，"龙图钦说，使队里有大瑀人。"

"大瑀人？"岑融点点头，"哦……"

"三皇子知道是谁？"

"怎么可能呢？"岑融笑道，"我又没有梁太师手眼通天的本事。"

梁安崇也笑了，气氛融洽。

"听龙图钦的意思，那位大瑀人与我们有些渊源，他似乎暗示那是军中之人。"梁安崇说，"难道是北军里的人物？"

岑融沉吟片刻，回头问："你猜得到是谁么？"

他身后站着一位侍卫，身材高大，隐藏在灯烛照不明的暗处，此时才跨出一步，作揖道："君山从军后一直在西北军服役，北军里的人物，君山一个也认不得。"

这一场意义模糊的谈话，最后以岑融呵欠连连而告结。岑融带着侍从离开梁安崇房间，走过曲折回廊时忽然开口："游君山。"

紧随他身后的侍卫应了一声。

"若我给你骑兵千人，你能将莽云骑原模原样给我训练出来么？"

沉默片刻后，游君山开口："不能。在下没有靳将军的才干，也没有靳将军一呼百应的能力。莽云骑之所以是莽云骑，全因靳将军在，他是莽云骑的……"

岑融抬了抬手，止住了游君山接下来的话。

"行了，不必多说。"他懒懒道，"你对靳明照倒是忠心耿耿。"

游君山不再多话，随着岑融往前，渐渐走入浓暗的树影之中。

第二十七章

故人

一路迤逦南行，仲夏七月，车队终于抵达萍洲城。

列星江北十二城，位于北戎与大瑒边境的是萍洲。萍洲城是南行必经之地，但经过萍洲城时靳岘没有下车。车队从北军军部附近行过，靳岘坐在车里，听见军部传来的号角之声。

想起父亲少年时曾在此处带兵作战，跟随建良英将军学习军务，还结识了雷师之，靳岘心中有许多惆怅。他记得父亲说军部门前有两株老梨树，春日花盛，他常采摘梨花粘在信笺，给母亲写情意绵绵的信。梁京的岑静书收到信往往已是一个月之后，军部的梨花已经凋落，唯有信中三两朵干花还可传递远境的春意。

夜晚出了萍洲，车队在驿站宿营，这回终于住进了有墙有瓦的房子。穿着夜行服的岳莲楼深夜又从窗口钻入靳岘房中，同来的还有阮不奇，他们俩是向靳岘辞行的。

"咱们现今在大瑒境内，萍洲城里有不少明夜堂的人，你身边留陈霜即可。"岳莲楼说，"阴阳二狩先行前往碧山。"

阮不奇插嘴："我傍晚发现喜将军带着两个人离开车队，云洲王派人悄悄跟着，我跟在后头，原来他是回萍洲去了。"

喜将军再入萍洲城，倒没有做什么破坏或探查之事。他在街上走了许久，仿佛早就有目的地似的，先在一处深巷中的小酒肆买了一壶酒，又在街头一个馄饨摊要了一碗馄饨。阮不奇一直跟着他，看到他来到北军军部门口。

"他把馄饨放在梨树下，酒也倒在地上。然后便站在那里看树，也不晓得看什么鬼。"阮不奇道，"军部的人出来赶他，他便走了。"

靳峋："……那卖馄饨的老人是个独眼龙？"

阮不奇惊了："你怎知道！"

"他也是北军老兵，眼睛受伤后不能再当兵，便做些寻常生意。我爹爹在北军服役时，最爱吃他家的馄饨。"靳峋说完，渐渐黯然。

房内静了片刻，阮不奇转身从窗口溜了出去。

这一夜靳峋很难睡着。他上一次到萍洲城，身边还有白霓和随行的文臣、士兵，他们护送他往北戎去，去当生死未卜的质子。他一次次地重拾父亲过去的回忆，却始终不能靠近。迷迷糊糊中，窗户被人打开，随即桌上咯噔一声响。

"我尝了一个，嗟，也不见得有多好吃。"阮不奇的声音响起，随即油烛一亮。陋桌上一碗馄饨，连汤带水，还蒸腾着热气。靳峋匆忙起身，阮不奇已经没影了。

从离开萍洲城驿站开始，车队便接二连三地遭到江湖人的伏击。陈霜辩解称这绝不是明夜堂所为，靳峋渐渐也看出了名堂：车队高举北戎旗帜，简直是个巨大的标靶。虽然有萍洲派出的北军护送，但络绎不绝的偷袭者身穿不同衣裳，手持不同武器，偶尔还有肥墩墩的野和尚与道袍脏污的道长，呼呼喝喝，纷纷打来。

云洲王倒是兴致盎然："大玛民风果真淳朴，有仇必报，快哉快哉。"

他不过听江湖人嚷嚷两句，连口吻都学得有七八分相似。靳峋哭笑不得，提醒他这些人都是冲他而来的。

订盟后江北十二城便归北戎所有，大玛江湖人咽不下这口气，只能在使队身上发泄。敌意不止如此。驿站中活动之人基本都是大玛人，见到北戎与金羌使队，嘴上虽然不说什么难听话，但行动粗糙随意，完全不把他们当客人看待。

云洲王偶尔与靳峋聊起这些事情，总要笑着说："幸好没有屠城。你当日在我和阿爸面前说的那'十害'，如今看来，确实有道理。"

途经桑丹城，云洲王对这座一半北戎人、一半大玛人的城池充满兴趣，当夜宿在城内，总算看到了一些热情笑脸。他带着贺兰砜与靳峋出门闲逛，桑丹城中不少商肆都是北戎人经营的，阿瓦在一间酒铺子坐下，要了酒、油茶和羊肉。

给客人端来羊肉的是两个北戎孩子，六七岁年纪，有些羞怯。阿瓦用北戎话问他俩名字，谁料两个孩子竟然听不懂，跑到母亲身后躲着。

经营酒铺的夫妻都是北戎怒山部落的人，五部落之乱时流落到大瑀，家乡已经没了，便不再打算回去。两个人落脚后做起生意，孩子在桑丹城内出生长大，只会说一点儿北戎话，大瑀话却极为精通。靳岫逗两个孩子，兄弟俩连拗口的绕口令都能说。

"明明是北戎人，怎长了根大瑀舌头？"阿瓦似笑非笑。

贺兰砜问："爹娘是北戎人，孩子就一定是北戎人？"

阿瓦："那当然。"

贺兰砜："他们从没见过北戎。"

阿瓦："你没去血狼山之前，是高辛人还是北戎人？"

贺兰砜喝了口酒："我是驰望原的人。"

这回轮到阿瓦惊诧地打量起他来。

半个月后，车队终于抵达碧山城郊外。

进入大瑀境内，尤其是见识到许多大瑀江湖客之后，云洲王生出兴趣，每天都命靳岫教他江湖黑话。靳岫哪里懂得这么多？真正懂的陈霜在车外乖乖扮作北戎士兵。靳岫只得跟云洲王聊大瑀江湖各种派别、传说，听得云洲王一愣一愣的。

"我能去少林学武功么？"他说，"我可以剃头出家。"

靳岫："……你有妻有子，尘缘未断。"

阿瓦："尘缘又是什么？"

靳岫："红尘俗缘，就是恩怨情仇，诸般牵挂和执着。"

阿瓦摸摸下巴小胡子："可我就是想学少林武功。或者直接让少林寺把武功秘籍给我们，和尚总听朝廷的话吧？"

好大的口气！靳岫心中按捺不满，正盘算如何讥讽，车外忽然一片混乱。

靳岫忙掀起窗上帘子往外看。车队行经一座山岭，只听岭上有如雷鸣，无数石头木块从坡上滚下，袭向车队。车队中北戎士兵一路见了太多这样的架势，一些人后撤，护卫车队物资与贵人，一些人手持盾牌上前。盾牌足有人高，形成盾墙，将车队护在身后。

"不行。"靳屺忽然说。

阿瓦凑过去，和他挤在同一个窗框里往外看："为何不行？"

"平地可以用盾，但现在他们在山上袭击，一旦用盾，我们的视线会被遮拦，若有人从盾前悄悄靠近，是看不见的……"

话音未落，前头果真传来惨叫：数个持盾的北戎士兵被盾前跃起的人一剑削下脑袋，盾墙登时出现缺口。

"妙啊！"阿瓦仍是乐呵呵的。

靳屺放下帘子："云洲王，你别露头，他们找的就是你。"

"能把这些江湖人引到喜将军那边去么？"阿瓦笑道，"这一路走了这么久，我还没见金羌的人亮过什么本事，岂不可惜？"说完转到车子另一头，嘱咐了自己的随令兵几句。

外头打得激烈，陈霜挥舞手中剑，靠近车窗低声道："这些都是列星江附近的江匪。"

靳屺点点头："碧山城归了北戎，以后这列星江上的好处要大大折损，他们自然咽不下这闷头亏。"

除江匪外还有些零星的江湖人，衣装各不相同，武器更是各异。靳屺也从未见过今日这么大的阵势。有趣的是，从萍洲一路护送过来的北军将士们御敌懈怠，江湖人认出北军衣裳，刀剑也绝不向他们身上招呼，纷纷绕行，直袭北戎士兵。

陈霜耳朵一动："碧山方向有人来了，骑着马，数量不少。"

"若是在这儿折了北戎军队，这碧山盟可就签不成了。"靳屺低笑，"虽然这样一来，江湖人和北军高兴，但梁太师的日子却不好过。这援军估计是梁太师那边的人。"

江湖人中不乏轻身功夫了得之人，陈霜机敏，忽然抬头。有人举着北戎的盾牌，手握长刺朝这边跃来。陈霜立刻抄起怀中铁丸射出。

谁料铁丸尚未击中，忽然射来一枚铁箭，毫不留情贯穿那偷袭者的喉头。

箭与尸体落地，靳屺怕陈霜出事，忙掀开帘子。他忽然从那黑色铁箭身上，认出了绝无可能看错的云纹！

前方马蹄声纷乱，一声暴喝："碧山守军在此，谁敢放肆！"

围攻的江湖人纷纷收起兵刃，像潮水般退去。阿瓦遗憾万分，靳屺已经扒开车帘冲了出去。

"游大哥!"他又惊又喜,差点栽到地上,忙扶着车辕,这一声喊出来时几乎是哭着的,"游君山!"

碧山援军为首那青年身骑黑马,回头时瞳仁震动:"靳岬?!"

莽云骑是西北边防军最精锐的一支骑兵,靳明照在西北军任统领之后,花了数年时间将它从无到有,一点点组建起来。

白霓是靳明照的弟子,而游君山是白霓捡回来的人。

白霓家的面摊就在军部附近,她常看到一个年轻乞丐蜷缩在军队对面的巷子里,一边啃发黑的硬馍,一边呆呆看军部。

游君山懂得一些武艺,但体格虚弱,白霓出手去逮他,他根本没法还手。草草打了一架,白霓把他带回家,喂了他几顿好吃的,游君山才缓过一口活气。等他把自己洗干净了,居然还是个挺俊朗高大的小伙子。

他说自己是几年前流落到封狐城的大瑀人,家在南方,头一回到西北边疆经商,谁料竟遇上金羌与大瑀开战。世道混乱,劫匪频出,货物全被人抢了,他又丢了通关文书,只能在封狐乞讨为生。

再问他为何总在军部附近徘徊,游君山便扑通跪下:"求女将军帮帮我!我要见靳将军,听闻他英明神武,恳请他为我开张路条,让我回家。"

白霓那时只是西北军中一个普通士兵,但实在很喜欢"女将军"这头衔,便把游君山带到了靳明照面前。靳明照听他说了家乡之事,心头不禁遗憾:游君山的家乡已经在两年前被大水淹没,他现在是无家可归之人。游君山嚎啕大哭一阵,无处可去,又被白霓带回了家。

在白霓家中住了两个月,游君山一直帮白霓家人打下手。他干活有力气,人又机灵,白霓觉得这人光搓面擀面实在浪费,又把他带入西北军军部。靳明照见识过游君山身手后,认为他是个可造之材,便高高兴兴把人留下了。

他和白霓、靳岬的姐夫一样,是莽云骑初建时的第一批将士。

大瑀军队中大多是男人,白霓一位俊俏姑娘,在西北军中尤为醒目,军中倾慕白霓的人十个手都数不过来,隔三差五便有人跟靳明照夫妇打听白霓的婚事。送到白霓面前的男子画像数不胜数,上到城守的儿子,下到家道殷实的商人,靳明照一辈子没见过这么大的求亲阵势,常拿这事情打趣。

白霓却也不恼，她像是心中早有人选，每每被人谈起婚嫁之事，便把头一昂，带几分骄傲与笃定："等我当上了女将军再说吧，我要嫁给世上第一个喊我'女将军'之人。"

大瑀从未有过女性将军，她直到二十八岁才受封。旨令传到封狐城当日，游君山便向她求亲。白霓没有一分犹豫，只问了一句："你真同我永远一起么？"

游君山笑言："生是一起，死也在一起。"

他们俩的事情早不是西北军的秘密，一堆人围在屋外听墙角，连靳岵照也高高兴兴在外头撺掇众人敲锣打鼓，四处宣布：成了！成了！！！

两个人相处十余年才真正成为一家人。

靳岵在封狐城出生时，是游君山骑马满城找的稳婆。靳岵出生后在封狐呆的几年里，游君山是他最亲近的几个叔叔之一。那时候游君山与白霓还未捅破窗户纸，他常抱着小娃娃靳岵去找白霓，并谎称："靳岵让我带他来看看你。"白霓看了眼刚长出小牙齿的奶娃娃，笑道："好哇，那我只跟靳岵说话。"

种种前事，让靳岵此时此刻此地看见游君山，满心溢出的都是狂喜。

他跳下车辕，不顾周围仍一片混乱，奔向游君山。游君山一手持弓，一手执枪，从马上跳下来。围攻的江湖人已经全部退去，碧山援军追击，车队的护卫纷纷回防。靳岵跑到游君山面前，游君山扔了手中武器，喊一声"靳岵"，紧紧抱住他。

靳岵终于放声大哭。

北戎护卫都晓得这大瑀奴隶与别人不同，是云洲王的尊贵客人，此时见他与大瑀军人抱头痛哭，不禁纷纷面露诧异之色。云洲王拽着靳岵衣领把他从游君山怀中拉开，笑着与游君山见了礼。

游君山并非碧山守城军，他是奉了三皇子与梁太师之名前来援救的。靳岵好不容易让自己平静。方才的失态令他紧张无措，抬头看见云洲王似笑非笑的神情，越发忐忑。

云洲王与靳岵回到车上，车队在游君山等人护卫下，继续前往碧山城。"原来他是莽云骑的人。"云洲王接着说，"莽云骑不是全军覆没了么？"

靳岵点点头，又摇摇头。"游大哥……"重逢的狂喜正渐渐平息，他的双目如沉渊，若有所思，"竟然活着。"靳峋心头霎时间有无数猜测，而最令他激动的，是既然游君山活了下来，那他的姐夫和莽云骑的其他人，也可能仍然活着。

抵达碧山城后，又是一阵忙乱。亲自来迎接云洲王的是梁太师与三皇子岑融，云洲王与二人见了礼、呈上礼品后，贺兰金英便把靳峋带了出来。

梁安崇乍见靳峋，先是一愣，随后脸色煞白。但那片刻的失仪很快被他用喜悦笑容掩盖，他亲热得过分，张开手臂几乎扑了过来："靳峋啊！"

靳峋被梁太师握住双手，眼神却飘向他身后的岑融。岑融任由梁安崇表演着稍显过火的激动，只是默默站在梁安崇身后，意识到靳峋眼神时微微冲他一笑。

梁安崇问了靳峋许多话，靳峋身着大瑀衣装，袖子宽大，梁太师一低头便能看到他左臂内侧的奴隶印记。靳峋敏锐地察觉梁安崇顿了顿，随即用衣袖盖住自己臂上痕迹，唏嘘道："你受苦了啊，孩子。"

靳峋全程没能说出一句话。他忠实地履行着工具的职责，从头至尾，只是云洲王带来的一位奴隶而已。

当夜，三皇子设宴接待云洲王，云洲王把靳峋也带了过去，但没让他上席，把他留在外头，与游君山待在一起。这是三皇子与云洲王给他们的恩赐：虽然游君山只能离开席一刻钟，但已经是极其珍贵的会面机会。

"你莫担心，三皇子会把你带回去的。"游君山说，"我真没想到，你竟……唉。"

两个人说一阵，哭一阵。游君山捋起靳峋袖子，借烛光看他手臂痕迹，久久不发一语。

他说自己被人从白雀关外尸堆里挖回来，当时只剩一口气吊着。好在运气绝佳，伤口都恰好避开了致命处。等伤养好了，游君山便离开了封狐城，前往梁京。他得知靳家满门流放，靳峋送到了北戎，决心回到朝廷求助。但朝中被梁太师把持，最后只有三皇子岑融收留他。

"白雀关一战大有蹊跷。"游君山说，"你在北戎，许多事情都不知道，其实梁太师的女婿现在成了西北军统领。西北军狠狠换了血，现在里头的人已经没几个我们认识的了。可惜我即便在三皇子身边，也仍旧孤立无援，我……"

"我知道的，我有……"靳屿脱口而出，却又瞬间噤声。

游君山："有什么？"

"我有预感。"靳屿说，"爹爹的死和之后的满门流放，绝不寻常。"

游君山看着他，点点头。

眼看时间就要到了，靳屿忙低声说："还有一件事，白霓也在碧山城。"

他察觉游君山身体一震，捏着自己胳膊的手劲突然增大，连声音都变了："什么？！"

"把我送到烽台，白霓就不见了。我以为她已经不在人世，可不久前她出现在金羌的队伍里。"靳屿说，"她被看管得很严，而且已经有了身孕。"

游君山又是诧异，又是惊愕，几乎捏得靳屿喊疼。

一刻钟时间过去，游君山被人唤回宴席，靳屿独自在凉亭里坐着。有侍从送上简单的酒水菜肴，说是三皇子为他预备的。靳屿定睛一看，心头诧异：眼前数道热菜凉菜，都是自己爱吃的东西。鹌子羹热气腾腾，荔枝腰子与炒蟹分量充足，山家三脆并荼蘼粥，既味浓香郁，又清爽微甘。托盘中更是搁着一支新鲜的山茶，色泽浓艳醇红，如一捧殷血。

靳屿暗暗一叹。

此夜宴散，游君山直等到四围寂静，才换上夜行衣，无声离开岑融与梁安崇下榻的地方。

他一路疾奔，钻入一处有人把守的隐密院落。有卫兵冲上前，他还未出声，廊下便传来含着笑意的呼唤："是君山么？"

喜将军站在他身后，像是已经等候许久。

游君山进屋便扯下了蒙面的黑布，雷师之看他一眼，讶然道："怎么的，一脸戾气，是岑融还是靳屿惹了你？"

"白霓呢？"游君山厉声问。

雷师之眼睛微眯："已经歇下了。"

游君山靠近一步："她腹中那孩子……"

"如无意外，应该是你的。"雷师之道，"她落入我手中之时，已经有一个月身孕。"

游君山呆站片刻才坐下，有些愣怔："我……我的孩子？"

雷师之无意为他打理混乱的思绪，直截了当："谁告诉你白霓在我这里的？"

"靳岬。"游君山回答，"他在驿站看到了。"

雷师之点点头："原来你们见过面了。"

游君山："这孩子嘴巴很紧，除了白霓这件事之外，其余所有与他相关之事，我竟是一点儿也没问出来。他确实有一些瞬间几乎要松口了，但……总之，他变了许多，比我预想的更警惕了些。西北军统领换人这样的大事，他竟然毫不吃惊，只用'预感'来搪塞我。"

雷师之微微一笑，脸上神情越发狰狞："岑融看来必定会带靳岬回去。"

游君山点头："让他带么？"

"当然。"雷师之说，"现在梁京朝局基本稳定，梁太师把持一切，可这不是太无聊了么？岑融有心搅局，但他没有名正言顺的理由，好在从天而降一个靳岬。"

靳岬不重要，他年纪小，没有身份职位，只有"靳明照儿子"这一名号。谁把靳岬掌握在手里，谁就能借靳明照向梁太师发起攻击。

"岑融为了抢夺靳岬，主动请缨到碧山处理盟约之事。"游君山道，"可他怎么知道靳岬还活着？"

"有别的人在帮岑融。甚至，可能有别的人在保护靳岬。"雷师之说，"尽快问出那些是什么人。"

游君山顿了顿，又问："那，你的计划还实施吗？"

"当然。"雷师之又答，"还有什么比在碧山盟订盟庆典上，当着这么多人的面刺杀岑融，更能挑起北戎和大玛之间的纷争？"

"杀了岑融，靳岬怎么还能回到梁京？"游君山不解，"这不是正中梁太师下怀？"

雷师之耐心同他解释。

自太子死后，三皇子岑融便被看做太子继任者，但官家迟迟不颁旨。岑融必须做出更令朝野佩服之事，才能从下往上推动其父亲立旨册封。他选择到碧山来处理盟约，最大的目的便是立功，其次才是把靳岬捡回去。

而岑融之后，还有五皇子，年纪与岑融相仿，但名气没有岑融那么大。凡是天家子弟，没有人不盯着天下那唯一的龙位。岑融一旦死去，立刻会有其他皇子接手靳岏这个工具。只要靳岏能帮他们弹劾梁太师，那靳岏就一定会被人保护起来。

若梁太师在岑融死后对靳岏下手，那就更合诸位皇子的意：梁太师对靳明照后人赶尽杀绝，那是怎样歹毒的祸心——总之，哪怕靳岏死了，也必定有人用他的名义，去行自己的大事。

而在订盟仪式上刺杀岑融，必定引来大瑀和北戎的再次争斗。如今双方都已经疲惫不堪，一旦相争，大瑀为保全面子，必定全力抗敌。北方边境全力抗敌，朝廷中梁太师又左支右绌，处处受制，甚至可能因为靳岏之事受牵连，他那当了西北军统领的女婿如何自处？

西北军空虚懈怠之时，便是金羌直入白雀关、封狐城之日。只要自己突破封狐城，大瑀西北最后一道关口便彻底失守，金羌军此后就会如入无人之境。

游君山彻底明白："金羌和北戎配合，是要彻底分了大瑀的疆土，灭了梁京气焰。"

雷师之又笑："靳岏不过是一颗小小棋子，他生或死，对我们都有好处。你什么都不需要想，只要在订盟仪式上刺杀岑融，事情便结束了。我会按照金羌与你的约定，放你和白霓离开。"

"但我有一个请求。"游君山道，"我现在就想见白霓。"说到这里，他那刚刚才压制下去的怒气又翻了上来，狠狠一捶桌面，"为何要把白霓带到这里来！"

云洲王下榻的地方，贺兰砜回到自己房间，发现贺兰金英已经等着。

"若是又说靳岏的事情，不必了。"贺兰砜说，"你若能说动我，我便不是贺兰砜。"

贺兰金英简直牙疼，抽搐着嘴角："坐下！"

贺兰砜只得坐好。

"碧山盟签订之日，大概是下月初。"贺兰金英说，"盟约里有些地方，云洲王尚有困惑，需要与大瑀商量。"

贺兰砜点头："那与我有什么关系？"

贺兰金英："订盟之后，会有一场庆典。庆典中有北戎人、金羌人与大瑀人。"

天君也会过来。"

贺兰砜等着他的下一句话。

贺兰金英微微吸了一口气，让自己心跳恢复平静。他像是在说一件平常不过的事情。

"订盟庆典之日，我会在场地之外巡逻。"他伸手，从箭囊中勾出一只浑黑的高辛箭，放在桌上，"我会在那一天，当着所有来祝贺哲翁之人，用我们的高辛箭，诛杀哲翁。"

第二十八章

泛舟

万户潆灯影，寒月照人青。

碧山城临江而立，城内小河长溪交错，水声嘈嘈，将大城划作零碎的十余块。靳屿身披蓑衣，趴在陈霜背上。陈霜脚力遒劲，背着靳屿也不见减速，两个人几乎融成一个粗硕黑影，在碧山城屋背上腾跳。

在游君山密见喜将军、贺兰砜与贺兰金英商议大事之时，靳屿正赶去与岑融见面。

岑融与梁太师落脚之处，是碧山城城守的一处外宅，小楼庭院，步步成景。陈霜跃入宅中，阴暗处立刻有兵士窜出喝问："什么人！"

陈霜低声道："靳明照将军之子，求见三皇子。"

那几位士兵立刻收起武器，显然已经得到命令。数人恭敬地把靳屿引入一处小院，道别时嗫嚅踌躇，低声安慰靳屿："小将军，你回家了。"檐下有两位侍女跪趴行礼，靳屿只觉得浑身不对劲，不想走进去，只在院中乱晃。

大瑀人都喊他"小将军"，靳屿心想，这名号看来是丢不掉了。

院子角落栽满了树，有一棵凋了一半叶子，地上落着几朵红花。靳屿吃了一惊：那是一株茶花。茶花显然移植来不久，泥土都还是松的，但碧山城的气候与如今的季节全都不适合栽种茶花，那茶花一朵朵地落到地上，只剩一口气而已。

走进院里的岑融抬眼见到站在茶花旁的靳屿。他很为自己的心思得意，踱到靳屿身边问："这株茶花合你心意吗？"

靳屿忙行礼："三皇子。"

"叫表哥。"岑融不悦道，"什么三皇子，生分了。"

靳岆不禁想起小时候他坑自己的事情，暗笑一声，还是应："三皇子。"

岑融左看右看："怎么瘦成这样！"

他拉着靳岆走进屋内，让左右人退下，还看了陈霜一眼。靳岆便介绍道："这是明夜堂的陈霜，一直在我身边保护我。"

岑融挥手命陈霜离开，回头冲靳岆笑："你猜到让明夜堂找你的人是我？"

"除了你还有谁？"靳岆回答，"靳明照的儿子对三皇子来说，很重要。"

"不，靳岆，你错了。"岑融牵着他在桌旁坐下，"是你对我很重要。"

桌上摆着点心、热茶，又有一株茶花。但靳岆看得清楚：这茶花已经半蔫了。

他们不再纠缠于这些无用的闲话，分别说起了离别之后发生的事情。

当日与北戎签订萍洲盟的是梁太师，北戎执意要靳岆这个质子，梁太师未禀报官家便自作主张地应了。等他带着萍洲盟回到梁京，一切已成既定事实，官家狠狠训了梁安崇一顿，削减了他半年俸禄。

"爹爹不去见你，是因为心中有愧，他贵为天子，怎么好跟臣下孩儿致歉？我想代他找你，可你在宫中的一个月里，我却忙于处理萍洲盟后续事情，寻不到空隙。"岑融万分诚恳，"好弟弟，你怪我么？"

"三皇子言重了。"靳岆笑道，"贵人事忙，靳岆明白。"

"……我知道你生气，生气是对的，是应该的。"岑融抓起他的手放在自己脸上，"你打我吧。"

靳岆长叹一声，把手抽回："好了，我今日来见你，不是为了扯这些糊涂事的。"

岑融顿了顿，沉声道："你放心，我这次既然来了，一定会带你回梁京。"

靳岆告诉他，他从高辛族神女口中获得英龙山脉山道的讯息，他可以从山道离去，渡过列星江。

"高辛神女？她知道英龙山脉有密道？"岑融问，"在哪里？"

靳岆却不肯说。岑融倒是不在意，笑着摇摇头，让他不必折腾。大玚的三皇子现身碧山，靳岆根本不需要再走什么弯弯绕绕的道路，岑融自有办法可让他跟随自己，光明正大回梁京。

"云洲王带你过来是为了刺激我们。靳明照的儿子成了北戎人的奴隶，这可是奇耻大辱。"岑融道，"我知道你会来，我不惊讶。梁太师见你仍活着，他非常恐惧。但你的出现，还有你手臂上的奴隶标记，对这儿的大璃士兵来说实在难以忍受。"

驻守碧山城的除了守城军士之外，另有一部分北军。靳明照出身于北军，北军将士对忠昭将军十分崇敬，他的死和靳家的破败，全都是北军之人心中的一根刺。

"云洲王此人，你觉得如何？"靳岈问。

"平易近人，言语有趣，"岑融果断道，"但此人不可小觑。"

"他心思非常细密，从不轻易信人。"靳岈提醒，"他带我来，不仅仅是用我刺激大璃人。"

岑融一怔："怎么说？"

靳岈便把面见云洲王、哲翁那夜的事情，以及云洲王隐晦提及"寿者，无极限也"的话告诉岑融。云洲王阿瓦笃定自己会成为下一位北戎天君，而岑融必定是下一位大璃皇帝。把靳岈通过自己的手还给大璃，这是一种示好。

"他知道我不可能在北戎当官，也不可能辅佐他。"靳岈道，"我这一路与他聊过许多次，此人胸有大志，但如今施展无门，他自己也十分焦灼。而且与哲翁不同，他做事绝不会赶尽杀绝，就如贺兰金英，你应该见过了，他身边那位高辛族将军。"

岑融示意他继续往下说。

"高辛遗族曾在北戎点火烧城，城内军民伤亡惨重。但在云洲王劝说下，哲翁仍然继续让贺兰金英担任北戎将军。在云洲王的立场上，他这样做，是因为继续使用贺兰金英的价值，远比放弃他更大。"

岑融便明白了："把你还给大璃的意义，比留你在北戎的意义更大。而且必须由他云洲王归还给我，而不是北戎归还大璃。若成了北戎归还大璃，这人情便落到哲翁身上去了。"

他对贺兰金英产生了兴趣："北戎人真的放心让一个高辛人当他们的将军？"

靳岈："这是多种选择中最平衡的一个。"

五部落之乱后，北戎内部看似齐心，实则仍隐隐有四分五裂之势态。靳岈在血狼山遇到的怒山部落罪俘便是一例：他们并不信任以哲翁为首的北戎王族。

而贺兰金英成为了一个绝妙的信号：连高辛人都能当将军，其他部落之人还有什么可恐惧的？

　　"我认为，应该就在最近，贺兰金英会对哲翁下手。"靳屿又道，"哲翁从大瑀手中夺得江北十二城的土地，现在正是北戎和哲翁最得意之时。贺兰金英若要为高辛人复仇，没有比现在更适合的时机。"

　　岑融点点头："我也这样想，但他若杀了哲翁，岂不破坏了云洲王的计划？北戎肯定要惩治罪人贺兰金英，北都的良善面貌没了，五部落岂不继续心存怀疑？"

　　靳屿想了想，说："我曾在哲翁和云洲王面前说过，'君应使民敬之，而非令天下惧之'。此话哲翁没有放在心上，但云洲王听进去了。贺兰金英杀死哲翁，云洲王名正言顺继位，而之后的惩戒只限于贺兰金英一人，云洲王甚至还可以释放一部分怒山罪俘，将血狼山的高辛人接到北都生活。这对当年参与五部落动乱的人来说，是一个非常美好的讯号。"

　　英明的新天君年轻有为，他只惩戒有罪之人，不会将罪人的恶放大至每一个族人头上。多么英明，多么睿智，多么值得敬重！这样一来，即便五部落之乱的影响仍旧存在，云洲王也可以凭借这一方法扭转局势：过去错误一笔勾销，只要聚拢在新天君身边，一切便都可以重新开始。

　　"云洲王阿瓦，便是北戎开国以来，最宽宏、明智的天君。"靳屿低声道，"岑融，换作是你，你能抵挡这种诱惑？"

　　岑融眼神闪动，神情复杂。他没有谈云洲王，而是低头抿了一口茶，轻笑道："靳屿，你呀……我以前怎么就没发现。"

　　靳屿："发现什么？"

　　岑融："你是个闷葫芦，不喜欢说话，只中意逛摊子吃东西。朝中人个个都说你没有你爹爹的半分才情，是他们看走了眼。"

　　身边人每每对他表露赞赏与钦佩，靳屿心中涌起的并非骄傲自得，而是强烈的恐惧。他几乎在瞬间就能明白岑融夸奖自己的原因——你可堪一用。

　　垂首片刻，靳屿岔开话题："游君山怎么跟你在一块儿？"

　　岑融一怔："君山怎么了？不对劲么？"

　　"……他活着。"

　　"莽云骑的人活着不是好事么？"岑融笑道，"我听梁太师说，除了游君山之外，也在战场上找到了几位仍活着的将士，现在都好得差不多了，在封狐城内待着呢。只不过都是寻常士兵，比不上游君山。"

岑融并不知道靳明照的致命伤是被自己人造成的。靳岍岔开话题："西北军现在的统领是梁太师女婿，我以为他会被送到梁太师身边。"

"确实如此。"岑融点头，"但游君山认为梁太师是导致白雀关大败的原因之一，他来投奔我了。"

靳岍正要再问，岑融低声道："西北军鏖战数月，粮饷几乎空仓。军粮从北军及梁京拨调到封狐，但途中遭遇容河冰灾，梁安崇的人扣下军粮赈灾，这批粮一颗都没能抵达封狐。"

靳岍极度震惊之下，几乎要笑了："好哇……原来如此。"

将所有线索汇集一处，他终于能将靳明照之死、白雀关大败完全理顺。

梁安崇虽在朝中呼风唤雨，但他始终无法手掌军权。北方边防军与西北边防军是大瑀最强大的两支军队，梁安崇垂涎已久。金羌与北戎联合在白雀关对大瑀发起攻击，梁安崇扣压西北军军粮，又有细作从中作祟，导致西北军大败，靳明照战死。

靳明照战死绝非梁安崇本意，但与他不无关系——梁安崇在白雀关开战后立刻与北戎签订萍洲盟，把靳岍送到北戎，又借西北军战败之机流放靳家，可见他要把靳明照后人赶尽杀绝。只有靳明照声威消失，他女婿才可在西北军站稳脚跟。

而北戎和金羌都不想让靳明照活着，三方用默契合力围成这个局，靳明照被困死其中。

白雀关大败后，梁安崇的女婿随建良英将军赶往封狐城，北军力量顿时空虚。北戎趁机发难，北军大败，不得不签订碧山盟，割让江北土地。

江北土地一旦割让，北军力量大大削弱，北军在朝中声誉也必定一跌到底，而被梁安崇女婿统领的西北军声势正威。大瑀失去了土地，靳明照失去了性命，靳岍失去了自己的家，无数百姓失去了家乡，流离失所，可梁安崇本人几乎毫无损失，他真正成了手掌朝权军权之人，更能一手遮天，是切切实实的一人之下，万人之上。

"梁安崇与北戎、金羌没有联络，我是绝对不信的，这一切都太过巧合、太过顺利。"靳岍最后说，"也正因如此，他忌惮你。"

岑融只是笑，笑着缓缓摇头。"靳岍啊……"他又长长一叹。

"我随你回去。"靳岍说。

这句话是回应，也是誓约。他随岑融回去，回到梁京，便注定要同岑融站在一起，对抗梁安崇。他只有这一个选择。

靳岍心头涌起无穷的空虚，胸腔隐隐发疼。他似乎从未有过选择的机会，去哪里、跟着谁、面对什么世事，全由他人安排。摆在他面前的从来只有一条道路，他根本选无可选。

曾经独自一人站在驰望原，看着消失车队留下的痕迹，那种孤冷入骨的寒意忽然又回到他身上。

茶酒喝得差不多了，靳岍起身告辞。岑融坐在榻上看他，忽然瞥见靳岍腰间的东西。他长手一伸，笑嘻嘻捞起靳岍腰间的熊皮小刀与玉制鹿头："这是什么古怪玩意？"

"北戎人的礼物。"靳岍回答。

岑融捏住那鹿头："这玉片不错，虽然不精细，但血玉难得，把它给哥哥作个纪念吧。"

他话音刚落，这一夜说话、吃茶全都慢吞吞的靳岍，忽然间行动迅疾如同一头小豹子，几乎就在眨眼瞬间将那鹿头从岑融手中夺走。

岑融愣住了："不行？"

"不行。"

岑融笑道："哟，什么金贵东西，你怕得脸色都变了。"

"不金贵，很普通。"靳岍道，"但对我来说世上仅有。"

岑融只觉得牙根有点儿痒，他不禁咬了咬牙，顿了片刻才说："我巴巴地给你找来了你最喜欢的茶花，那可是从赤燕国日夜兼程运过来的，珍贵异常。我这点儿心意难道不是世上仅有？不过是跟你讨块破玉片，你倒好，这副模样，怕我抢了是么？"

靳岍恭恭敬敬作揖："三皇子的好意，靳岍心领了。"

"我不喜欢你这样对我说话。"岑融道，"不谈君臣之礼，你我好歹还有些血脉联系，怎么好好地说句话都不成了？你到北戎去这大半年，我吃不好睡不好，天天记挂你，怕你病了，更怕你没了。好哇……好哇！"

他愤然起身，冲到院子里，抓住那株茶树就要连根拔起："这破茶花还换不来你一个好脸色，要它何用！"

他拔出半截，回头看靳岬。

"拔便拔了。"靳岬说，"表哥，我知道你想对我好。我什么都知道。可在你把这茶花从赤燕的土地挖出来之时，它已经死了。"

岑融："看到茶花，你不高兴吗？"

靳岬平静道："它长在自己的土地上，开自己的花，结自己的果子。即便我看不到，我也比现在高兴。"

回去时已近卯时，东方微露鱼肚白，街面渐渐有人活动。陈霜不便再背着他乱跳，两个人挑着安静的路往回赶。走了一段，陈霜忽然问："是同三皇子吵架了么？"

"没有。"靳岬看起来心情不坏，"以往总是他让我吃暗亏，现在终于逮到机会让他下不来台，我觉得挺好。"

头顶传来掌声："挺好挺好！"

岳莲楼一边拍掌，一边飘然落下。他换了一身相当风流利落的衣裳，看起来俨然是正派少侠，英气逼人。

靳岬十分惊喜："你来了。不奇呢？"

岳莲楼不悦："人人见到我都只问阮不奇，我偏不说。"

陈霜："只是怕你把她带坏而已。"

岳莲楼更是万分委屈："她捣鬼的本事比我强千倍万倍。"

他不是跟阮不奇斗嘴，就是跟陈霜斗嘴，说个不停，笑声爽朗。靳岬忙拉住他讲正事："明夜堂怎么不把我爹爹被自己人杀害这消息告诉岑融？"

"这事儿堂主已经知道了，但他确实没跟岑融透露。"岳莲楼解释，"他也不完全信任岑融。"

靳岬微微睁大了眼睛："为什么？不是岑融委托明夜堂来找我么？"

"你忘了吗？小糊涂。"岳莲楼笑着，"是你娘亲在离开梁京城之前，第一个来找的我啊。明夜堂与岑融合作，不过是堂主顺水推舟，借助岑融的力量而已。能保住你，即便是朝廷之力，我们也得利用。"

岳莲楼左右手各搭靳岬和陈霜肩膀，大步往前走。

"堂主向来厌恶跟朝廷扯上关系，但你禁闭宫中那一个月，明夜堂救人，却怎么都没有万全之策。堂主吃了个教训，之后岑融再找上门来，他便答应了。各有算计，你不用管，这等费脑子的事情让他去想。"

靳岈心中感动，方才面对岑融的恐惧和不安，此时已经消散许多。

"这又是为何？"他问，"明夜堂和我们家有什么渊源？"

"等你见到我们堂主，你直接问他吧。"岳莲楼笑着说，"若是由我来跟你说，肯定一半是假话，一半是胡话。"

陈霜："你倒有自知之明。"

"冷落了你，对不住了小霜儿。"岳莲楼噘嘴往陈霜脸上凑，"这么几天不见，你又俊了，快让哥哥香两口。"

两个人推搡打斗，靳岈跟在后面慢吞吞地走。他的手握住了腰间的鹿头，血玉被他掌心的温度渐渐暖热。

越是临近订盟之期，碧山城中气氛越发复杂古怪。北戎士兵又是高兴，又是紧张，谁都不敢落单出门。有那么几个胆子大的，出去后被江湖人揍得半死不活，扔在秃头巷子里渐渐发臭。

都则隔三差五地身上挂彩。士兵们没有什么可打发时间的，便常常聊起各自的闲话。浑答儿的未婚妻总是被青鹿部落的士兵提起，据说那青鹿部落的姑娘也不喜欢浑答儿，因为浑答儿是烨台部落虎将军的孩子，烨台是北戎最小的部落，十几个烨台凑起来才够得上一个青鹿，这场婚事是浑答儿大大占了青鹿部落的便宜。

浑答儿不敢跟别人争辩，只能在都则身上撒气。都则的话越来越少了，靳岈看他可怜，常常偷偷赠他伤药。

"我想回家。"都则说，"再这样下去，没有功勋，我永远都是浑答儿的一匹马，任打任骂。我看别人对待自己的伴当，没有他这样凶的……"

贺兰飒对都则的惨状没有丝毫同情，靳岈每每和他聊起，他便重复："都则以前也是这样对待我的。大玛人怎么说来着……狗仗人势？"

渐渐强烈的分别预感让他变得易怒、暴躁、坐立不安。只有和靳岈待在一起，才流露出疲惫和忧愁。

这一日，云洲王忽然把靳岈叫过去，并在桌上摊开一张长卷，让他细看。

靳岈心中暗惊：这是碧山盟约的全文，各项细则赫然在列。

"我开门见山吧。大瑀要把列星江北全部土地割让给北戎。如此慷慨，我反倒不安。"阿瓦曲起手指，在桌上弹了弹，微微笑道，"大瑀人奸狡，我认为盟约中有诈。"

靳岈一言不发，低头细看盟约。

来碧山途中，他已隐隐预料到会有这样一日。订盟之事本来由龙图钦全权负责，云洲王得知大瑀打算把列星江北全境划给北戎后，突然主动插手碧山盟之事，靳岈便猜测，他起疑了。

北戎只要十二座城池，大瑀却主动把更多的土地给了北戎，这分明大有蹊跷。

盟约写得十分细致：东起列星江东端出海口，西至白雀关北面的伦得布伦大漠，这大片土地全部划归北戎。而以此为代价，北戎中止向大瑀索要战胜方所赢得的物资及年贡。

那夜密会，靳岈听岑融提到过，碧山盟中的年贡原本包括银两、丝绢、绸缎、谷物、瓷器、矿产、木料，数量庞大，足足供应十年。岑融以划割更大片土地为代价，要求北戎放弃这批年贡和物资，从盟约上看，是一个合情合理的交换。

"靳岈，你是大瑀人，你认为这盟约可信吗？"阿瓦问。

靳岈抬起头，似是因为激动，他紧攥盟约的手指骨节泛白，微微颤抖。

"不可信！"他哑声道，"不能签！"

阿瓦浓眉一动："为什么？"

有岑融参与，这份盟约几近完美，大瑀不需要连续十年奉上昂贵的年贡，北戎获得了更多的土地，似乎是双方各退一步，又都得到了想要的东西。

而为了隐藏封狐北城的存在，盟约中并未列出江北所有城池，而是以边境端点来计算土地面积。如此一来，北戎人根本不可能发现他们即将拥有半座金羌虎视眈眈的封狐城。

靳岈心中暗叹：岑融很精明。

而如今自己面对一个与岑融同样精明的云洲王，他必须要让云洲王相信——盟约是真实的，是可靠的。

"列星江北全境，含十二城池及城池外缘疆土，均归北戎所有……"靳岷一字字念出盟约内容，声音嘶哑，带着愤怒和憎恨，"这份盟约，是不是梁安崇谈的？"

阿瓦点头："对。你很熟悉他？"

"……此人狡猾多诈，心思狠毒，不可信任。"

"不必说别人，你就告诉我，这份盟约有哪里不对？"

"怎么能将江北全境都让给北戎！"靳岷万分激动，"您不能签这盟约，我会给您找出里头的陷阱……这里面一定有陷阱……"

他睁大眼睛，逐字逐句地看。云洲王难得见他如此失态，只感到十分有趣，笑吟吟地盯着他。

"盟约对北戎太过有利。"阿瓦问，"这就是你说的陷阱？好了，还给我吧。我明白了。"

靳岷紧紧攥着不放，他放任自己失态："不行，云洲王……我会给您找出陷阱来的……您再等等。"

"大瑀人有一句话叫，守土为家。割了这么多土地，心疼是吧，小将军？"阿瓦从靳岷手中夺过盟约，卷在手里，笑道，"你对这盟约不满，我便放心了。"

陈霜一直在外头悄悄等着。云洲王离开后不久，靳岷才慢吞吞走出来。等靳岷来到僻静处，陈霜落在他身边问："怎么样？"

靳岷把方才的事件简单告诉陈霜，陈霜惊讶道："他真的发觉那盟约有问题？"

"只是怀疑，盟约的条件对北戎来说，好得过分了。"靳岷已经彻底恢复平静，方才的失态如同从未出现过一样，"云洲王并不信任我，尤其在抵达碧山城之后。我越说那盟约没问题，他只会更加怀疑。"

而靳岷假装对盟约条例感到震惊，反倒让云洲王认为，这是他的真情流露：靳岷是大瑀人，更是靳明照的儿子，他比其他人对疆土抱有更强烈的感情。如果不是这样，倒显得虚假了。

"……您累吗？"陈霜低声问。

"很累。"靳岷也低声回答。

两个人穿过廊外层层树影，七月就要过去，仲夏暑气在北方渐渐消散，夜里越发凉得厉害。碧山城外千万仞峰峦正一日日地变换颜色，越是近秋，天色越发高蓝，风从更北之处吹来，日头白灿灿的，照得人心慌。

贺兰砜心心念念要让靳岈好好看一看的驰望原夏季，就这样仓促地过去了。

八月，北戎云洲王与大瑀三皇子，在碧山城正式订立碧山盟。

订盟之日，靳岈不得离开北戎士兵视线半步。来看守他的是都则，他脸上的红肿消了许多，整个人看起来精神不少。

碧山城中远远近近传来孤单的锣鼓声，有人走街串巷唱北戏，曲调幽怆悲凉。临街的楼阁上，宫装的女子开了窗户，撕碎纸片往外扔。纸屑像白色的蝴蝶，有几只飘到靳岈面前。

纸上写着词，字迹秀丽。"这是一首《城头月》。"靳岈低声道，"这女子颇有几分才情……"

话音刚落，外头便是咚的一响。街上一片尖叫："坠楼啦！坠楼啦！！！"

这一日碧山城中自尽的，下至弱冠青年，上至耄耋老者，足有百余人。有人当街跳下，有人撞死在订盟之地门口。仍在碧山值守的北军里也起了几起骚乱事件，士兵嚎哭着，举着长枪刺向街上巡逻的北戎士兵。

靳岈不吃也不喝，在墙角呆坐了一天。他听见一墙之隔外有高高低低的哭声，胸口似被人掏了个大洞，怎么都动弹不起来。

深夜时他又饿又困，仍坚持折磨自己。有人摸摸他的头发，靳岈睁开眼，看见贺兰砜就在眼前。

"我想去列星江行船。"贺兰砜说，"你带我去么？"

云洲王赴宴去了，贺兰砜跟当夜值守的浑答儿打了招呼，浑答儿自然任由他和靳岈离开。两个人直接往碧山城的码头走去，穿街过巷时，听到的尽是哭声。唯有售卖吃食的铺子仍旧顽强，伙计不住地招徕客人，客人若是穿大瑀衣装，进店时低低说一声"北戎狗"，可以免费一份凉菜。

两个人吃了一碗面，来到码头。码头已经关闭了，任何人不得出入，陈霜悄悄出现，帮他们找了艘小船，自己当起了船夫。

"你还会摇船？"靳岈低落了一天，此时终于恢复些许精神，"我从来不知道。"

陈霜笑道："你听过琼周吧？大瑀东面的海国。"

靳岬和贺兰砜都点点头。

"我是琼周人，十岁上下才同娘亲来到大瑀。"陈霜说，"论水性，不说你们，明夜堂里也没人比得过我。"

小船稳稳滑入列星江。贺兰砜站在靳岬身边，从上船开始就没说过话。他抬头看天，低头看江，脸色有些发青，但眼里闪动光彩。

"这就是你说的'长鲸'？"他指着河面。

此时天上银河横跨，星群满布。江上倒映着舟楫影子，还有一道顺水而流的星影。此夜，列星江江面静谧，天上星子如同落入人间，在江水中浮沉荡漾，"列星江"正是因此得名。

那道银河倒映而成的星虹，大瑀人称"长鲸"。

贺兰砜实则有些晕船，他站了一会儿便坐下，靠在靳岬身边。

"天下原来真有这么大的水……"他笑道，"不对，是江。"

"海更大哩。"陈霜回头笑道，"望不到头，见不到岸，人在海里面，变成了一片叶子，一颗星星，浪头打过来，你便什么都没有了。"

贺兰砜看靳岬道："我得跟陈霜学划船，以后带你出海。"

靳岬笑道："我带你吧，我会划船。"

贺兰砜："在燕子溪上划船不算数。"

陈霜："对，那绝对不算数。燕子溪……燕子溪那就是条水沟，我一抬腿就跃过去了。"

他哈哈大笑，任由小船在江上漂浮，起身跃进水里前，对靳岬和贺兰砜说："你们说说话吧，我去捉两条鱼吃吃。"

靳岬和陈霜所料没错，贺兰砜来找靳岬，果真是有事要说。

"阿苦剌爷爷已经出发前往北都，他会带卓卓去血狼山。"贺兰砜说，"大哥决定在十月的订盟庆典上杀了哲翁。"

早在送朱夜回血狼山，向朱夜承诺自己将以别的方式让所有北戎人牢牢记住高辛人之时，贺兰金英已经在筹划这一切。原本并未打算将阿苦剌拉入，但从岳莲楼处得知阿苦剌与明夜堂有渊源后，贺兰金英请求岳莲楼说服阿苦剌，让阿苦剌去保护卓卓。

让岳莲楼答应自己这件事，花了贺兰金英好一番功夫，总而言之，阿苦剌已经启程，半个月后可抵达北都。而从北都去血狼山，又需要半个月。在确定卓卓安全之前，贺兰金英不会行动。

跟随云洲王让他得以探听到庆典的时间。庆典之日仍旧由大巫来推算，大巫推出十月十五为火神最盛之日，届时狼神也会从天而降，同庆北戎大典。

贺兰金英便得到了两个月的筹备时间。

庆典由龙图钦负责，云洲王拨调贺兰金英协助，贺兰金英看过庆典的各项事务，最后决定在火舞之时，用高辛箭射杀哲翁。

"火舞？"靳岇不禁问，"火舞不是由大巫来跳么？"

"过去都是由天君亲自跳，这次庆典是北戎的大事，哲翁不想让大巫代劳。"贺兰砜回头指向碧山城内一处正在搭建的高塔，"云洲王要在碧山城修建一座与允天监一模一样的高塔，在高塔之上举行火舞仪式。"

"这么高！"靳岇大惊，"可这样的话，你大哥在地上，怎么能……"

"那得谢谢你。"贺兰砜说，"你跟我说过，大瑀灯节上有燃火金凤。"

燃火金凤是大瑀灯节的标志。灯节当夜，从宫中会飞出燃火金凤，点燃梁京玉丰楼楼顶灯阁；三日三夜的灯节结束后，禁军收回金凤，等待明年再次点燃。而那燃火金凤实际上是一枚点燃的火箭，由禁卫军中臂力最强、箭法最好之人射出。

"这事情我也同哲翁和云洲王说过，就在我面见他们的那一天。"靳岇不解，"那只是闲谈，和你大哥有什么关系？"

"庆典当夜会有灯节。云洲王提议效仿大瑀梁京传统，在碧山城内建一座灯阁，庆典当夜，由我大哥从高塔中射出火凤，点燃灯阁。"贺兰砜道，"他说这是为了让碧山城百姓明白，北戎人并非青面獠牙，即便碧山归了北戎，也仍旧可以照常生活。"

靳岇登时明白了："云洲王在给你大哥制造机会。"

若想从高塔中射出火箭点燃灯阁，又要仿照梁京灯节的效果，那灯阁必不能低。灯阁建好后，庆典白天，贺兰金英便可爬上灯阁，在可行的距离中射杀高塔之中的哲翁。

靳岇背后一凉："那之后呢？之后怎么办？"

"事成之后，大哥会直接从城墙处逃离碧山。我和他在英龙山脉脚下汇合。"贺兰砜道，"你还记得朱夜说的英龙山道么？那条路你现在用不上，我们可以利用它来逃脱。进入山道后便可直接穿过英龙山脉，先行抵达驰望原。我们不需要经过烨台，直接从驰望原北侧横穿草原，直奔血狼山。"

靳岈完全明白了：贺兰金英和贺兰砜的射杀计划，是以他们回归血狼山而结束的。

贺兰金英从来没有眷恋过北戎将领的位置。打从朱夜口中得知高辛族过去之事，打从他去过血狼山再回烨台，他便开始筹划如何在北戎人最兴奋、在哲翁最辉煌激动的时刻，诛杀他。

靳岈只觉得浑身烧起了热火，他紧张又害怕："逃回血狼山之后又怎么办？哲翁当年能血洗血狼山，难保云洲王不会这样做。"

"大哥跟云洲王有协定。"贺兰砜低声道，"把血狼山归还高辛人，高辛人会回报他从未见过的铁骑戎装。"

见靳岈困惑，贺兰砜解释："云洲王打算把北戎的骑兵，变成天底下最强悍的军队。"

"大哥怎么能信云洲王的话？"

"我也这样说。"贺兰砜低声道，"但大哥还有后招，只是那后招太过卑鄙，他不肯告诉我。"

"……利用云洲王王妃么？"靳岈想起怀有身孕，并且正在北都生活的王妃。贺兰金英让阿苦剌去北都保护卓卓，很可能也会让阿苦剌在王妃身上动些手脚。但云洲王能联合外人杀自己父亲，他对妻儿又有几分真情？靳岈很忐忑。

贺兰砜摇了摇头，他确实不知道。

起初还觉得分别遥遥无期，但岑融开了口，贺兰金英也布置好了一切，靳岈与贺兰砜都明确地感受到，那一天正在渐渐接近。等两个人又说了些话，陈霜才从船舷另一侧跳上，手里拎着几条鱼。三人在船上烤鱼煮汤，贺兰砜不吃鱼，只认真听陈霜说琼周和大海的故事。

靳岈给他唱了一首曲儿，唱到半途，江面上驶过的一艘大船上竟然传来唱和之声——

朱栏画鹢照江亭。

客来登，眼初明。

如泛银河，天上跨长鲸。

君是济川舟楫手，将许事，笑谈成。

贺兰砜听得直发愣，扭头看见陈霜和靳岘脸上的笑意，问："这是什么意思？"

"江湖人的赠礼。"陈霜笑道，"那是列星江上最大的船帮，他们祝愿我们事事顺意。"

歌声犹在江面回荡，贺兰砜怔怔道："他们不知道我不是大瑀人。"

"吃了列星江的鱼，你就是列星江的人。"陈霜把一条鱼尾叉到他面前，"尝尝？"

贺兰砜最终还是没能咬下哪怕一口。陈霜把这唱词教会了他，回程时贺兰砜磕磕巴巴地，小声唱了起来。

订盟之后，云洲王先行启程回北都，龙图钦留在碧山继续盯庆典各项事务，贺兰金英则与碧山守军商讨军备事宜，为交接做准备。靳岘被北戎士兵死死看管，每天的活动范围只有那一个院子。

陈霜大感不解："困着你做什么？"

"跟梁安崇和岑融谈别的条件呗。"靳岘很放松，"云洲王用一个人，就要用尽他，否则不会放手的。"

中秋这一天，许久不见出现的岳莲楼忽然现身，仍旧从窗户钻进来，动作极轻。靳岘正教贺兰砜写字，两个人都被吓了一跳。

岳莲楼消失多日，是去封狐城打探游君山的事情了。但他今日返回碧山，带回来的头一个消息却令靳岘紧张起来。

"白霓正在生孩子。"岳莲楼抖了一下，"日他爹的，也太疼了，听得我都害怕。"

隔壁院中，妇人生产的痛叫一声接着一声。游君山面色惨白，看着稳婆与侍女来来去去，白霓腹中胎儿略有不正，情况不妙。

雷师之为白霓找来的稳婆都是碧山城中出名的，他倒是镇静，颇为感兴趣地看游君山坐立不安："安排你的事情进行得如何？"

游君山只得回到他面前："一切顺利。"

"岑融没看出端倪？"

"应该没有。他最近忙于碧山盟和靳岘之事，我一般只随他出入护卫。"

游君山又扭头看了外面一眼，"他和云洲王见了几次面，谈到归还靳岷。"

雷师之来了兴趣："云洲王要把靳岷还给大瑀？"

"靳岷现在对北戎已经没有用处。"游君山低语，"北戎当时执意要靳岷当质子，是跟我们有联盟协定，把靳明照的独子送到北戎，这消息必定会让战场中的靳明照分心。对我们有利，对梁安崇更有利，梁安崇会答应这个条件也是情理之中。但如今，碧山盟成，萍洲盟废，靳岷就是废子。"

"依照那孩子的性格，也不可能为北戎做什么事。"雷师之道，"我与哲翁、云洲王也有来往，他俩对靳岷倒是十分欣赏。但，哲翁有杀心，靳岷不会效力北戎，他早想把人杀了。是云洲王坚持不能杀。"

他喝了口茶，轻笑道："罢了，这与我没关系。他回去便回去了，只怕回去之后，更是万丈深渊。"

两个人聊起庆典当日的筹谋。此刻院中日光灿白，白霓那头的声音似乎弱了一些，游君山听不真切。他稍稍定心，提醒雷师之："岑融一定会将我带在身边，下手不成问题。我要你保证，我杀了岑融之后能顺利脱身，我还要带白霓和孩子一块儿离开。"

雷师之："当然。"

游君山并不相信："我需要更切实的承诺。"

"游君山，我们都知道你是什么人。"雷师之笑道，"你爹娘是大瑀人，但生下你不久便染病身亡，你是被金羌野狼养大的孩子。若不是金羌人慈悲，把你从狼窝子里捡回去，你现在不是野人，便是早死在山里头了。"

"我是金羌人。"游君山说，"君山从未遗忘过这件事。"

"既然是金羌人，就必定是要回到金羌去的。"雷师之说，"你这样的身手经验，再有我一番引荐，金羌王必定重用。你知道，我虽然有喜将军之名，但忌惮我的人远远多于敬重我的人。我也想栽培可信之人。你这般人才千载难逢，定会成为我的左膀右臂。"

他放下茶碗，低声道："我若害你，便等于害了我自己。"

游君山神情稍定。

雷师之靠在椅背，突然想起什么似的，笑道："有一件事倒是忘了提醒你。若是你无法在庆典当日诛杀岑融，我不会把白霓和孩子给你。"

"……我不会失手。"游君山咬牙道。

游君山是吃百家饭长大的孩子，有妻有子的生活是一种过于奢侈的梦想。如今它仅有一步之遥，他绝不松手。自从知道白霓就在碧山，游君山便常常过来探望。他不可能在此时见白霓，雷师之便让人在白霓吃食中放药，游君山等她昏睡后才靠近，同她说一会儿她听不见的话。

"白霓之所以提前生产，是因为我告诉她碧山盟之事。得知列星江北全境都要拱手让给北戎，她便激动得晕倒了。"雷师之又笑道，"一个妇人，倒有男儿的刚硬脾气。"

他话音刚落，游君山神情便变了，压抑着愤怒与憎恶。

雷师之非常喜欢在别人脸上看到这种表情。世人恨他，畏惧他，却又拿他无可奈何。正要再说什么，一声婴孩的嘹亮啼哭终于传来。

一只拨浪鼓在靳屿手里转动，声音轻快。

都则抱着一筐衣物从院门口走过，一整日都没见过人的靳屿登时来了精神，冲他挥手。都则犹豫着左右看看，小步靠近院门。靳屿如今被看管得甚为严格，除非浑答儿值守，他才能自如出入，其余大部分时间都必须禁足在小小的院子里。

都则问他哪儿来的拨浪鼓，靳屿说是院子里捡的。这拨浪鼓他其实是托陈霜购买，打算送给白霓的孩子。阮不奇带回消息，白霓顺利生下一个女儿，靳屿高兴坏了。陈霜匆匆买了一堆东西，让岳莲楼给白霓带去，但岳莲楼被吓怕了，不肯靠近，全推给阮不奇。他和阮不奇常常不对付，那天却出奇温柔："不奇，生娃真可怕，你以后别生了，我害怕。"

阮不奇认真道："我不生，我让男的生。"

靳屿和陈霜都睁大了眼睛。

补品药物都让阮不奇带过去了，悄悄塞在白霓院子的小厨房里。拨浪鼓阮不奇不要，说太丑，靳屿便自己留着玩儿了。他玩了好些天，渐渐腻了，见都则对这东西有兴趣，便把拨浪鼓给了都则，顺便在他怀里塞了一些新的伤药。都则红着脸嗫嚅："谢谢。"

碧山城中各种工事热火朝天，高塔和灯阁都在修建。两个工程均需要大量人手，干活的大多是大瑉人，监工的则全是北戎士兵。浑答儿除了在云洲王这儿值守外，偶尔也会负责灯阁的修建工作，他把都则也派了过去。

"你又做错什么了？"靳岬看着都则手上新鲜的鞭痕。

都则把手缩回袖子里："没什么。"

靳岬便不再问了。那鞭痕自然也是浑答儿弄的，一个愿打一个愿挨。二人道别，靳岬心中不忍，转身爬上院墙对都则喊："这次是新的伤药，贺兰砜帮我买的。你尽管用，没有了我再想办法。"

都则回头，遥遥冲他鞠躬道谢。

靳岬手里的拨浪鼓没送出去，都则最后还是把拨浪鼓还给了他。他趴在墙头摇，回头看见陈霜坐在院中一棵梨树上看他。梨树早落完了花，手指长短的青果子渐渐肥涨、成熟，一个个挂着，憨实可爱。陈霜冲他微微摇头。

靳岬心想，陈霜其实也有几分岳莲楼的气韵。但他对自己外貌不甚在意，伪装北戎士兵时胡子乱七八糟，看起来十分滑稽，像是贴上去的。

"以后不必把伤药给都则。"陈霜说，"他从来没用过。"

靳岬一愣："什么？"

"他全扔进水里了。"

靳岬没有生气，而是充满惊奇："为什么？他不疼么，身上那么多伤。"

陈霜从树上跳下，往他手里塞一包肉干，低声道："我从浑答儿房间偷的。"

分吃肉干时，陈霜提醒靳岬，都则再不济，他的父亲歹牙也是虎将军麾下一个将领，他是烨台首领儿子的伴当，与其他北戎人身份不一样。这世上能鞭打他的是浑答儿，有资格怜悯他的只有比他身份更高之人。

靳岬辛苦地咀嚼肉干："……"

陈霜："在都则看来，你就是一个奴隶。被奴隶怜悯，被奴隶恩赐伤药，甚至一个大瑀奴隶的日子过得都比自己好。靳岬，他会憎厌你。"

靳岬默默听着，良久点头："我懂了。"但仍有几分怀疑，"可是你怎么知道？"

"你和贺兰砜去血狼山那段日子，浑答儿和都则常到家里来。"陈霜笑道，"浑答儿这孩子脾气虽不好，气焰嚣张，但他直来直去，容易看清。都则不一样。你们可能不晓得，他偷你们的东西。"

阮不奇常和卓卓待在一起，卓卓对浑答儿有天然的敌意，浑答儿又十分喜欢跟阮不奇逗闷子，阮不奇不能开口骂他，便暗示卓卓出场。两个人互相用大瑀话和北戎话对骂。吵闹得厉害时，都则便干脆抱着卓卓溜走。

都则有时候会在卓卓阮不奇的房间徘徊，有时候会钻到贺兰砜与靳岷的房间里，他牵着卓卓，是个天然的掩护。被偷走的都是小物件，腰带、茶杯、毛笔、头绳。阮不奇最先发现自己的梳子不见了，找了很久，陈霜在后院一棵树下发现被烧剩一半的木梳。

"对一些人来说，世上最痛苦之事，便是曾经任打任骂、可随意羞辱鞭笞的人，最后反倒骑到自己头上去了。"陈霜平静讲述，"都则就是这样的人。这事儿我跟贺兰金英说过，以后他受伤，你不要多管。你若不相信，之后有机会出门时，你注意看看外头那小鱼池子。池边的石头上还撒着药粉，若是没清理，药纸就在水里漂着。"

靳岷点头，有几分诧异，几分恍然大悟："嗯，世上也是有这种事的。"

"只怕他认真恨着你呢。"陈霜低声道，"你分明只是个落魄奴隶，但人人看重你，你甚至见过云洲王和哲翁，又能坐进云洲王的车帐免受雨雪风霜。他这样的身世，在北戎也是个体面人家，却要被浑答儿打来骂去。"

靳岷只觉得复杂，又有些可怕。他面对云洲王、岑融，会提前打起十二万分应对的心思，才能步步为营，一句话解读出千万种意义。可是面对都则、浑答儿，他就像面对贺兰砜一样，坦率直接。

"别人对你好一些，你便觉得他不错。"陈霜又说，"我早就觉得，靳岷你啊，有时候精明，有时候倒天真得厉害。"

靳岷默默吃肉干，良久才道："再有伤药，我给浑答儿吧，好歹吃了他这么多肉干。"

第二十九章

誓言

　　贺兰砜和靳峋预料之中的离别，来得早了一些。

　　八月很快过去，秋意随着九月迅速降临碧山城。九月底，哲翁率浩浩荡荡的队伍来到碧山城。

　　迎礼之后便是漫长繁复的宴会。贺兰砜随云洲王跑上跑下，有时候也喝酒，但神智是清醒的，回来的时候绕到靳峋院子外头，小声喊他，与他隔着墙头说一会儿话，再道别离去。

　　几日后，云洲王把靳峋放了出来，靳峋在云洲王的宅子里见到岑融。

　　"我接你回家。"岑融笑吟吟道。

　　靳峋这才知道，在无数次商谈、宴饮之中，云洲王与岑融终于达成协定：他答应把靳峋还给大瑀。原本这事情需要经哲翁同意，但靳峋如今已是云洲王奴隶，云洲王点头了，他便得到自由。岑融抓起他的手，摩挲他手臂的伤疤："可惜这印记是消不去了。"

　　云洲王看似无意："当作个纪念吧。"

　　岑融把他接到了自己身边，给了他一个单独的小院。靳峋没来得及跟贺兰砜告别。贺兰砜出城办事，回来时已经是晚上，他在靳峋院子外转了半日，才从浑答儿口中得知靳峋走了。

　　贺兰砜也不休息，下半夜时终于寻到三皇子的宅子外头。此处戒备森严，他无法靠近，只是心焦。正在无奈时，岳莲楼在身后拍了拍他肩膀。

　　"同你去喝酒。"岳莲楼笑道，"靳峋怕你找不到他着急，叮嘱我在这儿等你。"

　　"他怎么不告诉我就走了？"贺兰砜急了，"我要去见他。"

"改日吧。"岳莲楼拽着他往灯火通明的街巷走去,"三皇子庆典当夜才启程回大瑀,你们还有见面的时间。他这次走得仓促,云洲王放了他,生怕天君发现后生气,急急地把靳岈送到三皇子这儿,至少能保他安全。"

在血狼山上,贺兰砜已经见识过岳莲楼的酒量,两个人在酒铺子里喝了三四埕秋梨酿,此酒名字柔软后劲极大,岳莲楼仍万分精神,贺兰砜渐渐地有些晕了,靠在酒铺窗边发愣。

岳莲楼絮絮叨叨地说他和明夜堂堂主的事情:"……说来也没人相信,他以前多讨人厌啊,他见到我的第一句话是'你真脏',第二句是'太臭了,离我远点儿'。我当时要是有劲儿,我非捏死他不可。"

他以大拇指和中指拈着轻巧的白瓷酒杯,像女子般柔媚,贺兰砜从醉眼蒙眬中看他,一时间难辨雌雄。

"我当时要是没遇上他,不当明夜堂的阳狩,现在不知多风流快活!"他起身踩在凳上,低声念叨几声,忽然大笑,"他要是没遇上我,早就……"

声音渐低,贺兰砜听不清楚,只看见岳莲楼举着酒壶左摇右摆。窗口夜风灌入,贺兰砜被吹得清醒,便低声唱起歌来。

唱的是《江城子》,列星江船帮之人常挂在嘴边的歌儿。岳莲楼很讶异:"你怎么会这歌儿?"

得知是陈霜和靳岈教的,岳莲楼提醒:"这歌儿可不好唱,里头有些调子,你说惯北戎话,舌头转不过弯,不容易念出来。"

但贺兰砜磕磕绊绊,还真的将整首《江城子》唱完了。岳莲楼问他为何要学这首歌,贺兰砜告诉他,这是江上船帮的人在两船交汇时对陌生船客送去的祝愿,他学会了,打算送别靳岈的时候唱给他听。

"好寒碜!"岳莲楼大喊,"好恶心!"

贺兰砜:"我再练练。"

对岳莲楼的讽刺,他浑然不觉,拿一根用不惯的筷子,抓一只碗在手,轻轻敲着节拍。岳莲楼渐渐也收敛了笑声。贺兰砜不习惯唱歌,他并不敢放声歌唱。酒铺里的人大都懂得这曲调,有酒客听出来了,笑着与他低声相和。

岳莲楼自诩见惯江湖诸事,但不知为何,总会为一些笨拙的真心打动。他想起自己收到的第一份傻气礼物,是十二三岁的少年给他带来的。那少年撑着伞,穿过一城飘荡烟雨,在他窗前放下三月第一枝杏花。

没有精心修饰琢磨，一颗真心粗糙、坦诚。当时是会出声取笑，日后再想起来，自己竟再也没遇过这样的灼灼心意。

他起身坐到贺兰砜身边，也敲着碗，一句句慢慢地唱，用自己原本的男子声音，低沉醇厚，中气十足，豪迈中带一丝慷慨，贺兰砜跟着他唱，渐渐把调子找准了。

碧山城夜色静谧，热闹的街巷昼夜不息地亮着人世灯火。贺兰砜听见列星江江水的声音，像驰望原的风一样浩大而无可抵挡。

在岑融这儿住了几日，岑融每天都来找靳岷说些闲话，说点儿往事。靳岷起先认为他总是带着目的前来，本能地戒备，但逐渐聊多了，对岑融的恶感也消散不少。年少时的恶意捉弄，此时此地想来实在不算什么大事。岑融帮他固然有自己的目的，但他依赖岑融也自有心机——回到梁京之后，若不依傍岑融，将寸步难行。

岑融这一日来，进院子时照例不打招呼，跨过门便看见靳岷在那死了的茶花旁拿着洞箫吹《燕子三笑》。

"哟，又搞什么'墙头马上'？"岑融踏着竹梯攀上墙头，果然看见墙外有位狼瞳少年。那少年见了岑融，立刻满脸戒备。

靳岷："你不让我出门，我吹吹洞箫都不行了？"

岑融指着外头的贺兰砜，笑着问："那是谁？"

"我在北戎结识的朋友，知道我要随你回去，特意来看看我。"

"不止今天吧？我每天都见他在外头打晃，这一身银甲，他还是云洲王的人？"

靳岷反而问："三皇子，我能和我的朋友说说话么？"

"叫表哥！"岑融心烦，"去吧去吧，只此一回！"

靳岷当即抓起洞箫，潦草地吹出个曲里拐弯的音，满脸喜色跑出门外，差点与走进来的游君山撞个满怀。宅子颇大，靳岷从后门跑了出去，连蹦带跳般奔往贺兰砜身边。白日里人多，不远处墙头还趴着个岑融，两个人拘谨，客客气气地过了小桥，往大街上去。

岑融在墙头看得连笑带骂，指着贺兰砜背影问游君山："那狼眼睛小崽子究竟什么来头！"

贺兰飒一路上连打数个喷嚏，靳岍告诉他，这是有人在背地里悄悄骂他。贺兰飒带他去看高塔和灯阁的筹备情况，靳岍连连惊叹，那高塔全是用巨石砌成，冷冰冰的，伫立在碧山城中央，透着异样的肃穆。

　　路上，靳岍想告诉他都则偷东西的事情，但想到贺兰金英已经知道，便打消了这个念头。两个人走到碧山城一角，爬上一棵老树，贺兰飒指着一个方向让靳岍细看。

　　远处是一座大宅子的后院，树影掩映中，隐约看见有人走动。靳岍眯起眼睛，发现那是个抱着婴孩的妇人，正缓慢在院中踱步。

　　"……白霓？！"

　　贺兰飒有些得意："这地方我找了很久，可惜太远了，只能看个大概。"

　　白霓和孩子在后院逛了很久才被婆子请回房中。靳岍恋恋不舍，扭头说："我问过岑融，他说白霓很难带走，大瑀和金羌之间没有来往。"

　　贺兰飒与他坐在一块儿："你们回去了，她怎么办？她又要跟喜将军回金羌？"

　　靳岍低声道："游大哥分明已经知道白霓就在金羌使队中，却似乎毫无动静。"

　　"指不定他已经去看过了呢？"

　　"看过了，又任由白霓独自留在这么危险的地方么？"靳岍不解，"他……他太奇怪了。"

　　岳莲楼去封狐城查探的消息与游君山所说是一致的。当日从战场上救回来的莽云骑伤员一共五人，除游君山之外，其余四人伤势极重。有一人不治，其余三人现在待在封狐城，并未离开。

　　回到梁京的，只有游君山。

　　"你怀疑是他……"

　　"……我希望不是。"靳岍脸色沉静，"我不想恨他。"

　　贺兰飒静静陪他坐了一会儿，靳岍不想以这沉重话题度讨一夜，笑着说·"我想起来了！明夜堂的人安排阮不奇跟着白霓，一路保护她。"

　　"又是那明夜堂堂主？"贺兰飒问，"从没见过他，也不知他是什么人，似乎对你家的事情特别关心。"

　　"明夜堂的沈灯还在碧山城里，但据说堂主已经回大瑀了。"靳岍也对明夜堂堂主充满好奇。他打定主意，等回到大瑀，一定想方设法见一见这位堂主。

直等到夜色降临，两个人才从树上溜下来。碧山城大街小巷在沉寂一段时间后，渐渐恢复了元气。人们收拾了满地狼藉，铺子又一个接一个地开了门。

街上偶尔能听见北戎人的方言，羊肉、牛肉切得极为豪迈，与大瑀的细切方式完全不同。卖酥油茶的铺子门口人群拥堵，几位读书人吃饱喝足，正在争论谁为这油茶写的诗更为精妙；出售秋梨酿的酒馆一半都是北戎大汉，一边批评酒酿得不够醇厚，一边喝得面红耳赤。

靳屻带贺兰砜去吃炒蟹和烤虾子。列星江里出产的虾蟹个头很大，张牙舞爪，贺兰砜看它们如同看一盆子怪物。蚌子十分新鲜，今日新打捞上来的，也不需复杂工序，码头附近的铺子往往就在门前架起小火堆，蚌子一个个扔进去，等它们颤颤地张开贝壳便用钳子夹起，迅速送到客人桌上。蚌肉鲜美，汁水丰盈，贺兰砜吃了两个，眼睛睁得老大："这是什么！"

两个人吃饱喝足，在街上来来回回地走。碧山城里河流众多，大桥小桥，他们走得晕头转向，迷路了也不着急，在街角的氤氲烟气里看小孩们追逐打闹。

"十月十五是庆典。"靳屻说，"岑融晚上离开，我和他一起走。"

贺兰砜片刻后才开口："我会来送你。"

"不必！"靳屻忙说，"你和你大哥尽快离开碧山才对，别回来了。"

"不回碧山，我在山上送别你。"贺兰砜低笑道，"这段日子，云洲王老让我出城办事，我上了几次英龙山脉，那山道也找到了，果然隐蔽。到时候我就在英龙山上送别你，我会骑着飞霄，给你唱'将许事，笑谈成'。"

靳屻笑了笑，心头却是无穷无边的惆怅。温暖的灯火就在几步之遥，他此刻不是质子，不是奴隶，仅仅是"靳屻"本身。他忽然间像是被河水浸没了，不自觉地发起抖来："然后会怎么样？"

"然后我会去找你。"贺兰砜笑道，"你带我去燕子溪划船，带我逛潘楼，那什么鸡儿巷雀儿巷的，我也想去看。"

或者是靳屻到驰望原找他。只要能抵达血狼山，靳屻就一定能找到他。他会在最大的月亮下等他，只要血狼山仍在燃烧，他就是一直等候靳屻的风鹿。

"驰望原的天神作证，我们一定会重逢。"学岳莲楼教他的方法，贺兰砚勾住了靳岷的小指。

夜色中，迷路的孤雁挥动翅膀，鸣叫、滑翔，朝南方孤独迁徙。誓言点亮万盏灯火，江水摇动，星辉流淌。

十月十五当日，陈霜一早就来到靳岷房门口。靳岷一夜未眠，他已经数日未见过贺兰砚，偶尔墙外会传来一两声马嘶，他知道那是飞霄的声音。

陈霜为靳岷梳头，梳齿断了两根。靳岷面色苍白，陈霜安慰："是我力气太大。"

推开窗门看见地面一根鸟羽，靳岷还未开口，陈霜立刻关窗："好个秃毛雁子。"

陈霜平素很少开玩笑，这一日却频频跟靳岷逗乐。靳岷笑得勉强，陈霜转身抖落出一件狐裘。

"来时穿这件，走时也穿这件。"靳岷告诉他，这狐裘他曾转赠给贺兰砚。

"里面脏了啊。"陈霜指着衬里怎么都洗不掉的浅淡血迹。

"是贺兰砚的。"靳岷想起当时的贺兰砚，眼里终于流露笑意，"第一次见他时，他好倔强。"

两个人收拾行装，离开院子。岑融已经在外头等着，见到靳岷瞬间收起了脸上不耐："今日倒挺精神。你那狼眼睛朋友不来送你？"

靳岷："他回狼窝了。"

在碧山城中央，石筑的高塔与木条搭建的灯阁已经全部完工。高塔装饰简朴，灯阁却极尽繁杂之能事，数十条彩绸披挂其上，大小铃铛风中泠泠清响。

靳岷不由自主打了个冷战。天色阴沉，是要下雪了。

第三十章

利
箭

贺兰砜骑着飞霄在碧山城外巡视，身后跟着的几个士兵，看他的眼神都有些惴惴。贺兰砜的大哥是北戎有名的狼瞳将军，今日狼瞳将军可以在城内值守，负责的是高塔和灯阁的护卫工作，他的弟弟却被安排巡视城郊，待遇悬殊，令人玩味。

　　巡到城外前往英龙山脉的一条大道，贺兰砜勒马停下。

　　"都则？"他在守军里发现都则，"你怎么在这儿？浑答儿今日负责高塔护卫，你不同他一起？"

　　"他让我守外城来着。"此时寒风已起，这儿又是风口，没一会儿就能把人吹得打晃，都则暗暗咬着牙关，冷得发抖。

　　外城的都是碧山守军，三三两两稀疏分布。从订盟到现在，北戎的军队已经开始逐渐接管江北十二城，城内不重要的工作纷纷推给原本的大瑀守军，这巡视外郊的活儿累且枯燥，贺兰砜没想到浑答儿居然让都则来这儿做事。

　　此处守城的大都是碧山人士，他们不搭理都则这个北戎人，都则孤零零一个，看起来十分可怜。贺兰砜俯身小声说："告诉你一个好地方，从这儿上去，数到第十六棵梨树，旁边有条小路，你往里走，有个避风处。"

　　都则眼睛一亮。

　　"我也常在那儿偷闲，去暖和暖和吧。"贺兰砜说。他这一刻流露出的意外善意让都则大大吃惊，谢了他好几次。

　　都则果真去找贺兰砜说的那地方。小路很快走到尽头，几块巨大山石垒着，恰好形成避风屏障。都则在山石后寻了块石头坐下，抬眼便遥遥看见碧山城里两处突兀高点：高塔与灯阁。

323 ◇

都则拼命眯起眼睛，他看见灯阁那长长的木梯上似乎有人正在攀爬，但距离实在太远，他不知道那是谁。

此时灯阁之上，翻到顶层的贺兰金英终于暗吐一口气，缓解胸中的紧张。他背上是蛮军专用的朱红色大弓，箭壶里无数木箭，与一枚黑色的镂空铁箭。

从灯阁望向高塔，哲翁已经出现在塔顶平台上。

他从箭壶中捞起高辛箭，身体半蹲，完全隐没在灯阁周围的繁复装饰中，没有人会发现这儿藏着一个人。他拉开朱红色大弓，高辛箭从彩绸与风铃的缝隙中，直指哲翁。

贺兰金英很平静，他就像狩猎一样等待时机。灯阁略矮于高塔，风很大，他需要抬高弓箭找好角度，确保离弦之箭能划出完美弧度，刺中哲翁。幸运的是——或者说幸好，负责监建高塔的是云洲王，为了这个心照不宣的目的，高塔顶部平台修得平整，没有任何柱子或顶板阻拦。

贺兰金英手里的这枚高辛箭实际是朱夜的。贺兰砜捡回去，辗转落到贺兰金英手里。当夜在北都，朱夜用它点燃火龙，今日在碧山，贺兰金英将用它诛杀仇敌。贺兰金英此时才略略有几分激动，他稳了稳手腕，让自己的呼吸慢下来。

高塔平台上，岑融裹紧狐裘，低声笑道："这风也忒大了。"

平台上除了他认得的哲翁、云洲王与喜将军之外，还有十余位来自北都的巫者，其中数一位脏兮兮的老者最受敬重。云洲王称其为北戎大巫，特意从北都请来主持庆典仪式。游君山就站在岑融身后，岑融只带了他上来，此时回头小声问他："那老头是没洗衣服么？"

"北戎与金羌的大巫身上披的巫神衣是不能洗的，那也不是脏，一年到头这么多仪式，都是仪式留下的痕迹。"游君山低声道。

岑融总觉得老人似乎听见了声音，苍老浑浊的眼珠子往这边打量。他笑出个弯弯的狐狸眼，遥遥冲大巫点点头。

高塔上虽然风很大，却不知塔中央的火台里放了什么，火焰怎么也吹不熄。那火台足有半人高，被三根雕刻鹰羽的铁足支撑着，非常结实。哲翁脱下外氅，他的打扮也和巫者相似，浑身披挂着金子打造的饰物与各色鸟雀羽毛，令人眼花缭乱。岑融按捺下打呵欠的冲动，终于看见巫者们分散展开，火台前的大巫举起手杖，忽然高呼。

其余巫者也齐齐抬手高呼，声音悠长。随即，碧山城城墙上立起的三百余面大鼓擂响，呼喝之声如雷霆。大巫舞动手杖，戴着绿眼睛的狼面具扮成邪狼，与围绕火台的哲翁战斗。哲翁手持一把古铜色大剑，抵挡、攻击，动作与大巫一一呼应。

岑融第一次看北戎人的火舞，十分好奇。他原先以为火舞只是一种舞蹈，今日才知它其实讲述了一个故事：驰望原天神化身的神子成为人王，王与降世的邪狼斗争，并获得胜利。火舞仪式中，大巫和哲翁围绕火台奔走，年轻的巫者以二人为中心缓慢成圆绕行，不断高唱北戎歌曲。岑融一句也听不懂，只是他的目光偶尔会移动到远处的灯阁上。

周围的声音太杂了。

鼓声越来越急促，整座碧山城似乎都在瑟瑟震动。哲翁忽然高举手中大剑，高塔上霎时静得如听落针。一声中气十足的怒吼后，哲翁挥动大剑，砍向铁铸的火台架！

"当"一响，震得众人耳朵生疼。覆盖火台的黑色铁壳在重击中脱落，露出里头灿然的金色。三百余面大鼓齐齐敲响，大剑与铁撞击的声音如浪涛一样四溢而出，群山嗡嗡震响。

哲翁双手擒剑，转身朝向高台外侧，面向碧山城与驰望原，满脸激动，再度高举手中武器。满城都是风声、鼓声，碧山城北戎人众多，也随着鼓声齐齐欢呼。

岑融再次注视灯阁。彩绸舞动，遮蔽视线，灯阁之上已经设置好的火堆甚至都看不清楚。在他身后，游君山手腕一动，薄如纸片的一柄剑滑入掌中。他正站在岑融身后，只要将此剑在岑融背后刺下，岑融将坐在位置上，死得无声无息。

他不禁捏紧刀柄。

就在此时，一丝夹在鼓声与欢呼声之中的轻微响声令游君山耳朵一动。

几乎就在他抬眼瞬间，一枚黑色利箭仿佛从虚空中激射而来，穿入哲翁额头，余势未消，竟破头而出，"当"地扎入火台之中！

哲翁高大躯体被风吹得微微晃动。在他身后，火台烈火被黑箭和血激得乱溅。随即，哲翁往前栽倒，从高台边缘扎了下去。

陈霜与靳岘并不能上高塔，二人在塔下与大玛士兵一同观礼。众人连声惊呼，他们全都看到了坠下高塔的哲翁。靳岘下意识紧紧握住陈霜的手。一声巨响，哲翁跌落地面。窒息般的一瞬过后，靳岘不由得抬眼望向灯阁。

灯阁之上，一个人展开身后披风，从灯阁最高处翻了下来。他手臂牵扯灯阁上的彩绸，跳落在城墙一面大鼓上。周围蛮军士兵仍未反应过来，高塔下这时候才传出纷乱的尖叫和哭喊。

贺兰金英大手一挥，披风在身后猎猎拂动："高塔出事了！速去增援！"

城墙上值守与击鼓的士兵得令，纷纷循石梯往下跑。只有守城军统领察觉不对："贺兰将军，你才是负责高塔护卫的！你怎能脱离……"

但贺兰金英已经从城墙上消失了。

甩脱随从的贺兰砚正在城墙下等他。贺兰金英拿着从岳莲楼那儿得来的一副铁爪，凿击城墙爬下，迅速落在马儿身上。两个人没有交谈，没有停留，沉默地策马往英龙山脉方向奔去。

都则从避风处跳起，他所在之处可以遥遥望见碧山城墙。此时城墙上一片混乱，无数人来回跑动，他连忙上马下山，赶回守备之处。

山下，贺兰砚和贺兰金英恰好抵达。

"都则在这里。"贺兰砚低声道，"我已经把他支走了。"

兄弟俩面色凝重，贺兰金英冲守军亮出腰牌："奉云洲王之名，追击一名案犯，放行！"

守这儿的碧山守军对北戎人毫无好感，他们全都认得贺兰金英，此时更是懒得盘查，迅速放行了。

都则奔下来，正好看到贺兰砚与贺兰金英远去的影子。他问守军发生了什么事，守军无法回答他。踌躇中，有人率一支十余人部队赶来，是守城的统领。

"都则？"那统领惊讶道，"看到贺兰砚和贺兰金英了么？"

"看到了。"都则忙给他指路，"往那边去了。"

统领面色一松，示意都则靠近。都则原以为这些人是去追赶贺兰砚与贺兰金英的，但他们却在这山道上停了下来。三言两语得知哲翁出事，都则脸都青了："……是贺兰金英下的手？！"

"从灯阁射了一支箭，射得可真准。"统领低声道，"这样好的箭法……太可惜了。"

都则心里所想的却是别的事："那新天君岂不是云洲王？"

他与这队伍等候许久，云洲王率队前来。马上的云洲王仍是一身参加典礼的繁复衣饰，声音沉痛悲愤："他们往这条山道去了？"

都则连忙点头，手又指向山里的方向："走了很久，再不追就追不上了。"

云洲王看他一眼，似在回忆，但又实在想不起此人来历。都则瑟缩道："我是浑答儿的伴当……"

"原来如此。"云洲王低声道，"烨台果真人人赤诚。"

他命都则上马跟随，一行人沿着山道往前疾奔。

都则满头雾水，但他能与云洲王说上话，心头着实激动。统领就在他的马前，都则驱马靠近："不跑快些，真的追不上。贺兰砜和贺兰金英骑的都是高辛马，脚力很好……"

"有人已经帮我们拦着了。"统领说，"他们跑不脱。"

英龙山脉的山道在山下仅有一条，直至山腰，才渐渐分出多条。山中有不少零落的村落，加上山脉南侧原本归属大瑪，北戎人对南侧山道走向与山道、村落位置并不熟悉。

只要经过山腰，按朱夜的指示进入高辛遗族聚居的村落，贺兰金英和贺兰砜就能沿着山中的密道，从山洞经过，穿过英龙山脉，进入山脉北侧。之后两人便可横穿驰望原，直奔血狼山。

但在山腰，两个人已经被拦下。

围堵他俩的是虎将军。

"云洲王命我秘密前来，擒拿反贼。"虎将军手持一把生有利齿的马牙刺，沉声道，"我没想到反贼居然是你。"

马牙刺十分沉重，是虎将军独门兵器，能将人生生拆骨剥皮。贺兰金英不敌虎将军，胸前狠狠受了一击，已是血肉模糊。贺兰砜拉开擒月弓，箭尖直指虎将军。但贺兰金英不允许他出手。

"我料到云洲王会有后招，但我也没想到那后招是你。"贺兰金英单膝跪地，他只感到胸前伤痛蔓延至肩头，像是在他上身狠狠撕开一个口子，血和力气都在流失，"我确实无法胜过你，虎将军。"

虎将军身后便是他的军队，此次只带来了烽台部落的一部分精锐，全都是看着贺兰金英和贺兰砜长大的叔伯。

"放过我弟弟，他什么都不知道。"贺兰金英说，"一切都是我做的，他毫不知情，只是碍于兄弟情分，被我拉下水……"

"虎将军！"队伍中有人高声大喊，"我下不了手！"出声的大汉把手里的刀扔到地上，"有恩还恩，有债偿债！高辛人为自己部族复仇，没有什么错！"

贺兰砜满目泪水，双手却始终稳定如磐。弓上的箭坚定地指向虎将军，只要虎将军再靠近一步，他就会松弦。

虎将军确实是看着他俩长大的。贺兰野和妻子先后离世，三兄妹相依为命，卓卓当时太小，若不是有虎将军帮忙，兄弟俩根本不能好好照顾她。母亲死后，卓卓喝的是羊奶，父亲也病亡后，那几头小羊换成了药钱，总算把病重的卓卓救回。之后卓卓便被虎将军带回了家，由烽台营寨中的妇人轮流照顾。贺兰砜年纪还小，卓卓在哪家，他就去哪家吃饭。贺兰金英则总往虎将军住帐里去，一帐子北戎男儿，不分彼此，都招呼他吃肉喝酒。

因为浑答儿的欺辱，贺兰砜曾恨过虎将军，但还有更多的事情让他感激：只要贺兰砜乐意，他可以骑虎将军家里任何一匹马；阿苦刺不收弟子，但贺兰金英和贺兰砜身上的功夫都是阿苦刺教的，是虎将军拉着阿苦刺连喝十日烈酒换来的承诺；兄妹三人每年的冬衣也都是虎将军给的，卓卓和贺兰砜长得快，衣裳只能穿一年，虎将军家里给浑答儿准备冬衣，总会给他们备上一件……

贺兰砜大喊："虎将军！"他双眼含泪，知道自己这一箭是射不出去的，如同虎将军无法再对重伤的贺兰金英下手。

虎将军双手握持巨大沉重的马牙刺，却始终没有再往前一步。许久后，马牙刺砰地敲在地上，虎将军怒吼："走！！！"

贺兰砜立刻收弓落马，搀扶起贺兰金英。但贺兰金英伤势严重，挣扎许久，才刚跨上马背，山道上便传来一阵纷乱的嘶鸣，虎将军脸色一冷——是云洲王来了。

盛装的云洲王勒马停下，静静看向贺兰金英。

贺兰金英扬眉冲他一笑："北戎王族，果真不可信。"

云洲王抬手，命虎将军等人离去。虎将军在云洲王身后看见了缩头缩脑的都则，吓得声音都颤了："都则！过来！"

都则没有过去，他充耳不闻，垂首躲在守城军统领身后。贺兰砜看看云洲王，又看看都则，压低声音提醒："都则，别待在这儿。"

云洲王微微含笑，对贺兰砜点头。虎将军那头的人终于散去，云洲王也摒散了左右，只留几个亲信在身旁，包括都则。

"我知道你言而无信。"贺兰金英笑道，"从你答应砜儿保靳岍，却给他打上奴隶标记开始，我就知道与北戎王族谈无凭无据的承诺，是很危险的。"

"你谋逆、弑君，足以死千次万次。"云洲王道，"我与你有过什么承诺？我跟你说过，你效忠北戎天君，尽忠职守，就会有越来越多的功勋。你没有做到。"

贺兰金英扶着马儿，贺兰砜挽着他，心里又是恐惧，又是焦灼。

"云洲王，你防备我，我也防备你。"贺兰金英低声说，"只怕我的防备，你不敢受。"

云洲王握紧缰绳，俯身低语："你怎样防备我？用我王妃和我孩儿的性命？这点儿威胁还不够，贺兰金英，我没了王妃，可以再找，没了儿子，可以再生。新天君掌握驰望原，想要什么得不到？"

"新天君？"贺兰金英哑声笑道，"你还当不上。"

云洲王不禁一愣。

"北戎天君是驰望原天神的神子。你阿爸死了，你想继位，还得由大巫举行仪式，承认你的神子地位。来路上遇到的那位阿拜，他说你是神子可不能算数。大巫不承认你，北戎巫者不认可你，你不可能成为新天君。"

云洲王脸色霎时阴沉。

他不信巫，但时常扮作巫者外出，只因北戎人极为敬重巫者，以巫者身份游历，行事极为方便。在这个事无巨细都要问过巫者的国度，若得不到巫者的认可，即便他真的继位，拥有再大的权力，驰望原的人也不会承认他。

"你做了什么？"

"只不过写了一封信。"贺兰金英抬头笑道，"信中把你我谋划之事，说得一清二楚而已。"

"给了谁？！"

"尚未寄出，但，若我不能在三日之后与我这位保管信件的朋友见面，这信就会立刻送抵大巫手中。"贺兰金英虚弱得需要连连喘气，才能把话说完，"北戎会接受一个弑父的新君么？"

云洲王死死瞪着贺兰金英，许久才点头："此人你认识，又能接触到大巫，想来也只有烨台的巫者阿苦剌了。"

云洲王阿瓦不信巫，大巫对他早有不满。若贺兰金英所说为真，情况对他确实极为不利。哲翁死后，按理是由他来继位，但若是大巫不认可他，反而从哲翁兄弟的子嗣中选择更合适之人，也完全有理有据。

贺兰砜只感觉到贺兰金英的手温度冰凉，心中越发恐惧。

"……你想要什么？"云洲王问。

"云洲王，我从来没想过要从你和北戎天君手上获得任何利益，我们不要这些。自始至终，高辛人只想拿回血狼山。你放过我和我弟弟，放过血狼山，那封信将永远尘封，不会有任何人知道此事。"

"我又如何能信你？"

贺兰金英低笑："云洲王，你现在除了信我，别无他策。"

云洲王目光掠过贺兰砜。在这一瞬间，他想过以贺兰砜性命来威胁贺兰金英，但以他对贺兰兄弟的了解，这样非但不能解决问题，反而会越发激怒贺兰金英。

沉吟良久，他心中充满不甘，却又不得不抬手，示意放行。

"我现在放了你，可你若死了呢？"云洲王问，"看你这样子，只怕撑不了三天。"

"我死了，便由我弟弟去见阿苦剌。只要阿苦剌见到我兄弟之中任何一人，那信就不会出现在大巫面前。"贺兰金英苍白着脸，又一次重复，"你只要放过我们，放过血狼山。"

英龙山脉山道迤逦，从山腰开始分成数道枝杈延伸往山脉深处。贺兰砜兄弟消失在山道尽头后，云洲王转头看身后的都则。

"你能跟上他们吗？"云洲王柔和问，"跟上他们，帮我看看他们究竟去往何处。这英龙山脉中必定还有高辛余孽的歇脚地，你是烨台人，与贺兰砚相识，他对你不会有太深敌意。"

都则兴奋又紧张："当、当然！"

"都则，你有一个好名字。"云洲王说，"贺兰砚走了，我身边缺少一个亲近的随令兵，没有比赤诚的烨台人更适合这个位置的了。打探清楚之后，立刻回禀，能做到吗？"

得令的都则没有骑马。贺兰金英伤势重，贺兰砚不敢骑马奔跑，把大哥扶上马背后便牵马小心翼翼往前走。都则徒步跟随，一路血迹斑驳，傍晚时分，终于在一处隐蔽林子里看到了兄弟俩。

贺兰金英无力支撑，已经从马背上滑下。贺兰砚和他在林中歇息，胸口那道狰狞的砍伤正不断夺取他的呼吸和身体温度。贺兰金英行事之时已经做好了一去不回的准备，他非常平静，叮嘱贺兰砚立刻启程赶往血狼山，阿苦剌和卓卓都在血狼山等他。

都则从林中钻出，手足无措。贺兰砚立刻举剑："滚！"

都则从怀中掏出伤药，二话不说就往贺兰金英伤口上撒。药粉很快被血冲走，于事无补。"我……我担心你们，我是悄悄过来的。"都则说，"现在怎么办？你大哥……"

贺兰砚不知道。他从未想过大哥会就此离开，兄妹三人相依为命，本该是一直这样的。他把贺兰金英抱在怀中，痛苦得咬牙发出呻吟："……云洲王怎么会知道我们走英龙山道？他怎么会安排虎将军拦截！"

贺兰金英轻声问："此事除我们，还有谁知道？"

贺兰砚："……靳岬。"

都则的手一顿，某种可怕的直觉在瞬间点亮了他的思绪。

"正是靳岬说的。"都则接话道，"他把这件事告诉大瑀三皇子和云洲王，所以云洲王才会答应让他回大瑀。"

贺兰砚抿紧嘴唇，一言不发。

"你前些日子常被云洲王打发到城外做事，其实那是云洲王的计策。"都则飞快地说，为了增加可信度，他压低了声音，就像在讲一个真正的秘密，"三皇子常常到云洲王宅里看靳岬，只是你不知道而已。"

"闭嘴！"贺兰砚低吼，"你再说一句，我立刻杀了你。"

"你如果不信，不妨去问问靳岬！"都则激动起来，手指着碧山城的方向，

"或者你去问问宅子里值守的士兵！若不是那天我被浑答儿打伤，去找靳岇要伤药，我也不会听到！"

贺兰砜像要吃人，都则忽然打了个冷战：他感觉自己正被一头真正的狼仇视着，驰望原真正的野狼。

"他不会。"贺兰砜说，"不可能，他说过不会骗我。"

在接二连三的否定中，都则反而被激起了兴奋的情绪。他不知道是什么在鼓动着他，可能是对贺兰砜或者靳岇一些莫名其妙的怨恨，可能是因云洲王的承诺而认为自己可以踩过浑答儿的狂喜，他的舌头灵活得如同一条打诳的蛇："靳岇说，贺兰金英和贺兰砜会从英龙山道逃走，他们早就规划好了这条路线。我还可以把路线告诉你们，但说完之后，我要回大瑀……"

他被狠狠揍了一拳。

"他是大瑀人！他只想回大瑀！"都则捂着脸大喊，"你是什么东西！你算什么！！！"

贺兰砜紧紧攥着拳头，贺兰金英轻笑道："罢了，也不怪他。北戎这样险恶，能回家，还是要回家的。"

都则还在兀自嚷嚷："他也总是骗人，只是你看不清而已！他对别人的好都是虚伪，给我伤药来显示他的慈悲……"

一根手杖从都则身后的暗影中伸出，轻轻搁在他肩头。都则霎时露出吃痛表情，呜地止住了话头。

勉强维持清醒的贺兰金英以为自己还在做梦，他看见阿苦剌从枯槁的树林子里走出来，身后是牵着风鹿的朱夜。

"你……"他冲梦里才会见到的人伸出手，手被温柔地握住了。

"我来救你。"朱夜抱着他的肩膀，低声说，"村落就在前面，我的风鹿知道路。"

贺兰金英眼皮沉重。他面对虎将军，实则已经做好了赴死的准备。只要他死，只要虎将军愧疚，虎将军就有可能放过贺兰砜。但此时他忽然庆幸自己仍旧活着，朱夜在身边，他们要去高辛人聚居的村落，要回血狼山。

阿苦剌放开手杖，都则的肩膀一时间还抬不起来。"吵什么？"阿苦剌厉声问。

都则飞快道："靳岇泄露了贺兰砜和贺兰金英逃走的路线，所以云洲王才能找上门。"

风鹿四蹄屈曲，跪趴在地上，朱夜把贺兰金英扶上鹿背。贺兰砜阴沉着脸，听见阿苦刺在身后说："果然如此。那大瑪孩子能联合明夜堂和你大哥，来威胁我帮你们做事，这等心机，想诓骗你实在太过容易。贺兰砜，驰望原上的铁律你忘了么？不要轻信大瑪人，他们个个都会骗人。"

贺兰砜睁大了眼睛，他像一匹受了重伤的小狼。

阿苦刺："他差点葬送你大哥一条命，你还为他辩白什么！"

都则插话："我确实听见……"

贺兰砜回头看了一眼大哥，忽然翻身上马，头也不回，沿着山道奔去。

阿苦刺大骂一声，回头对朱夜道："别耽误时间，走！"

都则正要往前，那手杖又抵在他肩膀。"都则，转身，回去。"阿苦刺低声道，"你不能再往前了。"

"前面是什么地方？"

"是死域。"阿苦刺重复，"回去。"

阿苦刺与朱夜，一个牵着风鹿，一个扶着贺兰金英，走入英龙山脉深处。月亮还未升起来，山中寒意逼人，都则打了个冷战，他不敢违逆阿苦刺，只得转身往回走。

走了许久，夜色渐渐浓了，都则跌跌撞撞跑下山道，看见山脚下原本站着碧山守军的地方，现在站着方才与他搭话的守城军统领和两个云洲王随从。那统领开口便问："找到他们的落脚点么？"

"没有……"都则竭力解释，甚至说出了阿苦刺行踪以及朱夜未死之事。

得知他毫无成果，那统领点点头。都则紧张，嗫嚅着问："云洲王不会怪我吧？"

"怎么会呢？"统领笑道，"云洲王这样的身份……何必为死人伤神？"

都则没有听见最后一句话。他只感觉视野颠倒、旋转，天地翻覆，稳定下来之后才感觉到颈脖发凉，一具没有头颅的尸体穿着他的衣服，咚地栽倒。

"杀了他会不会有麻烦？"随令兵问，"毕竟是浑答儿的伴当。"

"这等蠢货，用处不大，心眼不小。"统领甩掉长剑上的血迹，"云洲王谋逆之事，与你我大有关联。别人躲都来不及，这蠢人不听劝，巴巴地凑上来听，自己寻死罢了。"

那随令兵又问："可云洲王怎么知道贺兰将军会走英龙山脉？"

统领随口道："大瑀三皇子说的。"

随令兵一惊："他如何得知？"

"我不晓得。"统领说，"我只知道，那狐狸眼皇子把这事情和路线告诉云洲王之后，云洲王便把那大瑀质子还给了他。"

碧山城码头，船队准备停当，岑融似笑非笑，竭力劝说靳岈上船。

"上船不需要讲良辰吉时。"靳岈说，"再等等。"

"你究竟在等什么？"岑融问，"又是那狼眼睛朋友？"

靳岈挠挠脸，没应。他越是不应，岑融越是好奇，那好奇中又夹杂几分不甘心："你来北戎才多久，就已经结识这种知己了？"

"知己不在时日长短……"

岑融又心烦，立刻打断："你等他做什么？他和我们一块儿走？"

"他来送我……"靳岈才说完，便见英龙山上层云散去，硕大圆月从山尖破出。靠近碧山城的矮峰上，一匹黑色骏马立在峰尖，马上之人背负澄亮月色，手持一把巨大长弓。

靳岈眼睛一亮，三步并作两步跑到码头边缘。他不能再靠近了，但看到贺兰砜出现，平安无恙，一直悬在心头的大石才算落下。虽然这与他预想的送别大有不同：他们距离太远了，贺兰砜的声音甚至无法传到他耳中。

靳岈不敢放声呼唤，只是冲他挥手。

贺兰砜没有任何回应，只是骑在马上看他。靳岈连蹦带跳，以为他看不见自己，伸高手臂乱舞。但立刻，他垂下了双手。

他看见贺兰砜对着他，举起擒月弓。

乌金色的大弓曾被朱夜握在手中，当它还是一把琴时，它弹奏过绵绵的情歌；当它成为一把弓，它点燃过血狼山沉默的铁鹿头。

贺兰砜的弓上搭着高辛箭，箭尖笔直指向靳岈，月光淬炼了它冰冷的箭身。

正在船头与一位年轻船夫调笑的岳莲楼脸色大变，大骂一声，与从舱中破窗而出的陈霜同时跃向靳岈。

靳岈还在分辨贺兰砜的动作，眼前的一切让他不可置信。

箭矢离弦的瞬间，贺兰砃的手忽然压低了箭尖。

高辛箭呼啸着射向靳岹。它刺破冰冷的空气和似曾相识的月色，击碎了靳岹腰间的玉制鹿头。

箭尾锋利，划过靳岹左臂内侧的奴隶印记。他完全不觉得痛，只是被箭势带得往后退了一步，站不稳，倒在恰好落在他身后的陈霜怀中。

"贺兰砃！！！"岳莲楼爆发出一声震耳欲聋的狂吼，声浪甚至震得江水簌簌作响。他弯腰按住靳岹手上的伤痕，箭尾划伤了要害，血不住地涌出来。

靳岹这时候才忽然醒过来似的，在地上抓起鹿头的碎片。碎片扎得他掌心隐隐地疼，他如身处茫然大雾之中，看着岳莲楼怔怔道："碎了……"

"碎便碎了！"岳莲楼按住他手上脉门止血，"陈霜！"

陈霜一把将靳岹抱起，船队上几位随行的医师纷纷奔出来，岑融手忙脚乱，船面一片嘈杂。岳莲楼抓起地面的鹿头碎片，抬头再望。

山上只有高悬的月亮，贺兰砃已经不见了。

一匹黑色高辛马从英龙山脉北侧飞驰而出，它载着自己的主人，往北方的血狼山奔去。

贺兰金英被朱夜和阿苦剌带到了高辛人聚居的村落，贺兰砃确定他无恙后，趁夜启程回血狼山。卓卓还在血狼山，阿苦剌说她不适应那地方，成日哭着要找哥哥。

夜色越发深沉，哲翁身死的消息像冬风一样迅速在驰望原上流传。贺兰砃尚不知道贺兰金英这一箭会带来怎样的后果，他不觉得畅快，也不觉得喜悦，只是身体沉重。飞霄跃过一道结了冰壳子的溪流时，他忽然松手，从马上滚落下来。

飞霄立刻回身走到他身边，用热烘烘的鼻子蹭他的脸。

枯黄的草原死气沉沉，月亮再度被厚重云层覆盖。贺兰砃在这黑天黑地的地方仰躺着，用手捂着眼睛。滚落下来的时候磕得浑身发疼，可他一时间并不能完全确定，真正疼痛的是哪个位置。

呼吸急促，他眼睛疼得要流泪了。那一箭射得仓促，他是想对准靳岹胸口的，但他做不到。岳莲楼和陈霜在靳岹身边，他应当不会有事。这事实令他宽心一瞬，胸口又越发紧紧地揪着。

贺兰飒从地上爬起来，抱着飞霄的脑袋。飞霄亲昵地碰他的鼻子，这又让贺兰飒想起了靳岍。

贺兰飒忽然扬起头，冲着茫茫的黑夜嘶声长吼："啊——"

声音的余波化作口中团团白气，他重重喘气，眼睛又热又疼，仿佛跋涉万千山水，却没有抵达目的地。

再次跨上飞霄，他辨认着方向，在草原遥远的尽头，库独林山脉的雪峰闪动亮光。飞霄驮着他小步快跑，一人一马，穿越长风。

第一场雪终于落了下来。

（《狼镝·寒野》完）